創約

とある魔術の禁書目録

インデックス

鎌池和馬

イラスト・はいむらきよたか

デザイン・渡邊宏一(2725 Inc.)

序章　絵本の国より来たる　Girl_Name_is_"ALICE".

たとえ残金一五八〇円でも、ＡＴＭが年末年始で止まっていても、それでもまた陽は昇る。

一二月二九日の朝、その到来であった。

「ぐう……」

呻くツンツン頭、上条当麻はユニットバスのバスタブの中で目を覚ました。ぶっちゃけここ最近は朝が来るのが怖かった。朝が来るという事は一日が始まり、一日が始まるという事は衣食住でいちいち金がかかる訳だ。そろそろガチで限界である。キャベツの芯に付け合わせのパセリ、ニンジンや大根の皮ももちろんいった。魚の頭？　普通にジャンケンで一五センチの神や餓えた野獣シスターと争奪戦をしでかすくらいには贅沢品である。試せる手を試せるだけ試しても、ＡＴＭが再び息を吹き返す年明けの四日まで保つとはとても思えない。そして銀行関係が全部止まるという事は、お年玉という名の季節の救済イベントもあてにならない。

毛布を被って何気なく仰向けになっているこの体勢ですら、死んで動かなくなった虫けらを思わず連想してしまうくらいにはひもじい。

（吹寄から返してもらった三毛猫のヤツは固定のペットフードがしばらくあるとして、問題は俺とインデックスとオティヌス分だな……。マジで、このままだと小萌先生の補習の時に出してもらえるお茶菓子頼みの年末年始になりそうだ）

　ともあれだ。

　何をどう嘆こうがこの危機を乗り越えなくてはならないのだ。そして貴重な栄養補給源である月詠小萌のアパートを逃すとやんわりした死のリミットがいきなりぎゅっと首を絞めてきかねない。授業のない冬休みまで生徒のためにプライベートな旅行を切り上げて時間を空けてくれる小さな先生が聞いたら多分本気で泣き出すだろうが、今日を生き残るには数少ないチャンスを逃す訳にはいかない。

　そんなこんなで狭いバスタブから身を起こそうとする上条当麻。

　だったのだが、

「なんだ、これ……？」

　何やら甘い匂いがする。ヤバい、と上条は思う。まさか知らない間に石鹸やシャンプーの香りが美味しそうと錯覚するほど衰弱していた？　金欠が笑えなくなりつつある領域に突入している。

「い、インデックスはどうなった？　オティヌスは……？　まさかみんな全滅かっ」

　不意に不安が襲ってきたが、大きな声を出せなかった。体力や気力の問題というよりは、叫んでしまう事で何かが確定しそうなのが怖かったのだ。もしも、無機質なバスタブの底から喚き散らしても廃墟のように返事がなかったら？　身近な少女達もただでは済まない。声が届かなければツンツン頭もずっとこのままだ。普段から居候を抱えていても一切問題にならないところからも分かる通り、二、三日玄関の出入りがなかった程度で大人達がドアを破って内部捜索をする訳でもない。つまり、つまりだ。……最悪、このままみんな揃って冬休み明けにミイラみたいな格好で発見される可能性も、ありえる……？

「ばかお前っ、それは流石に洒落にならないそんな三学期始まって一発目のツカミのウワサ話にされてたまるか……ツッツ‼」

餓えに苦しむという前提だったはずなのに上条の体の奥底から何か湧いて出た。同時に、何となくこれが最後の抵抗なんだろうなという変な確信がある。とにかく起きろ、そしてバスルームの内鍵を開けてリビングに転がり込め。さもないとほんとに口裂け女や八尺様のお仲間扱いされる。いいや感じとしてはカラッカラに干からびた僧正とかネフテュスとかあの辺りか⁉

が、

「にゃんっ☆」

今、何か。

同じ毛布の中から、おかしな音が聞こえたような……？

いいや違う。甘い香りはお風呂グッズじゃない。明確に何かが覆い被さっているのだ。えっ、なに？　一瞬前まではホラーの種類が違ってない？　上条は焦り始めていた。『それ』は同じバスタブにいる、毛布の中にいる。ツンツン頭は自分が寝起き直後だという事を忘れていた。焼けつくほど高速回転する思考を持て余しつつ恐る恐る毛布の端を指先で摘み、止まり、ちょっと躊躇って、怖い。おっかないけどやっぱり中を覗いてみた。

知らない女の子と目が合った。歳は一二歳くらい？

「ど」

向こうはまだ眠たそうだ。うつ伏せで上条の体の上に乗っている金髪の少女は、驚くほど顔が近い。思わず両目のピントがブレるほどの至近。長い金髪に白い肌、宝石みたいな青い瞳。ちょっと身じろぎするだけで甘ったるい香りが表に出てくる。

掠れる声で上条当麻は尋ねた。

「どなたでしょう……？」

「ふにゃ、あ？　少女は、アリス、です、けど、っ？？？」

行間 一

緑色に輝く熱帯雨林のど真ん中だった。

この星から毎年一〇〇〇万ヘクタール以上の森が淡々と消えていく中で、それでも不可侵となっている緑色の秘境の話であった。

いくつもの国境をまたいで曲がりくねった川の上流にそれはある。

「これが？」

ストロベリーブロンドの長い髪でいくつものエビフライを作り、気分で着こなしが変わるのかレオタードやロングスカートの真紅のドレスを胸元で雑にかき寄せた少女。アンナ＝シュプレンゲルは半ば呆（あき）れつつそれを見上げていた。

近代的なスタジアム、に見える。

内部の競技場は全て水没し、中央には一〇〇メートル規模の豪華客船が浮かんでいたが。

「陸に足をつけてはいけないとか、他の水と混ぜてはならないとか？」

「意味なんかないわ」

呟いたのは、紫の布で身を包む案内人の女性だった。

何かの冗談なのか、すぐ隣をゆっくりと通り過ぎる馬鹿げたサイズの黄色いアヒルを見て肩をすくめるのは、アラディア。ルシファーとディアナの娘にして、肉の体をもって現世に舞い降りたあらゆる魔女達の女神。具体的には一七か一八歳程度の銀髪の少女。頭に被るウィンプルは足首まで届く巨大なもので、おかげでシルエットはシスターに似ているが、実際には裸足にへそ出し、肌を大きく見せつける変則ビキニのような踊り子衣装にも映りかねない。

当然ながら、背徳的である事に意味を持たせた装束だ。

「拠点は一つでなければならないなんて理由も特にないし。アメリカ製のドラマにでも振り回されたのか、ついこの間まで孤島で刑務所作って遊んでいたのよ？　つまりあの子の興味に合わせてこういう形にしているだけ。その内、エルフの森とか魔法学園とか見てみたいって言い出すかも。とりあえず、あの子にスマホやタブレットは厳禁ね。絶対ヤバい」

スタジアムにある階段状の観客席には無数の本棚が並べられていたが、二人はそちらに視線も投げない。歩くたびに純金装飾を鈴のように鳴らすアラディアの案内でアンナは観客席の手すりから鏡のような水の上をそぞろ歩いていくと、豪華客船の甲板に裸足の足を乗せる。

船の中には妙な生活感があった。ここには暮らしがある。アラディアは呑気に厨房で生ハムをつまみ食いしている若奥様を気軽に指差し、

「あれは旧き善きマリア。もちろん聖母マリアの事じゃなくてそういう名前を借りて素性を隠

す誰か、らしいけど。ただヤツの錬金術は引けを取らない奇跡を出力するから気をつけてね」

さらにそのまま指先をよそに向け、カラフルなプラスチックのお風呂(ふろ)セットを抱えて鼻歌混じりで浴室に向かう有角有翼の美人を指し示して、

「あっちのはボロニイサキュバス。あれでも公的な裁判記録の中に残された、時の政府公認の悪魔よ？　何でも一四六六年ボローニャ地方でとある男がサキュバスだけを集めた娼館(しょうかん)を運営した罪で有罪になったそうね。こんな冗談みたいな罪で本当に死刑が執行されてしまった」

「……馬鹿馬鹿(ボロニイ)しい、ね」

「貴女も似たようなものでしょう？　言うまでもなく、わたくしもね」

ボディラインを妖しく動かすようにしてアラディアはそっと息を吐き、

「そんな訳で『ここ』は書物がメインだけど、公文書や報告書、あるいは手紙や書簡、常軌を逸した走り書きなんかも珍しくないわ。本棚や引き出しは勝手に使って良いから、そっちで自由に自分のテリトリーを見繕ってもらえる？　そもそも二〇〇〇年ほど前に書かれた古ぼけた本だって、いくつかの手紙が出てくる訳だしね」

にたりと、アンナ＝シュプレンゲルは薄く笑う。

「手紙や書簡、か。ふふっ」

「通信教材のテキストでも良いわよ。貴女達、そういうのがお好きなんでしょう？」

「わらわとしては単なる知識の詰め合わせよりも、十字教美術系のガラス職人が遺(のこ)したステン

ドグラスのデザイン帳とか眺めて楽しめるのが良いけれど。優れた暗号だって美しさが宿るものでしょ」

「何でも良いわ。新参者の十字架なんぞにそもそも興味はないし」

薔薇十字の重鎮は小さく肩をすくめただけだった。

魔を伝え導く者。その分かりやすい叡智の階段としての、神話やエピソードの集積体。だからこそ、おそらく『彼女達の力』はイギリス清教が保有する魔道書図書館の記録から奇妙なくらい抜け落ちている。……例えば『レメゲトン』や『法の書』を追う事で、ウェストコットやメイザースが体系化してクロウリーがもぎ取った近代西洋魔術の儀式手順を網羅する事はできても、世界最大の魔術結社『黄金』を形成したメンバー一人一人の生涯や苦悩、その果てにあった魔術史上最悪の闘争『ブライスロードの戦い』の真実まで完全記憶はしてないのだから。

例えば、不思議の国のアリス、という物語がある。

だけどこれを指先でなぞってどう読み解くかは千差万別だ。もしもカバラについて十分な知識があるならば魔術を学ぶ者にとっての必読の書となり得る、と断言したのはかの破滅的天才・アレイスター＝クロウリーである。

アラディアも、ボロニイサキュバスも同じだ。科学サイドや魔術サイドといった人の世の仕組みでは語れない怪物ども。ここにいる全員がシュプレンゲル嬢と同格の伝説を持ち、さらにその全ての頂点にとある存在が君臨している。

「都市伝説よね」

薄い胸元にかき寄せた赤いドレスを引きずりながら、アンナは半ば呆れたように呟いた。

外から鍵の掛かる病室で真っ白な壁に向かって必死に暗号解読しようとする老いた博士でも見るような、酷薄な笑みを浮かべて。

「聖書は複雑に暗号化されていて、実は一風変わった読み方があるとか。アリスはまだオリジナルが近代英語だから分析や組み換えがしやすいのかしら」

「だからソッチの話に興味はないってば。聖ウィトゥス？　聖セバスティアヌス？　古い時代の魔女達を否定しておきながら平気な顔して各地の伝説を自分の宗教に取り込む輩に何が宿るというの」

これについてはリップサービスだろうとアンナは解釈した。おそらくアラディアは、口に出しているほど十字架に固執していない。彼女はそもそもこういう役割の、『あらゆる魔女の擁護者』である事が期待されているのだ。よって、実は幽霊批判者が科学的にどうこうよりも前の段階として『いては困る』霊の存在を認めていないのと同じように、アラディアは自分の立場から見て十字架の力へ常に懐疑的な目を向ける。とはいえアンナからすれば、己と対立する存在を頑なに認めようとしないのは、それはそれでいびつで危険なようにも感じられるのだが。

例えば、火の恐怖を全く知らない消防隊といったような。

魔女達の女神は何の気のない調子で、

「ここでの行動は基本的に自由。わたくしは貴女の一切を阻害しない」

「あらそう」

「ただし」

明確に、だ。

空間に刃でも通すような断絶を匂わせて、アラディアが宣告した。

「アリスの機嫌だけは損ねない事。これだけ覚えておいてくれれば、後はどうでも良いわ」

「……、」

シュプレンゲル嬢はうっすらと微笑んだままだった。かの伝説的魔術師は傲岸不遜の塊ではあるものの、自身の説明を学ぶ意欲もなく考えなしに遮られない限りは一応の礼儀を保つ。

巨大なアヒルを思い出す。アリスとやらが欲すれば超絶の魔術師達は一つの机に集まって真面目な顔で図面を引くらしい。

「巷では何十光年先の惑星で水が発見されたとか生命の痕跡があるらしいとか騒いでいるようだけど、どうしてそんな事になったと思う？　……あの子が癇癪起こして手当たり次第に陶器のポットやお茶菓子を投げつけたからよ」

真実なんて儚いわ、とアラディアは至極真っ当な口振りで語った。

「禁止されるほど余計にやってみたい、なんて魔術師にありがちな指向性はこの場合オススメしない。これは牽制や度胸試しではなく、純粋に貴女のためを想って助言しているだけなのだから。そして、数字をずらずら並べたスペックを見比べても意味はないのよ。もっと根本的な所で、貴女はアリスに勝てない。絶対にね」

特に誇るでもなかった。

アラディアの中では、それがすでに自然で当たり前な世界のルールとなっているのだ。

「そんな訳でアリスに挨拶だけしておいてちょうだい。H・T・トリスメギストスとかは後回しで良いわ、ひとまずアリスの許可さえ下りれば他の連中は文句を言わないから。言っておくけど、こちらから顔を出さない限りは捕捉できないのか、とか、そういう揚げ足取りはナシ。アリスは純粋で無邪気だけど気紛(きまぐ)れよ。そして何より、残忍で凶暴。つまりは」

「次の行動は誰にも読めない？」

「分かっているなら結構。つまらないプライドを慰めようとしても小さな子供の手で鷲掴(わしづか)みにされた昆虫みたいな末路になるだけよ、ここは素直に頭を下げておきなさい」

船の底も底。

昨今の豪華客船にはプールや劇場などもあるが、流石(さすが)にこれはどこにもないだろう。

彼女達の行き着く先は、円形のコロシアムだった。

しかし興奮しきった血や汗の匂いとは対極の空気が場を支配している。

古い紙の匂い。油が強いのは、やはり動物の皮から作った羊皮紙の群れだからか。

多くの気配はあっても、不思議と生の空気の乏しい空間であった。まるで唯一の出口を重たい石の扉で封じられたピラミッド。頭上は開けているはずなのに、空気の流れそのものが止まっているような錯覚すら見る者に与える静の空間だ。

重要なのはコロシアムの中央。

ただただ巨大な玉座が置いてあるだけだった。小さな少女が腰掛けたら足が床に着かなくなるのではないか。おそらく背もたれの高さは主の背丈の三倍以上はあるだろう。

金に赤。

幼稚で、分かりやすく、そして鼻で笑った全てを一撃で消し去る極彩色の試練。

が、世界の中心たる玉座を見てアラディアの時間が止まった。

「い」

ルシファーとディアナの間に生まれた娘。富める十字教に虐げられる古き夜の巫女達を救うべく、肉の体を備えて現世に降臨した魔女達の女神は両手で頭を掻き毟る。

そのままアラディアは絶叫した。

「いない、……？　アリス!!　あの子一体どこ行った!!⁉??」

第一章　年末、金欠、そして争奪戦　Winter_Vacation.

1

青系のワンピースの上から、真っ白なエプロンを重ねた女の子だった。

一二月の末だというのにまさかの半袖。ほっそりした両足は白いタイツに覆われ、日本の屋内だっつってんのに容赦なくエナメルな質感の黒い革靴を履いた女の子であった。長い金髪は動物の耳みたいに尖った巻き髪で飾ってある。エプロンの後ろに白くて丸いふわふわがあるのでウサギのつもりかもしれない。

「……」

………

……………………………………………………つまりとうまを殺るって方向で話はオーケー？」

「インデックスさんや、すでに二度三度と人様の後頭部を思い切り噛みついた挙げ句、あまりお美しくない日本語を好き放題に創作するのはナシにしようじゃあないか」

いっそ極限を超えてしまった上条当麻は穏やかな笑みを浮かべて提案していた。

「これ美味しいですっ!!」

日本語は通じるらしいのだが何度言っても靴を脱いでくれない洋風少女がガラステーブルの下で小さな両足をぱたぱた振っていた。ただでさえ上機嫌な少女は上条と目が合うと、無邪気に笑ってくれる。おかげで黙っていれば整ったお人形系なのだが、そういった冷たい印象のない温かい女の子であった。

インデックスはジロジロ見ながら、

「一体こんな小さな子供がどこから部屋に入ったんだよ」

「ぷっ、自分だってお腹すかせてベランダに引っかかってそうな顔してるのに」

「しゃーらっぷ!!　い、いいいいくら何でもそんな訳がないんだよ!!」

まあまあお二人とも五十歩百歩ではないか、と仲裁に入った上条がインデックスに噛みつかれてのた打ち回った。

ちなみに彼女が小さな両手で包むように持つマグカップの中身は出涸らしも出涸らしの紅茶の茶葉から抽出したほとんどどす黒い例のアレにキャラメル一粒と袋の底で半端に余ってしまった片栗粉をぶち込んだ上条当麻オリジナルブレンドである。おそらくリアルお嬢の御坂美琴辺りが見たら（単純にそのえげつない中身も、紅茶をマグカップにどばどば注ぐという作法も全部込み込みで）そのまんま後ろに卒倒していくような代物だろうが、それでも彼はこの極限状況、東京年末サバイバルでしっかり学んだのだ。キャベツの芯から魚の頭まで、とてもじゃないけどそのままじゃ硬くて苦くて食えねえような食材はとにかく圧力鍋で柔らかくしてからトロみをつけて甘いか辛いで絡めてしまえば大体何とか乗り越えられるのだと……ッ！　人類よ、ここに蜂蜜風の（実は何が入ってんだかいまいちはっきりしない）激安シロップとお徳用の（これまた何と何が入っていれば定義できるのかは結構謎な辛み成分の組み合わせである）カレー粉を褒め称えるのだ!!　上条当麻はどうにかこうにか生きております!!!!!!

朝の八時である。そろそろ小萌先生のおんぼろアパートに出かけて冬休みの補習を受けなくてはならない時間が迫ってきている。しかしその前に何としてもこの女の子に対応しないといけない。何しろ上条当麻にとっても死活問題なのだ。

というか下手な結論が出るのが上条はちょっと怖い。

え？　突然現れたこの女の子は一体何なの？？？

ちょっと待って、これから我が家で面倒を見るの？　上条当麻のキョドりが職質レベルに達していた。残金は一五八〇円で今は一二月二九日。ここからＡＴＭが動き出す年明けの四日まで上条当麻、インデックス、オティヌス、三毛猫と四人（？）でどうにか生き残らないといけないのに、この状況でさらにやってきますかナゾのゲスト様が!?　ぶっちゃけ得体のしれないカラフルな蛇にいきなり足を噛まれるのと同じくらいの命の危機なのですが!!!?!??

「結局この極限迷子は一体どこのどなたなんだ……」

「少女はアリスですっ」

「インデックス、ほら説明」

「え、これだけ？？？　おそらくイギリスで一、二を争うメジャーな女の子の名前なんだけど。こんなのお役所の書類のお手本にも書いてあると思うんだよ」

太郎花子級であった。つまり何のヒントにもなっていない。

少女。

それにしても自分の話なのにどこか他人臭い呼び方だ。アリスは浮世離れしていて初対面の上条達に対して空気が柔らかい。ここだけ変に現実味から切り抜かれているというか、そう、まるで白雪姫や赤ずきんのような、危機感ゼロの童話の少女っぽいというか。

上条当麻は口元に手をやり、思わずシリアス顔で呻いてしまう。

「……というか全体的におかしいだろ、ここは日本の学園都市だぞ。何で目を覚ましたらいきなりお醤油の匂いがする俺の部屋にイギリス人がいるんだこんなのミステリー過ぎる……」

「とうま、そこはかとなく私に流れ弾が当たっている気がするんだよ」

というかアリスがイギリス人であるという確証すら特にない訳だが。上条当麻よ、自分で与えた紅茶モドキに印象を引きずられてどうするのだ。

（参った。ここにはおっとり可愛い寮母さんとかいねえし、やっぱり警備員さんにお電話かなる？）

あ。あんまりデカい騒ぎは勘弁してほしいけど。あっ、でもひょっとしたらカツ丼出てくる？）

ともあれこっちはこれから補習だ。

その前に、朝食くらいは用意しておかないとお留守番のインデックスが餓えてしまう。

「仕方ない。アリスとやらの処遇は後で考えるとして、今は虎の子の食パンを出すか。袋を開けるのかあー最後の食パン……。この六切れ一袋が最後の平和的なお食事ストックだぞ。今日の昼からはいよいよ修羅の道に突入する心構えで良く噛み締めるのだぞインデック……」

言いかけた声が途切れた。

ない。

お米がなくなったその瞬間から用済みとなった炊飯器の横にあったはずのあの袋が。いいや確かに透明な袋はここにある。だがくっしゃくしゃに丸まったビニールの塊がわずかな隙間にねじ込んであるだけで、肝心要の食パンが六切れ全部消失している……だとッ⁉

そして上条当麻の視線を浴びたインデックスの目が不自然に泳いだ。

そういえば同じように空きっ腹を抱えて一夜を過ごしたはずのインデックスは、一体どこからこの有り余る怒りのパワーを引き出してきたのだ？

近くでうつ伏せにのびてる一五センチの神オティヌスがイチゴのジャムを使い、人差し指で棚の板に何か書き記していた。

いんでっくすー。

「まさか、おっ、お前……やったのか？　人がバスルームに籠もって見ていないのを良い事に、昨日の夜中にむくりと起きて食パン六切れももぐもぐやったというのかああ!!!?!??」

「生きるか死ぬかの東京年末サバイバルに正々堂々なんか通じないんだとうま。そんなにブシドーが好きなら食わねどタカヨージしていれば良いじゃない」

2

本名不明・通称『一方通行』。

一万人以上に及ぶ大量虐殺、実験用途によるクローン人間の製造幇助などの組織的犯罪、他暴行、傷害、器物破損、銃刀法違反等の総数三万六〇二五件の罪を合算し懲役一万二〇〇〇年の刑に処す。少年法と照らし合わせ、被告の未来への可能性を考慮してもこの数字は覆せない。

被告側の上訴期限は超過。ここに刑は確定した。

硬く、冷たい音だった。

それは一つではなく、それでいて一定のリズムと呼ぶにはやや不規則な音の連なりだった。

第一〇学区、特殊犯罪者社会人矯正刑務所。

住人の八割が学生という学園都市において、それでも必要不可欠とされた大人達をぶち込むための監獄。もしくは、通常の少年院では管理不能とされる怪物達を秘密裏に収監する巨大な箱。……というか、最後のは一方通行(アクセラレータ)がきっかけとなって密かに新設された制度だが。

その、図面にない地下通路の話である。

「……。」

「……、」

性別不明の怪物。その人間の左右両隣には、厳(いか)めしい制服を着た刑務官が二人ついていた。しかし彼らは共に会話らしい会話もなく、時折チラチラと横目で視線を投げるばかり。規則正しいはずの足音も、間に挟んだもう一人のものによってかき乱され、調和を崩され、主導権を奪われてしまっている。

杖(つえ)を突く音に、じゃらりという太い鎖のそれが混ざる。

白い髪に赤い瞳。

怪物。

長い長い直線の通路だった。社会人矯正、などと銘打ってはいるが、誰にも知られてはならないフロアを凶悪犯に見せている事自体もう二度と外には出さないという意思表示のようなものだった。一生出すつもりがないというのであれば、左右にずらりと並んだ分厚い鉄扉はそれ自体が清潔な墓地と同じなのかもしれない。

（……予定にあった通り、他にも何人か入れる準備をしてやがるな。俺さえいなけりゃ表の少年院で済ませられたものを）

そんな中でも、一番奥。突き当たりにあるのは銀行の大金庫のような丸くて分厚い大扉だった。しかも半導体工場のような二重構造になっている。

「か、開扉を確認」

「囚人番号一八九〇号の入室開始。なっ、にゃ中に入れ。早く！」

いっそ可哀想なくらいの裏声になっていた。

カチャカチャという小さな金属音が不規則に連続する。手錠の鍵穴に鍵を挿し込むまでに二〇秒もかかっていた。ごく一般的な鉄格子の房と違って、囚人を中に入れてから腕だけ外に出して手錠を外せる訳ではない。かえってセキュリティ上問題がありそうな大扉だった。

空間自体は学校の教室一個分、といった感じか。窓のようなものはないため、電源を落とされれば即座に真っ暗になり、あらゆる自由は奪われるだろう。

ぐるりと見回して。

そして一方通行は呆れたように息を吐いた。

「……何だこりゃあ？」

知らないモノがある。

というか、モノに溢(あふ)れすぎている。

ホームシアター状の大きなテレビに真空管のオーディオシステム、電子レンジや冷蔵庫、革張りの椅子に黒檀(こくたん)の巨大な机の上にはパソコンやタブレット端末が置いてあり、果ては専門書の並べられた本棚や意味不明な美術品。壁には電話があった。どうやら二四時間いつでもルームサービスが頼めるようになっているらしい。繊細な茶器や世界各地の茶葉なども一通り揃(そろ)っていた。クローゼットに何が何着入っているかなどもう考えたくもない。

どうやら、だ。

新統括理事長をお迎えするにあたって、刑務官どもが張り切り過ぎてしまったらしい。

（ったく、これから山籠(やまご)もりするってンのにデカい森を丸ごと切り拓(ひら)いて選手村でも作られたよォな気分だ）

うんざりしながら一方通行(アクセラレータ)は靴も脱がずにキングサイズのベッドに身を投げた。それから天井を眺めたまま、パチンと指を鳴らす。

ぎぎッゆわィィん!!!??? と。

空間全体が大きく軋(きし)むような異音が何重にも重なり合った。ベクトル操作。学園都市第一位の超能力(レベル5)を行使して音波に指向性を与えた訳だが、ようやく一方通行(アクセラレータ)は満足げに頷(うなず)く。

これで壁や扉が吹っ飛んでしまうようなら目も当てられなかったのだが、どうにか耐えているようには見える。

「ま、最低限の仕様は満たしてやがるか……」

かつて、旧統括理事長のアレイスターは『窓のないビル』の奥に潜んで執務を行っていた。一方通行(アクセラレータ)は地球の回転エネルギーまで利用して『窓のないビル』を攻撃した事があるが、その時も高層建築物が倒れる事はなかった。

つまり、学園都市には存在する。

第一位の能力を力業で抑え込み、封殺するほどの技術が。

状況に合わせて、例外を認めて、中と外を行ったり来たりできる程度では意味がない。最低限、檻(おり)としての機能くらいは確保してもらわないと困る。

三六〇度、内に向いた巨大な装甲。

ここがこれからの世界だ。そして刑は確定し自らの自由を捨て去った一方通行(アクセラレータ)だが、それで支配者としての権限まで返上した覚えはない。

では早速、新統括理事長としての仕事に取り掛かろう。

キングサイズのベッドに体を投げたまま、一方通行(アクセラレータ)はテレビのリモコンを掴(つか)んでくるりと回す。ボタンを押すまでもなく、ベクトル操作能力を使えば蛍光灯の明かりから赤外線へ波長を切り替えて簡単な信号くらいは送り出せる。壁際(かべぎわ)のテレビからはこうあった。

『まあ通称一方通行(アクセラレータ)がクローン殺害を自分で認めてしまったのはもちろん、文書ばかりで血痕等の物的証拠は皆無とは言っても公的な判決も出てしまった訳ですからな。これを機に、多感な学生が学ぶ意欲を減退させたとしても無理はありません』

『とはいえ一二月末、受験生は最後の追い込みの時期です。ここで学園都市のトップグループの超能力者(レベル5)、それも頂点たる第一位に対する不信感が高まるのは確かに危険な状況でしょう』

『こうしたデモ活動は年末という時期も合わせ、「大掃除」のタグで広く呼びかけられ、ネット上の専用コミュニティが多く乱立するのはもちろん、実際に学園都市の繁華街でも……』

(……今日も平和な事で)

鼻で笑うが、電極のバッテリーを気にせず第一位の能力を無駄遣いしている自分も一緒か。分厚い壁に守られているというのも善し悪し(よしあし)だと考えながら、白い怪物は低い声で呟く(つぶやく)。扉は開いた。ならヤツも共に入ったはずだ。

「出やがれ、クリファパズル545」

3

とにかく補習なのだ。

　これは単純に留年確定の崖っぷちにいるからだけでなく、小萌先生のおんぼろアパートまで出かければお茶菓子がもらえるかもしれないという淡い期待もある。

　すぐ隣には、ちょっと目を離すとスキップしそうな女の子がいた。実際にエプロンの後ろで白くて丸いふわふわが左右に揺れている。お人形みたいなドレスは温かいのか寒いのか、遠目に見ても判断がつかないが本人は幸せそうだ。この子半袖なんだけど北風とか怖くないんだろうか？　そこそこ長いスカートのはずなのにやたらとひらひらしていて危なっかしい。その辺の柵や木の枝に引っ掛けたら全部丸出しになりそうだ。こうしている今も白タイツを穿いた脚が太股の辺りまでチラチラ見えている。

「ふん、ふん、ふふんっ」

「……何でも良いけど、どうしてアリスはこっちについてくるんだ？」

「えっと、むしろ何でシスターの子は連れてこないんですし？」

　補習の邪魔にしかならねえからだ。

　何にも気づかないアリスはキョトンとしている。どこか現実味のない空気の柔らかさは相変わらずだ。まああの寒々しい学生寮に残っても一人でお腹を満たしたインデックスがいるだけで、まともなカロリー源はもはやキャットフードカリカリ系お魚ミックスだけなのだから外に出て正解かもしれないが。

（ていうかこの子フツーにどうすんだ……？）

今さらのように途方に暮れる上条当麻(かみじょうとうま)。
同じ寮にいるのが居候(いそうろう)のインデックスとか捨て猫の三毛猫とか神とかなので感覚が麻痺(まひ)していたが、素性の知れない小さな女の子なんて由々しき事態である。アリス本人に話を聞いても楽観一〇〇%の笑顔で要領を得ないし。迷子？　家出？　公式文書でなんて表記するのかは知らないが、レベルで言ったら普通に警備員(アンチスキル)さんの詰め所に駆け込むくらいじゃないのか？？？

「おっ。……ならむしろちょうど良かったのか？　小萌先生(こもえせんせい)はああ見えてオトナな訳だし、学校の先生に知らせて預けちまうのが一番なんじゃあ」

「？」

状況に気づいているのかいないのか、隣を歩くアリスは可愛(かわい)らしく小首(こくび)を傾(かし)げていた。

『ドイツ、ニュルンベルク市で大学生を中心とする生化学グループが一斉検挙される事態になりました。彼らは人間の遺伝子を操作して水分五〇%以下の人類を創る目的で実験器具の購入、配備を進めていたらしく……』

『やはり、これはやはりですね。由々しき事態なのですよ。クローン人間の人権を認めると口にするのは簡単ですが、そうする事で製造する側の心理的なハードルも下がったものだと勘違いされてしまう』

『今回のスピード検挙には学園都市側からの善意かつ非公式な協力があったという話も出回っ

ておりますが報道官は強く否定しており、各国の学会では科学倫理がどのように変動していくか注意深く観察する必要があると……』

頭上の寒空をゆっくり横切る飛行船のお腹(なか)についた大画面からは、そんな話が続いていた。

アリスは気にせず近くのコンビニに目をやっていた。正確には店の前にあるのぼりを。

「ああっ、新発売のマーマレードフカヒレフォアグラまんって書いてあ」

「ダメ」

「マーマレードフカヒレフォアグラまんって書いてあるお店なのにっ!!」

「遮っても笑顔で言い切った……ッ!?　ダメだって残金一五八〇円しかねえ東京年末サバイバルの真っ最中だっつってんだろそもそも肉まんとかカップのスープとかのフカヒレって結局何なの、安すぎて逆に怖いし！　あと先頭のマーマレードが絶対全てを台なしにしてるよ!!」

「……うえぇ？」

「こいつカイショーなしだな顔で首(くび)を傾(かし)げるなアリス、女の子の一段低くなった疑問の声とか超怖い。思春期男子の心が死んじゃうから」

「でも少女はキケンな冒険を求めているのですよ？」

「人様のお財布頼みの大冒険ならそりゃあさぞかし楽しいだろうさ!!　確かにインデックスの食パンやらかしがあるから腹が減ってるのは事実だけど、でもコンビニはっ、せめてそこは自炊スキルさえあればコスパを極められるスーパー系かお徳用の馬鹿デカいファミリーサイズで溢れたディスカウントストアとか、あっ、アリス？　バカやめろ勝手に頼むなホットスナック系は店員さんが一度取り出しちゃったら返品不可、ぐぅおわあああああああーっ!?」

そして。

壊れたドアブザーではなくがつがつ扉をノックする音にボロいドアを開けた身長一三五センチの女教師、月詠小萌は上条の顔を見るなり怪訝な顔をしていた。

「すぴすぴ、何だか良い匂いがするのですが……。さては上条ちゃん途中で買い食いでもしてきたのですかー？」

「……多分もうこれ年明けまで生き残れねえぞ」

「？」

キョトンとする小萌先生から四畳半に案内される。

上条に横から引っつくアリスは首を傾げてから、

「……背丈は少女と同じくらいだけどでも何かが違う気がするですし」

「良く気づいたなアリス。四畳半の隅に転がりまくってるビールの空き缶を見るが良い、ノンアルとかに逃げてねえぞあれ。それからちゃぶ台の上にある吸い殻山盛りの灰皿も。あれが俺達には出せない女教師の哀愁だ」

ぎゃあああ!!　と絶叫した小萌先生が慌てて部屋の掃除を始めた。

ややあって、

「こほん。それじゃあ上条ちゃん、テキストの五八ページから始めますよー。この辺りは能力開発と言っても生物学から化学に応用技術が変化していくので混乱に要注意なのですー」

「えーっと面倒臭いなどれが何だっけ……？」

「これしくじるとほんとに上条ちゃんは三学期を待たずして二回目の一年生送りが確定しちゃう訳なんですけども」

「全力で取り組む構えなのでお願い俺の人生を投げないでください!!」

アリスはやっぱりにこにこしていた。よく見たら靴脱いでないし。

椅子もない畳の部屋でちゃぶ台に教科書やノートを広げて補習に向かうツンツン頭の後ろ側から襲来してくる。というかいきなりすべすべした何かが上条の頬にぶつかってきた。白いタイツを穿いた脚だ、と理解が追い着くとのしっとした重さと高めの体温が上条の両肩や首の後ろに丸ごと乗っかってくる。

怒濤の肩車スタイルである。

ふわふわドレスのスカートとか気にしている素振りもない。ていうかこれ分厚いスカートの感触じゃない、白タイツの太股が直接ほっぺをむぎゅーっと挟み込んでいるって事はパニエで膨らませた長めのスカートの中に直接ご案内されてる!?　意識した途端、温室みたいに空気の温度が少し上がった気がした。なんていうか密室感が強い。

人様の上でアリスは中華まんの薄紙をカップのアイスにある蓋の裏っぽく舐めてるらしく、

「はむはむ、いやあ不味かったですねせんせい☆　フカヒレもフォアグラも全部マーマレードでぐっちゃぐちゃなのよ」

「状況分かってんのか小娘……っ!!　早速残金は一一六〇円まで減っておりますが!?」

不味い不味いと文句が多い割に名残惜しそうに薄紙を小さな舌で弄んだままだし。

「予想外なのが楽しいのですっ、やっぱり冒険はこうでないと」

「あと何で俺がせんせいになってるの？」

「カミジョートーマは少女のせんせいなので」


？？？


日本文化の、学園都市で遊ぶための、という意味合いだろうか？　これくらいの歳の女の子の感性はちょっと追い切れない部分がある。いや、単に歳とも違うのか。今を生きる現実の一二歳というよりは、危機感の欠落した童話の中の一二歳というか。そもそも座った相手に肩車しても目線の高さが変わる訳でもあるまいに、この肩車は何狙いの遊びなのだ？？？

「とにかくっ、人の上からどけアリス！　こっちは留年の危機を乗り越えてる最中なんだから邪魔するな!!」

「わーい、チックタックウサギさん☆」

「右に左に揺れるなっ!!　怖い怖い怖い、両足の太股でがっつり頭ホールドされたまんまだと何かの拍子にお前が横にコケたら首がポキッと取れちゃうよ……っ!!」

「お？」

自分の思いつきに対してはさほど執着がないのか、口に出すと割とあっさり柔らかい重みが上条当麻の上からどいてくれる。

とはいえ無軌道少女アリスは特に言う事を聞いてくれた訳ではないようで、

「もぞぞぞ」

「アリスっ、こらちょ、あふっ？　ちゃぶ台の下に潜り込むなっ……」

「へっへー、せんせいのひざまくらっ☆」

にこにこした笑顔で、とにかくマシンガンみたいに弾幕を張ってくる女の子だ。おかげで太股の辺りに金のさらさらした髪が流れ込んでくる。動物の耳みたいな尖った巻き毛がチクチク甘く刺さってきた。警戒心がないというか、やたらと空気が柔らかい。一つ一つ注意していても潰し切れない。

ていうかどういう状況なのだ今？　のっぴきならない補習の真っ最中に先生の目の前で無垢なる金髪少女が机の下に潜り込んで状況の重大さに全く気づいてねえ笑顔のまんま不穏にもぞもぞしてくるとかーっ⁉

ただテーブル下の攻防を展開するにはちゃぶ台があまりにも小さすぎた。

ほとんど亀の甲羅みたいな感じで、丸いちゃぶ台の下からアリスの手や足がニョキニョキ飛び出している。真正面の小萌先生から全部見えている。

珍しく、死んだ魚みたいな目になって女教師は仰られた。

「……うーん、ウミガメのパチモンとじゃれるのに夢中な上条ちゃんはもう高校生活とかに未練がない人なのですか？」

「留年どころか退学がチラつき始めてる……ッ!?　待って真面目に勉強しますっ、だから上条当麻を見捨てないでーっ!!」

4

がこん、という重たい金属音が響き渡った。

警備員とはまた違う、鉄格子の管理を行う刑務官達の言葉は威圧的だが熱がない。どこまでも冷たく、聞く者の心臓を締めつける叫びであった。牢屋の管理は紀元前から存在する古い職業だ。絵本の中には叫びや歌声を聞くと命を奪われるといった化け物がちらほら出てくるが、それはこんな声から連想されたものなのかもしれない。

「ロック、ABC、チェック！」

「復唱。ロック、ABC、チェック！」

「復唱確認、次!!　○○○三番、施錠と拘束の確認に入る!!」

とはいえ、ここは第一〇学区に存在する巨大な刑務所ではない。

囚人護送列車『オーバーハンティング』。

複合装甲の装甲厚は側面で平均二〇〇ミリ、一番薄い屋根で一二〇ミリ、先頭部分については八〇〇ミリを超えている。ぶっちゃけ車両というよりシェルターに近い分厚さだ。これ以上増やすと金属製の車輪やレールを傷めてしまうという上限いっぱいまで盛っていた。

七両編成の特別仕様だが、とはいえその全てに囚人が詰め込まれている訳ではない。先頭と最後尾は巨大なモーターと非常用バッテリーを含む運転・機関車両で、各々続く二両目と六両目はガラスレーザー規格のドーム状対空光学兵器と対地攻撃ロケット砲のコンテナで固めた武装車両、さらに三両目に彼ら武装看守の待機所がある。つまりこれだけ巨大な装甲列車の中で、実際に囚人のために用意されたスペースは四、五両目のたった二両分しかないのだ。

行政の集まる第一学区は鉄道・地下鉄まわりに愉快なウワサがたくさんある事でも有名だが、さて、スーツに七三分けの公務員達は拘置所や裁判所の地下に図面から抜け落ちた地下鉄ホームが存在する事はご存知だろうか。

「はあ……」

「何だ祭場(まつりば)、眠気覚ましのコーヒーに胃袋でもやられたか？」

冷徹な印象の女性運転士の声に、若い新入りはぱたぱたと片手を振った。特殊なホームを歩いて先頭の運転席に向かう途中だが、分厚い装甲板で覆われた黒と青の車両は見るだけで陰鬱な気分にさせてくれる。最終チェック中でドアが開いているのも良くなかった。

見てはいけないものが視界に入ってしまう。

小さな車輪のついた食事用のワゴンのように見えるが、違う。大型動物の搬送に使うような、分厚い檻だ。間違っても人間を詰め込むために使って良いものではない。しかも手足を縮めて窮屈そうにしているのは、一〇歳だか一二歳だかの幼い少女に見えるのだが……、

「花露妖宴。『オペレーションネーム・ハンドカフス』……の亡霊、でしたっけ？」

ぽんぽん、と若い運転士は思わずズボンの横に掌を当ててしまった。

公共施設という仕事場やきっちりした制服のせいで混同が起きやすいが、この国の鉄道員は公務員ではなく一般の会社員だ。まして警備員や風紀委員といった治安維持の権限は何もない。にも拘らず、ズボンの横には黒い合成皮革のホルスターが二つあった。中身はそれぞれ、非金属の手錠と五発入りの安っぽいリボルバーだ。

今頃地上は大騒ぎだろう。行政の集中する第一学区は普段静かなものだが、こういう抗議活動では標的にされやすいのも事実。

一般客には縁のない特殊な地下鉄駅なのに、丸い柱に巻きつく液晶広告は今日も賑やかだ。

『「大掃除」はこれからだあ!!』

『R&Cオカルティクスも、学園都市第一位もそうだった！　一部エリートの横暴を許すな、怪物は無害な一般市民の手で管理しろーっ!!』

『力の集約を許すな、金持ちを取り締まれ！　余計な金を持っているから揉(も)み消(け)しなんてものが許されるのよ。全部庶民に還元しなさいよお‼』

……世論も世論だ。R&Cオカルティクス解体と第一位の収監がたまたま重なったのはまずい。こんな起爆寸前の世界に『ハンドカフス』を生き残った特異(てんさい)な囚人が放り出されたら怒れる学生達の手で八つ裂きにされかねないのは分かるが、手錠だの拳銃だのこういう超法規的特別装備を持たされると自分まで『イラつく特別枠』扱いにされるのではないか。若い運転士はモニタから聞こえてくる怒鳴り声の洪水に気が気でない。

一度この列車に靴底を片方でも乗せてしまえば、学園都市という銃刀法で守られた街中ではなくなるのだ。大使館や領事館のように、全く別のルールに支配される。地面に引かれたラインの一歩でも外に出れば迷わず射殺する特別監獄の一部として。

同じく、紐(ひも)で体に固定されたリボルバー持ちの女性運転士は慣れているようで、

「気にするな。積み荷が粉ミルクだろうが燃料棒だろうが列車の運転難度は変わらない」

他にも人権そっちのけの手押しワゴン状の檻(おり)はいくつかあるらしいが、いずれも普通の護送車では運べないほどの悪党どもだ。

最低最悪だった『暗部』一掃の、生き残り。

学園都市の治安を守る警備員(アンチスキル)の手で無事に捕まったとはいえ、そもそも生き残ったのが不思議で仕方がないような本物の地獄だったと伝え聞いている。命がある時点で怪物の怪物ぶりは

証明されたようなものだ。万が一にも、逃亡を許せばどれだけ被害が広がるか。

「祭場」

「はいはい、分かってますよ！」

平べったい帽子を被り直し、若い運転士は先輩女子の背中を慌てて追いかける。こちらに視線を投げず、低い声で女性運転士はこう突きつけてきた。

「運行予定について最終確認する」

「シミュレータの前でカチコチになってる研修生かっつーの……。こほんっ、当『オーバーハンティング』は本日一七時ちょうどに発車予定です。この第一学区地下から第七学区を経由して南下し、第一〇学区まで向かいます。最終到着駅は特殊犯罪者社会人矯正刑務所直下・非公開駅。快適な三〇分の鉄道旅行ですね」

「結構」

言っても東京の三分の一程度の線区だ。シベリア辺りの列車の旅のようにはならない。

当然ながら、列車は走れる状態を保つだけで莫大なコストを発生させる。この辺りは赤字経営に苦しむ地方路線の奮闘を少しでも調べればすぐ分かるはずだ。年に何回使うか誰にも読めない囚人護送列車なんて普通なら考えられない。旅客や貨物など周期的な輸送量が計算できないと列車の運行なんてありえないはずなのだ。

つまり、それだけのコストを払っても構わないと考える人間がいる。

札束の山を石炭代わりに炎の中へ放り込んででもこの列車を走らせ、安全かつ確実に凶悪犯の護送を完遂させたいと考える人間が。

「しっかし、凄まじい話ですよね……」

若い運転士が呟いているのは、装甲列車に搭載された異常なまでの兵器の数々、ではなく、

「……列車なんて待ち伏せしやすい乗り物のナンバーワンじゃないですか。行き先さえ分かっていれば途中にあるレールをどこでも良いから一本外しておくだけで一〇〇%脱線させられる訳ですし。それでも『安全かつ確実に』って事は、こういう話でしょ。我々は信号が変わろうが踏切で不備があろうが、何があっても最高速度で突っ走る行為をやめない。下手に外から襲撃して囚人を助け出そうとしても派手な事故が起きれば中の人間は全滅するだけだ。だから無駄な希望を持つのはやめろっていう自滅戦術じゃないですか。つまり……」

その先はちょっと口に出せなかった。

つまり何かが起きれば極悪人と一緒に合挽き肉になってくれと言っているのだ、学園都市の上層部は。何が何でも凶悪犯を外に逃がさない、という目的のためなら安いコストだと判断されているのだろう。今日まで清く正しく生きてきた側としてはたまったものではないが。

もう少し年上の女性運転士が平べったい帽子の角度を調整しながら呆れたように答えた。

「だから『オーバーハンティング』の運行については一般報酬の他に追加ボーナスを上積みされているだろう。たった一本、三〇分走らせるだけでクルーザーが買える額だぞ。ヨーロッパ

の高級寝台列車だって一度の運行でここまでの金は稼げない」

「なに、先輩ひょっとしてお金に困っているんですか？　俺はむしろおっかないですよ電車絡みで不当に高い報酬なんて。カゴとトング渡されてマグロ拾いじゃあるまいし」

「一〇年以上鉄道に関わってそれなりにトラブルにも巻き込まれてきた私も、そんなアルバイトは見た事ないがね。ともあれ金に困っているなら命を懸ける前に株でも始めてみるさ。オーストラリアの鉄道工事がアツいって話は知ってるか？」

「それじゃあ何で」

「これだけ二酸化炭素が毛嫌いされている世の中になっても未だに古い石炭の機関車をあれこれいじって今はもう生産されていない足りない部品を自作してでも復活させたがる役所の人間と一緒だよ。装甲列車！　こんな非効率で採算度外視なオモチャ、今じゃ大和型の戦艦と同じくらいの激レアっぷりだぞ。もう世界でもここくらいしか走ってない」

「……先輩、あのうあなたはもしかして……」

「むしろフラットなままこっちの業界に入ってきた祭場の方がここでは少数派だと思うんだがな。鉄オタ、鉄子、鉄ちゃん、鉄女、テツ、魂にサインを刻んだ『我々』をどう呼ぶかでキサマの今後が変わるぞ。さあ仕事だ仕事だ！」

5

補習は夕方まで続いた。

今日は小萌先生の当たりがキツいのでおやつの時間はなかった。上条当麻、貴重な栄養源の補給に失敗。終始笑顔ではしゃいでいたアリスには遊園地と変わらない遊び場だったようだが。

（うう、どうしよう。インデックスやオティヌスが尊厳を捨ててペットフードを齧っていないと良いけど……）

「ちなみに小萌先生はご飯どうするんですか？」

「上条ちゃんのお世話ばっかりでもう作っている暇がないので今日はデリバリーなのですよー。あっ、来たみたいですよ。スマホは偉大なのですー」

ぴんぽーん、という電子音はなかった。すかすかと壊れたブザーを押し込む音だけで察知できるらしい。一三五センチの女教師が薄っぺらな玄関に向かう。もうすぐお正月だっつってんのにお年玉だけでは臨時収入が足りないと考えたのか、同じくらいの高校生と思しき自転車宅配バイトが立っている。

（そうか、スマホがあるとああいうバイトの選択肢も出てくる訳か。すげえっ、やっぱり文明

の利器って持っていると可能性が広がるなー）

素直に感心していたが、冷静になったら上条には自転車がなかった。ちょっとおじいちゃんスマホでモールのサイトを覗いてみると、特価でも五〇〇〇円くらいしていて普通にへこむ。

先生が両手で受け取ったものを上条がしげしげと眺めてみると、

「あっ、ああ!?　この四角くて縦長な厚紙のパック……。ちょっと待って冗談だろこれ映画の中にしかない伝説の中華料理じゃねえか!!」

「チッチッチッ。上条ちゃん、自分の狭い視界だけでこの星を眺めてはいけないのですよ。事実として『レッドタウン』はYAKISOBAという言葉を地球全人口へ最も普及させた世界最大チェーンです。むしろ日本が周回遅れなのです」

言いながら、小萌先生は縦長の紙パックの上面を花みたいに開ける。

赤。

「あっ、え？」

上条当麻の目線が迷い箸状態に陥った。いきなりケチャップの毒々しい赤が目玉に突き刺さって軽く眩暈がしたのだ。どういう訳か、焼きそばだっつってんのに輪切りのオリーブがたくさん突っ込んであり、多分表面で溶けてるのはピザ用のチーズで、なんかシナモンっぽい甘い香りが押し寄せてきてる。紅ショウガ感覚でてっぺんにちょこんと載ってるのなんて真っ赤なクランベリーである。洋モノにしてもそこはせめてピクルス系とかにはできなかったのか。

「……あの、先生、これあの、焼きそばって、あのう……？」

「うーん、やっぱりロサンゼルス仕様は一味違いますねえ☆　ビールに合うかなー？」

食べ物で遊んでいる訳ではなかったらしい。

そもそも難しい漢字だけで作られた中国語の料理名ではなく『YAKISOBA』という日本っぽいワードを使っている時点で本家を知らないままコピーしたナンチャッテ中華の可能性を考えるべきだったか。伝言ゲームみたいに、中継を挟むごとにおかしな変化が起きている。これはもう一口ちょうだい作戦が許される空気ではなかった。覚悟もなく初心者が触れればじゃじゃ馬に蹴飛ばされるヤツだ。貴重なゼロ円栄養補給のチャンスは丸ごと吹っ飛んだ。

戦々恐々としながら（危機感に気づいていないでにこにこしている）アリスと一緒にアパートを出たところで、そこで上条は首をひねった。

「でもカルボうどんみたいなものだったのかな？　日本人の強固な先入観さえ捨てれば案外普通に食べられるのかも……」

「カルボうどん‼」

「買わないぞアリス。よせやめろ両手を上げて笑顔でコンビニに向かって走り出すなっ」

前はこれでがっつりやられたので慌ててドレスの首根っこを押さえる。それだけできめ細かい金の髪がふわりと広がり、華奢なうなじが見え隠れする。何でも体一つでぶつかって挑戦しないと気が済まない子か。しかし近所のアットホームなスーパーと違ってコンビニには子供に甘い試食コーナーなんてものは存在しないのだ。

そういう遊びと勘違いしてるのか、楽しげに小さな手足をジタバタさせ、エプロン後ろの丸いふわふわを揺らしてアリスが尋ねてきた。相変わらず絵本の少女みたいに空気が柔らかい。

「じゃあ帰りは何食べていくんですっ？」

「……見てこのお財布の中身。もう一〇〇〇円札が一枚と消費税分くらいしか残ってねえよバカ！　ていうか何でお前こっちについてきてるんだ⁉　小萌先生に保護はお任せしただろっ」

「ツクヨミコモエはノットせんせいなので」

「？　いやアリス、あの人は身長一三五センチだけど学校の先生だよ」

「でも少女のせんせいではないのですし」

？？？

特殊な言い回しというか、なぞなぞ臭いというか。また現実感のない童話っぽい独自ルールがやってきた。無邪気に笑っているアリスの瞳には迷いらしきものが一切ない。場当たり的に言い張っているだけでなくアリスの中では一足す一は二になるような何かしらの法則があるようなのだが、外から見てる男子高校生の上条からでは想像もできない。

（……まあ冬休みで授業とかないんだから、部活の顧問でもない限り大人の警備員なんてそこらじゅうでパトロールしてるだろ。中身は学校の先生なんだし）

「せんせい、どうした訳なのよ？」

「いや……」

何故か口に出すのをちょっと躊躇った。現実に、アリスはすでにこうして小萌先生のアパートという『保護された先』から脱走している。というか、どこの子かは知らないけどそもそも上条の寮に来たのもどこかから気ままに抜け出してきたのでは……？　ここでまた別の誰かに預けると言い出すと、逃げる準備と覚悟を固めてしまうかもしれない。

『駅だ駅っ、駅前に集合！　生で中継してるってよ！』

『テレビカメラ来てるって？　俺達の主張をばら撒くチャンスっ』

そんな風に思っていると、すぐそこを『大掃除』の手作りプラカードを担いだ若者達が走り抜けていった。口元をスカーフや工事用の硬いマスクで覆ってサングラスやスキーゴーグルで目線も隠しているが、本気のアングラ活動というよりは街中でやる動画のパフォーマンス気分といった方が近そうだ。それとは関係なく、ただ道端でたむろして果物っぽい缶のお酒を呑んでいる大学生なんかもいた。街は一見平和だけど、あちこちピリピリしている。こうなると『大掃除』の是非とは関係ない所で勝手に暴発的なトラブルも起きかねない。もうすぐ夜になるのに、今ここで幼いアリスをよその子だからと言って野放しにするのは正直ちょっと怖い。

（誰も困らないなら二、三日預かるのも良いけど、この子の親とか寮母さんとか、とにかく暗くなると保護者の人が心配するだろうしなあ……。特にこんな状況じゃ）

「アリス、携帯電話は？」

「けーたい？」

逆にほっそりした首を傾げられてしまった。

今時モバイル系を何にも持っていない人というのも珍しいが、服装だって浮世離れしているし、よっぽどのハコイリさんならありえる、か？　ネット関係に接触させるのが心配なのは分かるが……いや、そういう訳ではないのか。上条はちょっと注目すべきポイントを変える。

「？　へへー、似合いますっ？」

小さな両腕を左右に広げて無邪気に自分自身を見せびらかし始めたアリスだったが、彼女のお人形ドレスにはGPS付きの防犯ブザーといったものも特にない。こうなるとまだ見ぬ親御さんが用心深くネット環境を遮断しているというよりも、単純に迂闊な印象がある。

ともあれ、これだとアリスにアドレス帳をパパッと見せてもらって保護者さんに連絡を繋いで……といった事もできそうにない。

（こりゃますます大ピンチだ。とはいえ、アリスを夜の街に放り出す訳にもいかないし……）

「ATMが動き出すのは一月四日だよ、まだ一週間くらいある。この調子で買い食いなんか続けていたら年越しどころか今日中には夢の〇円生活に突入してしまう……ッ!!」

「うーん？」

アリスは上条の隣をとことこ歩きながら、小さな人差し指を自分の唇に当てていた。そのまま華奢な首を傾げて金髪少女は言う。

「でもその割に、ガクセーリョーには向かっていないないように見えますけど」

当たり前だ。

何しろインデックスが一夜にして食パン六切れを食い散らかすというやらかしをしてしまったため、寮に帰っても食べるものが一切ない東京年末サバイバル状態だからだ。この一一六〇円が全てである。大至急コスパを極めて大量の食材を確保しないと砂漠でもなければ雪山でもないフツーの学生寮で、コンビニのフランクフルトについてくるけど使わずに余らせちゃうケチャップの小袋を舐めて餓えと戦う日々が始まりかねない。

「とにかくインデックスに食い散らかされないよう、そのまま食べられるパンとかクッキーとかは絶対アウト。米、肉、野菜、とにかく料理になる前の食材の形で、それもできるだけ保存の利くお徳用を買い溜めておくのが大事なんですよ!!　ばんばん!!」

「すごいっ、お重のおせちセットですって」

「おめーはコンビニチェーンの回し者か何かなのか!?　つかあんなもんかまぼことか小魚とかしか入ってないのに普通に五〇〇〇円以上するわ!!　すでに残金オーバーーッ!!」

なので今度の今度こそコンビニ系はアウト。

ディスカウントストアはどっちかというと出来合いが多いので、お徳用のデカいパックを買っても全部インデックスの胃袋に収まってしまうリスクが高い。そうなるとやっぱり米なり肉なり（ようはそのままでは食べられない）食材から揃えられるスーパー狙いが妥当な線だが、こちらも気をつけないと勇み足をしかねない。そう、特売の一〇%引きシールに気を取られて消費期限をうっかり見落とすと実は今日中に食べないとデッド扱いの品も珍しくないのだ。

上条当麻は、今日一日を凌げば済む訳ではない。

一月四日までの長期計画を立てて生き残らないといけないとなると、場当たり的な特売シールにつられるのはキケンなのだ。

(激安で食材確保と言えば業務用スーパーらしいけど……うぇえ、動画サイトを見る限り悲惨だな、こりゃ。殺気立ったおばちゃん軍団に棚の商品を片っ端から引っこ抜かれてるし……)

今からではめぼしいものは軒並みやられているだろうし、生半可な気持ちで難易度ベリーハードの争奪戦に向かったら圧殺されかねない。服や髪の引っ張り合いくらい普通にやってるみたいだし、流石にヒヨコみたいに幼いアリスを連れての突撃は危険過ぎる。となると、

「現実路線だと『あそこ』とかかなあ……」

「うん?」

可愛らしく首を傾げるアリスを連れて上条がやってきたのは、第七学区の大きな駅だった。

ただし目的は鼻が高くてツンツンしてる駅ビルのブランドショップではない。

過密路線の列車を割り振る汎用ホームには一八両編成の列車が停車していた。

普通の旅客用でも、貨物列車でもない。

これ自体が巨大なショッピングセンターとして機能している大型商業列車だ。

アリスが遊園地を前にした子供みたいに目をキラキラさせて食いついていた。

「こ、これは……」

「デリバリーゴーラウンド。なんか移動販売の車の大型版って扱いらしいけど。いくつかの駅を回って列車の上で商売するってのも、前から居酒屋列車みたいなのがあったみたいだし」

「……ほら見てせんせいっ！　日本が生み出した五つ星のハンバーグ専門店ですって!!」

「一発で破算したいのか小娘!?　現実じゃあ厨房（ちゅうぼう）で皿洗いなんて甘い裁定は下されたりしないからな、いきなり警備員（アンチスキル）に通報されて人生おしまいだよ!!」

「時にはそんな冒険も悪くありませんけども!!」

「言っておくけど、片道切符は冒険じゃなくて人生の遭難だからな？」

ともあれこっちは改札を潜ってホームに向かうだけで二人分の切符を買っているのだ。残金は九八〇円。これで収穫がなければいよいよ打つ手なしである。

「……あ、アリスこの野郎。見た目は天真爛漫（てんしんらんまん）なのに、何でこう何をするにせよいちいち金がかかるんだこいつは？」

「紅茶に合うのは何なのよっ、うーん濃厚なチーズケーキが欲しいです。ないなら、まあ今日のところはショートケーキでも我慢してあげますけど」

こんな貧乏の冬にアントワネット級のたわ言を言ってるアリスを連れ、窮屈（きゅうくつ）なホームドアを潜って停車中の列車の中に入る。ふんふんと鼻歌を歌いながらアリスはブティックやアクセサリーショップの前でくるくる回ったりガラスケースに小さな両手をべたりと押しつけたりしていた。

念のために言っておかないと怖い。

「食べ物以外何も買う余裕ないよ」

「ふふん、少女は見ているだけで良いんです。ウィンドウショッピング！　ゆとりのある休日なのよ☆」

「ならペットショップの前で人の上着をくいくい引っ張るな。おいよせやめろアリスうるうる上目使いはっ、何をしたってウサギなんか買わないよ!!」

絵本の少女みたいなアリスが店先で動物とたわむれていると画になる、というか客寄せになると判断されたのだろう。ラーメンの名店前にできる行列みたいな感覚でアリスは気の良いお兄さんから白くて丸いウサギを抱かせてもらっている。

「これ可愛(かわい)いのです!!」

「買わないぞ」

「ウサギの脚が欲しくなってきましたっ。幸運のお守りなので」

「えっ、あ、アリスさん？」

にこにこしていた。聞き間違いなのか子供特有の黒いジョークなのかはっきりしない。

しばらくウサギと遊んでいたアリスだったが、やっぱり飼えないものは飼えない。名残惜しそうに手を振りつつ、そして上条の狙いは先頭から数えて第六、七車両。生鮮食品エリアだ。

　スペースを確保するためか、普通の電車と違って二階構造になっていた。通路は車両の端に寄っていて、小さなボックス状に分けられたブースがいくつも並べられている。外国の寝台列車でも参考にしているのかもしれないが、プラスチックの買い物籠を抱えて見て回る分にはちょっと窮屈な商店街を歩いているのとそう変わらない。

「牛はダメ、豚もダメ、ここは絶対鶏だろコスパ的に。馬鹿めムネ肉の中でも筋が多いヤツは料理しにくいというだけで特売枠にぶち込みやがって上条さんを舐めているのかふふふ……」

「へへー」

「……アリス、そのチョコ菓子どこから持ってきた？　とにかく元の棚に返してらっしゃい」

「へっへーっ☆」

「ダメ!!　全力の笑顔でじりじり迫るなアリス!!」

　貧乏メシの基本はいかにしてお腹を膨らませるかだ。なのでどうしてもうどんやパスタなどに集中しがちな傾向がある。そこから派生してこんにゃくや豆腐なども。ただこれは基本だ、なぞっているだけでは東京年末サバイバルを生き残れない。

「ほほう、オートミール。何だこれ？　麦ご飯みたいだけど……」

　店内をきちんと見て回ると、やたらと安いものはちゃんと見つかる。ただ正規料金とは思えなかった。おそらく普及を促すためにわざと値段を下げているのだろう。

野菜はもちろんワケアリ狙いなのは基本、言うまでもない。その上で何となく大きく膨らんだ白菜やキャベツレタス系に目が向いてしまいがちだが、葉物の野菜は水分ばっかりで必ずしも腹に溜まるとは限らない点に注意が必要だ。それからトマトやピーマンなど季節感を無視した夏野菜は大体お高いから基本的に却下で。農業ビルなら年中作れるだろうに。

同じ大根なら食べられる葉っぱがもっさりついているもの、それからこちらもおそらく新しく販路を築くためわざとお安く設定されている紫キャベツなどを選んで籠に入れていく。

締めて税込で九七八円なり。ようやっと、だ。一日二食であれば、一応ギリギリATMが動き出す来年の四日まで生きていけそうな香りが漂ってきた。

そしてレジ打ちの若奥様（新幹線のアテンダントさん風）がにこやかに言った。

「全部で合計一二〇〇円になりまーす」

「はっ、え!?」

いきなり足が出ている。こっちのお財布には九八〇円しかないのだ。

まさかの計算ミス？　いやしっかりと一つ一つ値札は確かめてきた。確かに九七八円で収めたはずだったのだ。それがどうして？　頭の中が混乱する上条当麻は、そこで買い物籠から取り出してレジ台に並べられた品の中に見覚えのないお菓子の箱がある事に気づいた。

「アリス!!　お前またなんかお菓子を買い物籠に忍ばせたのか!?　とにかく返してきて！」

「はあ、でももうこれ箱開けちゃったのですしもぐもぐ」

「返品不可⁉　……こっ、こいついらない知恵ばっかりつけて……っ‼」

「へへー☆　せんせいもはいあーん」

アリスは小さな指先でお菓子を摘んでそんな風に笑ってくるがスーパーを聖域と設定している上条当麻には店内でそんなマナー違反はできない。

しかしこうなると足が出た分、他の肉や野菜をキャンセルしないといけなくなる。ひとまず鶏肉は絶対嫌だ、なけなしの緑黄色野菜である人参さんも手放せない。そうなると、だ。上条はあればあるだけ困らないけど欠乏しても死なない長ネギさんを泣く泣くリリースする羽目に。二本ワンセットなのが痛かった。ばら売りしてくれればまた違ったかもしれないのに！

そして買い物を済ませてから猛烈に後悔が押し寄せてきた。

「やっやべえ、長ネギじゃなかったなー今の……。さようならお味噌汁、さようならお鍋。何にでも使える万能野菜はやっぱり手放すべきじゃなかったーっ‼」

「これ心に優しいＧＡＢＡが入っているんですって。ほらせんせい、少女がはいあーんって言ってるのに」

「ふふふへへ年中能天気なキサマにストレスケアなんか必要ないだろアリス……っ」

「むーう……あむっ」

「？　いきなり目を閉じて何を、ッ、バカ止めろ口移しは⁉」

小さな両手を広げて迫りくる刺客を何とかかわす上条。虚を衝かれて出遅れた事もあり、こ

れでもギリギリだ。アリスが先に目を瞑っていなければホーミングで直撃したかもしれない。

「お口のキスは特別なんですって、おでことかほっぺとは話が違う訳なのよ！」

「悪いけど、俺は口移しにあんまり良い思い出がないんだよ」

ていうか舌の上でドロドロに溶けちゃうチョコレートで口移しはダメだと思う。なんていうか、甘ったるいロマンより先に厳しめの現実が押し寄せてくるというか。

そしてじゃれている場合ではなかった。何をどう嘆いたところでお金は増えない。

所持金二九円。ここから何をどうやっても長ネギを手に入れる事はできない。

が、

「あっ、ある。俺達にはまだＴＡＴＵＹＡのポイントカードが残っている……っ⁉」

「はい？」

お財布のカードホルダーの方にキラリと輝く一枚のカードが挟まっていた。

ポイントは一七〇五Ｐ。一ポイント一円換算だが、提携しているお店でしか買い物はできない。ここで本やＣＤを買ってもお腹は膨れない。ドラッグストアにはお菓子やカップ麺くらいは売っているかもしれないが、それではあまりにコスパが悪い。

でも大丈夫。

上条当麻は鼻から息を吐いて、

「ここは一度ＴＡＴＵＹＡのポイントでテキトーなＤＶＤでも買って‼」

「？」

「それを別のショップで買い取ってもらえば現金になるから!! ふはははこれで紙のお金が再び手元にやってくる東京年末サバイバルはようやくの上向き、何を節約なんてしていたんだ馬鹿馬鹿しいスーパーにとんぼ返りすれば長ネギさんなんていくらでも取り戻せるうーッ!!」

「ちゃーすこちら合計で一二〇円になりまーす」

レジカウンターの前で生ゴミになった上条当麻が膝から真っ直ぐ崩れ落ちた。アリスはその場で屈むと楽しそうに指先でつついてくる。

転売厨に神の罰が直撃した。

6

『クローン技術というのは何も特別な魔法ではなく、自然界にある遺伝子の自己複製技術に人の側からアプローチを加えているってだけなのよ。だから怖がらなくても大丈夫！』

『はなしがむずかしすぎるよおねーさん！』

『漠然とクローンが怖いというのは、人間を丸ごと作るイメージがあるからじゃないかしら。

例えば今はもう人工的に調整した微生物を使ったバイオリアクターでアミノ酸やアルコールを量産する時代だし、単一クローン抗体を使ったミサイル療法などもテストされているわね。……おっとサブスク君はぬいぐるみだから遺伝子なんかなかったか』

夕暮れ。

駅構内にずらりと並ぶシャワーブースよりは大きいくらいの四角い空間、シェアオフィスで書類仕事をしていた白井黒子は、賑やかしのために適当に点けていたモバイルのワンセグテレビからそんなやり取りが流れてくるのを今さらのように思い出していた。

テレビは面白くもなんともないが、何か点けておかないと意外と外がうるさくて集中できない。安全対策なのか壁の防音は完璧とは言い難く、特に今は『大掃除』とやらのデモ活動でどの学区も駅前は騒がしいそうだ。

『それではニュースと天気予報です。ヘッドラインはこちら。アメリカでは一定以上の資本を持つ大企業への監査や、飛び級レベルの天才少年や天才少女、いわゆるギフテッドの保護に関する法律の修正案が下院に提出されたようですが』

『第一報は話題作りのためのハッタリでしょう、これがそのまま通ったら一番怖がるのは発案者本人だと思いますよ。しかしこれで世論の流れが傾くとロベルト＝カッツェ大統領は頭を抱える事になるでしょうね。出る杭を打って皆の所得を均一に調整するという行いは、そもそも資本主義の根幹を否定します』

『皮肉な事に、ネット事業大手のR&Cオカルティクスが無期限活動停止した事による不便なイライラが企業活動を締め上げる「大掃除」に向けられているという意見もあります。また、R&Cオカルティクスと学園都市第一位のクローン殺害に因果関係はないはずですが、この二つが同時期に話題をさらった事で認識の混同が起きているようです。SNSではエリートアレルギーとも見られる社会現象、通称「大掃除」や関連用語がランクワードを独占していて……』

何となく、気持ちの整理が追い着かない。

いつも入り浸っている一七七支部ではなく、交通系ICにも使える携帯電話をかざしてこんな所で書類をまとめているのもそのためだ。

そっと息を吐く。ここのところ、この手の話題が急に増えてきた気がする。猫なで声のクローン賛美かエリート批判の辛口コメンテーターばっかりだ。

まるで誰かの都合に合わせて印象を塗り潰そうとしているかのように。

いや、複数の思惑がぶつかり合っているように見えているところだけは救いかもしれないが。

（……お姉様）

「あーむらむらする多くの人が行き交う現代の小さな死角でイロイロ解消してやろうかしら」

と、携帯電話の方に連絡があった。

番号を見て白井はわずかに息を呑む。珍しい相手だ。普段は割と犬猿の仲になっている大人達の治安維持機関・警備員の詰め所からである。

　モバイルのワンセグを切って通話に応じてみると、

「はあ。囚人護送列車ですの？」

　白井黒子は怪訝な顔でそれだけ繰り返した。

　はっきり言って（普通の）風紀委員の職分ではない。警備員や風紀委員が担当するのは『容疑者』の確保までで、裁判を経て刑が確定した『囚人』の扱いは護送も含めて刑務官の仕事だ。それも普通の護送車を使って一般道を走らせると外から襲撃・脱走のリスクなどが極めて高い特殊な囚人を運ぶ装甲列車なんて存在自体初耳だ。

　シェアオフィスの利用料金は一五分で三〇〇円。こうやって電話で仕事の手が止まると、額がどうというより顔も知らない他人に時間を盗まれている気がして白井は落ち着かない。

「『オペレーションネーム・ハンドカフス』の囚人達ですか。お伝えしていただいたのは感謝いたしますが、わたくしの方からできる事は何もありませんわよ？」

　上辺は適当に言いながら、白井黒子は一二月二五日の事件を思い出していた。

　最悪の結末で終わった『暗部』の一掃作戦。

『分解者』過愛と『媒介者』妖宴の双子姉妹、殺人的なパパラッチのベニゾメ＝ゼリーフィッシュ。

　そして、共に事件を追ったはずの警備員・楽丘豊富。

当然ながら何も思わない訳ではない。そもそも白井黒子は本当にあの事件の『結末の結末』まで見届ける事ができたのかも自信がない。だからこそ、大人の警備員の方からでも例外的に連絡が来たのか。

そんな風に思っていた。

でも違った。

警備員からは慌てたような通達があった。

「え？」

7

さようなら長ネギさん。

君がいなくても全く食べられない事はないけれど、だけどこれで年末年始の汁物とお鍋系は軒並みコレジャナイ感に襲われる事確定である。

上条当麻は両目をぎゅっと瞑って歯を食いしばっていた。

ギャンブル系エンタメでそもそも最初の方針から間違っていた事にようやく気づいた人みたいな顔つきになって汗びっしょりのツンツン頭は吼える。

「ちくしょう、こんなに鶏肉買ったのに長ネギ手放すとかほんと俺は馬鹿か……ッ!?　ばかばかばかっ、迂闊過ぎる！　これで水炊きや雑炊系に飽きた時の貴重な逃げ道、焼き鳥の道も途絶えたわーっ!!」

最後の希望を自ら潰した。

と思っていたが、未練がましくレシートを眺めていた上条はそこで気づく。

スーパーのレシートの末尾がそのまま数字やバーコードがついたチケットになっている。どうやら福引が一回できるらしい。スーパーの方に戻ってみると、おざなりな長テーブルの前にエプロンをつけたおじさんがいた。パーティとかで使う、上に丸い穴の空いた四角い箱が用意されている。

上条当麻は暗い顔になった。

確かに賞品リストの中には高級なお米とか牛肉とかもあるようなのだが、

「おい冗談だろ、この不幸体質上条当麻に最後の最後で運任せの福引とか……。絶対これダメなヤツだよ、何が何でも食べ物欲しいっつってんのに使い捨てティッシュとかが出てくる未来が見えるよ」

「じゃあ少女がやってみるのですっ。えいっ☆」

ずぼっと小さな手を箱の穴に突っ込んで勢い良く紙切れを引っこ抜くアリス。不幸男と違って笑顔の金髪少女はこの辺に迷いがない。

上条と二人で二つ折りの紙を開いてみると、

「なになに？　……『連続絶頂♂（三回）』……？」

「？？？」

「ぶふぉう‼　ちょバッ一体どこから紛れ込んだ、そっ、それは夫婦のお楽しみボックスですお客様あーっっっ‼⁉⁇」

全くいらない小さなおじさん情報（肉食系お姉さんにがっつり持っていかれた人）を真正面から顔いっぱいに頂戴する羽目になった。

大型商業列車二階部分、チェーンの喫茶店でアリスがにこにこ笑っていた。

「やっぱり紅茶が美味しいです」

「……そりゃ結構な事で。こっちは最後の一〇〇円玉が飛んでいったよ」

とはいえ、謎のおじさん勇み足が特賞扱いの高級キャビアの缶に化けたのだから無碍にもできない。大人の世界では口止め料と言うのかもしれないが。

（つかキャビアとか逆にどうすんだこんなの？　下手に手を加えれば加えただけダメにする気がする、貧乏メシを極めた上条さんじゃ絶対これ持て余す‼　もっとこう、正直うどんとかお餅とか普通にガツガツ食べられる腹持ちの良いものの方が東京年末サバイバル的に助かるんですけど……ッ⁉）

「そういやアリス、お前は紅茶好きって割にはブランド茶葉とか全く気にしないでインスタント系をぱかぱか呑んでるよな。多分それ普通に日本の軟水を沸かしているだろうし……」

「あれ、せんせいはどうしてお水だけなんですか？」

　金欠を極めているからだ。

　アリスが大事そうに小さな両手で包み込んでいる紅茶にしたって、ゴテゴテとデコレーションした写真映え狙いではなく、素のまんまのストレートで一番小さなSサイズだ。ダージリンとだけ言われてもいまいち信用ならない例のアレである。

　上条(かみじょう)は二階席から窓の外の動かない景色、細長いホームを眺めて、

(……しっかし普段は街中にあれだけわんさかいるのに、こっちから捜してみると意外と見つからないな大人の警備員(アンチスキル)。冬休みならそこらじゅうでパトロールとかしているものと思っていたんだけど。あれ、ひょっとして駅とか鉄道まわりとかって管轄が違う？？？)

　アリスがどこに住んでいるかは知らないが、保護者だって心配するだろう。早く大人に預けてしまいたいのだが……。

「んーう、むー？」

　と、ガラスに何か映った。何やら正面のアリスが小さな唇(くちびる)を尖(とが)らせているのが反射して映っている。ヤバい何かの兆候だ、と早くも幼いアリスの手で教育されつつある上条(かみじょう)が気づいた時にはすでに金髪少女が動いていた。

「……こっち側にいてもつまんないです。おりゃっ！」

「ちょアリス、テーブル下に潜るなっ!!」

「にょきり。うふふ、これでせんせいとずっと一緒なので☆」

「おも」

「くないです」

ちょっとつついたら速攻で反応が返ってきた。ただ相手にされれば何でも楽しいらしい。

テーブル下を潜ってツンツン頭の両足の間から再浮上してきたアリスがくるりと一八〇度反転、そのまま上条の膝の上に体を乗っけてきていた。

飼い猫は、主が新聞やタブレット端末の記事を読んでいると『無視されている』と感じて画面上にどすりとのしかかり、視界を邪魔する事があるとか何とか。

何やらご満悦なのか、アリスは後ろへ大して重くもない体重を全部預けてくる。高めの体温がこっちに移ってくる。絵本のお城にある玉座に腰掛ける的な仕草だった。

「うふふ☆」

「ああもうっ、こらアリス。そのまま紅茶のカップいじるな、お前絶対床に手をついたろ。ほらお手拭きでちゃんと拭いて」

「なーにー？　めんどいです。ならせんせいがやってください」

ちなみにカップと言っても繊細な陶器ではなく、蓋に飲み口がついた紙コップだ。つまり放っておくとあれもこれも飲み口までべたべた触りそうだったので従うしかなかった。ツンツン頭は二人羽織りスタイルで後ろからテーブルにあるエタノール系の湿った紙タオルを掴み、アリスの小さな掌をざっと拭き取ってやる。上条の良く知る自分の肌の感触とは全然違った。プリンとかババロアとか甘いお菓子を連想させる掌だ。紙の端とかで簡単に切ってしまいそうなくらい柔らかい。

幼いアリスはされるがままだ。

くすぐったそうにきゃっきゃはしゃいでテーブル下で細い脚をぱたぱた振っていた。そのたびにきめ細かい金の髪が少年の胸元を嬲る。上条からかまってもらえれば満足らしく、テーブルの上に置いた紅茶も放ったらかしにされている。

「じゃあせんせいにも少女の紅茶をあげます。お世話をしてくれたお礼なのよ！」

「アリス、お前はどうしてすぐそうぐいぐい間接キスとかさせたがる訳？」

「せんせいが好きなので」

剝き出しの一言に不覚にもちょっと呼吸が詰まった。ちょっと疲れたら誰でも良いからとにかく背中に飛びついておんぶでも要求しそうだと思っていたのに、アリスって人を見て好きとか言う子なのか、と上条は少し驚く。

ややあって、それから気づいた。

「そうかちくしょうこれが世のお父さんやお兄さんが軒並みお見舞いされる『大きくなったら結婚してあげる』か。ダメダメ、こんな秒で忘れる空手形にいちいち振り回されちゃ！」

「むー。せんせいが信じてくれないのです、少女は正直者なのに」

小さな足をぱたぱた振るアリスは不満げに唇(くちびる)を尖(とが)らせていた。

疑問がある。

どうしてアリスはこんなに上条(かみじょう)へ懐(なつ)いてくるのだろう？　そもそも朝起きたら学生寮にいた、というのも謎だ。たまたま道端でばったりとは状況が違う。考えなしのランダムでたまたま出会ったのではなく、最初から上条(かみじょう)に向かってやってきている、とでも言うか。

（……ひょっとして、どこかで会ってる？）

完全記憶能力を持っているインデックスが初見っぽい顔をしていたので、可能性は低い。ただインデックスと知り合う前の話ならこの条件は解除される。

つまり、

（まさか、俺が記憶を失うより前、とか……？？？）

「なあ、アリス……」

思わず言いかけた時だった。

ヴぃーヴぃー、という小さなモーター音があった。

上条当麻(かみじょうとうま)の電話だ。ポケットからおじいちゃんスマホを取り出して画面へ目をやると、パスロックを解除する前から見た事もないポップアップが表示されていた。

『《ブレイク警報》が発令しました（タップして詳細を見る）』

「？」

『こちらは位置情報サービスより重要なお知らせです、本通知を受け取った皆様は該当座標に重なっております。大至急座標を離れ、安全を確保してください』

なにこれ？

ここ最近やっとスマホを持ち始めたおじいちゃん上条にはいまいち何の話か見えてこない。

「なあアリス、うっぷ尖った巻き髪食べちゃった。なあってば。これ何の話か分かるか？」

「わあ！　これスマホってヤツなのよ。ゲームやりたい、ドーガも観てみたいですっ!!」

そういえばアリスは携帯電話を持っていなかったんだったか。

しかしスマホについては知っているらしい。どうにもチグハグなのは、やっぱり持っていない側から適当に知識をつまみ食いしているからか。例えばテレビのＣＭや駅の広告とかで。

怪訝な顔をする上条だったが、意味不明なメッセージそのものよりも強い違和感は他にあった。周囲だ。同じ喫茶店にいる客達のスマホが同じように、一斉にモーター音や着信メロディを鳴らしたのだ。

ざ、ざっ!!　と。

全員まとめて、だった。揃いも揃ってガタガタと席を立って列車の外へ飛び出していく。中にはホイップクリームやチョコレートソースでゴテゴテに飾り立てたアイスコーヒーにストローを挿してスマホで写真を一枚撮る前に放り出す女子大生なんかもいた。ていうかバイトの店員とかもレジに鍵を掛けて普通に逃げ出している。

「あれ……？」

気がつけばにこにこしているアリスと二人でぽつんと取り残されたまま、上条当麻は周囲を見回した。いきなり膝の上に乗っかるアリス以外の全てが冷え切った気がする。

だから何の通知なのだ。

なんか、何か知らないけどほんとにヤバそう？

どうして良いか分からずキョトンとしているとすぐ外のホームを誰かが走っているのが見えた。栗色の髪をツインテールにした、腕章を見る限りあれは、

「おっ、もしかして風紀委員？　大人じゃないけど、まあちょうど良いかな」

「ぶすーっ！　せんせい、ちゃんと少女の方を見てほしいのですっ‼」

膝の上でむくれているアリスには適当に頭を撫でてやるしかない。ホーム側でもツインテールがこちらに気づいたようだ、ぎょっと目をまん丸に見開き、そして慌てたように叫ぶ。

白井黒子はこう警告した。

「げっ、お姉様にまとわりつく類人猿……。ちょっとそこのあなた達‼　わたくしは風紀委員の白井黒子ですの。ブレイク警報と言っているでしょう、とにかく早くそこから降りて避難なさい‼」

「……、ひなん？」

聞き捨てならない危難の響き。

ただ一方で、未だに上条にはピンとこない。避難って、何から？　例えば災害だとして、高架線路の上にある頑丈な駅のホームで一体どんな災害に見舞われるというのだ。少なくとも、暴風や水害でやられるような立地とは思えないのだが。

両手を口元に当ててメガホンのような形にして、なおも白井黒子はこう叫ぶ。

決定的な一言を。

「間もなく列車が突っ込んできます!!　囚人護送列車と正面衝突しますわよ!!!!!!」

駅のホームで停車中の大型商業列車へ、同じ線路の上を最高速度で突っ走る囚人護送列車『オーバーハンティング』がそのまま突っ込んだ。

『デリバリーゴーラウンド』先頭の車両は空き缶のように潰れ、衝撃は速やかに最後尾まで伝播して、そしてその場に留まっていられなくなった途中いくつかの車両が芋虫や尺取虫のように不自然に盛り上がった。

ジェイルブレイクが始まった。

行間　二

囚人護送列車『オーバーハンティング』にてブレイク警報あり、事象発生。

発生地点は第七学区南部、駅構内。

事態を迅速に収拾するべく、現時刻より民間向けの協力窓口を設置します。警備員(アンチスキル)、風紀委員(ジャッジメント)は己の役割を理解しつつ民間のフリーランスと協力して職務を全うしてください。

以下は新制度の試用運転も兼ねた懸賞金の暫定算出額です。

直接逮捕の場合は全額、逮捕の決め手となった情報提供の場合は提示額の一割を公費より非課税扱いで支払うものとします。なお額については公式ホームページ等の第一次公示額ではありますが、状況に応じて報酬の上積みも検討していますのであしからず。

逃亡犯はいずれも過酷かつ不測の事態を極めた『オペレーションネーム・ハンドカフス』の数少ない生き残りであり、同時にあの事件からの生還それ自体が凶悪犯の極めて危険な性質を証明していると言っても過言ではありません。取り扱いには十分以上に留意してください。

『ベニゾメ＝ゼリーフィッシュ』

懸賞金一億五〇〇〇万円。

フリーのパパラッチにして一流の狙撃手であり、特別なスクープを撮るためなら遠方から撮影対象を銃撃して混乱を見舞わせるくらいは当たり前、というモラルハザードを起こした報道人です。その性質により自分から罪を犯す事はありませんが、すでにある犯罪行為を引っ掻き回して被害を倍化させていく事で知られています。

カメラのフラッシュや赤外線投光器といった撮影機材と、スナイパーライフルなどを組み合わせて戦う独自のスタイルを構築しています。訓練通りの銃撃戦で制圧しようとすると五感の攪乱、特殊な照準補整等によって致命的な反撃を受けるので注意してください。

『花露妖宴』

懸賞金三億円。

通称『媒介者』と呼ばれる、有害物質や微生物を昆虫や小動物に載せて指定の通りに拡散させるエキスパート。現役活動時は直接的な戦闘や襲撃以外にも、他犯罪者からの依頼で死体や証拠品の隠蔽行為にも手を貸していた模様です（痕跡の完全な抹消につき立件できず）。

なお、双子の姉妹である『分解者』過愛については『オペレーションネーム・ハンドカフス』期間内に失踪し、以降は消息不明です。一説では自らの肉体をドロドロに分解した上で下水道に逃げ込み、今も汚水の中で棲息を続けているという未確認情報もありますが、それが技術的・生物学的に可能であるかも含めて確度が足りません。別途、引き続き捜索を。

主な武器は試験管の液体。

中身は各種生物をコントロールするためのフェロモンや蜜などであり、一見清潔ではあるものの無数の害虫・害獣で満ちた学園都市の中では半永久的に戦力確保できると言っても過言ではありません。

『楽丘豊富』

懸賞金八〇〇〇万円。

現役の『警備員』でありながら犯罪行為に手を染めた特別背任・瀆職罪で有罪。また、『警備員』として活動する以前から殺人及び死体隠蔽に関係していた疑いもあります（こちらについては該当する死体が完璧に処理されているため、立件できず）。

『警備員』の中でも凶悪犯側の心理や技術に近づく事で戦闘訓練の質を上げる、アンチスキル＝アグレッサーに所属。消化酵素を利用し自らの筋量を疑似的に増幅させる筋フィラメント操作技術を全身に適用しているため、肉体そのものが強力な兵器として機能します。推定筋力は重量挙げで七〇トン超。装甲車の側面程度であれば、粘土のように毟り取る事が可能です。

　以上が『デリバリーゴーラウンド』との衝突により、囚人護送列車『オーバーハンティング』から行方を晦ました脱走犯のパーソナルデータとなります。

　なお、そもそもの事故原因も含めて現場周辺では不可解かつ未解析の事象が複数確認されております。『オペレーションネーム・ハンドカフス』は、木原一族、人工幽霊、機械製品のアンドロイドなど報告や目撃情報に不明点が多く、現場の情報は極めて錯綜しており、公式報告にある該当者の生死を含む全てに一定以上の疑問があります。よって今回の一件には、他にも干渉源や協力者が存在する可能性すら否定できません。

　油断と殉職は直結しております。先入観を捨て、あらゆる危機に対応してください。『オペレーションネーム・ハンドカフス』はすでに終結しました。ここからさらに犠牲者が発生する事を当方は認めておりません。

　今度こそ、学園都市の悪夢に終止符を打ちましょう。

　よろしくお願いいたします。

in Wonderland

花露妖宴

だっそうはん。
おくすり使うので。

ベニゾメ=ゼリーフィッシュ

だっそうはん。
カメラのお姉さんですし。

楽丘豊富

だっそうはん。
むきむきバーコードなのよ。

フリルサンド#G

学園都市に出てくる
おばけですし。

Alice's Adventures

上条当麻

少女のせんせいなので。
いろんなことを教えてくれるのです。

白井黒子

風紀委員のお姉さん。
空間移動できるので。

一方通行

学園都市の
えらいひとなのよ。

第二章　救済のパズルは目の前にある　Travel.

1

その瞬間、上条当麻（かみじょうとうま）は呼吸を忘れていた。

とっさに、だった。

瞬（まばた）きした途端いきなり目の前にツインテールの女子中学生、白井黒子（しらいくろこ）が立っているのを見て『空間移動（テレポート）』という言葉が頭に浮かんだだけでも僥倖（ぎょうこう）。しかし上条（かみじょう）がすがると逆効果になる。

右手に宿る力、『幻想殺し（イマジンブレイカー）』があると『空間移動（テレポート）』を阻害してしまうからだ。

なので両手で背中を突き飛ばすようにして膝の上に乗っていた小柄なアリスだけ押しつけ、上条当麻（かみじょうとうま）は叫んでいた。

「行けッ!!　アリスを頼む！」

相手の返事を待っている暇もなかった。

　こちらの動きが予想外だったのか、やや後ろに仰け反った白井黒子とアリスの二人が虚空へ消えた瞬間だ。恐るべき轟音と衝撃が炸裂した。上条がいたのは大型商業列車『デリバリーゴーラウンド』、第九車両二階席の喫茶店。にも拘らず一瞬で潰れた先頭の車両から列車の最後尾まで衝撃が一気に突き抜け、両足の靴底がぶわりと床から浮いた。冗談抜きにツンツン頭の少年はノーバウンドで隣の第八車両まで吹っ飛ばされていく。

「があああああああああああああああああああああああああああッ⁉」

　誰も残っていない託児所らしきスペースを何度も転がり、プラスチックでできたジャングルジムや滑り台を次々と砕いて撒き散らし、ようやく上条の体が動きを止める。

　呼吸が詰まる。

　自分の目で見ているものが信じられない。

　ただしそれは訳もなく全身を痛めつけられたから……ではない。

「とっ、鶏肉が……」

　起き上がる事も忘れて上条当麻は床で潰れたまま呻いていた。

　自前のエコバッグが彼方へぶん投げられ、最後の財産で買った特売品が床に撒き散らされていた。透明なラップは破れ、柔らかいトレイの容器は砕けて、全てが無残にへばりついている。床一面のオートミールは早くも水分を吸ってふやけ始めていた。

「えっえっ、大根がへし折れてる？　なんか割れたガラスでジャリジャリしてるしっ、何でネズミがいるんだよおこの列車!! あっちの壁にへばりついてるのって……紫キャベツ? ぐおお!! はっ、はまぐりより安くて大きいホンビノス貝は見事に砕け散り、奇跡の一パック九〇円の卵も全滅う!? あ、あああ。ぐおわァァあああ!!!?!??」

頭を抱えて絶叫しても現実は変わらない。

はらはらと、上条当麻の目尻から透明な粒がこぼれ落ちていた。

無理だ。これは到底無理。東京年末サバイバルは完全に敗北だ。あまりにも無慈悲な事実を受け入れるだけの心構えができない。こちとらお財布の中身は総額四九円、ここから何をどう買い直すというのだ? 一月四日までATMは動かないと何度も言っているだろう! これから先、年末年始はどうなる。まさかの本日二九日から欠乏状態に突入なのか……ッ!?

表で騒ぎが聞こえてきた。

『ええい!! 高額懸賞金狙いの一般人なんぞ邪魔なだけですわ、すみっこにでもどかしておきなさい! とにかくわたくし達で逃亡犯を追います。初春はカメラの記録を洗って囚人達の足取りをできる範囲でサーチしてくださいませ!!』

「……、」

のろのろと上条当麻は無人の空間で身を起こした。

激突の直前、ツインテールの少女は『囚人護送列車が突っ込んでくる』と言っていた。そしてあの慌てぶりを見るに、中に乗せられていた囚人は外へ逃げ出してしまったらしい。

そういう狙いの、そういう事件。

シンと静まり返った車内から窓の外をぼんやりと見て、そして静かに頷いた。

そして高額懸賞金だと？　ならば鶏肉と長ネギで丸ごと家を建ててやる……ッッッ!!

どこの誰だか知らんがもう絶対に殺す。

ガヅッ!!　と。

表面がちょっとへこんでいるけどかろうじて無事だったキャビアの缶だけ掌全体で握り込むようにして摑み取り、悪鬼の如き上条当麻が再び起き上がる。

ここは列車の二階席だが、どうやら一階へ繋がる金属の階段は潰れているようだ。そしてツンツン頭は気に留めなかった。とにかくホームだ。窓が全部割れた窓の方へ勢い良く向かう。

「ぶつぶつぶつぶつ……。か、必ずコブシを一発ぶち込んで反省させてやる。食べ物を粗末にする子に幸せなどやってこないぞおおおおおーっ!!!!!!」

怒りと哀しみが極まって怒号が爆発し、そして迷わず手負いの上条は二階席の窓から駅のホームに向けて飛び降りた。

そもそもホームがなかった。

「えっ？」

いきなりの予想外。

頭が空白で埋まるが、一度描いてしまった放物線は覆らない。

「あのっ、いやあのうーッ⁉」

足元の床は崩れていていて、小さなトラックくらいならそのまま落っこちてしまいそうな巨大な穴が。ついうっかりで着地する先を見失った上条が何かする前に、重力落下であっさり上条が地獄の穴へと転落していく。

胃袋が持ち上がる感覚に絶叫する。

「ぎゃあああああっ‼」

おそらく二階分くらい落ちた。

ちょっとハードルを飛び越えるくらいの気分だったのにジャンプしたのはベランダの手すりでした。それくらいの感覚で落下の距離がいきなり激増したのだ。

骨とか折れるかもしれない。

ぞっとした直後、べちゃりと粘ついた音を立てて上条当麻がどこかに叩きつけられた。

「？？？？」

助かっ……て、しまった？？？

が、何なのだこれは？　床が抜け落ちているんだからてっきり真下はギザギザの瓦礫だらけかと思っていたのに、実際にはなんか黒っぽいヘドロみたいなものが山積みされている。これがクッションになって助かったようだが、正体不明だとあんまり喜べない。

（……これ、ひょっとしてホームが溶けてる？　嘘だろおいっ、コンクリとか鉄骨とかの塊だろ。肌に触れても大丈夫なものなのか⁉）

ようやくジタバタと上条は黒っぽいヘドロの山から体を引っこ抜いて転がり、距離を取る。

そして今さら後悔が押し寄せてきた。

登山での遭難など、極限状況に追いやられた人間は疲れや緊張から極端に視野が狭まり、自分にとって都合の良い予測ばかり頭に並んでしまうものらしい。例えば、『もうすぐ陽が暮れるけど真っ暗闇の中で立ち往生なんて嫌だ。山の斜面と言ってもきっちり垂直じゃないんだし、常に近くの木の幹に手で触れながら注意深く歩いていけば大丈夫だろう』などだ。当然、甘い予測に従って実行すれば足を踏み外して深刻な滑落事故の出来上がりである。

……冷静に考えれば目の前の階段が塞がれていたからって、『デリバリーゴーラウンド』の二階席の窓からホーム側へ飛び降りるなんて普通の動きではない。隣の車両に移動して無事な階段を探すとか、もっと真っ当な選択肢はいっぱいあったはずなのに……。

駅のホームは高架線路に合わせて高い位置にあるため、下の階は連絡通路やショップが並ぶ清潔な駅のコンコースだ。

しかし反して、不自然なくらい行き交う客も駅員もいない。

ブレイク警報とやらの通知のおかげか。駅でしか見かけない不思議なコンビニも、立ち食い蕎麦のお店も、お土産コーナーや駅弁なんかが合体したちょっとしたモールみたいな売り場も、全部放ったらかしだ。多過ぎるくらいの照明は妙に白々しくて、勝手に反応するガラスの自動ドアや、無人の喫茶店の方から繰り返し流れてくる公式アプリの登録を勧めるお知らせのアナウンスが逆に物悲しさを伝えてくる。

列車の中だけではない。

ここまで広範囲に大きな影響を与える何かが……今も進行、し、て、い、る？

「……、」

ごくりと喉を鳴らす。

何となく天井の防犯カメラに手を振ってみるが、大人達が駆けつけてくれる様子もない。

特別仕様の列車が衝突し、中に閉じ込められていた複数の凶悪犯が外に脱走した。これだけでも高校生の上条にとってはもう軽めにファンタジーだが、仮にこれが偶然ではなかったとしたら？　現実に駅のホームは溶けていた。あれが能力なのかテクノロジーなのかは知らないが、きちんと逃げ切りたいならそれだけを頼みにするものだろうか。

（……なんか、まずい。大人しくアリスや風紀委員を待っていれば良かった、かも？）

ここで事故が起きるとあらかじめ分かっていれば、最初から駅構内に道具を仕込んでおく事も可能では？　あるいはもっとそれ以前の話として、二三の学区全体へあちこちこまめに非常用のキットを隠しておく事だってできるんじゃないのか。

それはお金か、着替えか、偽造した身分証か……あるいは、もっと凶悪な武器？

がたりという物音があった。

心臓に嫌な負荷がかかるのが上条は自分で分かる。

怖い。でも放置しておいても胸の中で不安が膨らんでいくだけだ。ツンツン頭は音を立てないように気をつけてゆっくりと振り返り、音源らしき場所へそろそろと歩いていく。高級スーパーみたいな間取りのお土産売り場を越えて、通路の角。物音はそっちから聞こえたと思う。

ちょっと唇を噛んで、上条当麻は恐る恐る角の向こうを覗き込んでみる。

壁際にコインロッカーが並んでいた。

そこに向かい合って、長い黒髪をなびかせる一〇歳くらいの女の子が立っている。さっきの物音の正体は薄っぺらな金属の扉の開閉音……じゃない。本棚みたいな塊のロッカーとロッカーの隙間から、ぺらぺらのビジネスバッグを引っこ抜いているのが見える。

あの子は何をしている？　どうして一人だけ逃げない？

長い黒髪の少女は床に置いたビジネスバッグの中身を確認してから自分の服に手を掛けた。

分厚い作業服みたいだけど、でもそうじゃない。囚人服だと上条が気づいた途端、こちらに気づいていない女の子は駅の通路で躊躇なく脱ぎ捨てていく。

不用意な柔肌に思わず目を逸らしてから、今はそんな場合ではないと思い直す。

異質な何かがあった。

(何だっ、あれ……？　ガスマスクに、ペイントだらけの白衣……？？？)

白衣を羽織り、小柄な背丈に合わないアンバランスな胸を覆うように襟(えり)を合わせると、不思議と浴衣(ゆかた)のような印象に化ける。ガスマスクも頭の横に引っ掛けると縁日のお面っぽくなる。

それから、カラフルな液体が入った試験管が何本も出てくる。

あれが何であれ、ろくでもない薬品なのは明らかだ。

鉄骨やコンクリートでできた駅のホームが黒っぽいドロドロに溶けたのも、ひょっとしたらアレのお仲間かもしれない。元々の囚人服。あの人物が何を得意としていて、どういう罪で囚人護送列車に乗せられていたかは知らない。だけど多分、アレは人間が直接鼻で嗅いで大丈夫なものじゃない。そして純粋な薬品系だった場合、右手の幻想殺し(イマジンブレイカー)は何の役にも立たない。

相手は一〇歳くらいの女の子だ、なんて甘く見ない方が良い。乳母車に乗った赤ちゃんが握ったって拳銃は拳銃だし、杖(つえ)をつくおじいちゃんが投げ込んだって手榴弾(しゅりゅうだん)は手榴弾(しゅりゅうだん)だ。道具の威力は一律。なので多分ここでの正解は、場所を覚えて一歩後ろに下がる事。そしてポケットからスマホを取り出して今見た全部を警備員(アンチスキル)なり風紀委員(ジャッジメント)なりまで正確に伝える事だ。

緊張するけど、生唾を呑(の)むのも怖い。

とにかく上条(かみじょう)は息を止めて、努めて冷静に後ろへ一歩下がった。

どんっ、と誰もいない世界でお尻に何かがぶつかった。

「せんせい☆」

「きゃあああーっっっ!!⁉??」

叫んで後悔した。

小さな両手を前に突き出して笑顔のアリスが真後ろから引っついてきた直後、コインロッカーの方でも慌てたように謎の薬品少女がこちらに、バッ!!　と振り返った。

場が大きく動く。

致命的に。

2

ちょっと目を離した隙に、であった。

(ええいっ、あの金髪の女の子は一体どこへ消えましたの⁉)

駅のホームで白井黒子(しらいくろこ)は焦(あせ)りに駆られていた。

憎たらしいが類人猿から預けられた民間人なのは事実だ。

ファウファウ!!　という特殊車両のサイレンが今さらのように遠くから響いてくる。たまたま駅構内で書類仕事をしていた白井と違って、よそからやってくる警備員達が本格的に現場を保存するのはまだ少しかかりそうだ。大きな駅なら構内に詰め所くらいはありそうだが、おそらく一般客の避難誘導で忙殺されているのだろう。

囚人護送列車『オーバーハンティング』と大型商業列車『デリバリーゴーラウンド』が衝突した凄惨な事故現場だ。特に大型商業列車側はいくつかの車両が圧迫に耐えられず尺取虫のように折れ曲がり、ホームドアを壊してこちら側にまで大きくはみ出しているものもある。

唯一車内に残った類人猿だっていつまでも放置はしておけないが……、

「初春、優先タスクを新しく設定して警備員と風紀委員に共有！　内容はアリスと名乗る少女の捜索要請‼　年齢は一二歳程度、長い金髪と碧眼、それから仮装臭いワンピースが特徴ですわ。この年末に半袖です。これは『現場の混乱につき忘れていました』となっては困ります‼」

『ええー？　写真の一枚くらい用意してくれないんですか白井さぁん？？？』

「必要なら駅でも電車でも生き残っているカメラの映像を拾って調達なさい！　こんな現場で放置するのはあまりに危険すぎますわ‼」

状況的には特異な囚人護送列車である『オーバーハンティング』ばかり注目されがちだが、カフェやレストラン、果ては送水ホースで温泉を注いだ温水のスパまで揃った『デリバリーゴーラウンド』だって可燃物の塊だ。こっちもこっちで事故車両を捨て置く訳にはいかない。

（まさか、知り合いを捜しに元の車両の方へ戻った訳ではありませんわよね……？）

可能性は低いが、確証もない。後に回してガス爆発にでも巻き込ませたら大変だ。白井黒子はホームを慎重に歩き、ガラスがバキバキに割れた窓越しに人がいないか確認していく。

努力の結果も虚しく何も見つからなかった。

アリスはもちろんあの類人猿もいない。

物音や熱源もない。

ホームをしばらく歩くと、『デリバリーゴーラウンド』側の車両から、そこへ勢い良く突っ込んだ『オーバーハンティング』側に移ってしまう。思わず首を傾げてしまうが、実際にあの二人が大型商業列車側にいないのだからよそへ移動した可能性がある。

「初春、『オーバーハンティング』の情報については?」

『名称ばっかりで詳細なし。うへえ、どこから出てきたんでしょうねこんな列車……』

先頭車両はぐしゃぐしゃに踏み潰された空き缶のようだが、ツインテールの少女は運転席から呻き声を耳にした。この場合、ホームドアが壊れているのは逆に都合が良い。中がどれだけ潰れているかは不明なので、安易に『空間移動』で突撃する訳にもいかない。あれこれドアの周りを調べて、非常用の開放レバーを見つけた。

回しても反応がなかったが、重たい金属音から蝶番の位置は確認できた。太股のベルトから金属矢を二本取り出して『空間移動』で飛ばし、太い金具を破断。そのまま歪んで動かない分厚い金属扉をホーム側に倒す。

中の運転士二名を引っ張り出すと、彼らの腰の横に黒い合成皮革のホルスターが取りつけてあるのが分かる。中身は手錠とリボルバー式の拳銃だ。

(許可証持ちの警備員(アンチスキル)、という雰囲気でもなさそうですけれど……)

「……初春(ういはる)」

『情報なしですってば』

若い男が呻(うめ)きながらもこう報告してきた。

「う……。と、当列車は特別な囚人護送列車として機能しており……」

「存じておりますわ。護送中だったのは楽丘豊富(らくおかほうふ)、花露妖宴(はなつゆようえん)、ベニゾメ=ゼリーフィッシュの三名。いずれも『オペレーションネーム・ハンドカフス』で死亡する事なく生き延びた猛者(もさ)どもですわよね？　わたくしは応援要請を受けて現着した風紀委員(ジャッジメント)です」

「……、自分で立てます。どうか俺にも情報整理を手伝わせてください。っつ」

「何がありましたの？」

「それが我々にも……。不意打ちで車両のコントロールが喪失してしまい。確かにこの『オーバーハンティング』は通常のATS管理よりも手動操作を優先する特殊な列車ではありますが、その分、空気ブレーキや電磁ブレーキなど複数の安全装置を独自に取り入れていたのに……」

(電磁ブレーキが？)

年上の女性運転士はまだ気絶している。脈拍や呼吸だけ確認すると、ホーム側のベンチに寝かせ、手首に合成素材の太い結束バンドを腕時計のように巻いた。ＧＰＳ情報を消防と共有できる救助タグだ。拳銃の存在が心配だが、一応体に特殊な紐で固定されているらしい。なので弾を抜き、青年が所持していた工具を借りて拳銃本体から取り外した撃鉄と一緒に若い運転士の方に押しつける。我ながら情けない話だが、白井側は訓練や講習程度で拳銃及び実弾の携行許可はない。

「な、慣れていますね……」

「もっと危険な飛び道具を扱っておりますので」

『オーバーハンティング』は腐っても特別仕様なのか、先頭の運転室以外は状態が良好だった。

途中、ホーム側にのろのろと出てくる刑務官達を見かけた。変に武装された車両は爆発しそうで怖かったが、特にそうした危機も発生しない。

（……アリス、でしたか。こちらの囚人護送列車側に忍び込んでいる可能性は流石に低そうですけれど。でも子供の好奇心に『絶対こうだ』の断言もできませんし……）

片手で自分の頭を押さえながら、運転士の青年は呻いた。

「囚人を乗せているのは四、五両目の二つだけです」

「参りましたわね……。ドアが開いているように見えますが」

中を覗き込んでみると、薄暗い車内には大型動物用のケージに似た、小さな車輪つきの四角い檻がいくつか転がっていた。やはりこちらも施錠された扉が開け放たれ、辺りの床には手錠や足枷などの鎖がのたくっているだけだ。

全員逃げたらしい。

先頭の車両が潰れたおかげで衝撃が弱まり、彼らには逃げる力が残ったようだった。

白井黒子は檻に貼りつけられた『荷札』の名前を一つ一つ確認していく。

楽丘豊富、花露妖宴、ベニゾメ＝ゼリーフィッシュ。

『オーバーハンティング』に乗せられていた凶悪犯どもを思い浮かべ、白井黒子はそっと目を細めた。いずれも『オペレーションネーム・ハンドカフス』では深く関係した犯罪者達だ。

（……楽丘）

小さく唇を噛む。

元警備員にして、最終的には嫌普性の『暗部』として逮捕された男。『オペレーションネーム・ハンドカフス』当時、彼とは一緒に犯罪者を追っていた分だけ胸に苦いものが溜まる。

彼もまたこの囚人護送列車から逃げ出している。

チャンス、とでも思ったのか。

しかし白井は冷静に判断を下した。

「いいえ、今一番危険なのはこいつですわね。花露妖宴。他生物を利用して有害物質を正確に運搬する『媒介者』」

「さっ、さんおく？　確かに懸賞金は突出していますね……」

業務用の耐衝撃ケースに収まったタブレット端末を睨みながら、若い運転士がそう呟いた。

やや信じられないような口振りで。おそらく『ハンドカフス』を知らないのだろう。白井だったらたとえ一〇〇倍積まれても自分から関わりたくないが。

彼は不思議そうな表情で顔を上げて、

「でも正体はまだ一〇歳の女の子で、特別な能力を使える訳でもないのでしょう？」

「聞き逃しているんですの？　ヤツの専門は『他生物を利用して』ですわ」

白井黒子は言いながら、少し離れた場所にあるホームの大穴を指差す。黒く溶けた構造物には見覚えがあった。『媒介者』はこちらの初動などいちいち待ってくれない。

「蚊、ノミ、ダニ、ハエ、ハチ、蛇、ネズミ、カラス、野良犬、ブラックバス、カミツキガメ……。おおよそ都市型の害虫や害獣であれば何でも操る怪物です。つまり武器は街中にいくらでもあって、半永久的に補給を受けられる状態にある。ヤツに限って言えば、懐から道具を取り上げた程度で無力化できるだなんて考えるのがそもそもの間違いですわ。もっと大きな意味で、学園都市そのものを己の武器としているのですから」

「……、」

「動物を操作するための誘引物質と、動物に載せて使う毒性の高い化学薬品や微生物。これらが揃(そろ)うと手に負えなくなります。しかもこれらだって、街中に溢れ返る排ガスや廃水から合成できるかもしれない。生物化学戦のスペシャリストを完成させて街中で条約違反の汚い戦争をしたくなければ大至急一帯の封鎖を……」

白井(しらい)黒子(くろこ)の言葉はそこで途切れた。

ずずんっっっ!!!!!! と。

ホームどころか、巨大な駅舎全体が大きく揺さぶられたからだ。

慌てて歪んだホームドアの壁に寄りかかる。壁の配線が千切れたのかバチバチという電気が弾(はじ)けるような音がそこかしこで連続し、そして一帯が急激に薄闇に包まれた。どうやらホーム全体の照明がいきなり落ちたらしい。

時刻は午後五時二〇分。

年末ともなればもう辺りだって暗くなっているだろう。

(っ？　初春(ういはる)との通信が。携帯の地上基地局が落ちた訳ではなさそうですけれど……)

陸の孤島。白井(しらい)黒子(くろこ)の緊張がまた一段上昇する。

爆発……は『媒介者』妖宴(ようえん)の得意とする毒や細菌とは遠いイメージがあるが、白井(しらい)は『ハンドカフス』の時にも見ている。微生物を利用して生み出したメタン系の爆発を。

同じく通信機能を奪われて役立たずになったタブレット端末のバックライトに下から顔を照らされながら、若い運転士が喚いた。

「なっ、何が⁉　今度は一体何が起きたんですか‼」

「……見たくもないものならどうせ目の前いっぱいに広げられますわ、こちらが拒んでも」

3

不安定にブレる天井の明かりが、ギリギリで保つ。だから全ての中心点に突っ立っていた上条当麻は、ついに学園都市の奥底にわだかまる極彩色を目の当たりにする。

始まりは光だった。

誘蛾灯よりはるかに凶暴な空気の弾ける音と、溶接以上に凶悪な白の光。

「……え？」

正面、遠方にいる白衣の少女から……ではなかった。

悪意は真横から瞬いた。

正体不明なものに対し、思わず反射で上条が右手の掌をかざそうとした時だった。

「せんせい、『それ』はダメです」

ぐっと、その手を摑まれて横合いに突き飛ばされた。

アリスだ。

直後。

がカァッッッ!!!!!! と。

水平。ツンツン頭の胸くらいの高さを、何か凶悪なモノが一気に突き抜けていった。それはコンコースにずらりと並んだ装飾用の太い柱を四、五本まとめてくの字にへし折り、ぶち抜いていく。得体の知れないレーザー兵器やビーム砲とはまた違った。直線的でありながら、しかし同時にジグザグと屈折していたのだ。あれはふらつく人影らしきものが、撃ったのか？

「かっ」

小さな体ごとぶつかってきたアリスに突き飛ばされた上条は、二人まとめて強化ガラスで囲まれたエレベーター裏に転がり込んでいた。アリスは半袖なので、二の腕の柔らかさがダイレクトに伝わってくる。エレベーター自体は透明だからフリーの旅行冊子をまとめたマガジンラックがないと隠れていられない。上条は尻餅をついたまま、信じられないものを見る目で残像の焼きつく無の空間へ視線を投げる。

じくじくと、上条の小指の辺りに刺すような痛みがあった。

直撃は、していない。だけど何かしらの余波を浴びただけで、指の腹が紅色に変色していくのが分かる。おそらくは火傷(やけど)か何か。

見た目の派手さ地味さが問題なのではない。もしもアリスが庇(かば)ってくれなかったらどうなっていたか、それを思い知らされる。

小さな痛みだけど、重大な意味があった。

(右手の幻想殺し(イマジンブレイカー)が、通用しない……ッ⁉)

「かみな、り……？」

瞬間。


血まみれの青年は、コンクリートの地面に腰を下ろしたままそれでも笑っていた。

『……理由が――――ら守るん……か。――――やない……で――――……』

バシッ‼　と。写真でも撮るように脳裏に何かが焼きつけられる。

だが意味不明だ。一時の夢とは違いそれはいつまでも鮮明に上条(かみじょう)の頭の中に残り続ける。

「っ？」

何だ、今のは？？？

消えない脳裏の残像も含めて、右手の防御が全く効いていなかった。だとするとあれも脳に繋(つな)がる電気信号とか、あくまでも一般科学で説明できてしまう何か……なのか？

頭を振って、上条はポケットからおじいちゃんスマホを取り出して横に構えた。

もう自分の目が信じられない。なのでカメラアプリ越しに機械的な景色を眺めてみる。

遠方の人影らしきもの全体がS字に大きくねじれていた。そして何故か顔認識の四角いターゲットが七つも表示されている。

漢字の書き方すら忘れるこの時代に、スマホの出した結論が信用を失うなんて珍しい。

「……け、結局何なんだありゃ……？」

パチぱりぱり、という紫電の唸りをスマホが拾う。それらが機械を通して平坦な念仏みたいに変換されていくのを耳にして、上条は慌てて画面を消した。無理にズボンのポケットに押し込むと変な熱が太股に伝わる。切断された他人の手首でも入っているようで気味が悪い。

アリスの華奢な体をこっちから脇に抱え直す。なんか楽しげに小さな悲鳴を出していたが。

おかしな事は起きているが、雷撃の破壊力はひとまず本物だ。雷光そのものはもちろん、弾け飛んだコンクリや鉄筋だけでもこっちの肉をごっそり奪いかねない。

「せんせい、どうするんですし？」

小さな子供特有の妙な第六感を有している割にいまいち危機感の足りないアリスは、こんな時でも無邪気に笑っていた。こうしている今も深淵の理論を見据えている可能性もあるし、上条に抱っこされて嬉しいだけなのかもしれない。

「っ、とりあえずアリス静かに。もう居場所はバレてるけど、呼吸とかでこっちが動くタイミングを知られたくない」

「内緒の話なので？　ふああ……、二人だけのヒミツなんてすごいのですっ」

意味不明だがとにかく両手で自分の顔を挟むアリスの琴線をビシバシ刺激した時だった。

何かが聞こえた。上条(かみじょう)は幼いアリスを抱き締めたままエレベーターの壁際(かべぎわ)、マガジンラックに張りついて息を止める。じりじりと角の向こうへ顔を出して通路の奥へ目をやる。

ふらついていた。

右に左に揺れる影が、確かに一つ。

『…………、……しフ……サン――ちゃん。……、あなた……ろにい……』

最初、それはひどく聞き取りづらかった。

声と認識するのも難しいほどの、雑音の塊だった。

だけど決して無視してはならないという本能的な強制力を感じさせた。学園都市では、そういう存在はまず鼻で笑われて否定されるべきなのに。

『も……し、わた……リル……ド#G――。イマ、――の後――るノ』

できない。

アレを錯覚、気のせい、見間違いなどで済ませる事は誰にもできない。

ボディラインにぴたりと張りつき、足首まわりから逆に外側へ広がる特殊なドレスを着たお人形みたいな人影だった。

グラマラスな肢体に金髪のツインテールが不釣り合いな、どこかアンバランスな造形。

ざらりと目玉を覆う前髪も気にせず、その首が右に左に不規則に揺らぐ。

その青いドレスの端が、破壊されて残った柱の基部に吸われた。いいや違う。左右にふらりと揺れた女の足首がそのまま埋まっている。すり抜けているのだ、と遅れて気づいた。

きっと、それを見た誰もが直感的にこう思うだろう。

ああ。

強固な物理法則に支配され、人工物で溢れ返ったこの世界であんな存在が許される理屈なんて誰も知らない。だけどあれは間違いなく、この世ならざる何か。

……端的に言えば、幽霊だと。

『もしもし、わたしフリルサンド#Gちゃん。イマ、あなたの後ろにいるノ』

ヤバい、と上条はとっさに思った。

今の一言は何かしらのトリガーだ。路地裏の不良が口癖みたいに言う『死ね殺す』とは全く別次元の。そして同時に、銃弾よりも真っ直ぐ解き放たれたその殺意が、自分のすぐ横を素通りしていくのを上条は感じていた。

狙いは別。上条やアリス以外。

だとすると、

(コインロッカー前。あの白衣の子か⁉)

どうする、と腕の中でにこにこしている体温高めのアリスから質問された。

装飾用とはいえ、コンクリートの柱を立て続けに何本もへし折るほどの威力を持つ高圧電流に、目の前で行われた壁の透過。しかも向かってくる攻撃には右手の幻想殺しは効かない。……逆説的に言えばあの幽霊はオカルトな存在ではないという証明でもあるのだが、そんな所でいちいち安堵している場合じゃない。

「うふふ、お化け見ちゃいました。お忙しい年末年始で幽霊だとカリカンザロスなので？」

「おい、嘘だろ……。アリスから見てもやっぱり『そう』、なのか？」

カリがどうとかは知らないが、お化けや幽霊という言葉は聞き流せなかった。幻覚、立体映像、網膜入射光、とにかくそういう別の言葉には置き換えられない。見た瞬間に分かる、という極大の理不尽が、自分だけの主観だけでなく誰でも同じという客観まで伴ってしまった。

しかし、幽霊？　定義が何なのかなんておそらく誰も知らない。ただし学園都市を闊歩して

いる以上、理屈もはっきりしないモノが科学の力で人工的に作られているとでも言うのか⁉

「冗談じゃねえぞ……。幽霊を全部科学的に説明したって危機感的なものがなくなる訳じゃねえのかよ。こんなの、かえっておっかない相手になってるだけじゃねえかっ！」

「むうう、着せ替え人形なのに大きなおっぱいなのよ……。ドレスを探すの大変そうですし」

アリスが全然関係ないところで警戒を始めていた。

科学的で、物理現象として目の前に存在してしまう幽霊。客観性が伴う分だけより危険だ。実はプラシーボ効果だった、物理的には存在しない錯覚や幻覚でショック死狙いだった、などのペテンではなく、ヤツがもたらすのは明確な外傷だ。

戦って排除する、という考えに意味はない。

負ければ確実に命を落とすのに、勝っても得られるものが何もない。しかも最悪、勝ったところで自分から物を壊したり人を殺したりすればこっちは普通に犯罪者扱いだ。幽霊相手にこんな事を言うのはナンセンスだが、本物の事件なんてそんなもの。それなら付き合うだけ無駄。

よって、右手が効かない時点で上条の頭の中は一択だった。

障害物でも盾にして、さっさと駅の外まで走って逃げ出すのが最善だ。

「アリス」

「はい」

「とにかく駅から出て幽霊から逃げよう。北口の案内板は見えるな？　合図をしたらコンコースを真っ直ぐ走り抜けて、一秒でも早く駅の外に逃げるぞ。……ただしそれは、あの子も一緒に連れ出してだ!!」

近くにあるマガジンラックからフリーの旅行冊子を掴んで逆サイドに放り投げた。

ズヴァヂィッッッ!!!!!! と凶悪な放電音と共にあらぬ方向に高圧電流が解き放たれ、パン屋の透明なウィンドウを粉々に砕く。早速ご迷惑をかけているし!? と上条の体が縮む。じんわり煙を上げる連絡用の薄型液晶画面から腐臭に似た刺激臭が漂い、何かけたけた笑っていると思ったら天井のスピーカーが左右に揺れていた。明らかにおかしな事が起きている。でもここで呆気に取られたらおしまいだ。

怯むな。振り切れ。この爆音を合図にできなかったら、多分もう二度と走り出せない。

「アリス!! ゴーッ!!」

こういう時、アリスの不自然なまでの親密ぶりがプラスに働く。身振りでアリスを促す。小さな少女はエプロン後ろの白くて丸いふわふわを揺らし、どこか楽しげに走り出す。だっ!! と上条もエレベーターの壁から体を離してコンコースを駆ける。ただの景色がもう怖い、何を伝って高圧電流が襲いかかってくるか分かったものではない。柱が何本も折れているんだから、いきなり天井全体が崩れてくる可能性だって否定はできないのだ。鉄筋コンクリートが信じられない。こんなのもう得体の知れない異世界に呑まれつつある。

狙いは真っ直ぐ五〇メートルほど進んだ先にある北口の自動改札だが、上条は最短の直線ではなく壁際へ寄る。狙いはコインロッカー前。そこにいるのはカラフルな塗料で染まった白衣を羽織る一〇歳くらいの女の子だ。脇に抱えていたアリスを下ろしたのもこのためだった。

頭からそのまま突っ込む。

視界いっぱいに、白衣の少女のびっくりしたような顔が広がっていく。

体当たりというよりは、半ばヘッドスライディングでもするように上条は両手を広げてコインロッカー前の少女へ飛びかかった。

直後。

ずぼっ!! とそのまま上条の体が突き抜けた。

白衣の少女のシルエットが大きく崩れる。

強く抱き締めたらそのまま折れてしまいそうな華奢な肩も、年齢に似合わない大きな胸も、それ以上にアンバランスで酷薄な笑みの良く似合う幼い顔立ちも。

雪か砂の塊にでも突っ込んだように上条の体は支えを失い、何が起きたか事態を追い切れないまま床の上で潰れてしまう。

「えっ?」

思考が空白で埋まる。

そもそも一〇歳くらいの小さな女の子なんていなかった。液晶のような大きな一枚板、とも違う。ばらばらとほどけて上条の髪や肌を這い回り、場合によっては口の中までもぞもぞ入り込んでくる小さな粒の正体は、

「うえっ⁉　ぺっぺっ。何だこりゃ、虫いッッッ‼⁉⁇」

4

花露妖宴は警戒していた。

分厚い作業服とは似て非なる囚人服に包まれた一〇歳くらいの少女は、コインロッカーのすぐ近く、駅のコンビニの出入口に張りついたまま、当然のように警戒していた。

だから、いざという時の緊急物資だっていきなり自分の手で拾いに行くほど不用心ではない。合成した蜜や化学物質でコントロール下に置いた害虫や害獣を使って立体映像を作り、少し離れた場所から追っ手がいないか全体の観察に余念がなかった。

(……トンボにスカシバガ。透明な羽を持つ虫くらい珍しくもないわ。人間の視覚なんて光の屈折で簡単に騙せるのだし。透ける性質まで利用すれば、今ここにいる私をありもしない場所に表示するのは難しくない。小動物の抜け毛や羽毛も組み合わせれば、ＡＲ試着と同じように、本来存在しない衣服を重ねて表示する事もできるしね)

つまり囚人服を脱いだのは事実だが、コインロッカーの前ではない。その後の白衣やガスマスクについては光の反射が生み出した立体映像の上へさらに余計な色彩を重ねただけの追加データだ。構造色を扱うタマムシやモルフォ蝶の例を出すまでもなく、ＣＤの溝のような微細な凹凸を利用して光を操る生物くらいいくらでもいる。花露妖宴は、その気になれば自分自身を大人モードに改変して表示したり、高層ビルより大きな巨人に見せかける事もできる。

ただし、だ。

状況は花露妖宴の推測を大きく超えていた。

まず、あの幽霊は一体何だ？

囚人護送列車『オーバーハンティング』は偶発ではなく、何者かの思惑によって事故を起こした事くらい妖宴も理解している。つまり今のまま努力をせずに流されるだけでは列車に留まるにせよ外へ脱走するにせよ何者かの掌の上から逃げられない、と。

だけど、あれは何だ？

てっきり学園都市の上層部とか街の治安を守る警備員とか、ああいう潔癖症な善だの正義だのの捨て駒か得点稼ぎの的にでもされるかと思っていたのに、かなり予想外なのが出てきた。

どちらかと言えば、妖宴同様に日陰の匂いが強い超常存在。

（……ひとまず映像の線はナシ。まさか、私達と同じ『ハンドカフス』の関係者？）

花露妖宴は一二月二五日に起きた『暗部』一掃の乱痴気騒ぎには最後まで付き合っていない。途中、双子の過愛ともども第一八学区でリタイアしたからだ。だから全貌は知らない。妖宴が知らないという事は、ヤツはもっと深く暗い『闇』にまで届いた存在かもしれない。


そして何より、あの意味不明なツンツン頭は一体何だ⁉


真逆。

日向も日向、迂闊に近づけば全身の肌に刺すような痛みでも感じそうなくらいの真っ当そうな誰か。そいつは今、コインロッカー前に配置した『虚像』に思い切り体当たりし、人工的な幽霊の攻撃から赤の他人を庇おうとしなかったか？？？

空気が変わる。

粘ついた『闇』が拭われる。

「ぐええ⁉　お外でいきなり女の子のハダカが出てきてちょっとドキッとしたのに、幻だった上に虫がいっぱいってどうなってんのお⁉　……何かの天罰か……？　ぺっぺっ、口はやめて鱗粉だけはやめてお願い待ってほがほがむがーっ‼」

「うふふ、少女もぎゅーっとしますし☆」

少し離れた場所では未だに信じ難い光景が広がっていた。

謎の男子高校生は床の上で悶えているし、アリスとか呼ばれている絵本の金髪少女は満面の笑みを浮かべたまま迷わず虫まみれのツンツン頭に両手を広げて飛びついている。

と、男の方と目が合った。

呆気に取られていたとはいえ、油断した。

そして、だ。とにかく透明な羽を持つ生き物と絵本の少女にまみれたまま、床に突っ伏したツンツン頭は迷わずこう叫んだのだ。

罵倒でも悲鳴でもなく、

「けほっ、げほ!!　そ、そこの人。幽霊に害虫に何が何だかな状況だけど、とにかくここはまずい!!　北口の改札はすぐそこだから自分で走れるなら早く外に出てーっ!!」

一瞬、対応に迷った。

本気だ。

ほんとの馬鹿は見ず知らずの囚人に早く外に出ろと言っている。こいつ、都市型の害虫や害獣を化学的にかき集めて『虚像』を作ったのが妖宴である事すら気づいていないらしい。

これが双子の過愛なら迷わず追加の命令を下して全身をぐずぐずに腐敗させていただろう。熱血で潔癖な正義の押し売りをする男性原理の権化は、この街の腐敗を受け入れて汚されたいモードに打ち震える過愛の最も嫌う人種だからだ。

だが妖宴は過愛ではない。

……ずっと二人で溶けていたかったのに、すでに過愛は彼女の元から離れている。第三者に引き裂かれたのではない。彼女が、自分の意思でもって立ち去った。

（……、）

きゅっと妖宴は小さな唇を噛んで。

どうして自分の元から双子の片方が去ったのかを少し考えてから、

「ええい!!」

その辺の廃水で作った化学物質を振り撒いて分解者どもへ新たな命令を送る。ざあっ!!　と。四角い箱を傾けて大量の小豆を揺らすような音と共に、謎のツンツン頭に群がる無数の害虫を放電まみれの人工幽霊の方へ一斉に叩き込み囚人服を着直しながら、妖宴は叫ぶ。

「来なさい、一般人。死にたくなければそこのビジネスバッグと白衣を回収してこっちへ!!」

そんな些細な何かで、人の運命は少しだけ変わっていく。

5

状況が動いた。

うぞうぞと上条の全身にまとわりつく透明な羽の虫が、磁石で吸い寄せられる砂鉄のように呆気なく引き剝がされる。背骨を貫くような不快感が一気に途切れた。

「待ってなのよ、むしむしー」

何故か、こちらの腰にひっついていたアリスがどこか名残惜しそうに小さな両手を広げていた。しかし金髪少女の鼻先でひらひらと舞っているのは冷静に見ると蛾の一種だ。……信じられないが、どこにでも飛び込んでいく童話っぽい女の子なら虫とか怖くないのだろうか？　とにかく迂闊に鷲摑みしないよう、上条は少女の細い手首だけ摑んでおく。

こっち、という言葉を耳にした。

言われた通り荷物を手に取ると、上条はとにかくその指示に従う。

「行くぞアリス!!」

「はいっ」

にこにこ笑顔のアリスは手を引いて走るより脇で抱えてしまった方が速い。両手両足全部使ってジタバタする少女は楽しげだ。駅のコンビニの出入口に向かい、カラフルな囚人服？　を着た別の黒髪幼女に体ごとぶつかる。みんなでいっしょくたに店内へ飛び込んだ途端だった。

ゴッッッ!!!!!!　と。

ある種の光学兵器のように、水平発射された高圧電流が駅のコンビニ前にあった自販機やカプセルトイの機械をまとめて吹き飛ばし、ガラス製のウィンドウを粉々に砕いた。頭の後ろがぼうっとするような死の興奮状態に陥ると、逆に足はすくまないものらしい。得体の知れない心霊現象でエアコンが誤作動しているのか、人の口内みたいに生ぬるい空気も気にならない。身を低くしたまま上条達はそのまま店内を横断し、スタッフオンリーの扉を肩から押し開けて、裏手にある従業員用のスペースまで逃げ込む。とにかく怖い、見知らぬ少女の意見でも聞いておきたかった。

「さっきから気になってたけどあれ全体的に何だと思う!?　あの幽霊女、スマホ向けると顔認識とか誤作動まみれになるんだけど!!」

「はあ、ここ学園都市よ。電気系っぽいしウィルスとかサイバー攻撃とか疑ってみたら?」

……逆に、本当にそんなので全部説明できるのか?

上条にはもっとこう、超高圧の紫電に見えているモノが得体の知れない情報の塊みたいに思えるのだが。感電すると変な映像が頭に浮かぶとか、機械が影響を受けると誤作動を起こすとかはその一部分にすぎないというか。

『……理由が――ら守るん……か。――やない……で――……』

頭の裏に焼きつけられたアレは、何だ？　血まみれの青年は結局どこの誰なのだ？？？

こちらを追い回して攻撃を繰り返す幽霊自身も『メッセージ』が外まで漏れ出ている事には気づいていないというか。

フリルサンド♯Gの雷撃を浴びると何かしらの光景が脳裏に焼きつけられる、らしい。まともに対話のできない人工幽霊を考えれば、あれが数少ない情報をもたらすものなのかもしれない。だけどそれはあくまでも『らしい』や『かもしれない』でしかない。まともに喰らえば体が爆発しそうな高圧電流を自分から浴びるにしては、あまりに得られるものの価値が見えない。

ここも安全地帯ではない。バイト経験のない上条にとって裏側から見るコンビニは不思議の塊だったが、どうやらガラスの扉で守られたジュース売場の棚は裏側とそのまま繋がっているらしい。こっちから缶やペットボトルを緩い下り坂状の棚に流して補充する仕組みなのだ。

そこを、ガラスのドアやペットボトルの群れごと高圧電流が貫通してきた。直撃コースだ。

「うっ⁉」

上条は思わず呻き、心臓に痛みまで覚えてから、何も起きていない事に遅れて気づく。

狭いスペースに何かが躍っていた。脇に抱えたアリスを守るように宙に浮かんでいるのは、武器？　船のオール？　とにかくピンク色に塗られた長くて平べったい棒だった。

「クリケットのバット……」

妖宴(ようえん)が怪訝(けげん)な声で呟(つぶや)いていた。

「あなた、エプロンの裏にそんなの隠していたの？」

二発、三発と立て続けに放たれる凶暴な紫電を、縦横無尽に翻(ひるがえ)るバット？　が受け止めて火花に包まれた。そのたびにピンク色の羽毛が飛び散り、ぎゃあぎゃあという鳥のような鳴き声が響く。時折、船のオールに似たバットの輪郭全体がぐにゃりと歪(ゆが)みかける事もあった。

飛び出した瞬間を上条(かみじょう)は見ていない。ただ妖宴(ようえん)の言い分が正しいとすると、

「あの、これ」

「何ですかせんせいっ」

「アリス……お前がやってる、のか？」

「？」

逆に抱えたアリスから笑顔で首(くび)を傾(かし)げられてしまった。

そもそもエプロンの裏にあんなデカい板を隠していたら体を曲げるのも大変そうだが、今までそんな素振りは全くなかった。何でも取り出す手品師のハンカチのように実際には出し入れのタイミングが違うのか、あるいは白井黒子(しらいくろこ)のように空間へ干渉しているのか。アリス自体の正体も含めて謎だらけだ。

ともあれじっとしていられない。攻撃を弾(はじ)く事はできても、根本的に蛇口を締める事はでき

ないのだ。耳をつんざく爆音と共に再び閃光がすぐそこを突き抜けて壁を焼き焦がした。

「おっかねえ!!」

「電気……。だとすると、水浸しになった場所は歩きたくないわね。こっちに来て、こっち」

こうなると床に撒き散らされた水滴やねじくれた針金なんかも普通に怖い。電気以外だと、割れたガラスとかも迂闊に踏みたくない。靴底の強度なんて普段から意識していないし。

ただそれよりも、上条には根本的な疑問があった。

「アンタは……? それ、確定取るの超怖いけどもしかして囚人服ってヤツじゃあ……」

「花露妖宴。この顔を見てもピンときていないようで何よりね、平和ボケの一般人。ただ言っておくけど検索エンジンに打ち込んでもそっちが後悔するだけよ。ニュース記事くらいならともかく、それ以上深掘りすると検索履歴が汚れて危険人物としてマークされるかも?」

酷薄な笑みが異様に似合う妖宴は腰を低くしたまま、別の鉄扉に向かう。その先は業者の搬入用通路らしい。窓のない、コンクリだらけの狭い通路はここが何階なのか忘れそうなくらい殺風景だ。黙っていると地下深くのトンネルにいるような錯覚を感じてしまう。

いったん下ろすと、隣を歩くアリスが笑いながら話しかけてきた。

「せんせい慣れているみたいですっ。電撃アタック」

……そりゃまあ割と身近な所に沸点低めのビリビリお嬢様がいるから正解ではあるのだが。

あの理不尽なコミュニケーションがまさか幽霊なんてぶっ飛んだ存在から自分の命を救ってく

れる日がやってくるとは思いもよらなかった。

「このまま案内図にない搬入出口から駅の外まで逃げ切れればベストなんだけど、そうはならないでしょうね。決着をつける、つけないはさておいて、フリルサンド#G？　一回くらいはあの幽霊と正面衝突する準備と覚悟くらいはしておかないと……」

適当な様子で花露妖宴が提案してきた。

しゅるりという音が聞こえた。

見ると、なんか分厚い囚人服？　のファスナーを下ろした一〇歳くらいの黒髪少女が通路の真ん中で躊躇なく服を脱ぎ捨てて肌をさらしている。

自然過ぎて一瞬見送ってから上条は飛び上がった。

「うわあ⁉　なっ、なに⁉」

「いいからそっちの白衣とガスマスク返してちょうだい。あとバッグも」

「……お外でハダカの女の子。虫の羽が作ってた変な立体映像じゃなかったのか、あれ」

「あんな悪夢じゃそっちも悲惨でしょう。記憶の上書きくらいはさせてあげる」

どこまで本気なのか読めない調子で悪女な妖宴は言いながら、ビジネスバッグの中から太いベルトのようなものを引っ張り出した。アクション映画に出てくる機関銃の弾みたいに見えたが、その正体はカラフルな液体を封じ込めた無数の試験管だ。

上条の後ろから飛びかかって両目を塞ぐ（が色々甘い）アリスは何やらわなわなしながら、

「し、少女より背が低いのに、おっぱいがしこたま大きいですって⁉」

「ふふん、せくしーでしょう？」

　妖宴はベルトを（この歳の女の子にしては不自然なまでにくびれた）体に巻いてから白衣の襟を浴衣のように合わせ、やはり太い帯みたいな格好で医療用コルセットを締めていく。

「これでよし、戦闘準備完了。試薬の色を見る限り各種薬品も成分に変質なし、と」

「ああそう。そうなの？」

「お金はなくても大丈夫。現金化についてはワシントン条約に引っかかる激レアな昆虫くらいいくらでもかき集められるし、何だったら幻覚性の昆虫毒を適当な雑草にでも染み込ませて路地裏で売買すれば末端価格一グラム一〇万円は下らないし。ふふ、これで逃走用の錬金術も完璧ね。ぬかりなし」

「……何でいちいち不穏な説明が長々と付け加えられるんだ……？？？」

　黒レースの眼帯、ゴスロリ衣装、黒薔薇に彩られた魔剣、後は極限永久欠番式凶悪最強魔法が三度の飯より好きなお年頃くらいだったら可愛いものだが、どうにもそういう平穏無事な香りがしない。妖宴の口振りは年上の上条に向けて言い張って無理にイニシアチブを取ろうとしているのではなく、自分で自分に言い聞かせてすでにある技術を一つ一つ指差しで安全確認しているようにしか聞こえないのだ。

「はあ、今さら未練なんかないと思っていたのに、街に出るとまともなもの食べたくなってくるわね。『レッドタウン』のキウイフルーツ餃子とか」

「ロサンゼルス仕様が俺の現実を侵食してきてる……。なんか良い思い出ないぞあの街」

とにかく目指すべきは外だ。

裏手の通路は窓がなく、途中で何回か直角に折れ曲がっていた。おそらく表のコンコースに面した四角いお店の隙間を縫うように配置されているのだろう。おかげで十分な視界を確保できず曲がり角に着くたびにびくびくしながら奥を覗き込む羽目になったが、幸いにして誰かが待ち伏せしている気配はなかった。

何度か角を曲がると、これまでと違ったものが待っていた。金属製のシャッターと、その脇に別枠で用意された従業員用の小さな鉄扉だ。

上条は顔を明るくしてそちらに近づいた。

「あった、あれだ！　外に繋がる勝手口‼」

「？」

が、妖宴はぴくんと眉を片方跳ね上げた。胸元でスマホが震えているのに気づいたような顔。そして白衣の内側からカラフルな試験管を選んで一本引っこ抜く。蛍光イエローに輝く液体の水面に目をやる。

横からアリスが楽しげに言った。

「わあ、こぽこぽ波打っているのです」

「……マイクロ波？　いいえ試薬部分の着色コロイド粒子に反応してるって事はテラヘルツ波か。まずいっ、ちょっとそこのあなた！　今すぐシャッターから離れなさい‼」

「？」

妖宴は何故か金属製のシャッターそのものではなく、すぐ横にあるコンクリートの壁を強く睨みつけている。一歩先に行く上条が怪訝な顔で妖宴の方を振り返った、直後だった。

ドカドカッッッ‼‼‼　と。

分厚い防犯シャッターを抉る轟音が二回炸裂した。

放たれたのは、おそらく金属矢。

破壊はシャッター上部に集中した。右と左の上端。そこを破壊して巻き上げ用の機械か留め具でも砕いたのか、支えを失った金属シャッターが盛大な除幕式のように一気に下へ落ちた。

外。

真正面に、奇怪なゴーグルで目元を覆ったツインテールの少女が立っていた。

アリスが反射で叫んでいた。

「何なのですしこの子？　変態っぽい空気なのに‼」

「少なくともどう考えたってこの年末に半袖なあなたよりはまともですわ‼」

きりきりきり!! と、短めの金属矢が指と指の間で高速に回り、移動を繰り返している。

「あの運転士はホームに残して正解でしたわね……」

その中学生は。

風紀委員の白井黒子は、空間すら転移してあらゆる物体をその硬度や靭性に関係なく一律に破壊する金属矢をいくつも同時に構えて躊躇なく叫ぶ。

「花露妖宴!! 特別逃亡及び駅舎に対する器物破損の容疑で即刻拘束いたします!!」

テラヘルツ波は空港などにある磁気系の金属探知機や健康被害が懸念されるX線検査に代わる、物質透過系の検査方式で使われる特殊な電磁波だ。極めて高い周波数で光と電波の中間的な性質を示すこの特殊な電磁波を使えば、壁越しに人間の数や位置を探る事など朝飯前だ。

そして当然ながら、三次元的な制約を無視してあらゆる点に直接攻撃を行う空間移動能力者と組み合わせるとこれほど厄介なオモチャはない。現状、もはや白井黒子には物陰や死角などの弱点はない訳だ。

絶体絶命の状況に対し、しかしむしろ妖宴は野蛮に笑うと小さな手で棒立ちの上条を横にぐいっと押しのけた。逆の手にはカラフルな液体の入った試験管がいくつも握り込まれている。まだ親指でゴムのキャップを弾く前から、すでに天井のダクトや床の隅にある排水溝など、都市の暗がりがざわざわと蠢き始めていた。

「あらあら。あの一二月二五日を生き残っておきながら、暗闇から何も学ばなかったの?」

しますわよ」

「無駄な抵抗はやめなさい。わたくしの金属矢は、防護手段に関係なく一律平等な破壊を実現

「あらそう、威力が高過ぎると峰打ちができないから正義露出マニアは色々大変そうね。そのゴーグル、常に使っている訳ではないからバッテリーは数分くらいかしら？　でも私は悪人だから、そういう躊躇は一切しない。都市型の害虫・害獣を等しく全て支配下に置くこの『媒介者』に抗う事が何を意味するかを理解しなさい。ああそうか、あなたも途中で状況を投げたリタイア組だったんだっけ？　自分のお仲間を放り出して」

「花露妖宴ッ!!」

「あなたが、私の過愛を奪った。それに対して何も考えていないと思う？　どれだけ強力だろうが『点』の破壊では死の濁流を薙ぎ払えないわ。『面』であなたを押し流してアゲル☆」

ざっ!!　と。

互いが互いに必殺の得物を持ちながら、むしろ挑みかかるようにそれぞれ前へ出た。

ダメだ、と上条は思う。これは剣と盾の衝突ではない。剣と剣。絶大な殺傷力でもって身を守る者同士がかち合ってしまった場合、なおかつ対立する片方が脅えて武器をしまわなかった場合は、どちらかがどちらかを血の海に沈めるまで争いが止まらなくなる。

たとえ身を守るための護身用であって、相手を殺す気はなくても。

全てが終わった後、血まみれの両手に目をやり死より激しい慟哭を撒き散らす事になっても。

それはきっと、ダメだ。何としても止めなくちゃダメだ。

（……あ）

その時。

どうしてそんな決断ができたのか。

とにかくこうなった。


ドッ!! と。

とっさに妖宴を横に突き飛ばした直後、虚空に消えた金属矢が上条の体に突き刺さった。

6

灼熱が一点から全身の隅々まで一気に燃え上がった。

上条は地面に倒れ込む。歯を食いしばるが、絶叫を止められない。全身が激痛の渦にあり、どこに傷口があるのか自分で見失うような有り様だった。

「がっ、ああああ。ああ!!!???」

起き上がる事もできないままほとんど反射的に空いた手で肩を押さえつける。それでようやく上条は自分が肩を金属矢で貫かれたのだと気づいた。

単純な痛みよりも、体の中に金属の異物が埋め込まれた嫌悪感の方が強い。

ぼろぼろと意味もなく涙をこぼして絶叫するツンツン頭を見て、花露妖宴はぽかんとしていた。白井黒子はテラヘルツ波を扱う特殊な透過ゴーグルを額まで上げ、慌てて駆け寄ってくる。

状況をこれっぽっちも理解していないのか、アリスだけが悪意もなく楽しそうな顔できゃっきゃはしゃいで上条の声真似をしていた。

「いっ一体何をしておりますの⁉　この類人猿‼」

「知るかよ……。ちょっとでもこの血を見て後悔してんなら、こんなもん気軽にポンポン人様に向けんなっ。両方とも殺傷力が高過ぎるんだよ！　何で学園都市っててっぺんに向かうほど死が近づいてくるの⁉　アホかこれなら普通の無能力者が一番平穏で安全じゃねえか‼」

一方、だ。

ようやく調子を取り戻してきたらしい妖宴は両手を頭の後ろにやって口笛を吹いていた。

「あーあ、私知らない。学校の先生に言いつけちゃおーっと」

「悪人ッ‼」

「だから正義露出マニア、そこのそいつ死なせたくなかったら今すぐ場所代わってちょうだい。あなたの極限お間抜けミスはこの私が補填する」

妖宴は不自然に大きな自分の胸の真ん中に掌を当てて片目を瞑ると、

「殺菌・消毒に必要ならエタノールでもビフィズス菌でも生産するし、鎮痛系薬品なら蚊やダニなんかから抽出できる。止血のためには血液凝固を制御するのが手っ取り早いし、さらに言えば血管縫合が必要なら動物性の強靭な糸が必要よね。それだって蚕の絹から蜘蛛の糸までより取り見取りだわ。世界で最も繁殖している益虫なんて持て囃されているけど、シルクを作る蚕なんて所詮はグロテスクな蛾の幼虫なんだし、こんなの私の範疇で構わないわよね？」

「あなた……？」

あの白井黒子が、呆気に取られていた。

どうやら何かしら旧知の間柄らしい白井にとっては、妖宴からたまたま居合わせた怪我人の命を救うという当たり前の選択肢が来るのはよっぽど意外な提案だったらしい。

が、

「いっ、いいえ!!　そもそも無許可の医療行為は適法の範囲を超えているでしょう!?　まして都市型の害虫だの害獣だのを使った不衛生極まりない手術だなんて!!」

「はあ、やっぱり一番人を殺しているのって悪党じゃなくて正義の側だわ。……この極限お人好し馬鹿がどういうつもりで私なんかを庇ったかは知らないけど、今ので借りが二つに増えたのは事実。悪いけど、きっちり利子をつけて返すまで彼を死なせるつもりないわよ私」

「……、」

「貸しと借り。これは、善悪の性質とは関係のない所にある法則性だと思うけれど？」

倒れて転がる上条を挟み、身を屈めたまま二人の少女が静かに視線をぶつける。

が、時間は待たなかった。

ぱんぱんっ、と。空いた手で屈んだ妖宴の腰の横を叩いて注意を促したのは、今も深い傷と金属の異物感の苦しみに呻く上条だった。

肩を刺されたはずなのに、喉から声が出ない。

だけど仰向けに寝かされている彼が誰よりも早く気づいた。

ぬっ……と。

不意打ちで、近くのコンクリ壁をすり抜けて人工幽霊が顔を出した事実に。

それは、まあ。

天然か人工かはさておいて、相手は本物の幽霊だ。だとしたら物理法則なんぞ何の担保にもならないのだろう。だけどありなのか？　あんなの反則だ。『空間移動』とはまた異なる壁抜け。何の前触れもなくいきなりそんなのやられたら、どれだけ経験を積んだ戦闘のプロだろうが絶対見逃すに決まっているだろうがッ!!

ばぢっ、という誘蛾灯のような響きに、さて白井や妖宴は気づけただろうか。

列車事故の時と違い、今度はアリスと妖宴を『空間移動』の使い手に預ける暇もなかった。

直後にフリルサンド#Gを中心に全方位へ向けて、莫大な高圧電流が解き放たれた。

至近で溶接よりも強く白い閃光が炸裂し、コンクリートの壁や天井がまとめて破壊される轟音が少年の鼓膜を揺さぶった。

「しらッ、いイ!!」

もう叫んで、無理にでも突き飛ばすしかなかった。

直後に何かがブレた。景色が重なる。一体どんな負荷がかかっているのか、ズボンのポケットに突っ込んだスマホが火傷しそうなくらい熱くなっている。

勘違いしていた。高圧電流を浴びて感電したら変な幻覚を見るのではない。そう、スマホや駅の機材は高圧電流の太い紫電なんて直撃しなくても誤作動を起こしていたではないか。

人工幽霊を中心として、周辺エリア全域がうっすらと帯電しているのだ。

(かみの、け? そうか。これ、頭の表面全体に静電気とかで外から包まれると……)

地獄のスローモーションは継続中で、ヤツの雷撃はどう考えてもかわせない。幻想殺しでも消せない。ならいっそこの幻影に身を委ねた方が激痛のショックで死ぬリスクを減らせられるかもしれない。少しでも再び起き上がる確率を上げ、次への反撃に繋げるためにも。

直後に放たれた本命の高圧電流の塊が、まともに上条当麻の中心を貫いた。

7

広い、広い。

それでいて息が詰まるほど密閉されたコンクリートの空間に、老人の言葉が響いた。

『カキキエ隧道など、どこにも存在しないんじゃよ』

応対しているのは、一人の青年だ。いいや、ギリギリの淵(ふち)まで追い詰められていて、半ば脅迫されているような状態なのかもしれない。

『……フリルサンド♯G君の研究ノート、ですか？』

これは、誰の記憶なのだろう。

少なくとも老人や青年ではない。彼らはすっかり視線の主の存在を考慮していないようだった。とっくの昔に退場したものとして認識しているというか。

それは間違いではないかもしれない。

感覚としては夢に近かった。つまり、光景を目にする事はできても自力で介入できない。

『そこを取り上げるほど無粋ではないよ』

だから、なのか。

その存在はただ傍観を続けるくらいしかできなかった。このまま最悪の状況が進めば、何が起きるか分かっていながら。

『何人か』

老人が指を差した方向には、体操服を着た小さな子供達がたくさんいた。『暗部』と呼ばれる領域においては、戦闘用や研究用などの名目であっけなく消費されていく命だ。

『適当に見繕ってくれれば構わない』

それを守るために、青年はこの街の暗闇に挑んできた。

足りない力を補うために、自らを『木原』であると偽り抜いてでも。

『人工幽霊』なんて空虚なものに具体性を与えて戦力を整えたのだって、そういう考えが根底にあったのかもしれない。

だから。

どんなに追い詰められ、死の淵に立たされても、対する返答なんか決まっていた。

『お断りだ馬鹿野郎』

最初から、全部分かっていた。

そして観察者の目の前で乾いた銃声が炸裂した。

何もできなかった。

何一つ。

8

意識を埋める耳鳴りが急速に遠ざかり、現実感が戻ってきた。

いいや、あるいは時間の感覚すら曖昧になったこの数秒間、高圧電流で貫かれた上条当麻は本当に心停止していたのかもしれなかった。

「がっ‼」

光が色を塗り潰した。

音が圧力の領域にまで侵食してきた。

手足が震える。歯を食いしばって耐えないと、逆に勝手に痙攣する自分の顎で舌を噛み切ってしまいそうで怖かった。

頭の中をかき回される。これは、ダメだ。考えが甘すぎた。あまり繰り返すと自分の記憶なのか無益な妄想なのか外から入力された情報なのか、区別がつかなくなりそうだ。

炸裂の瞬間、あまりの五感の惑乱によって上条当麻は自分が立っているのか寝かされているのかも忘れてしまっていた。奇妙な液体の中を泳いでいるような非現実感。だけどそんな中でも、わずかながら上条の頭は現実の動きを追いかけていた。

コンクリの壁が呆気なく砕かれたのは事実。

だけどそれは、フリルサンド#Gが全身から解き放った高圧電流の嵐、だけではない。

「ごォォォあああッッッ‼‼‼」

大地を震わすような太い咆哮があった。

そして幽霊が出てきた壁とは反対のコンクリ壁が、向こうから力業で強引に砕かれたのだ。おそらくは拳というよりは肩を使った体当たり。そして何やら巨大な筋肉の塊がフリルサンド#Gを捕らえ、そのまま反対側の壁までぶち破って視界から消えていった。ここが直線の通路である事を忘れてしまいそうな攻防だ。まるで十字路での交通事故みたいだった。

ていうか、え？

上条当麻は倒れたまま、しばし肩の痛みを忘れていた。

本気で呆気に取られていた。

筋肉。

ただ純粋な筋肉だけで、数値理論化された『科学的な幽霊』を強引に薙ぎ倒した……？？？

……全体的に何だ今の？　絵本に出てくる赤鬼ボディに顔の部分だけ貧相なバーコードメガネのおじさんヘッドをくっつけたような怪物は。例えば子供の頃に少女漫画を読んで、キラッキラの一六頭身イケメンに憧れる子くらいはいると思う。だけどそれは絶対にあんなムキムキ小顔おじさんではない。

ところがあんな異次元のビジュアルに心当たりのある人がいるらしい。

両手で目を擦りながらも、顔をしかめて白井黒子が壁の大穴に向けて叫んだのだ。

「楽丘豊富!!　あなたそこで何をしておりますのッ!?」

ドン、ドン!!　ヴァヂィ!!　と大穴からは立て続けに溶接作業より凶悪な光と低い放電音が返ってきた。どうも一方的な展開ではないらしい。どんな誤作動を起こしているのか、ＡＩとカメラを搭載した自販機がにこやかな女性のアナウンスで『お顔を認識できません、もう少し離れてください』を繰り返しては吐瀉物みたいにペットボトルをガタゴト落としていた。

呆然とする上条の元にアリスが笑顔で近寄ってきた。腰を折ると、小さな金髪頭のつむじで人のお腹の真ん中をぐりぐりしてくる。動物の耳みたいに尖った二つの巻き髪が地味に痛い。

「せんせい」

「ええそうね、今はそこの子の直感が正解。一番ヤバいのはあの幽霊で、身を守るなら駅から逃げ出すのが最優先かしら」

妖宴も適当な感じでアリスに追従して、

「バカ成分はそっちの正義露出マニアに任せて賢い私達はとっとと逃げましょう。立てる？　無理ならあなたの体を樹木に寄生するアリか巣箱のハチで全身びっしり包んで外から強引に立たせてあげるけれど。ムシムシパワードスーツ☆」

自分で頑張ります!!　と上条は急にビョコンと身を起こした。何万匹ものアリだのハチだのに皮膚呼吸もできないくらい全身たかられまくって外から手足を引っ張られる操り人形モードだなんて最悪も最悪だ。しかしどうやら、より強い恐怖は下位の痛みや苦しみを取り除いてくれる特効薬になり得るらしい。これだと心の方が保ちそうにないが。

「あっ、ちょっとあなた達⁉」

「チッ、善なるド変態が気づきやがったわ。でも今は緊急避難が先‼」

急かしてくるが、一〇歳くらいの妖宴やアリスでは肩を借りるにも小さすぎる。結局上条には歯を食いしばって自力で前へ踏み込むしか道がなかった。

とにかく壊れたシャッターから駅の外へ。

それでこの死で溢れた悪夢のような空間から脱する事ができる。

そう思っていた矢先だった。

バチュン‼　という鋭い響きに上条達は怯み、駅舎へ押し戻された。

「な……？」

足元。上条のすぐ近くのアスファルトがオレンジ色の火花と共に薄く削れた。

遠方からの狙撃だった。

9

ギョッとしたのは撃たれた上条側だけではなかった。

（なにあれっ、フラミンゴのバット？　あのケモ耳巻き髪、バットにしたってわざわざこの国で野球以外を選ぶとはマニアックな）

テンガロンハットに真っ赤なチャイナドレス。普通のお店には置いていないそれらの衣服は、当然ながら『オーバーハンティング』の押収物保管庫（おうしゅうぶつほかんこ）から盗み出したものだろう。そんな狙撃手が息を呑む。あれは絵本みたいなドレスの少女？　がやったのだろうか。いきなり現れたピンク色のオールのような平べったい板が宙を舞い、跳弾を正面から受け止めていたのだ。

（能力者か、次世代兵器か……。ええいっ、定義のできないものはひとまず保留！　また『ニコラウスの金貨』みたいな本当に意味不明なモノじゃないと良いんだけど）

第七学区南駅から大通りを挟んで向かいにある、商業ビルの屋上だった。うつ伏せに寝そべる女の肩にはセミオート式の狙撃銃のストックが当ててあり、近くには警備員（アンチスキル）の印がついた合成樹脂のケースが無造作に転がっていた。

（あーあ。それにしても警備員（アンチスキル）って意外と薄給なのねえ……。あれ？　そもそも母体の教師以外に追加ボーナスって出ていたんだっけ？）

ヴィウ、というモーター音が頭の上で滞空していた。

「うーん、思ったよりドローンって便利だな。しょーじき、カメラレンズがついてて画像を保存できれば何でもオッケーくらいの感覚だったんだけど……」

空気中の水分や電磁波まで重ねて表示するミラーレス式の多機能スコープ越しに地上、破壊された金属シャッターまわりをチェックしつつ、同じ視界の中に別枠のウィンドウを表示させる。巨大な密室と化した駅舎の中であっても、人間より小さなドローンがあれば決定的瞬間を逃さずに済む。

「スクープジャンキーの私の前で、こーんな美味しい事件をチラつかせるんじゃないよ。こんなのどうやったって刺激的な一枚を激写するしかなくなるじゃん☆」

そう。目的のためなら殺人すらも厭わない下世話なパパラッチ、ベニゾメ＝ゼリーフィッシュは徹頭徹尾ブレない人だった。舌なめずりすら交えて妙齢の美女は囁く。

「やめてよね。安全に逃げてもらっちゃ困るのよ、ひよこちゃん。この私がわざわざ現場に潜ってカメラを構えているんだもの。こっちで混乱は起こしてあげるから、ちゃーんと多くの人死にが発生する大事件に育ってよね☆」

10

バチュン!!　というオレンジの火花が再度アスファルトで散った。上条の靴から三〇センチと離れていない。ベニゾメっ、と白井が誰かの名前を叫んでいる。

謎の狙撃によって駅の外へは出られなくなった。上条はすっかり青い顔で、

「やっ、ヤバい……。この日本で本物の狙撃銃とかが顔を出しても疑問に思わなくなってきて

る自分が一番ヤバいぞ……」

「すごい……。お外はもう夜なのよ。少女はせんせいと夜更かししたいのですっ、みんなには内緒のトークがしたいんですけど!!」

全然関係ないところで目一杯はしゃいでいるアリスの首根っこを片手で押さえ、とにかく元の駅舎へ引き返す。アリスは放っておくと状況を無視して笑顔のまま表に飛び出しそうでおっかない。

壁の大穴は二つ。片方はバチバチ光っていて今も幽霊と筋肉が衝突を続けているはずだ。そう考えると、やっぱり比較的安全なのは反対側——楽丘豊富とかいう筋肉が最初に出てきた方——の大穴か。

が、妖宴にはまだ冷静に考えるだけの余裕が残っているらしい。信じられない。

「あの分だと普通の視界の他に水分や電気でも表示しているかもしれないけど……『オペレーションネーム・ハンドカフス』なら鉛弾くらい珍しくもなかったわ。脅威度なら中の下くらい？　上はもっとゲテモノばっかりだった」

「そんなの幻ですわ。今日は一二月二九日、もうあんな悪夢のような二五日は過ぎました!!」

「こんな風に言ってる正義露出マニアの『空間移動』とかね？　……でも私も、あんな幽霊は見ていないわね……」

妖宴の立体映像？　で狙撃手を攪乱するのは……ダメか。結局、どれだけ虚像を増やしても実際に狙撃手が誰を撃つかは運任せになってしまう。少女達の被弾の確率は〇％にはできない。
大穴の向こうはシャワールームに繋がっていた。駅のイメージからかなり遠いが、駅員さん用の設備なのだろうか？　まあ駅員さんだってあの制服のまま自宅から出てくる訳ではないのだから、着替えて汗を流すための部屋は必要かもしれないが。壁をぶち抜いているため、一般客から見える場所か見えない場所かの区別もつかない。

タイルの床を踏んで奥まで行くと、ロッカーがずらりと並んだ脱衣所が待っていた。背もたれのないベンチを見つけたので、ついつい上条はそこに腰を下ろしてしまう。

ずん!!　ずずん……っ!!　という低い震動は、こうしている今も床を震わせている。

花露妖宴は上条の肩に注目しているようだ。

「その肩の傷、そろそろケアしておきますか」

「えっ、あ？」

「……まずは金属矢、引っこ抜くわよ」

視界いっぱいに星が乱舞するほど激痛が襲いかかってきた。

冗談抜きに、傷口が大きく膨らんだ気がするほどの痛み。

だるぱるがるべう!!　と上条は意味不明な叫びを放っていた。実際に口から飛び出た声と耳で捉えている音が一致しているかどうかも自信がない。

矢に『返し』がなかったのは不幸中の幸いと言うしかない。貫通した傷口に栓をしていた金属矢を抜いた事で明らかに出血量は増えたようだが、悪女な一〇歳は気に留めない。

「さあて止血の前にまずは消毒ね。ほらほらウジ虫ちゃん出てらっしゃーい」

「なに？　今しれっとなんて言った腹黒小娘え‼」

「マゴットセラピーくらい知らないの？　無知で怒りっぽいとか熱血君って超困るわ」

ハチの針に蜘蛛の糸を撚り合わせて太い血管を強引に縫合し、傷口そのものには凝固作用のある蛇の毒を組み合わせて逆に塞いでしまった。毒と薬は扱い方次第であって、根本的な定義の境は存在しないという訳か。もちろん素人がやったら普通に死にそうだが。

……裏を返せば、つまり小さな悪女『媒介者』は技術が足りないからできない、発想がないから選択肢を頭に浮かべられない、という訳ではない。

できるのに、やらない。

目の前に並べられても、選ばない。それは花露妖宴の単純な趣味や嗜好の問題か。あるいは状況的にそういった選択肢が許されないような世界で生きてきたのか。

当人は特に気負った様子もなく、塞いだ傷口を小さな掌で軽く叩いてきた。

「はいおしまい。私は治すと決めたら痕も残さないわ、むせび泣いて感謝なさい」

妖宴は雑に投げキッスすると、その手の小さな親指でロッカーの塊と塊の間にすっぽり収まった縦長の機械を指し示して、

「止血については完了として、他にビタミンCか葉酸辺りが欲しいわね。ほらそこの自販機で

適当に野菜ジュース買うから、小銭出しなさい」

「びたみん……？」

「造血剤の材料よ。傷を塞いだだけじゃすでに失った血液は戻ってこないでしょ」

なるほど大変結構なご意見だ。

血液ならレバーとかほうれん草とかの鉄分系かと思うのだが、その道（……何の道？）のプロが言う事に間違いないのだろう。一口に血と言っても色々な成分があるのだから、鉄分を直接取り込む以外の方法もあるのかもしれない。

が、

「よ、よんじゅうきゅうえんしかありません」

「クズ。人間のクズ」

デートの食事で女の子に全額払わせるダメ男を見る目で白衣の幼女が吐き捨てた。東京年末サバイバルに負けた上条がしゅんと肩を小さくすると、足元で何かかさりとした感触があった。

丸まった一万円札だった。

「幸運はあったッッッ!!」

「両替機の近くに落ちてるそれネコババしたら現行犯で手錠掛けますわよ」

「はいはい、なら後は逃亡中の凶悪犯が引き継ぐわよ」

妖宴がビビった上条の手から紙幣を抜き取ると、あっさり自販機に吸い込ませてしまう。あっ！　と白井が叫ぶのも気にせず妖宴はずらりと並んだ商品見本の中から野菜ジュースや果物系のドリンクをまとめて購入してしまった。

「むっしむっし合成ー☆」

「待ってそのまま飲ませてくれるんじゃないの⁉」

「造血剤の『材料』って言ってるでしょ。はいお口あーんしてー♪」

「やだちょっと飲みます飲みますせっかくの手料理は無駄にはしませんからせめて自分のタイミングで行かせてっ」

「うるせえなこいつもう。んむっ」

「っ？　おいやめろ妖宴得体の知れない薬の口移しはッそれほんと良い思い出ないんだよぎゃああッもがもがふぐーっっっ‼⁉⁇」

上条当麻、男の夢『瀕死時、カワイイ女の子からお薬を口移しでいただく』をどろっとした謎液体にて達成。アンナの時と違って毒でもない。あと何故かアリスがちょっと口を小さな三角にして羨ましそうにしていた。

血のお薬のはずなのに上条の口の中が雑草の汁っぽい味でいっぱいになった。

ぷはっ、と唇を離した妖宴は何かに気づいて自分の唇に指をやっていた。ダウナーだから感情の読み取りにくい子はぼそっと言う。

「……しまった、ノリでやっちゃったけどこれ初めてだわ」

男の夢にドラが乗ってしまった。もう雪山遭難時に裸で温め合う（問一、どういうミラクルが発生したら普段は声もかけられない美少女と二人きりで雪山に入るの？）とどっこいどっこいの伝説に突入している。……こうなると、逆にどこか深刻な落とし穴がありそうで怖い。

「（あとお釣りは折半ね）」

「（何で俺が五〇〇〇円札一枚で悪女なお前が一〇〇〇〇円札四枚と五二〇〇円なんだ……？　何でも合成しちゃうお前に何種類かの金属を持たせるとそれだけで怖いんだけど）」

しれっと手の中に握り込まされ、暗い顔してツンツン頭は呟く。早いトコあれ取り返さないとドロドロに溶かされて得体の知れない薬の材料にされかねない。そうなった場合、こっちは悪くないのに何となくのざっくり判断で借金が押し寄せてきそうで怖い。

「……なんかこう、ほんとに大丈夫か虫とか蛇とか。傷の辺りが全体的にじくじく熱っぽいんだけど。感覚的に二回りくらい膨らんでいるっていうか」

「ただの錯覚よ。そんなに痛みを消したいなら医用ビルの麻酔成分でも患部に注入してみる？　ヒルのノコギリみたいな歯で肌を鋭く切り裂かれて目一杯血を吸われても全く気づかないっていうくらいだから、効能的には軍関係で支給されているモルヒネよりキくわよ。ただしヒルジンだと血液が固まらなくなるから傷が全部開くけど」

「結構です!!　おクスリ系はあんまり頼り過ぎるの怖いですから!!!!!!」

叫ぶと肩がじくじくと熱っぽく自己主張してきた。

顔をしかめて呻くと、それだけで空気が重くなってしまう。

注意しなくては、と上条は心の中で強く思った。ただでさえ窮地の中にいるのだ。一番大きなダメージを負っている人間がどういうテンションかで全体の空気は大きく変わる。

「整理しよう……」

安易な救いをもたらす麻酔は自分で拒否した。

肩の痛みは受け入れるしかない。極力顔には出さないまま、上条はこう切り出した。

「駅の中は無人で、変な幽霊が徘徊し、筋肉の塊と勝手に衝突してる。ここは危ないっていうのはひとまず正解。だけど駅の外に出ようとすると、何故か狙撃銃で威嚇されて中に押し戻される。多分無理して強行するとほんとに撃たれる」

白井黒子は息を吐いた。

「……本日一七二〇、囚人護送列車『オーバーハンティング』が第七学区南駅構内でブレイク警報、事象を確認。つまりこの駅を中心に、『オペレーションネーム・ハンドカフス』の凶悪犯達が解き放たれた状態にありますわ。筋肉と、狙撃と、後はそこの害虫はひとまずブレイク警報絡みの脱走犯ですわ。ただし幽霊については詳細不明。『オーバーハンティング』は電磁ブレーキを含むいくつかの安全装置が動作不良を起こしていたため、おそらくその幽霊とやらが事故そのものに関わっていそうではありますけれど」

「でんじブレーキ？」

アリスがにこにこしながら首を傾げていた。今はそっちに興味があるから良いものの、油断してると応急手当てした傷口とか指先でつついてきそうでちょっとおっかない。

「文字通り、電磁石を使って列車の車輪を挟む緊急ブレーキですわ。……ただしこれは、言葉のイメージと違って装置に電気を流し、磁力を発生させて動きを止めるブレーキではありません。普段は磁力を使ってブレーキパッドを開いておき、不測の事態が発生したら電気を切る事で縮んでいたバネの力を解放してブレーキパッドを締める方式の安全装置です」

「あれ、でもそれじゃあ故障のしようがないんじゃあ……？」

電磁石の力で重たい車輪の動きを止めるなら、電気が通らないなどの理由で誤作動は発生する。だが電磁石の力を切る事でバネが元に戻る形なら、電気系のトラブルと同時にブレーキがかからないとおかしい。

トラブルによって最高速度で列車が突っ込む、なんて事態にはならないはずなのだ。

「ですから、あの幽霊とやらはそこをいじくったのでしょう。まったく、お姉様以外の誰かが致命傷レベルの高圧電流を自在に操るだなんておぞましい。……ただしそもそもあれがどこの誰で、どうして『オーバーハンティング』を攻撃したのかはサッパリですが……」

「どう考えても『オペレーションネーム・ハンドカフス』絡みでしょ。しかもあの幽霊、使っているテクノロジーを見る限り警備員や風紀委員の支給装備には見えないけれど」

「……わたくし達も知らない、凶悪犯ですの？」

「あのイカれた血祭りイベントのラスボスとか、その辺じゃない？　『ハンドカフス』を最後まで渡り歩いていれば私達も遭遇できていたのかもね」

それだ、と上条は呟いた。

善なる白井黒子と悪なる花露妖宴が同時にこちらを振り返り、無垢なるアリスは事情を全部放り投げたままとにかく追従してきたようだ。

全員の注目を浴びながら、上条はこう呟いた。

「さっきからちょこちょこ言葉が出てきているんだけどさ。そもそもオペレーション何とかって一体ナニ？」

質問を耳にして、善玉と悪玉の二人から同時にため息が出た。周回遅れの平和ボケを見るような、それでいて、その言葉を知らない事をひどく羨むように目を細めて。

そしてどちらともなく口を開いた。


オペレーションネーム・ハンドカフス。


そもそもは新しい統括理事長が始めた学園都市の『暗部』一掃キャンペーンのはずだった。

最初はあくまで一斉摘発が主目的であり、逮捕した犯罪者の更生教育や社会復帰の後押しまで含めた長期的な計画だったようだ。

だけどそれがどこかで壊れた。

情報が錯綜しており、この辺りは今も調査対象となっている。一説ではあまりに不自然に包囲網をすり抜けていく凶悪犯達による被害が拡大し、業を煮やした警備員達が過剰威力の殺傷武器を取り出した事で大きな混乱が発生。双方共に甚大な犠牲が出た、という話なのだが……。

特筆すべき点として、『ニコラウスの金貨』というキーアイテムもある。

チャージ期間はおよそ一時間。握り込んで祈る事で、施錠されたドアを開ける、くじで必ず狙った当たりを引く、などおおよそ奇跡に近い現象を起こせる代物らしい。先のスマートな包囲網を切り崩した凶悪犯達が『不自然なラッキーパンチ』を連続させた遠因らしいのだが。

「ちょっと待った……」

そこで上条が口を挟んだ。

顔は真っ青になっていた。

「『ニコラウスの金貨』？　つまりそれって霊装だろ、どう考えたってそこだけ明らかに科学サイドの研究成果じゃない。何で魔術サイドのオモチャが平気な顔して学園都市の暗がりにばら撒かれているんだ⁉　ある意味で一番不可侵な聖域だったろうに‼」

「「？」」

これに対しては、白井と妖宴が同時に首をひねった。何か隠匿したい情報があってとぼけているのではなく、そもそも『魔術サイドの霊装』というフレーズ自体に覚えがないようだ。

ただ、それはそれで大きな問題だ。もしも原理も知らない多くの人へ預けられ、リスクやデメリットを想像もできないままますがり続けていたとしたら……。

（……まさか、この街で魔術絡みの『何か』があった？　俺の知らない場所で）

急速に不安が広がる。

『ニコラウスの金貨』そのものの規格外な効能も不気味の塊だが、そんなものを無償で大量に放り出す人間などいない。どこの誰か知らないが、そいつにはそいつのメリットがあったはず。

（新しい統括理事長の計画、か。まさかあの野郎、R&Cオカルティクス辺りにまんまと振り回されたりしていないだろうな。お互いの領分がどうのこうの以前に、魔術サイドと科学サイドは基本的に仲が悪い、って大前提くらいは覚えていると信じたいもんだけど）

「んむ、ふあーあ」

と、変に間延びしたあくびが上条の思考を断ち切った。

ベンチに腰掛けた上条へ甘えるように身を乗り出し、膝枕を勝手に堪能している体温高めのアリスだった。上条は逆に驚愕してしまう。

「お前……命を狙われているこの状況でまさかフツーに眠たくなってるのか……？」

「いいえ！　少女は寝ていないのですっ、何故なら夜更かしの真っ最中なので!!」

本人はしゃっきりしているつもりかもしれないが、体の方は上条の膝枕でぐったりしたままだ。もうベンチで寝転がったまま小さな手をぴこぴこ振るので精一杯らしい。相変わらずアリ

スの無邪気さは状況を超越している。彼女はむにゃむにゃ呟いて目元を擦りながら、

「ぐぐ。『オペレーションネーム・ハンドカフス』で唯一本物のオカルトはその『ニコラウスの金貨』しかなかったですし。でもって幽霊は何だか知らないけどオカルト系なのよ。じゃあつまりっ、あの不思議な幽霊は『ニコラウスの金貨』絡みの何かって事ですか？」

「違う、よな？　アリス、お前は分かっているはずだぞ」

上条は自分の右手に目をやりながら言った。

体の芯を貫く感電だけではない。小指は今も火傷みたいな痛みを発している。つまり右手の幻想殺しは、あの幽霊に通じていない。理屈は不明だが、あの幽霊そのものは科学的な何かなのだ。純粋に魔術的な『ニコラウスの金貨』とはまた違う存在のはずだ。

それをいち早く察したからこそ、初見でアリスは上条を突き飛ばして助けてくれたのだから。

「んうっ、シャッキリしてきたのです。なら扱い的には普通のドロボーさんなので、それならどこかに記録とか残っているんじゃないですかっ？」

「だから私もそこの正義露出マニアも『ハンドカフス』は最後まで付き合っていないんだって。途中でリタイアしたから最後の方がどうなって決着ついたか知らないのよ」

「……、」

何か、致命的な事を間違えているのでは？

不意に上条の胸にそんな不安がよぎった。初手で選択肢を誤った、ではなく。そもそも例え

ば、今ここで頭を悩ますべき人物は本当はもっと他にいたんじゃないか、とか。根本的な配役が間違ってしまっているので、正解に至る手順の始点、本来なら過去の時点で獲得しているべき基本の前提情報が永遠に手に入らない。そんな益体もない妄想すら頭に浮かぶ。

ところが、同じように無言を貫いていた白井が、やがて携帯電話を取り出した。

「初春。聞こえていますか、初春!! ええ、ええ。どうせフリルサンド#Gが無秩序にばら撒いている高圧電流のせいでそこらじゅうノイズだらけなんでしょう。ですが情報関係で第一線を名乗るなら反則技を使ってでも回線を繋いでみなさい、今すぐに!!」

『もう。ザザザ、門外漢はハッカーを魔女のおばあさんか何かと勘違いしている節があるんだもんなー』

文句を言いながらもいきなり繋がった。

面食らう上条達とは違って、白井は続けてこんな風に言った。

「一二月二五日の記録を至急洗い出しなさい」

『どこをどれだけ? 死人の数が多すぎて検索不能です。ていうか警備員側も半数近く死亡かるかどうかも怪しい状態ですし。「大掃除」とか野放しでしょ……』

良い事聞いた、という顔になった妖宴の首根っこは一応上条が押さえておいた。それを横目で見ながら、白井黒子はこう促したのだ。

「なら、その警備員の支部を壊滅させたレベルの有力凶悪犯の情報を」

ふむふむふむ、と携帯電話の向こうの少女は何度か相槌を打ったのち、こう繋いだ。

『第七学区南部方面総合詰め所にて、自称「分解者」及び「媒介者」を名乗る双子と思しき少女達が正面から襲撃。内部にいた人員の九九・九％以上が死傷、その大多数を占める死者についてはドロドロに分解されていて遺伝子情報が壊れているため、確認作業に手間取っています。こちらは白井さんも被害に遭った場所ですね』

「ああそれ私。『媒介者』の方だけど」

ぶっ⁉　と上条は思わず噴き出した。

妖宴は特に誇るでもなく、食料買い出しの報告くらいの気軽さでこう続けた。

「第一八学区のツインタワー、警備員化学分析センターも過愛と一緒にぶっ壊したけれど。でもあれは丸々囮だったから痛み分けかしら」

道理で白井黒子の視線がギスギスしている訳だ。

しかも携帯電話からの報告はそこで終わらない。こんなのはまだまだ序の口らしい。

『第一学区総合詰め所にて、木原端数及び自称レディバードと名乗る少女が護送車を乗っ取って正面から奇襲。通常警備員の他にアンチスキル＝アグレッサーと呼ばれる特殊部隊を殲滅した上、施設内のサーバーに細工をして情報分断を促した模様です。……この少女については信(しん)じ難(がた)い事にフルオート射撃の銃弾を重金属製の山刀一本で全て弾(はじ)き、投げつけられた手榴弾(しゅりゅうだん)に覆(おお)い被(かぶ)さって周囲への被害を軽減させるところが目撃されている他、アンチスキル＝アグレッサーの無線記録にこんな言葉が残されています。「こいつ、機械のくせに念動能力(テレキネシス)まで使うのか」と。ガチかトリックかはちょっと情報不足ですね』

『未確認、第八学区路上にて複数の警備員(アンチスキル)が同士討ちなどで死亡。詳細な記録は残されていませんが、現場周辺の聞き込みによりヴィヴァーナ＝オニグマと呼ばれる少女が深く関与しているという推測ができます』

『第一七学区、無人工業地帯にて「暗部」の移動式トレーラー基地を強襲しようとした警備員(アンチスキル)二四〇名が死亡または精神錯乱。自称・人工幽霊のフリルサンド#Gが矢面に立っていますが、これは研究者ドレンチャー＝木原(きはら)＝レパトリ及び被験者と呼ばれる戸籍不明の子供達を安全に逃がすための、超攻撃的な囮役(おとりやく)だったようです』

単純に情報が多い。

今この駅にいない人物の名前もある。また、狙撃犯や筋肉塊など、駅や周辺にいる人物の説明がないケースもある。

　すでに死亡してしまった人物もいるのだろう、と上条は言外に推測する。

　これだけでも複雑だし、まして『ニコラウスの金貨』をばら撒いた魔術サイド側の思惑まで絡むとなったら二五日夜の全体像はどれだけ錯綜していたのだろう？

　ただし直近、気になるフレーズはここだった。

「フリルサンド♯G。……最初っから猛威を振るっている幽霊って、そいつだよな」

　でも……と上条は言いかける。

　白井黒子がその後を引き継いだ。

「初春。フリルサンド♯Gの周辺人物について詳細をお願いします。例えばドレンチャー＝木原＝レパトリという人物は？　『ハンドカフス』関係者のようですけれど、少なくとも『オーバーハンティング』には搭乗しておらず、この駅にもおりません」

『はあ。つまりそういう事なのでは？』

　短い沈黙があった。

　誰も確定を取りたくはなかったのだろう。

『ドレンチャー＝木原＝レパトリに関しては遺体は発見されていません。「ハンドカフス」終盤において凶悪犯達の動きには「学園都市の外まで逃げ切る」という方向性があったようですが、成功者はおそらくゼロ。「オーバーハンティング」もしくは病院の集中治療室のどちらかにいないという事は、生き残れなかったと見るべきでしょうね。まだ発見されていないというだけで』

「……、」

遺体の発見されていない青年。さらに言えばフリルサンド#G絡み。

まさか、雷撃に関わるたびに脳裏で弾ける情景の正体は……？

『あのう、白井さん？　おーい、また遠くなってきたな。ざざざざ、白、ジジジジジ‼』

不意に、通話が途切れた。

何か、通信電波を大きく遮る不穏な何かがじりじりと近づいてきている。大型の台風や分厚い雷雲の到来と共にテレビの映像やラジオの音声が乱れていくのと同じように。

……ドレンチャーや子供達を安全に逃がすために警備員の大部隊に囮として体を差し出す事も辞さなかった人工幽霊。しかし現状ドレンチャーはどこにもおらず、そんなフリルサンド#Gは暴走し、無秩序に『ハンドカフス』生存者へ牙を剝いている。何となく、それであの幽霊の戦う理由が見えてきた気がした。

復讐。

幽霊は、そもそも哀しい理由に囚われて現世で猛威を振るう存在なのかもしれないけれど。

爆音があった。

近くのコンクリ壁を破壊し、いくつもの金属ロッカーを押し潰すようにして転がってきたのは巨大な筋肉の塊だった。

「楽丘っ」

白井黒子が目を剝いて叫ぶ。上条達とは違い、どこかその声色には親しい人を心配するような不思議な色が混ざっていた。

そして上条達としては、それどころではない。

『もしもし……わたし、フリルサンド♯Gちゃん……』

ゆらり、と。壁の大穴からこちらに向けて、頭を不規則に左右に振って。

『……次は炙り焼き、次は炙り焼きでございます』

何かがゆっくりと、それでいて明確に。

『ぽ。ぽぽぽぽぽぽ、ぽぽ　ぽ　ぽ　ぽぽぽ　ぽ　ぽ　』

こちらへ向かってふらりと迫ってくる。

『わたしきれい？』

ぱちぱちパリ……という紫電の音が凝縮されていくと共に、何故か壊れたシャワールームのノズルが一斉に弾け飛んで誤作動を起こす。

フリルサンド♯G。

かわす余裕なんかなかった。が、水浸しになった床や壁は幽霊側にとっても予想外だったのか。恐るべき雷光が上条のすぐ横に逸れて突き抜けていく。

文字化けしたシャワーの温度表示が、ややあって全部が全部真っ赤な光で四二度を示した。確か、熱病で生死を分ける最後のラインだったか。

今さら静電気の溜まった自分の頭に右手をやっても、こいつは幻想殺しでは打ち消せない。見えない力で頭が覆われ、上条の脳が頭蓋骨の外からじんわりと情報入力されていく。

『それ』が始まる。


『たかが子供だろう。それも全部寄越せと言っている訳じゃない。二、三人もいれば構わなかったんじゃが』

『……そういうゲスな「暗部」の考え方からあの子達を守りたかった』


世界の誰も知らない場所で一人の青年が命を落とした。

どういう訳か、『彼女』はそれを見ている事しかできなかった。

それは気持ちや度胸の問題ではなく、人工幽霊の性質の根本に根差した問題だ。だから『彼女』にはどうする事もできなかった。それを受け入れられるかどうかは全く別の話だが。

小さな子供達を守るために命を燃やし尽くし、同じ『暗部』にいながら取り残される彼らを預けるに足る人物と巡り合う事ができて、その青年は笑いながら息を引き取っていった。

『彼女』はずっと眺めていた。

『自分の命を投げ捨ててまで徹底できた⁉　ガキどもなんてどこまでいっても赤の他人だろう、助けたいから助けたなんて理由でここまでやれるもんか‼　くそったれの嫌普性が。言えよ、何故だ⁉』

『……理由があるから守るんですか？　そうじゃないでしょう……』

だから、命が散った。

何もできなかった『彼女』は、そこで壊れた。

バシッ‼　と。

凄まじい閃光と共に、上条当麻の意識が現実に浮上する。

「か、はっ……ッ‼」

平衡感覚を失って横に倒れそうになる体を、どうにかして堪える。

何となく電気と脳で関連はありそうだが、でも具体的に自分の頭で何が起きているか誰にも説明できないのだ。これはもう、恨みや呪いがもたらす原因不明の高熱や人の顔に見える傷口と同じ恐怖だと思う。目の前で医者が頭を抱えて匙を投げてしまう、そんなおぞましさ。だけど、そんな根本的な恐怖を拭って振り払うほどの熱情が少年の中に渦巻いていた。

何だ、今のは。

フリルサンド#Gは上条達が憎いとか囚人にかけられた懸賞金目当てとか、そういう目的で動いている訳ではない。でもだからこそ、彼女は現実を見ていない。暴走はもっと深刻で、理屈を並べたまともな会話なんか通じない。

結局はお人好しの善人が殺されて、守れなかった誰かが自分を見失って、永遠に暴走を続けて被害を拡大させていく。そんな救いようのない話しか残されていないのか⁉

会話がしたい、言葉を交わしたい。

だけど多分、それはもう許されない。そんな段階は、上条が彼女と出会う前から通り過ぎている。鍵穴は目の前にあっても、最初から鍵は折られて捨てられているのだ。

金髪のツインテールに白い肌、お人形みたいな青のドレス。見た目は西洋風だけど、フリルサンド#Gはひどく日本的な幽霊だ。つまり神様関係の十字架をかざして聖水をばら撒けば即座に消滅させられるモノではなく、たとえ体中にびっしりと仏様関係のありがたいお経を書いたところで耳を毟り取られる事を避けられない。そういう人知の及ばぬ何かに化けている。

もしも彼女を止められるとしたら、それは世界で一人しかいない。

ドレンチャー＝木原＝レパトリ。

誰でも簡単に分かる答えで、でも絶対に誰にも達成できない選択肢。

『幽体離脱した誰かが間違って火葬された自分の体を追っている』『ストーカーの幽霊がすでに自殺した女性を延々と追い回している』『連続殺人犯に殺された被害者の霊がすでに犯人が死刑執行された事に気づかないまま自分を殺した犯人を追い続けている』などなど、眉唾な怪談に登場する怨霊の多くが解決手段を失った状態で永遠にさまよっているのと同じだ。フリルサンド＃Gは凄まじい勢いで空回りをしているし、今生きている人間には誰にもそれを教えてあげる事ができない。


（あれ……？）


しかし、だ。

上条当麻はここで、根本的な疑問を抱いた。

『オペレーションネーム・ハンドカフス』。学園都市の暗い部分がこれでもかと乱舞して、おそらく彼が見聞きした簡素な報告以上の悲劇が何度も何度も厚塗りされたであろう科学史に名を残すレベルの最悪の惨事。

誰にとっても目を覆いたくなるほどの事態だが、でも待て。

それとは別に、『ハンドカフス』ではただ普通に学園都市で生活しているだけでは絶対に見る事も聞く事もない、得体の知れないテクノロジーが大量に顔を出しているのも事実ではないか。

例えば、人工幽霊のフリルサンド#Gはもちろん。

妖宴と双子の過愛？　とかいう姉妹が担っていた『分解者』と『媒介者』。

完全なる機械製品でありながら能力まで使用するらしきアンドロイドのレディバード。

全身筋肉の塊の楽丘豊富に、表で狙撃銃を扱う何者か。書類に名前しか出てこないヴィヴァーナ＝オニグマだって、おそらく彼女だけの異形のテクノロジーを抱えていた事だろう。

何か、別のパズルがある。

悲劇だけで埋め尽くされた最悪の惨事という先入観を捨てろ。今は敵味方の陣営を無視して盤面に並べられたテクノロジーを全部見渡してみるべきだ。一二月二五日の夜はすでに過ぎた。

上条当麻はそこには戻れない。だけど二九日の学園都市はそこから地続きの場所にあって、同じテクノロジーやその痕跡はまだこの街に残されているはずだ。

謎に満ちた『暗部』は死と破壊しか撒き散らさない。本当にそうか？

結果に惑わされるな。

技術は平等。

人を殺すために極めた軍隊式格闘技の知識は、いざという時の応急処置に転化できる。本来は健康な食生活を支える栄養学や調理師免許も、逆手に取れば人の寿命を縮める塩分や糖分を設定したり舌で触れるだけで気が滅入る不味さを極めた拷問料理の設計に悪用されてしまう。

それと同じ。

問題は、目の前いっぱいに広げられた極彩色のテクノロジーを『どう』使うかだ。

最悪のパズルを組み直せ。『オペレーションネーム・ハンドカフス』の全景を一から見直せ。

あの事件、本当に救いは一個もなかったのか？　今からでも拾えるものは何もないのか？

本当に？？？

（いいいや）

人工的に作られた幽霊の怨念であるならば。

あるいは人工的な方法でもって。

それはひょっとして。

まさか。

「も、も、もしかして……でき、できるかも？」

11

『……もしもし、わたしフリルサンド#Gちゃん。今あなたの後ろにいるの……』

駅舎の壁や鋼管が破壊され、水浸しになったシャワールームに低い低い、不安定に揺れる女性の声が響いていた。

金色の長いツインテールに、お人形のようなドレス。

一歩、また一歩。どれだけ歩みを進めても水たまりを踏む音の一つも発生せず、壁や柱でも難なく素通りしていく。

ハイボルテージ＝カッティング法。

イオン鞘にせよショックダイヤモンドにせよ、ある種の強力なエネルギーを常に放出し続けると、その中に異常な干渉や重なりが生まれる。これを意図して生み出し操作するのが『存在しない誰かを物理世界に浮かび上がらせる』人工幽霊の骨子ではあるが、中でもフリルサンド#Gは人間社会が常にばら撒き続ける二酸化炭素や窒素酸化物が生み出す酸性雨と、人の住む街ならどこでも当たり前に存在する銅や亜鉛といった金属を組み合わせて構築する巨大な文明電池を利用している。

究極的に言えば一つの都市、一つの国家、一つの世界を丸ごと使ったエネルギー源。人間がその文明を残らず捨て去らない限り永久に消え去る事のない人工幽霊。

悪霊退散なんて馬鹿馬鹿しい。

たとえ荘厳な神社を建てて神として必死に祀っても猛威が収まるかは気分次第。

そういうレベルの、化学や物理に支えられた天災である。


『……、あなた』


『オペレーションネーム・ハンドカフス』はもう終わったと、誰かが言った。

『暗部』なんてすでにどこにもないと。

でも、それなら。

『それより二五日の秘密兵器を用意してありますし』

『じゃーん!!　フォアグラです、こいつをフライパンでソテーにしてあげましょう』

決して、だ。

金銭的に満たされていた訳ではなかった。たとえ人並み以上に稼いだとしたって、大勢の子供達の面倒を見れば誰だって金策に困る羽目になるだろう。

それでも弱々しい笑みを崩さずに。

年に一度のクリスマスには特別な思い出を与えようと考えて、足りない中からやりくりしてご馳走を用意していた馬鹿な人を、人工幽霊は知っていた。

『ああ、あなた……』


ドレンチャー＝木原＝レパトリ。

悪名高き『木原』一族……の、真っ赤なウソ。

当たり前の正義や慈善では『暗部』に呑み込まれる子供達は助けられない。だから悪の中の悪を極めて大きな地位を占め、暗闇の側から幼い命を救ってきた究極のお人好し。

人工幽霊は生物的には存在しない己の唇をそっと噛む。

彼はもういない。

甚大な犠牲によって『暗部』がなし崩し的に空中分解したというのなら、彼が残した小さな居場所も消えてなくなる。

それで良いのか？

もちろん分かっている。ドレンチャー＝木原＝レパトリ。誰よりもこの街の暗がりを憎み、そこから一つでも多くの命を救い出そうとした彼からすれば、『暗部』の消滅こそ心から望んでいた夢だったという事くらい。

でも。

だけど。

どうしても、フリルサンド#Gには受け入れられない。あれだけ愚かで、あれだけ優しくて、自分の命を捨ててでも子供達の命を守ろうと足掻いたあの男が。何も残せずにただ記録の海に呑まれて風化し、存在ごと消されていくだなんていうこの流れ自体が。

何が、二度と思い出したくない、だ。

どこが、あんなの知らない方が良い、だ。

たとえ支配者が巧妙に蓋をしても、大多数の民衆が一斉に右向け右で目を背けたとしても。それでも、そこに当人の納得がなければいくらでも地獄の蓋は開くと知れ。誰かの都合で人が精一杯生きた証を埋め立てる行為そのものが、言い訳の余地なき憎悪の源になると思い知れ。

罪人達は、まだ残っている。

『オペレーションネーム・ハンドカフス』はまだ続けられる。

彼らと戦えば、死闘を演じれば。

きっとその瞬間だけは、消えてなくなった人と同じ世界の空気を吸っていられる。

そのはずだ。

そう言ってください、どなたか。

何もかも間違っていても構いません。だから、否定しないと言ってください。

『あ、あああ』

神様、どうかあの愚かで優しい人間を救ってください。

さもなくば。どうかこの胸の苦しみを自らの手で取り除くだけの、ご許可をください。

『がァっ、ああ!!!!!!』

12

恐るべき紫電が四方八方に撒き散らされた。

ある人影を中心に、全方位へ。

何かを盾にすれば助かるなんて次元ではない。分厚い鉄筋コンクリートを魚のトレイのように軽々と砕き、脱衣所の金属ロッカーの列をまとめて爆散させていく。巨大な駅や付随する駅ビルが崩れないのが不思議なくらいの破壊の渦だった。

右手の幻想殺しなんか効かない。

エプロンの裏から飛び出してアリスの周囲を飛び回るピンク色の長くて平たい板？　クリケットのバットがなければ、上条なんか紫電が直撃してそのまま死んでいただろう。というかなんか増えている。少女のエプロン裏から真下にボトボトといくつもボールが落ちたと思ったら、ジャココン‼　と三六〇度全方位に鋭い針が飛び出した。

効果は不明。というか結果が出るまでこの目で見て確かめるだけの時間もない。

もう転げ回ってでもシャワー室と直結した脱衣所からよそへ逃げ出すしかない。

「うわああ⁉」

妖宴の手で止血・縫合してもらった傷も気にしていられない。上条はとにかく（状況を理解せず逃げようともしない）にこにこ笑顔のアリスだけ抱えて反対側にある鉄扉を押し開けると、職員室にあるような事務机がいくつか並べられていた。壁際には液晶モニタがたくさん並んでいる。おそらく本来は駅舎やホーム内の防犯カメラの映像関係だろう。別の壁には横一列に見た事もない機械が並んでいた。首をひねる上条だが、やがて気づく。あれは切符券売機だ。そう言えば小銭やICカードを詰まらせた時、金属製のスリットが開いて壁の裏側から駅員さんが声をかけてくる事があったような？

壁越しに爆音を耳にしながら、妖宴は自分の試験管をいくつか眺めると、カラフルな色の並びから茶色く濁った試験管を抜き取る。あっさりと放り捨てて、

「チッ、人工フェロモン系がいくつかダメになってる……。密閉容器で守っていてもお構いなしに電気分解してくるって事？　いいや、電気的性質とは関係なく単純に莫大な光を浴びせて光化学分解させてくるってだけかしら。このままじゃただ逃げ回っているだけでストックを奪われていくわよ」

白井黒子は複雑な顔をしていた。犯罪者の凶器がなくなるのはありがたいが、単純に生き残るための武器が減っては困るといった心境なのか。

ツインテールの風紀委員は、それから上条の方を振り返って、

「それよりあなた。できるかも、とは？」

「せんせいがそんな事を言っていたのです」

アリスが無駄に何度も頷いていた。上条に関する事なら何でも食いつくのかもしれない。

「……フリルサンド#Gだっけ。あいつは誰にも倒せない」

上条は解像度の粗い防犯カメラの映像に視線を投げながら、

「だけど暴走してる理由ははっきりしてる。ドレンチャー＝木原＝レパトリ。こいつさえいれば今すぐあの人工幽霊を説得させる事ができるんだろ」

「ですがっ」

「ああ、『オーバーハンティング』の記録にはない。どこかの病院に搬送された記録もない。詳しい話は知らないけど、『ハンドカフス』とかいうのに巻き込まれて死んだ可能性は極めて

高い。そんな事は分かってる」

上条は最悪の発生を否定しない。

その上で、だ。

「でも、現実にあそこにゃ人工幽霊がいるんだぜ。俺の右手が効かない純粋なテクノロジーだけで幽霊が創れるって話ならさ、死んだ人間を引っ張り出す事も手が届くんじゃねえのか？」

「……、」

「……。」

しばし、誰からも返事はやってこなかった。善人の白井黒子はもちろん、自らを悪人と言い切って可能性を投げ捨てている花露妖宴まで。

即座に賛同し難いのは、分かる。

明らかに何か、とんでもないモノに抵触している。ゴリゴリとしたタブーの手触りは上条も摑んでいる。分かっていて、少年は目の前にある可能性をどうしても捨てられなかった。

「……だって、ひどすぎるじゃないか」

気がつけば、口からぽつりと洩れていた。

「こんなに多くの人が死んで、それでも何も残せなかった『ハンドカフス』だってそう。いなくなった誰かを想って慟哭しているだけで悪者扱いされてみんなに恐怖されていくフリルサンド#Gだってそう」

上条当麻は、一二月二五日の夜には関われなかった。二四、二五日と別の死闘へ身を投じていて、病院のベッドで呻いている事しかできなかった。

だけどそれがどうした。

「ひっくり返してやりたいと思わないのか、こんな最悪」

言えよ。

こんなの資格のあるなしじゃない。

誰だって良い。最悪の出来事に対して真っ向から異を唱えろよ!!　もうこんなの見たくない、じゃない。ここから何をしてやれるのかまでちゃんと考えろよ!!!!!!

「なあ。どんな反則技でも良い。『ハンドカフス』で集まった何かを使って、ここからきちんと救って、全てを見ている天の神様にどうだこの野郎って言ってやりたくないのかよ……っ」

あらゆる技術には再現性がある。

戦場に戦車、地雷、ロケット砲などの新兵器が出てきた直後、敵国からも即座に全く同じ武器が投入されていくのと同じように。

「はあ……」

ややあって、だ。

ため息をついたのは、一人の少女だった。

「ま、倫理だの善悪だのをいちいち問う事はしないわ。とりあえず私は、ここで高圧電流に巻き込まれて体の内側から爆発したくない。それを回避できる策があるなら何でも従うけれど」

呆れながらも応じてくれたのは『媒介者』の妖宴だった。

「ただし、幽霊同士をイチャイチャさせるのは結構だけど、あの化け物を分析して創ったセカンド幽霊が長持ちするって保証は？　せっかく用意しても一〇のマイナス何乗秒しか存在できませんじゃ感動のご対面にはならないと思うけれど。それに、巨大な電気的エネルギーとエネルギーが涙混じりで抱き合った瞬間に大爆発とか起こさないと良いわね」

「確かに、幽霊のまんまじゃいまいちふわふわして掴みどころがないかもしれない……」

上条は小さく頷いた。

これはパズルだ、ピースの一つだけで問題が全部解決するだなんて言わない。

「……でも、『ハンドカフス』に出てきたゲテモノってのは人工幽霊だけじゃないだろ。機械製品でありながら能力まで使うアンドロイドのレディバード。こんなモノがほんとにあるなら不安定な幽霊に体を与える事だってできるんじゃないか？」

「……、」

「定着の方式は未知数だ。でもそれも、異形の技術で補えるかもしれない。例えば妖宴、アンタの使っている薬品だの微生物だの。例えば白井、アンタが当たり前に把握している量子力学の一一次元の認識の話とか！」

『オペレーションネーム・ハンドカフス』は死と破壊だけを撒き散らすだけではない。

敵味方の陣営に区別をつけずにあらゆる技術を組み合わせれば、それらは決定的な悲劇を否定するほどの力にもなり得る。

偏見を捨てろ。

先入観や第一印象に惑わされるな。

そもそも『ハンドカフス』は『暗部』を解体して人を助けるために練り上げられた計画だった事を思い出せ。死と破壊の数だけ、対となる生と救済の手札も揃っていると考えろ。

何が『暗部』だ。

だから仕方ない？　もう諦めろ？

ふざけるなよ、不幸。二五日の夜には間に合わなかったかもしれないけど。

上条当麻ならここからどうするかを見せてやる。

「フリルサンド#Gを外から眺めているだけで設計図が分かる訳じゃない。レディバードについては名前だけで実物も見つからない。頼むよみんな、何か手は!?　実際に『ハンドカフス』に関わっていたアンタ達なら何か心当たりはないか？　そういう連中の隠れ家とか、研究所とか！　とにかく新技術の資料や設備が眠っていそうな場所だ!!」

「はい、ハイ、はい」

適当な調子で手を挙げたのは、やはり妖宴だった。

「レディバード……というか、そいつを創った木原端数とやらにはうっすらとだけど関わりがあるわ。あのジジィ、第一〇学区のゴミ捨て場で蠢いている死体処理の『業者』と繋がっていたらしくてね。木原系から定期的に死体を受け取っては『業者』は色々部品を抜き取るんだけど、そっちの『業者』から札束積まれて使う所のなくなった残骸の溶解処分を手伝わされた事があるわ。死体が流れる順路を逆に辿っていけば木原端数……アンドロイドの製造ラボを特定できるはずよ」

またもや不穏な言葉がドバドバ出てきて上条や白井はギョッとしたが、当の妖宴は小さな肩をすくめているだけだった。何を今さら、といった顔だ。

しかし全部機械のアンドロイドを動かすのに、どうして人間の死体が必要になるのだろう？

「ただ人工幽霊のフリルサンド#Gとかいうのは完全に未知数ね……。風紀委員、あなたの方はどうなの。曲がりなりにも公式アナウンスでは『オペレーションネーム・ハンドカフス』を終結させたんでしょ。ガサ入れとかしていないの？」

「分かるはずないでしょう……。ドレンチャー及びフリルサンド#Gについては記述なし。つまり『ハンドカフス』で動いていた一勢力を丸々見逃していた、と見るべきでしょうね」

白井黒子はうんざりしたように息を吐いた。

その上で、

「……ただ、わたくし達の知らない『暗部』の情報については、そこに棲息していた別の『暗部』に聞き出すのがベターなのでは？」

上条は宙に視線をさまよわせた。

いいや、壁越しにある方角へ目をやっていたのだ。

心当たりは一つしかない。

「……あの狙撃手。確かヤツも『ハンドカフス』の生存者だったよな？」

「ベニゾメ＝ゼリーフィッシュ。人死にも辞さない最悪のパパラッチですわ。……ただまあ、職業的なノゾキが生き甲斐の悪女なら、確かに他人の秘密には詳しそうではありますわね」

13

第七学区の南にある駅のすぐ近く。ビルの屋上から狙撃銃を構えながら、あちこち肉抜きしたチャイナドレスにテンガロンハットの美女は音もなく眉をひそめていた。

ベニゾメ＝ゼリーフィッシュ。

きい、と職員用の鉄扉が開く音は空撮ドローンに装着した指向性マイクが全部拾っていた。

「……？」

（性懲りもなく……。やめてよね、あれだけ撃たれてまだ外に逃げたがるつもり？）

どれだけ空撮ドローンで全ての出入口を監視しても、一度に狙撃できるのは一人だ。この場合、全員がバラバラになって広大な駅の別々の出入口から逃げ出してしまう展開が一番困るのだが、そこまで考える頭はないようだ。たまたま居合わせたとはいえ、いったん一つの塊になって仲間意識が芽生えてしまうと『生け贄確定』の選択肢は選びにくくなるものだ。

ベニゾメの目的は殺しではない。

『ハンドカフス』関係者やたまたま居合わせた一般人（？）に恨みがある訳でもない。

人が死ぬ瞬間を激写したい。それもできるだけ惨たらしくショッキングな場面の方がありがたい。そのためなら、ライオンに追われる人間の足を撃って逃走手段を奪う事も辞さない。

ふむ、と和洋中全部揃えた美女は静かに息を吐いて、

「……威嚇でダメなら誰か撃つか。まあ観察対象は集団だから、一人減ったくらいじゃスクープチャンスはなくならないし」

鉄扉はすでに開いている。

それが誰であれ、先頭を撃って後続を脅えさせる。ベニゾメならそれができる。どうもクリケットのヤツは普通に鉛弾を止めに来るようだが、怯ませて足を止める効果は同じだ。

何か黒い影が出てきた。

カメラのシャッターは空撮ドローンに預ける。パパラッチは呼吸を止め、引き金にそっと人差し指を掛ける。

その時だった。

ガカァッ‼　と凄(すさ)まじい閃光(せんこう)がベニゾメ＝ゼリーフィッシュの網膜を貫いた。

視界が全部真っ白に埋まる。

左右のこめかみに鋭い痛みが走るのを感じ、とっさにテンガロンハットの女は電磁波や電気ノイズまで表示してくれるミラーレスの多機能スコープから顔を離してしまう。

「ぢぃっ⁉　……地下鉄作業用の、誘蛾灯(ゆうがとう)……ッッッ‼⁉⁇」

狙撃は怖い。

だけど、注目されているのが分かっていれば一〇〇％反撃もできる。

顔をしかめて片手を振り、空撮ドローンに指示出しだけしておく。網膜に焼きついた残像が消え去るまでおよそ五秒。それまでの間に獲物が外へ飛び出して安全な遮蔽物の裏へ逃げ込んでしまう展開だけは避けたい。音速をあっさり超える七・六二ミリ弾は絶大だ。多少出遅れても、場所さえ把握しておけば再び銃撃で押し戻す事はできる。

そう思っていた。

まだベニゾメは、自分が狙い撃つ側の人間だと信じていた。

ヒュン、という風を切る音が耳に響いた。

「っ⁉」

ドガドガドガッ‼　と鈍い音が連続して長めのスナイパーライフルが砕かれた。残骸と一緒に屋上へ散らばったのは金属矢。見覚えのある武器だった。『ハンドカフス』の時も、ベニゾメにトドメを刺したのは風紀委員（ジャッジメント）や警備員（アンチスキル）といった治安維持組織だったはずだ。

警戒は無意味だった。

直後に三次元的な制約を無視して五〇キログラム未満の重量が真上からベニゾメへのしかかってきた。空間移動（テレポート）。いきなり屋上から三メートル上空に現れた女子中学生が、そのまま身をひねろうとした狙撃手の胴体の上へ尻餅でもつくように落ちたのだ。

「があっ⁉」

「ちょっと、重いみたいな反応はやめてくださる？　少なくともあなたより二回りはスリムなはずですわよ」

「かはっ、あ、あなたは……ッ⁉」

「ハロー、『暗部』。突然ですけれど、あなたの持っている情報を全部出しやがれですわ‼」

14

屋上の狙撃手は排除した。

この瞬間から上条（かみじょう）達（たち）は第七学区の駅舎に縛られる心配もなくなった。

「ええい‼　なのに階段から地下鉄に潜るんですの⁉」

「フリルサンド♯G。あんなもん引き連れてヒトやモノで溢れた表の街を逃げ回ってみろ、流れ弾でどこまで被害が広がるか予測できねえよ‼」

上条達が列車事故に巻き込まれたのは二階くらいの高さの高架式ホームだが、大きな駅だと路線は一つに留まらない。上条は危機感の足りないアリスを小脇に、白井はロープで縛り上げたベニゾメを肩にそれぞれ抱えて、下りの階段を駆け下りれば地下鉄の乗り換え区画とぶつかる。

律儀に携帯電話を改札に押しつけながら、白井黒子が目を剝いて絶叫した。

「ちょっとあなた達！　なにハードル感覚で自動改札を飛び越えていますの⁉　地下鉄の交通系ICを持っていないのならきちんと切符を買って乗り換えしなさい‼」

「なんか言ってるけど‼」

「正義露出マニアは赤信号をしっかり守って押し寄せる溶岩にそのまんま呑み込まれていく哀れな人間だから仕方ないわ。とにかく生き残りたいなら放っておきなさい」

「きゃはは☆　せんせいと追いかけっこです！」

上条の腕からするりと抜けて、長めのスカートも気にせずアリスがさらに続く下りの階段を一気に飛び降りていく。しかもありえない事に、両足を一緒に前へ突き出した尻餅前提の体勢だ。ぎょっとする上条の目の前で、エプロンの裏からハリネズミ型のボールがいくつもぽろぽろとこぼれていった。それらがまとまった巨大な塊をクッションにしてアリスはぼよんと跳ね

ている。寝かせた針を逆にベッドのスプリングのようにしているみたいだけど、それにしたって痛くはないのかあれ⁉

ばぢっ‼　という空気の弾ける不気味な音がどこかから響いた。列車の到着を知らせるスピーカーが内側から破裂し、長い舌のように帯状のケーブルが飛び出している。

人工幽霊。

弱点なしで、殺傷力の塊。冗談抜きに単独で全人類を滅ぼしかねない怨念の塊は、いる。追い着かれて肩を叩かれれば莫大なエネルギーを浴びて即死するのはもちろん、壁や柱を破壊して無秩序にばら撒かれる紫電の嵐が一回直撃しただけでも無事では済まない。

だけど事情を知ってしまった今では、その意味は全く変わる。

これはもうただの凶器じゃない。自分でも制御のできない巨大な感情の渦なのだ。

(助ける……)

上条は奥歯を強く噛み締め、それでも今は前を見て走る。

こんな所で死んでいられない。突然悲劇に巻き込まれ、最愛の人を失い、今こうして泣き叫ぶ一人の女性のためにも。

(これはもう俺達だけの話じゃない。必ずお前も助けてやるからな、幽霊‼)

妖宴は不自然なまでに呼吸の乱れもなかった。ひょっとすると酵素や化学物質でも使って自分をブーストしているのかもしれない。ホームにいる小さな悪女が涼しい顔で尋ねてきた。

「第一〇学区までは？　ひたすらトンネルを走るの？」

「どなたか、この中に鉄道を運転できるガチの鉄オタの方はいらっしゃいませんかーっ⁉」

「無茶言っているんじゃないわよ」

ぶわり、と上条の左右の靴底が不意に床から浮いた。

ギョッとしたツンツン頭はとっさに近くにいた幼いアリスに全力でしがみついてしまう。

重力を無視してホームからふわりと浮かんだ上条達はそこから一転、弾丸みたいな速度で地下鉄トンネルに突っ込んでいく。

壁に映る自分の影を見る限り、いきなり妖精さんみたいに上条の背中から巨大な羽が生えた？　いいや違う。何か。絶対にしっかり後ろを振り返って確認したくないが、何かメートル超えの羽を持つ巨大な虫がクレーンゲームっぽく人様の背中にしがみついている⁉

「なんっ、え、巨大化⁉　全体的に何が起きてんの今⁉」

「寄生肥大よ。つまり私のオモチャ」

妖宴の涼しげな声が意外なほど近くから響いた。ヤツも同じ速度の世界にいる。

ツンツン頭にお姫様っぽく抱えられたまま、幼いアリスがきゃっきゃはしゃいで小さな両手を伸ばそうとしていた。どこに？　というと上条の肩越しに、

「わあっ。黒くて硬くて光っていて格好良いです！　このゴキb
「やめてアリスお願いそれ確定させないでッ‼　空飛ぶ虫って言ったって色々いるでしょう

よ⁉　……おっ、おっ、俺は絶対後ろは振り返らないぞ……。今背中に張りついてる花露妖宴（はなつゆようえん）セレクション巨大化虫の正体だけは何があっても自分の目で確認したりはしないぞお‼」

「知ってるかしら？　昆虫界、特に甲虫関係だとオスが後ろから覆（おお）い被（かぶ）さるのって生命の営みを象徴するあの儀式のポーズよね。うふふ、交尾交尾」

「やめてーっっっ‼‼‼」

　青い輝きがあった。楽しげに囁（ささや）いて併走する妖宴（ようえん）は巨大なモルフォ蝶（ちょう）をリュックみたいに背中へ装着している。自分だけキラキラしていて世界で一番お美しいとか流石（さすが）はダウナー系ミニ悪女、自分ひいきが激し過ぎる。

　アリスは何だかご満悦だ。分厚い白タイツに包まれた両足をぱたぱた振っている。

「ふんふん♪　やっぱりせんせいが好きです」

「なにいきなり⁉」

「この抱き心地が一番ですっ。抱っこならせんせいで決まりなのよ、ふふーんっ☆」

なんか低反発の枕みたいな扱いにされつつある。丸刈りのジョリジョリ感や横幅広めな男子のおっぱい（？）が瞬間的に女子ウケしてはマッハで捨て去られるあの感じに近いのかも。

　ちなみに白井黒子（しらいくろこ）はそもそも昆虫装備そのものを拒否したようだ。お嬢様は虫ロマンに理解を示さない女の子らしい。縛り上げたベニゾメ＝ゼリーフィッシュを米俵のように抱え、一定間隔で『空間移動（テレポート）』を繰り返してスポーツカー以上の速度で地下鉄トンネルを突っ切っている。

ガカッ!!　と真後ろから瞬いた白い閃光が一気に上条達を追い抜いた。

人工幽霊もまた、駅のホームから地下鉄トンネルへ降りたらしい。

直撃を避けたところで、ホッとしていられない。

フリルサンド♯Gの雷撃は鋼鉄やコンクリートを難なく破壊する。前方で地下鉄の金属レールやコンクリの柱が弾け飛んで破片がいくつも舞い上がると、それらは高速飛行を続ける上条達にとって明確な障害物に化ける。相対速度を考えたら、直撃イコール腕が肩から千切れるくらい普通にありえる。

恨みに、哀しみに、怒りに、後悔に、後は何だ？

ひょっとしたら人間の感情は名前をつけてざっくり管理するものじゃないのかもしれない。

ネジやボルトの一本でもおっかない。

「うわあッ!?」

上条は反射的に叫んでいた。

両手でアリスを抱えたままだと顔を庇う事もできない。

トンネルはイメージと違って一本道の直線ではなくあちこち折れ曲がっていたが、正直移動については背中の羽が勝手にカーブを旋回していくので、上条には自分で操縦する感覚はない。

安全基準のすっごく甘い、海外の得体の知れない絶叫マシンに乗ったらこんな気分にさせられるだろうか。

自分の命を自分以外のものに握られ、ガチの涙目で上条は叫ぶ。

「白井っ‼　そこのチャイナドレスから何か情報は聞き出せたのか⁉　とにかく目的地がほしい。レディバードとかいうのを研究していた木原ナントカのラボとは別に、人工幽霊絡みの研究をやってたヤツの隠れ家くらいは知っておきたい‼」

「ですって。心当たりは？」

「……、」

気絶している訳ではない。

ベニゾメ＝ゼリーフィッシュは意図して沈黙を選択した。後ろからバチバチ閃光が瞬くのを見ると、フリルサンド♯Gもこちらの動きに気づいてトンネル内を移動してるのだろう。今白井が愛想を尽かせてその辺に放り出せば何が起きるかは明白なのに、なかなか度胸がある。

おそらくこいつは、痛みではしゃべらない。

と、

「……肉抜き改造チャイナドレス。ちなみにそんなナリしてるって事は、あなた『女』を武器として使う人種なのよね？　自分は平均よりはイケてる（笑）自覚があると」

適当に言って、青く輝くモルフォ蝶の羽の力を借りてすぐ隣を併走する花露妖宴が取り出したのは一本の試験管だった。

軽く振ると、カラフルな蛍光グリーンの液体がどろっとした水面を揺らす。

「蜘蛛(くも)は獲物の体組織、つまりタンパク質を溶かしてポンプ機能を持つ胃を使って吸い取るって話は知っているかしら？　顔面の整形(キャラクターメイキング)や体格変更くらい割と自由自在なんだけど。大丈夫よ、なくしたおっぱいは五個でも一〇個でもぶどうの房みたいに増やしてあげるから心配いらないわ。何個が良いとかリクエストはある？」

「わっ、分かった分かった!!　やめてよね!!」

　手足を縛られたまま慌てたようにベニゾメは言った。

　誰よりも早く情報をばら撒(ま)く事にはうるさいパパラッチは、逆に情報を隠しておく事についてはあまりこだわりを持たないらしい。

「第一〇学区の廃棄レジャースパ!!　今じゃ集まってきた住人達にがっつり占拠されていて、お湯のないプールの底からフードコートまで全部段ボール、ベニヤ板、プレハブなんかでできた違法ハウスの集合住宅でびっしり、リトル九龍城砦状態(きゅうりゅうじょうさいじょうたい)の魔窟よ!!　何でもありの犯罪通りに私の隠れ家を一つ埋め込んであるのッ！」

「第一〇学区のスラム地区ですの……？」

「微妙にたとえが古いわね、あの高層住宅エリアはとっくに取り壊されているでしょ。ヨハネスブルクくらい言ったら？　まあロシアなりメキシコなり、警官が信用を失ってて水面下で未登録の銃器が流通してる国の大都市は大体ヤバい事になっているけど。その隠れ家がなに？」

「表からは目立たない旧業者向け駐車場に不自然な大型トレーラーがいくつか放置されている。

持ち主は不明、ただし不用意に近づいた廃品業者が何組か変死しているわ。状況的に考えておそらく幽霊と同一犯!!」

「……じゃあ、そのトレーラーの群れが人工幽霊のラボなのか……?」

無理矢理な飛行をしながら、上条達は顔を見合わせた。

ついてる。『ハンドカフス』に関わった異形の技術についてはあればあるだけ回収しておきたいところだが、広大な学園都市を西へ東へ何度も行ったり来たりしている余裕はなさそうなのも事実。フリルサンド#Gはそこまで甘くない。が、人工幽霊にせよアンドロイドにせよ、主要なテクノロジーが第一〇学区に集中しているとしたら手間が省ける。

「チャイナドレスをしれっと着こなすとかすごすぎるのです……」

状況を完全に無視して何やらしゅんとしているアリスはひとまず放っておくとして。

ここで間に合わせる事ができれば。

永劫に続く暴走から、人工幽霊フリルサンド#Gを助ける事ができる!!

15

第一〇学区。

上条達は地下鉄駅の階段から一気に地上へ駆け上がった。ズヴァヂィ!!　と極太の紫電が突き抜け、何もないアスファルトの道路をまとめてアリジゴクのように陥没させていく。

「ちくしょ、おっかねえ‼」

「あれじゃないかしら？　ベニゾメの言っていた廃棄レジャースパ」

妖宴（ようえん）が指差した先に、巨大な影が盛り上がっていた。

やはり当初はランドマークだったのか。駅の階段のすぐ近くに、お風呂らしからぬウォータースライダーの巨大な影がそびえていた。スパと言っても実質的に屋外型の温水プールといった方が近かったのだろう。ゴミ焼却施設が隣接しているのは、そっちの排熱も再利用していたからか。建物は大きく崩れたりはしていないが、清掃などのメンテナンスを怠っているため錆（さ）びや汚れが目立つ。何だか全体的にどろっと汚れていて、空気が重かった。

逆にスプレーのラクガキの餌食（えじき）になっていないのが変だ。

ここには不用意に近づくな。

不良少年達の間で、そんなローカルルールでもあるのかもしれない。

中はリトル九龍城砦（きゅうりゅうじょうさい）だのヨハネスブルクだのという話が飛び交っていたが、上条達（かみじょうたち）としては違法ハウスの塊と化したプールサイドや水のない底に用事はない。

紫電の嵐に追い立てられながら、上条達（かみじょうたち）は裏手に回り、業者向けのトラックや作業車を誘導するための目立たない裏口を目指す。

確かに。

業務用の駐車スペースにいくつかの大型トレーラーが並んでいた。それ自体は珍しいものではないのだが、廃材を寄せ集めたようなこの景色の中だと妙にピカピカで、『普通』が目立つ。

「見つけた！　人工幽霊のラボ!!」

「大丈夫かしら？　ちょっかい出した廃品業者が何組か変死しているって話だったけれど」

言って、妖宴は試験管のゴムキャップを親指で弾いた。

ぞわ!!　と。周囲で黒い絨毯が波打った。正体は何万匹というアリだ。景色全体が動くというか、見ていると棒立ちの上条の方が後ろへ下がっているような錯覚を感じてしまうほどの物量だった。『媒介者』の指示に従ってトレーラーの方へ移動していくが、特に変化なし。高圧電流などで吹き飛ばされる様子はなかった。

「トラップなしね」

「フリルサンド♯Gに追い着かれる前にケリをつけよう!!」

上条、アリス、妖宴の三人は手近なトレーラーの後部に回る。四角い金属コンテナの扉はおそらく後付けの鍵穴がついていたが、これについてはやはり妖宴が呼び出した親指くらいある馬鹿デカいアリが中身の金属を溶かしてしまった。

「言っても錠前の内部構造なんてアルミか真鍮系の合金でしょ。私のアリでも使えば十分に破壊可能だわ」

「……あんな毒で襲われたら人間はどうなってしまうんだ……？」

結構本気でゾッとしながら、上条はレバーを外して両開きの扉を開け放つ。

いきなり最初から本命には当たらなかった。二段ベッドがたくさん並んでいて、床にオモチャが散らばった空間が待っていた。他も開けてみるが、キッチンやお風呂に特化したコンテナもあった。そういえばドレンチャーやフリルサンド＃Ｇ絡みでは、被験者の子供達、という言葉も出てきたか。

何だか得体の知れない研究施設には見えなかった。

こっちのありふれた生活空間の方がメイン、とでもいうか。扱い的には廃墟という事になるのだろうが、そういう不気味さもない。なんていうか、久しぶりに、ホッとしたのだ。

この空間を作った人の何かが宿っているのだろうか。

温かければ温かいほど、失った時の慟哭も大きくなってしまうのだろうか。

「っ」

それでも上条はやがて引き当てる。いくつかあるトレーラーの内、一つのコンテナだけ明らかに毛色が違った。ここだけ開けた途端に消毒用のエタノールの匂いが強く押し寄せてくる。

ツンツン頭は思わず呟いていた。

「これか……」

コンテナの床は高い位置にある。幼げな両手をついて身を乗り上げようとして、しかし背が低くてもたもたしているアリスのエプロンの裏からポロポロとピンク色のバットや針だらけのボールがこぼれ出てきた。これもこれで結構謎だが、時折変な鳴き声を発するのでエナメルな靴で踏み台にされるのは何となく見ていられなかった。エプロン後ろの丸いふわふわを左右に揺らすばっかりで、いつまで経っても一段上に足を乗せられない絵本の少女の小さなお尻を上条は後ろから両手を使って押し上げてやる。

高圧電流の権化と言う割に、変電所にある鉄の塊みたいな機材は特にない。コンテナ中央には細長い透明な箱のようなものが置いてあるだけだ。ゴム系の分厚い樹脂で覆われた丸い穴が等間隔で用意されていて、どうやら中身と接触しないでいじくる仕組みになっているらしい。

微生物や薬品を専門的に扱う関係か、妖宴はざっと見回して『ここが何系のラボなのか』を品定めしているらしかった。

「無菌箱、ね。……壁際のダクトは不純物の出入りを防ぐ仕掛けがあるし、水場も結構作りはしっかりしてる。幽霊研究って意外と生物系なのかしら？」

何となく、だ。

上条には、それが透明な棺桶に見えた。

「理系でテレビの怪談番組の餌食になりそうなトコっていうとやっぱりそっち系じゃないの？　ほら、夜中に走り回る骨格模型とか、死体を洗うのに使うホルマリンのプールとか」

「陳腐なイメージね」

ここについては一刀両断された。唇を噛んで俯いたら年上が泣くと勘違いしたのか、小さな悪女がちょっとおろおろしていたが。

アリスはアリスで、透明な箱ではなくそれを取り囲む機材に興味があるらしい。三脚で支えられているのはビデオカメラだ。レンズの正面に立って笑いながらピースサインをしている。

「いえーい☆」

「……それから、あのカメラ何だ？　実験記録を取るにしちゃ数が多過ぎる気がするけど。言ってもコンテナ一個分のスペースだぞ、あんなに並べたら逆に研究する側も邪魔になるだろ」

「記録用なら邪魔にならないよう手元を映せれば良いから、そうね、天井から一つぶら下げれば済む話だわ。わざわざ一二方向から取り囲む必要なんかない」

「つまり？」

「無菌箱だけでなく、周りのカメラも込みで巨大な実験装置なのよ。『観測』に軸足を置いているって事は、量子力学も絡んでいるのかしら？」

上条が壁際のスイッチを操作すると、部屋の照明がガラリと切り替わった。昔の映画に出てくる暗室みたいに、夕焼けに似たオレンジ色の光でコンテナが満たされる。すると、密閉された透明な棺の中でも変化があった。事件現場のように人の輪郭に沿ったラインが光り輝いていたのだ。また、鋲のような電極が無数に置いてあるのが分かる。鍼やお灸なんかに出てくる経穴、とかだろうか？　何となくのイメージの話だけなので根拠はない、ひょっとしたらドレンチャーが自分で作った独自規格でしかないのかもしれない。どうやら何百もの電極については小さなブロック状になっており、はめ込みによって自由に数や位置を変えられるようだ。

人体の、配線図。

これが人工幽霊の個性を司るのかもしれない。

他人のラボなんて普段はなかなか眺める機会がないのか、妖宴も興味深そうに身を乗り出し、

「フリルサンド#Gだっけ？　幽霊側としては、研究室では正確な『火種』をデザインできればそれで良いのよ。どんなに小さくても完成さえさせれば、後は外の世界に解き放つだけで無尽蔵にサイズが肥大する。まるで生物兵器だわ。……いいえ、それも違う。生物、量子力学、兵器化研究、この辺りは一二色の絵の具セットと一緒で、ただの引き出しに過ぎない。本来まともな輪郭もない幽霊を人の頭で既存のカテゴリに無理矢理振り分け、認識のしやすい形に置き換えているのね」

「……とにかく、こいつを動かせば幽霊は創れる」

「ドレンチャー＝木原＝レパトリ。ターゲットについて、元となる人格データが欲しいわね。ひとまず油脂を食べる黒カビ系で良いかしら。目には見えない指紋や足跡の分布からでもどれだけ几帳面か、神経質か、心理パターンは計測できる」

「そっ、そんなので人の心なんか分かるのか？」

「あら。世の中には物品にべったりこびりついた電気なり水分なりを残留思念と呼んで読み取る能力者もいるようだけれど」

がんっ、ごん！　という鈍い音が響いた。『空間移動（テレポート）』で虚空（こくう）から出現した白井黒子（しらいくろこ）が、自分の体より大きなジェラルミンのケースを二つ三つと床に落とした音だ。

「ゴミの山に埋まっていたラボから『素体』については拾ってきましたわ！　正直、この顔のないマネキンが人間そっくりに化けるだなんて信じられませんけれど……」

「とにかくケース開けろっ、あとモノは分かったけどどういう仕組みで動くのかも！　なんかテキストとかマニュアルとかないのか!?」

このコンテナ自体のレバーよりゴツい留め具を外してゴトゴトと中身を床に並べていく。白井黒子（しらいくろこ）の言う通りだった。何となくワンピース型の競泳水着みたいなものに包まれているから女性形に見えるが、実際には男女の性差はなさそうだった。頭髪はもちろん目鼻立ちもない、つるりとした球体関節人形だ。

「……というかベニゾメとかいうのは一体どこやったんだ？」

「三〇〇万トン以上のゴミの下に埋まったあっちのラボで縛り上げたまま放置。何が何でもスクープが欲しいようですし、焼死体と一緒に生き埋めにされれば気分も満たされるでしょう」

と、なんかアリスが一人で勝手にわなわなしていた。

「さ、さんびゃくまんとん……」

「数字だけ見れば大仰ですが、有名なドーム球場一個分で三七万トンはありますわよ。一〇〇万、という単位にやたらと敏感なのは年齢感からくるものかしら？」

しかし、重い。

未だに科学の範疇に収まるのかいまいち謎な人工幽霊と違って、こっちのアンドロイドはとことん物理的だ。おそらく重金属の骨格フレームを人工の筋肉とシリコン素材で包み込んだ機械製品。上条が試しに外から肩や膝を動かしてみると、ゴキゴキと鈍い感触が返ってきた。もしかしてこの骨格、目標とする体型に合わせてある程度アジャストできるのかもしれない。科学の力は子供と大人の体を使い分ける伸縮式魔法少女を実現する段階まで来ていたのだ。

妖宴はいくつか試験管を取り出しながら、

「ガワがシリコン系なら有機溶媒で細部は整えられるわね。ドレンチャーとかいうのの顔写真が欲しいわ。あと体のサイズを知るために私服なんかも。その辺の引き出しは？　住居も兼ねる施設なら写真の一枚くらいないの？」

「探すけどっ。でもこれって思いっきり機械だろ⁉　ようは人の形をした自動運転車って感じだ、人工幽霊なんてもやっとしたモノ作ってもきっちり定着するのか？」

「いくら電気的な性質を持つ人工幽霊だからって、あの高圧電流の塊を無理に押し込んだらそれこそ電子基板系は全部焼けてしまいそうですけれど」

「なら出力を和らげる技術で橋渡しすれば良いのよ。例えば……」

ばぢっ、と何か弾けるような低い音が聞こえた。

アリスを除く全員の瞬きが止まる。

「(……来たっ)」

「(むしろ遅すぎるくらいだわ。単純な速度だけならとっくに襲撃されていてもおかしくないはず。フリルサンド#G、あるいは古巣のラボを見て躊躇っているのかしら?)」

だとすれば、ひどく罰当たりな事をしている気がした。

しかし一回始まってしまえば早い。

妖宴が写真や私服を引っ張り出す中、ガラスの割れる派手な音が響いた。単純な窓ではなく街灯の電球辺りが弾け飛んだのだろう。破壊の音は一つに留まらず、がくんとコンテナラボ自体が斜めに傾ぐ。おそらくトレーラーのタイヤが高圧電流を浴びて内側から破裂したのだ。

フリルサンド#Gにとって、その決断にはどんな意味があったのだろう。

過去の宝物を踏み躙る者を、思い出の場所ごと粉砕しようという彼女の胸には一体何が。

危機感の足りないアリスを庇って上条は床に伏せながらも、唇を噛んでいた。こんな暴走は見ていて辛い。そう思いながら、とっさに倒れようとしたカメラの三脚を押さえつけた。何が大切なのか、専門知識のない彼には判断がつかない。あるいは人工幽霊なんて世界でただ一人、ドレンチャー以外には理解のできない代物なのかもしれない。

破砕音は止まらない。

ここでラボの中身まで壊されてしまえば全部ご破算だ。事は上条達の生存だけ、なんて話でもない。永遠に現世をさまようフリルサンド#Gは、ドレンチャー=木原=レパトリともう一度巡り合う機会を自分から消し去ってしまう。

それは。

とてもこの街の暗がりに良く似合っていて、だけど絶対にそんな結末に流れるのは嫌だった。

とっさに、だった。操作もしていないのに勝手にレンズが収縮するビデオカメラを睨みながら、上条当麻は己の危険も顧みずに叫び返していた。

「ふざけんなよフリルサンド#G!!　世界で一番逢いたい人間の顔を思い出せぇッッッ!!!!!!」

お前の本当の望みは何なんだっ。もう一度、あと一回だけで良い！

声は相手に届いたのか、あるいは否か。

ズヴァヂィッッ!!　と、凄まじい白の閃光が暴力的に暴れ回った。ついに紫電の塊がコンテナの中にまで飛び込んできたのだ。『幽霊』の慟哭が直撃し、あちこちでオレンジ色の火花が飛び散る。棚の引き出しが壊れて書類や写真が宙を舞った。花露妖宴は機材に飛びついて、火花を散らすスイッチを立て続けに弾く。低い音を立てて透明な棺がじんわりと発光する。

目を剝いて白井黒子が叫んでいた。

「やはり電気的なエネルギーが大きすぎます。わたくし達で人工幽霊を作ったとしても、機械製品に詰め込めば爆発するだけですわよ!!」

そして、ドレンチャー＝木原＝レパトリを怒れる怨霊に見せられなければ、きっと攻撃の手は止められない。ここにいる全員はトレーラーごと爆発して吹き飛ばされてしまう。

救いのない瓦礫の中で。

フリルサンド#Gは、ただただ永遠に泣き叫ぶだけだ。

「だから」

激しい紫電の中、かすれたような声があった。

閃光と閃光の切れ目で、小さな少女が試験管のゴム栓を親指で弾くのが確かに見えた。

花露妖宴は確かに悪女だ。

だが彼女がこれまで何度も命を救う行動を取ってきたのは、上条自身が一番理解している。

「こうするのよッッッ!!!!!!」

直後に紫電が爆発した。

プラスチックが焼けるような匂いが上条の鼻の奥まで突き抜けた。

16

もちろん、だ。

フリルサンド#Gも『そこ』を正しく認識していた。

ドレンチャー=木原=レパトリが多くの子供達と共に過ごした大型トレーラーの群れ。移動式ラボ。……そういう体裁を整える事で『暗部』に消えていった被験者の子供達を拾い上げる、巨大な託児所。

過去、そこへちょっかいを出そうとした廃品業者は容赦なく粉砕してきた。比喩表現ではなく、本当に内側から体組織を爆発させた。

無条件に恨みや呪いをばら撒いてでも、守りたい場所ではあった。

『……、』

だけどすでに『ハンドカフス』の犯罪者達は中まで入り込んでいる。ことここにきて、フリルサンド＃Gもいちいち躊躇ったりはしない。全力で攻撃を行えば、おそらくラボの方もただでは済まないだろう。

思い出の核となるものも吹き飛ばしてしまう恐れもある。

全部終わってから激しい後悔に襲われるだろう。だけどこれで何かを吹っ切る事ができるかもしれない。

そんな風に思い、フリルサンド＃Gはほっそりとした腕をトレーラーの群れへと差し向けた。全方位見境なしではない。明確な指向性を与えて『オペレーションネーム・ハンドカフス』の生き残りを爆砕しようとする。

ひょっとしたら、思い出より破壊を優先する事で、フリルサンド＃Gは本当の意味での怨霊にフェイズが一つ繰り上がるのかもしれないが。

その一瞬手前だった。

『やれやれ。目を覚ました瞬間にこんな場面に立ち会うなんて、つくづく因果というのは恐ろしいものですね』

『な……?』

弾かれた。

ねじ曲げられた。

その気になれば一撃で高層ビルを薙ぎ倒すほどの威力を持った高圧電流の奔流を、片手だけで難なく払いのけたのだ。

『オペレーションネーム・ハンドカフス』においても、意味不明な競合で機能停止させられた時以外、たったの一度も獲物を逃がす事のなかった人工幽霊の恨みや呪いが。

あっさりと。

彼は、相変わらずこの暗闇に落ちてきた子供達を庇っている。

『なん、で? あなたは、一体……ッ!?』

フリルサンド#Gの表情に、初めて驚愕が宿る。あるいは両目の焦点が現実に合わさる。

悪夢の中を泳いでいるだけでは済まされない、目の前の敵にはそれだけの何かがある。いてはいけないはずの誰か。

それでもいてほしいと願ってしまう誰か。

『分かっているでしょう、フリルサンド#G君。私は「暗部」に呑まれて消えゆく命があるのなら、これを黙っている訳にはいかない。たとえ結果としてこの命を失う事になろうとも、です』

『そうじゃない。そんなレベルの話じゃない⁉　どうしてあなたがここにいるの。全てを亡くしたはずのこの世界で、何で悲劇に間に合ってしまうの⁉』

自分で放った閃光が、消え去る。

くしゃりと、音もなく幽霊の顔が歪む。

ヴェールに包まれていた何かが、フリルサンド#Gの前で露わとなる。

それは。

その愚かで優しい影の正体は……。

『理由があるから守るんですか？　そうじゃないでしょう』

その言葉が。

なんていう事のないその囁きだけで。

『あ』

止まっていた。

フリルサンド＃Gがその動きを止めていた。

思考が固まって、まともに働かない。

悪霊退散なんて冗談じゃない。荘厳な神社を建てて神として祀っても被害が止まるかどうかは気分次第。天然か人工かなどもはや関係ない、事実として圧倒的な力を持った幽霊が、だ。

両目がまん丸に見開かれたまま、ただ呟いていた。

『……あな、た？』

思わずすがりそうになって、しかし、フリルサンド＃Gは唇を嚙んだ。

首を横に大きく振って、自分の頭を抱えて叫ぶ。

『騙されないッ‼　わたしはそんなものに騙されない‼』

望外の幸せだったからこそ、そんな可能性を受け入れられないのかもしれない。何かとてつもない悪意が混入されているのではと警戒してしまうのかもしれない。一二五日、『ハンドカフス』は幽霊相手であっても、それだけの傷を心に刻む程度には残酷にできていたのだろうから。

だから、震える声でフリルサンド＃Gが呟く。

あれだけ無敵だった『人工幽霊』が、指先でわずかに触れた途端に目の前の全てが弾けてしまうのを恐れているかのように。

『……あなたは、確かに死んだ』

『はい』

『もう二度と会えるはずなんかない!!』

『誰が、そんな事を決めました?』

一歩、ドレンチャーは前に踏み出す。首を横に振りながらも、フリルサンド#Gは後ろに下がれない。

望みは復讐だった。永遠の戦いだった。

本当に?

子供みたいに泣いて、喚いて、それから『人工幽霊』はもう一人の死者の胸元に飛び込んだ。

しっかりと、その青年はフリルサンド#Gを受け止めていた。

たとえ作り物の体であっても、そこには確かな鼓動があったはずだ。

『大丈夫』

困ったように笑いながら。

青年は子供みたいに泣き喚く淑女の髪を手の指で梳いていた。

『もう大丈夫。私はどこにも行きませんよ、フリルサンド#G君』

そう、誰がどんな風に拒絶を重ねたところで。こんな寄せ集めのツギハギの間に合わせみたいなハッピーエンドを許さないと言ったところで。

それでも。

人間は、幸せになろうとする心を堰き止める事などできないのだ。

17

「は」

上条当麻の口から、吐息とも笑みとも言えない何かが漏れた。

ギリギリもギリギリ。

だけど電気的な焼損は、へたり込んだ少年のすぐ足元に留まっていた。分厚い雷雲に頭から突っ込んだような大惨事で、ラボの中の機材も軒並み内側から弾け飛んでいる。だけどどうにか上条は命を落とさずに済んだようだ。

「アース」

同じラボの中では、同じく花露妖宴もへたり込んでいた。

「……電気の出力が電子基板にそぐわないほど大きいのなら、不要な電力を大地に逃がしてやれば良いのよ。それだけで、人工幽霊はアンドロイドの中にいながら内部構造を焼かずに済む」

彼女は小さな手で空っぽの試験管を軽く振り、ゴム栓もないのに小さな親指を立てて、

「ま、多少は土壌の酸性度が変化するかもしれないけど、周辺人物の感電死は心配しなくて良いわ。電気は抵抗の弱い方に流れる。目の前のアースを無視してまで人の脳や心臓へ駆け上がるほどの強さはないはずだし」

「なんか電気製品っぽくてお前には似合わないけど、どうせ無理矢理生物系でまとめてんだろ。今度は何使った？　虫、それともカビとか……？？？」

「ガリオネラ属の鉄バクテリア」

「……、」

「そんな顔するんじゃないの。こいつは鉄やマンガンのイオンを酸化させる微生物よ、黙っていても自分から金属を取り込んでくれる。アンドロイドから見えない配線を地面まで常に張り巡らせるのに都合が良いのよ」

「それ絶対あの二人には内緒だぞ。夢見がちな空間が一瞬で砕けそうだ」

言いながら、悪態をつくだけの元気が戻っている事に少年は気づいていた。

上条当麻（かみじょうとうま）は尻餅をついたまま、抱き合う二人を静かに眺めていた。

そっと息を吐いた。

そして言った。

「ア、ア、アリス。こ、これは何だ？」

行間　三

「あれっ、気づいちゃったのですか???」


時間が止まった。

斜めに傾いだ焦げ付きだらけのコンテナの中で、正面から向かい合っているのは上条当麻と半袖少女のアリスだけだった。きらびやかな金の髪の輝きに孤独を否定してくれるぬくもり。少女の存在それ自体が空気を支配していく。

一二歳くらいの金髪少女はいつも通り、絵本の少女のように可愛らしく首を傾げていた。

彼女は笑ったまま言った。

「どこでおかしいと思ったのですし?」

「最初から、全部変だ」

上条は吐き捨てる。全部とは、つまりこうだ。

「列車と列車の正面衝突だっていうのに、俺の体にほとんど怪我(けが)がなかったのは何故(なぜ)？」

「列車の二階席から飛び降りてそのまま溶けたホームの大穴から落ちて……着地のイメージもできないまま叩(たた)きつけられておいて、骨の一本も折れないなんて変だろ」

「『ハンドカフス』で圧倒的な犠牲の山を築き上げたフリルサンド♯G。人工幽霊の攻撃手段は、高圧電流なんて目に見える分かりやすいモノだったのか？」

「仮に高圧電流だったとして、一発掠(かす)ったら体ごと爆発してる。電気絡(でんきがら)みじゃ記憶情報の共有だっておかしい、クローンの妹達(シスターズ)と違って脳の構造まで一緒って訳でもないんだし」

「『風紀委員(ジャッジメント)』の白井黒子(しらいくろこ)は、事態の解決に必要だからって囚人護送列車から逃げ出した脱走犯のやる事を黙って見ているような人間だったか？」

「初春(ういはる)とかいうヤツの実力は知らない。だけどその子はちょっと調べろ、検索してってお願いしたくらいで『暗部』の底の底にあるとかいう『ハンドカフス』の謎をパパッと全部調べられるほど裏の事情に精通しているのか？　……というか、そもそも調べたら出てきてしまった

『暗部』の悲劇を前に、笑って受け止められるような心の持ち主だったのか？」

「ベニゾメ＝ゼリーフィッシュ。あのパパラッチがフリルサンド♯Gのラボを知っているに違いない、って考える流れは強引過ぎたろ。何の根拠もなかったはずだ」

「人工幽霊とアンドロイドを接続する技術は本当にあったのか？　死人の復活なんてそんな大それた話、学園都市のテクノロジーを寄せ集めただけで叶えられるものなのか？」

「ドレンチャーのラボをがさごそ漁っている時、きちんと答えが見つかるまでフリルサンド♯Gが待っていた理由は何？」

「『媒介者』花露妖宴。『ハンドカフス』の凶悪犯は初めて会うけど、あいつは理由さえ合致すれば簡単に初対面の人間に懐くような、扱いやすい女の子なのか？　着替えもそう、口移しだって。『暗部』とかいうトコにいる悪女だからってガードがゆるゆるとは限らないだろ」

「……ていうかそもそも根本的に、この俺が一万円札を拾うとか状況的についてるとか、そんな風に幸運ばっかり連発する訳ねえだろうが」

アリスはそっと息を吐いた。

そして言った。

「その辺の辻褄を無理にでも合わせていくのが少女の魔術なんですけどね」

「魔術……？」

「あはは。能力だと思っていました？　例えば目で見たのにはっきりしない第六位とか」

何か知っている素振りのアリスも気になるが、それ以上にだ。

本当に、アリスの存在は魔術サイドだけで説明ができるのか？

「……確率を操作するとか、例えば福引やビンゴゲームで必ず勝てるような？　いいや違う。それだとそもそも存在しない可能性まで組み込む事はできないはずだ」

「はいもちろん違いますっ☆」

アリスはゆっくりと指を差してきた。

上条ではない、さらに後ろ。気づいた少年は斜めに傾ぐコンテナの外へのろのろ出ていく。

停止した外の世界は、上条の良く知るそれとは全く違った。

天を貫くような巨人が廃棄レジャースパを大きくまたぎ、人の顔の形をした巨大なカボチャはそこかしこのアスファルトを破って盛り上がっている。夜空では五つの頂点を持つ流れ星が尾を引いて、あちこちでは意味不明な古代文字や図形がネオンサインのように躍っている。

そのまま、時間は止まっていた。

むしろ助かった、と上条は素直に思う。これがこのまま時間が本来の流れを取り戻してしまったらどうなるか。白井も妖宴も、今ここにいない人達がみんなメチャクチャになる。

「せんせい」

後ろからそんな声があった。あくまで無邪気。彼女はぴょこぴょこ飛び跳ねながら上条の前へ回り込んでくる。

目の前のアリスには、それができる。

指を一回弾くだけで今ある世界なんて簡単に終わる。

「現実に掲げた理論に破綻がないかどうかは関係ないですっ。たとえ論と論が直接は繋がっていなくても、少女が冒険して新たな順路を開拓すれば、いくらでもブリッジを架けられる」

「……ブリッジ？」

「うーん。『喜怒哀楽と火水風土は共に四種である。故にロールプレイや役作りによって特定の感情を心の内から意図的に引き出せば特別な力を外界に出力する事ができる』……とか？」

それは一般にはこじつけとか屁理屈とかって言うのだろう。一見もっともらしいけど、だけど根底となるナニナニ神話やナントカの法則などが何もないのだから。ぶっちゃけると喜怒哀楽は東洋っぽいけど火水風土はファンタジーRPG的というか、西洋風だ。繋がりがない。

だがそこにブリッジを架け、一〇〇％確かな力を与えられるとしたら、立派な奇跡だ。

神道、仏教、十字教を融合させた『天草式』とは似ているようでも全然違う。アリスの場合、理論と理論の共通項を見つけロジックで結ぶ必要がない。その辺で売ってる絵の具は一二色セットだから時計に似ていて、だから時間を全部支配できる、といった事をしれっと成し遂げる。そしてアリス個人だけでなく、確定した瞬間に全世界の絵の具がそうなる。

「ものを燃やすのには燃素が必要、一度分かたれた粒子は片方を観測すればどれだけ距離が離れていても同じスピンが確定する、ニュートリノは光を追い抜く。……破綻が見られるような周辺の理論と繋ぎ合わせて強度を増し、十分な説得力を確保して、問題なく『走る』理論に変換してしまえば良いのですっ。それがたとえ間違った出発点から始まった学説であっても、計測機器の誤作動によって得られた数値であってもなのよ？」

「つまり」

「死人が蘇る理論であっても、平等に。だって魔術とは、人に楽しい夢と希望を与えるためのものですし」

バラバラの理論を無理矢理繋いで、そういう一本の道を用意していた。

自分では何も生み出せず、他人の胸を覗いてその中を旅して回ってでも。

あのまま心地の良い世界に疑問を持たず泳ぎ続けていたら、きっとそれらがそのまま絡み合って、現実として完成していたのだろう。

四角い枠を一周囲ってしまえば、その中が全部塗り潰されてしまう陣取りゲームのように。

みち、みぢっ、という鈍い音があった。

アリスの中からだ。

上条がそれに気づいた瞬間、だった。青系のワンピースの上から白のエプロンを重ねたような、絵本のドレス。それが素材を無視して薄手のストッキングでも引き裂くように体の中心から左右へ大きく破れていった。

びりり、と。どこか煽情的にも聞こえる音を立てて。

「さあ」

奥から出てきたのは、背徳的なほど眩い柔肌。

まるで子供っぽいハッカの飴が、肌に垂らした粘度の高い蜜に化けるような変貌。

そして絵本のドレスの奥に格納されていたものが広がっていく。華奢な体を締め上げる脂を吸ったような妖しい光沢を放つ赤と黒のベルトと、ぎらつく金属のバックル。

残骸など気にせず、あくまでも両手を緩く開いたまま、アリスは告げる。

「せんせい、案内してください。少女はあなたの中を冒険したい。この結末では不満なんですよねっ。それなら何がどうなれば納得の結末なので？　言ってくれれば少女が理論を繋ぎ、埋め合わせ、定着させて、この世界の答えとしてあげますよ」

そうか、と上条は呟いた。

どんな形であれ、確かに死んでしまった人間ともう一度会えるならこれほどのハッピーエンドはないだろう。それが自分自身と強く結びついたテクノロジーであったのなら、フリルサンド#Gだって救われるはずだ。

『オペレーションネーム・ハンドカフス』は悪い事ばかりではなかった。

それは一面的な見方でしかなくて、パズルを組み替えれば人の命を救うためにも働ける。

そんな結論を出せれば巻き込まれた人達だって救われるのだろう。

アリスは悪くない。

それは分かる。

だから上条当麻は誘われるようにしてただ言った。


「……なら全部戻せ、アリス。こんな風にお前の力を借りたら、本当の意味での決着なんか永遠につけられないんだよ」


キョトンとしていた。

おぞましき極彩色。ひとりでに蠢くベルトに右と左の脚を長めに繋がれ、異世界のビジュアルを見せるアリスは、己の柔肌を大きくさらしたまま小さく首を傾げていた。

そのまま尋ねてくる。

「えーと、それで良いんですか？」

「ああ」

「本来なら繋(つな)がりのないもの同士を連結し、ありえない仮説や理論を安定化させ、最適以上の現実を創る。少女の加護が切れたらぶっちゃけせんせいに救いはありませんよ？」

「それでも良いよ。その埋め立てのせいで逆にやるべき事が見えなくなってる」

「フリルサンド#Gは別に嘘(うそ)をついて適当な力を与えている訳じゃないです、あれは人工幽霊の『一部分』だけを特に強調したって方が正解なのよっ。力の全部を引き出したフルスペック状態ならせんせいはまず勝てないのです」

「だろうな、でもフリルサンド#Gを力でねじ伏せたい訳じゃない」

「列車から逃げた花露妖宴(はなつゆようえん)、楽丘豊富(らくおかほうふ)、ベニゾメ＝ゼリーフィッシュ。まさか、四人達はお化けより一段劣るから大丈夫……なんて甘い事は考えていませんよね？　誰も彼も、本物は出会っただけで即リタイアって感じの難易度なのに」

「分かってる」

「死にますけど」

「それでもだ」

ふむ、とアリスは己の細い顎に人差し指の腹を当てて、あさっての方向を見た。

そのまま呟(つぶや)く。

「神様になりたい、不老不死の体が欲しい、自分を馬鹿にした学会を見返したい……。少女も色々極彩色の冒険はしてきましたけどっ、これは流石に初めてかもです」

「？」

「あははっ、面白いのです。少女を拒否するけど、決して無欲でもないんですか。そういう種類の欲は初めてなのよ。……それはちょっと、美味しそう」

アリスは笑っていた。

だけど少しだけ、これまでとは笑みの質が違っているように見えた。

あるいは、寂しげに。


「アリス＝アナザーバイブルより通達。現時点をもって、『ライブアドベンチャーズインワンダーランド』の変則カバラ式創作ブリッジ連結作業の停止を命じます」


がこん、という低い唸りがあった。まるで重たい金属でできた分厚い錠前を開けるような。

上条当麻は白い光に包まれる。

五感が徐々に薄れていき、現実の認識すらあやふやになっていく中で。それでも少年は確かに耳にした。どこか哀しそうな、でも期待に満ちた少女の声を。

「せんせい。……お願いですから、簡単に死んだりしないでくださいね？」

第三章　女神の加護なき異世界へようこそ　Difficulty_the_ABYSS.

1

その瞬間、上条当麻(かみじょうとうま)は呼吸を忘れていた。

「がっ……」

しばし、ツンツン頭の少年は現実感を見失っていた。

視界は横倒しになっていて、しかも場所そのものも大型トレーラーのコンテナラボではない。近くには、アリスも白井黒子(しらいくろこ)も花露妖宴(はなつゆようえん)もいなかった。床に散らばっているのは砕けた窓ガラスに、カラフルなギザギザはプラスチックでできたジャングルジムの残骸か。どうやらここは、大型商業列車『デリバリーゴーラウンド』の車内らしい。

（……良かった。『空間移動(テレポート)』で列車の中までやってきた白井(しらい)にアリスを預けて先に逃がすまでは、何とかワンダーランドのご都合主義じゃなかったって訳だ……）

しかし、何がどうなった？

とりあえず横倒しの状態から身を起こそうとした瞬間、全身が激痛の嵐となった。

「がばあ!?　げふっ、くそ、何だこれ……？　痛った、何が刺さってんだ!?」

体を動かそうとすると、体内から異様な違和感や引っ掛かりを覚える。最初、折れた骨が筋肉の束や関節の動きを阻害しているのかと思ったが、そういう訳ではないらしい。

託児所にあったプラスチック製のジャングルジム。

列車の衝突と同時に喫茶店から隣の車両まで吹っ飛ばされた上条当麻はジャングルジムへ突っ込み、バキバキに砕かれた樹脂製の棒切れで全身各所を貫かれたらしい。

多分、それでも不幸中の幸いなんだろう。

何かしらの緩衝材を砕いて体が減速していなければ、おそらく勢い良く壁に叩きつけられてそのまま即死していたはずだ。

(ぶっ……。や、やっぱり、現実の列車事故なんて悲惨にできてるもんだよな……)

衝突事故に巻き込まれた大型商業列車『デリバリーゴーラウンド』の託児所で、ぐわんと上条当麻の頭が眩む。それでもまあ、ここに逃げ遅れた子がいなかっただけ全然マシか。

バキバキに砕けたプラスチック製のジャングルジム。

ポップでカラフルな色彩が丸ごと凶器の山に化けていた。

体の中の違和感を探り、竹槍より鈍いギザギザを指で摘んで、歯を食いしばる。強引に引っ張る。意外にも抜く時に痛みは感じなかった。不思議に思っている場合ではなかった。栓の代わりを務めていた異物がなくなった事で出血量が増えているのだ。

本来の場所に戻ったのはありがたい。

だけどこのままでは何もできずに出血多量で死ぬだけだ。

「はあ、はあ……」

あるだけ全部ジャングルジムの棒切れを腕や腹から抜き取ると、のた打ち回る元気もない上条はじゃりじゃりする床を這う。壁際、腰くらいの高さにある小さな扉のついた金属ボックスが恨めしい。己の血で滑る中、それでも指を引っ掛ける。必死で扉を開けて中にあった分厚い合成繊維のバッグを引っ張り出し、べちゃりと水っぽい音を立てて床に倒れ込む。

AEDと救急箱のセットだった。

とにかく消毒液を取り出すと、震える手でキャップを外して腕の傷に振りかける。途端に焼けるような痛みが爆発した。一瞬、静電気か何かでエタノールが発火したのかと勘違いしたほどだった。が、躊躇っていられない。続けて腹や太股の傷口も消毒していく。

「があっ‼　ふうう……ッ⁉」

汗がひどい。

ただ、地獄の消毒を乗り越えてもそこでおしまいではない。

むしろ本番は止血だ。ただしこれはもう絆創膏や包帯で何とかできるレベルを超えている。

上条はチカチカと明滅する視界の中で、ほとんど指先の感覚だけを頼りにビニールパックされた機材を取り出す。小さなサブマシンガンに似た形のガジェットは、縫合用のハンドミシンだ。出血で頭が回らない、細かい文字を目で追う余裕がない。ビニールに貼ってあるラベルのイラスト図だけが頼りだった。脇腹の傷口に押し当て、とにかく人差し指でトリガーを引く。

どどどがんがんがんがんがん!!　と。

医療行為というよりは土木工事みたいなメチャクチャな音と共に、ほんの数秒で頑丈な絹の糸が赤黒い傷口を封殺してしまった。高圧ガスのフルオートを制御しきれず、勢い余って傷のない場所まではみ出して縫ってしまう始末だ。

怖い。

正直おっかないが、全ての傷を塞がないと何もできずに死ぬ。

今さらのようにハンカチを口に咥えてショックで舌を噛まないように気をつけながら、上条は続けて腕や足の傷口も縫って塞いでいく。

「……ちくしょ、早速リタイアしたい。うえっ。これ全部受け入れるけど、泣くくらいは良いよな、アリス……？」

がしゃん、と鉄砲みたいな縫合用ハンドミシンを床に投げる。

出血は強引に止めたが、頭の重さが戻らない。傷を塞いでもすでに失った血液が戻ってくる訳ではないのだ。唯一の正解を探り当て、最適の行動を取っても思い通りにならない。命の危機に陥ったからって高度な専門的知識を持った可愛い女の子がたまたま現れて無償で助けてくれる訳でもない。正真正銘ここは現実だ、と上条は小さく笑う。

流石に応急用の救急箱では、血液型ごとの輸血用のキットや造血剤まではないだろう。

このまま挑むしかない。

（くそ、しっかり残金も四九円に戻ってるし……。東京年末サバイバルは継続中かよ、やっぱり現実は甘くないか）

アリスはどこにいるんだろう？　多分、もう助けてはくれないと思うけど。

たっぷり一分以上時間をかけて、上条は呻きながらゆっくりと立ち上がった。

額の汗が異様に冷たい。失った血が多すぎて、自分の体温を保てなくなりつつある。痛みが鈍っているのが唯一の救いだが、視界が明滅して安定しないのが怖い。油断すると意識が丸ごと暗闇に落ちそうだ。

すでに事態は進行している。

アリスに頼り切りのイージーモードはとっくの昔に過ぎ去った。

おそらく今度は、そう簡単に花露妖宴や白井黒子の協力は得られない。楽丘豊富の暴力性はケタ外れで、ベニゾメ＝ゼリーフィッシュも簡単に罠にはかからない。人工幽霊フリルサンド＃Ｇの致死性だって、もちろん前に見た時ほど甘くはないだろう。

そして何より、死人はもう蘇らない。

人の命にコンティニューはない。

「……、」

上条はそっと唇を噛む。どんな人間でも命は一つしかない。だから上条は安易にその辺の高所の窓から飛び降りたりしないで、慎重に事故車両の中をふらふら歩いた。まだ無事な螺旋階段を見つけて足を滑らせないよう一階へ降り、歪んで吹っ飛んだ自動ドアからしっかりとホームの無事を確認して、それからようやく一歩外へ。列車を抜け出す。

無理はしない。当たり前だけど、でも決して疎かにしてはならない。

2

第七学区にある大きな病院の、集中治療室だった。

あれからもう四日も経っているのに、未だに数多くのチューブや電極に繋がれたまま、一人の少年が仰向けに寝かされていた。口元には透明なマスクがつけられていて、血液も栄養も機械の力を借りて外から循環させられている。もしも今、彼を取り囲む無数の機械を一個でも取り除けば、ずらりと並んだスイッチを一つでも弾けば、たったそれだけで連鎖的に全身の臓器が誤作動を起こして彼は絶命してしまうだろう。

「はまづら……」

機械だらけのベッドの横で、丸い椅子に腰掛けたまま少女は呟いた。肩の所で切り揃えた黒髪に、ピンク色のジャージが特徴的な少女。滝壺理后のそんな声に、しかし瞼を伏せたままの少年が応える事もなかった。

無菌仕様の空気清浄機と紫外線ライトによって毒々しいくらい清潔な空気で満たされた真っ白な部屋は、規則的な電子音とポンプの収縮する音に支配されていた。

誰も、何も言わない。医師や看護師は害のない笑みを浮かべて大丈夫ですと繰り返している。しかしこの場合、あまりに一定で安定し過ぎた信号は逆に危難を意味するものらしい、という事は滝壺にも理解できていた。

「っ？」

ふと、何かに気づいて滝壺は顔を上げた。物音や光の点滅などがあったのではない。でも確かに、透明で分厚いガラスの扉の向こうから気配のようなものがにじり寄ってくるのを彼女は知覚したのだ。

能力者が発するＡＩＭ拡散力場を正確に把握する『能力追跡』。

……だから、とも限らないか。

ピンクジャージの少女が椅子から体を浮かして、分厚いガラスドアの方に向かう。足を使って床のパッドを踏みつけると、一音だけの平坦な電子ブザーと共にドアは真横へスライドした。

扉の外。近くのベンチの上に、花束が置いてあった。

集中治療室は外来で行き交う一般の患者や見舞客からは見えないよう、奥まった場所に用意されている。つまり何かの用事でついでに通り過ぎるような構造にはなっていない。ここに花束があるという事は、集中治療室に用事があるはずなのだが。

ここまで来て、しかし、ガラスドアを開ける事なくそっと立ち去った。

ベッドに繋がれた浜面仕上や滝壺理后を見て、大きく感情を揺さぶられた誰かがいた。

そういう事だろうか。

滝壺理后は首を傾げた。

花束にはカードが挟んであった。顔も見せずに立ち去ったにしては詰めが甘い。あるいは、無意識の内に自分の爪跡を残そうという心の動きでもあったのか。そこにはこうあった。

黄泉川愛穂より。

「……？」

3

歪んだホームドアを抜け、高架式の駅のホームへ足を乗せると上条は深呼吸し、強く思う。

己の命がかかった場面で死ねだの殺すだの叫んで無駄にギャンブルする必要はない。ちょっと視線を横に投げてみれば、コンクリや鉄骨でできたホームの床に腐った野菜みたいな色の大穴が空いているのが分かる。その近くに何人か集まっているのは……刑務官か？

（さて……）

上条当麻（かみじょうとうま）は息を吸って吐くだけでそこらじゅうから鈍い痛みを訴える体に顔をしかめ、

（……『アリスの時』と違って、い、き、な、り、ホ、ー、ム、か、ら、大、穴、に、落、ち、な、か、っ、た、場、合、は、こ、こ、か、ら、何、が、起、き、る、ん、だ？）

と、頭上をぎしぎしという鈍い音が追い抜いていった。見ればホームを丸ごと覆う屋根の上をいくつかの足音が縦断していくのが分かる。

『列車に問題はないっていうのはどういう事なんですの⁉』

『言葉の通りですよ。単なるブレーキの異常じゃありません、列車単体のコントロールと線路側の自動ブレーキが競合でも起こさない限り最高速度で突っ込むなんて事態にはなりません！』

『うふふ、わーい皆さん先頭の少女についてきてくださいっ☆』

『アリス‼　勝手に全然関係ない方へ駆け出さないでくださいませ、この半袖動物耳‼』

上条（かみじょう）は音源を見上げると、透明な採光窓越しに下着が通り過ぎた。

「ぶっ⁉」

太股（ふともも）に巻いた革のベルトにド派手なレースの組み合わせと、とにかく分厚い白タイツのペア。

なんかチラリというより、開いた傘を下から見るようなビジュアルだ。

（そ、そうか……。床が抜けるのは一ヶ所だけとは限らないんだ。原因が特定できてない側からすれば、他も抜けるかもって考えて安全な経路を進もうとするはず。『空間移動（テレポート）』を使うあの風紀委員（ジャッジメント）なら屋根の上に上がるくらい造作もないだろうし）

「おいアリ……ッ！」

思わず叫びかけて、上条の動きが凍った。

ここでアリスを呼び止めてしまうと、再び彼女が得体の知れない方法で手助けしてくるかもしれない。それは受け取らない、と決めたのは上条自身のはずだ。

そうこうしている間に、いくつかの影はよそへ行ってしまった。

自分の判断が正しかったのかどうか、これはこれで迷う。

今いるのは駅の二階部分、高架式ホーム。下のコンコースはおそらく『媒介者』花露妖宴と『人工幽霊』フリルサンド#G、それから壁をいきなり破って現れた楽丘とかいう筋肉男のデスマッチ状態だろう。そっちに向かっても新発見はないし、しかも謎のアリス補整がないので難易度だけが極端に跳ね上がっているはず。上条が考えなしに突っ込んでも誰とも手を結ぶ事ができず、まず間違いなく即死コースまっしぐらだと思う。

人生は一度きり、ヤバいと分かっている所にはわざわざ近づかない。それより『アリスの時』には行かなかった場所、見なかったもの、試していない事を重点的に当たってみるべきだ。

上条は迷走気味な足音を無視してまっすぐなホームを走る。

そうしながらも、どこか胸に違和感を覚えていたが。

（あれ……？　でも何か……）

幸い、白井達が危惧しているような『駅のホームが水を吸った段ボールみたいにいきなり沈む』展開はなかった。普通に走れる。突っ込まれた大型商業列車『デリバリーゴーラウンド』から囚人護送列車『オーバーハンティング』側へ。ぐしゃぐしゃに潰れた先頭から後部に向かってみる。今さら、車両の中に凶悪犯が残っている可能性については考慮しない。現実はそこまで楽観的にはできていないはずだ。

列車に問題がない、という話が事実なら原因はもっと後方にあるはずだ。

激しい列車事故が起きた直後なら列車の運行は止まっている……とは思うのだが、それでもホームドアの壁を乗り越えて一段低いレール側に降りるのはかなり緊張する。

一本道で逃げ場なし。

高架状の線路から遠くを眺め、ツンツン頭はそろそろと歩き出しながらも、

（……しっかし、素人の高校生が見て分かるような『異常』なんだろうな？）

あんまり使い慣れていないおじいちゃんスマホのＬＥＤライトを点灯させ、頭上の電線や足元の金属レールを交互に照らしながら上条はゆっくりと線路脇を進んでいく。電源供給用のレールや頭上の電線が重複しているのは、それだけ多くの列車の研究・実験をしているからだろうか。

レールの流れが複雑になったかと思ったら、どうやら連結の切り替え箇所を越えたらしい。三〇〇メートル、はなかったと思う。途中の駅で停まらない高速列車で言えば急ブレーキをかけても突き抜けてしまう程度の距離。

「これ……？」

身を屈めて、足元にあるものを眺める。

上条当麻は列車や鉄道についてさほど詳しくない。が、そんな高校生でも一目見て分かる異変があった。列車のレールとレールの間にあるスペースには一定間隔で白くて四角いプラスチックのボックスが並べられているのだが、その一つがハンマーか何かで強く砕かれているのだ。

上条は屋根の上を通過していったいくつかの声を思い出す。

『列車に問題はないっていうのはどういう事なんですの⁉』

『言葉の通りですよ。単なるブレーキの異常じゃありません、列車単体のコントロールと線路側の自動ブレーキが競合でも起こさない限り最高速度で突っ込むなんて事態にはなりません！』

（じゃあこれが、線路側の自動ブレーキ……とかいうのか？）

ＡＴＳ。列車の速度を測って必要なら自動で停止命令を送る巨大なシステムのセンサー。

単に壊しているのではない。

中の色がおかしい。砕かれたカバーの奥でいくつかのコードが繋ぎ替えてあるのが分かる。

「でも、これ……」

おかしい。

(……あれ？　あれ？？？　違うぞ、変だぞ。電気の塊みたいなフリルサンド#Gなら確かに列車のブレーキくらい壊せるんだろうけど、あいつはこんな機械的な小細工なんかしたか？　ていうか遠くから何でも焼き切れるなら列車を直接狙い撃てば良いのに、レールに近づいて細かい作業をする必要なんかあるのか？)

猛烈な警報が頭の中で鳴り響いていくのが分かる。細工はここ一つだけだろうか？　そんな感じはしない。

直後だった。

ゴッッッ!!!?⁇　と。

頭の横で、金属バットでぶん殴られたような重たい衝撃が爆発した。ぐらりと、なんて甘い話ではない。屈んでいた状態から、そのまま真横に体を吹っ飛ばされる。まずい、と思った時には重力を忘れていた。両足がコンクリートの高架から離れ、宙を舞っているのが分かる。一線を越える。つまり、高架の壁の向こうへと、そのまま身を乗り出してしまう。

しかし痛みよりも先に、まず強烈な疑問があった。

「ごっ、ぶ？」

（何でっ、何で高圧電流じゃないんだ？　こんな、重たい金属でぶん殴られるような攻撃手段は、あの人工幽霊じゃありえなかった……。じゃあ、だとすると、じゃあまさか）

襲撃はあった。

一発で命の危機に見舞われるほど凶悪な相手だった。

ただし、

（事故を起こした実行犯は……人工幽霊のフリルサンド＃G、じゃない⁉）

これは、同じ事件を別の角度から眺めているのではない。

そもそもアリスの時とは答えが違う。

い、い、い、い、い、
気づいた直後。上条当麻の体が高架の境を飛び越え、そのまま七メートル下の街並みへ叩きつけられた。

4

落ちた。

上条当麻の体は軽トラックの上に落ちた。停車中のトラックの荷台に大量の廃材が積まれているのかと思ったが、どうやらトラック自体も廃車扱いだったらしい。知らない人の自転車のかごにゴミを詰め込むアレのひどいヤツだ。衝撃を吸収しきれず、少年の体はそのままごろりと横に転げ落ちていく。

アスファルトに叩きつけられた。

「があっ……」

全身が奇妙に熱い。どうにかして無理矢理塞いだ傷が一斉に開いたのだと思い至った直後、ぐにゃりと視界が歪んでいくのが分かる。

現実は甘くない。

人間なんて体の中から二リットルも血が流れ出せば勝手に死んでいく生き物だ。むしろ一〇〇年間も液体をこぼさずにしておける方が不思議なくらいに脆弱。そして条件が壊れれば、いつでもどこでも容赦なく死は押し寄せる。謎の答えが分かるまでとか、真の敵と戦って決着をつけるまではとか、そんな人間の都合に合わせた『区切り』など存在しない。

死ぬ時は死ぬ。

何もできずに、何も答えが分からずに、何も残す事ができずに、ただ命を落とす。

おそらく今回は、この『ハンドカフス』とかいう特殊な前提が横たわっているこの二九日だけは、上条がこれまで散々見聞きしてきた路地裏のケンカとはルールが違う。

かつん、という硬い足音が響いた。

「っ⁉」

上条のぼやけて拡散しかけた意識が、極度の緊張によって即座に再凝縮されていく。

誰だ、何だ？

高架上からわざわざ襲撃者がトドメを刺しにやってきた？　あるいは、何の意味もなく全く別口の危険人物がたまたま瀕死の獲物を発見した？　今日に限っては何だってありえる。人の死に意味なんかない、ただの消費物として手の届く命から奪われていく世界。それが終わったはずの『ハンドカフス』に再度侵食されつつある二九日の学園都市なのだ。

助けを求める声は誰にも届かなかったけれど、だけどきっと、『ハンドカフス』の時だってそうだったのだ。

「やあ、やあ」

起き上がる事もできないまま、上条当麻はただ闇の奥を睨みつける。

果たして、途中の街灯の下へ無造作に歩み出た影があった。傍らに大型犬を連れた影。

「相変わらずひどい有り様だな。タングステン鋼の塊か。しかもさっきの人妻、体の作りも普通じゃないな……。誰よりも平和や安寧を求める割に、君はそういう流血の世界にいる方が似合っているようにも見えてしまうが」

そいつは。

またしても、この街は上条当麻に予想外を叩きつけてきた。

もちろん、似ても似つかなかった。肩の辺りで切った金髪も、理性的だけどどこか悪戯を好む猫のような碧眼も、本来なら地味に見えるよう整えているはずのベージュ色の修道服を背徳的なくらい内側からぐぐっと盛り上げるメリハリの利いた女性らしいボディラインも。むしろアレは、大悪魔とか呼ばれていなかったか？　だけど上条当麻は視界に入った途端、呻くように呟いていた。

「……アレイ、スター……？」

ハハッ、と。皮肉げで、それでいて乾き切った笑みが返ってきた。顔も形も違う。歴史上で記録されている性別とも違う。だけど、上条はそれだけで確信していた。

死者は二度と蘇らない。

そういう話だったはずなのに。

「あ、ああ……」

どうやってとか、どういう理由でとか。

そんな論理的な心の動きよりまず先に、少年の中で感情のうねりがあった。血まみれのまま汚れたアスファルトから身を起こすと、よたよたと前に歩き出す。

言い当てられた魔術師は薄ら笑いを浮かべて、

「ああいう場面できちんと死ねないから私は世界から嫌われているのだろうな。ま、君からすれば一度は私が男女で性別を変えるところを見ている訳だし、アレイスター＝クロウリーの外見変化くらいではもはや驚かなくなってきたか。……って、おい？」

「ううあうあ!!　あああ!!　おおォああ!!!!!!」

いきなり抱き着かれ、ベージュ修道服の女（？）は最初驚いて、それから半ば以上呆れたような顔で息を吐いていた。

結構本気で戸惑った口振りで、大の悪党が基本の確認を取ってくる。

「……わざわざ大声を出して泣くような話かね？　イギリス清教はロスに残した『メッセージ』の詳細を君には伏せていたのかもしれないが、それにしたって私は君の性質に着目してその人生を台なしにした最低の『人間』だぞ」

「知らない。知るかよっ、俺だって分かんねえよ!!!!!!」

華奢な体が砕けてしまいそうなほど強く、少年は腕に力を込めていく。

その魔術師もまた、あれだけ言いながらも決して上条を突き放さなかった。ぽんぽんと震える背中を軽く叩く仕草は、幼い子供をあやすのに似ている。近代魔術師の祖とされる『人間』はされるがまま、己の胸にすがりついて嗚咽する少年に体を任せていた。

ボロボロと大粒の涙をこぼして身も世もなく生存を喜んでくれる、誰か。

幼い頃から学校の教師とは対立し、悪意的な意見を鵜呑みにした両親は最初から息子を信じようとしなかった。そんな家と彼らが信じる神とやらに辟易しつつも、自身温かい家庭を築く運命から弾かれ、常に孤独の中を勝ち抜いてきた。勝っても勝っても満たされず、『人間』はそれを失敗と評価した。いっそ不必要なほど過酷を極めた『人間』の人生で、怒りでも屈辱でもなく、喜びの涙を分かち合える者が何人いたか。束の間、そんな事を想ったのかもしれない。

「い、いい、いいいっ、私に預けるかね？」

「……、」

「骨身に沁みているはずだ。君の方法は、『暗部』には通じない。アレイスター＝クロウリーに任せてしまうのも一つの選択肢ではあると思うが」

「やだ」

「死ぬぞ。君か、あるいは君の良く知る誰かが」

ぎゅっと、上条はしがみついたままの手に力を込めた。

アリス＝アナザーバイブルは冷たい現実から上条を遠ざけた。誰よりも学園都市の闇を知るアレイスター＝クロウリーも無理だと断言した。きっと、『そう』なのだろう。彼ら怪物達の思いやりの外を歩けば、今度こそ上条当麻は命を落とす。

「それでも、嫌だ」

「何故(なぜ)？」

「お前がもたらす勝利は……」

弱々しく、吐き捨てて。

たっぷり一分以上かけて、上条当麻(かみじょうとうま)はアレイスターのぬくもりから離れていく。

「次の統括理事長が目指す何かとは、全く別の道だ。『ハンドカフス』は、すでに二五日の夜に結果の出た話だ。それは失敗したかもしれない。……でも、だからって屍(しかばね)は踏めない。拾えるものがあるなら、ここからでも拾っていかなきゃならない。アンタはまだ救いのある道へ、ただセメントを分厚く流し込んで地べたに全部蓋をしてしまおうとしているだけだ。まだ息がある、それでいて動けないで倒れている人達を、もろともに」

「だとしたら？」

「断る。俺の血は、俺が自分で流す。……アンタが生きていたのは、素直に嬉(うれ)しい。でも自分の意思でこの街から出ていったアンタに、学園都市の行く末とやらを外からとやかく言われる筋合いなんかない」

「……、」

「学園都市はアンタが創った。それは確かだ。でもここは、もうアンタの街じゃない。どんな気紛(きまぐ)れだかたわむれだかは知らねえが、アンタが自分で決めた決定だろ。今さらにやけ面して学園都市の悲劇を肯定するなよアレイスター。アンタが自由にして良い命なんか、この街にはもう一人もいないんだよ。道理を無視して勝手にやらかすなら、それで自分だけは特別に逃げ切れると思っているのなら……アンタもつまらない『暗部』の一個だ」

ひょっとしたら、安全にリタイアできるかもしれない唯一の道。

中途半端であっても、これ以上の出血だけは避けられる暗闇からの非常口。

それを、自分の力だけでは体を支える事もできない少年が跳ね除ける。

上条当麻は花露妖宴なんか知らない。

上条当麻は楽丘豊富なんか知らない。

上条当麻はベニゾメ＝ゼリーフィッシュなんか知らない。

上条当麻はフリルサンド♯Gなんか知らない。

他にも大勢の人が命を賭けて戦ったであろう『ハンドカフス』の事なんか何も知らない。

アリスが見せてくれたアレを参考にするのはあまりに場違い。おそらく本当に本物の『ハンドカフス』とやらは、あんな愛と涙に笑いまで入り込むような余地なんかなかったはずだ。つまり実際には、上条は彼らと知り合っているとは言えないのだ。

だけど。

何も知らない事は、彼らを助けてはならないほど強固な否定理由になるのか？

人には言えない苦痛と屈辱の果てに何とか繋ぎ止めた命を、もう一度奪われようとしている人達がいる。それは、もうそれだけで、立ち上がってはいけないのか？

（こんなの、資格や権利なんかじゃない……）

最初のスタートから、すでに血まみれだった。

歯を食いしばったって衝撃で開いた傷口が勝手に塞がってくれる訳じゃない。

それでも、

（実際に人の命がかかっているんだ。だったら、お上品に列に並んで順番なんか待っていられるか。できる事を考えろよ、横入りだろうが場違いだろうが今ここにいる俺にはそれができるはずだ!!）

「……どけアレイスター。二五日の夜がどうだろうが、二九日は俺のものだ。『ハンドカフス』の敗北なんかもう許さない。今度は俺の手でハッピーエンドにしてやるよ……」

それが己の命まで削った上条当麻の精一杯だった。

アレイスターの胸にすがりつかなければ立っている事もできないズタボロの少年。そんなれの果てを冷たく見下ろし、ベージュ色の修道服の女（？）は人の決意を鼻で笑った。

「ふむ。夢見がちな大言壮語は結構だが、現実にボロボロの体で何ができる？　この『人間』相手に一体何が？　これでも私は歴史上最も苛烈な魔術の闘争を単独で制圧して世界最大の魔術結社を内側から完全に破壊し、魔術の他に科学を世界から切り分けて科学サイドという言葉を明確に創り、終戦直後の再開発のドサクサに紛れて学園都市を世に送り出して、個人のわがままでここまで世界をメッチャクチャにかき回したあのアレイスター＝クロウリーだぞ？」

鉄の味が滲む荒い息を吐いたまま、上条はしばらく黙っていた。

黒幕は野放し。

それでいてアレイスターは善悪好悪の区別などつけない。『ハンドカフス』から続く二九日の事件に少しでも関わる存在は全て一面に広がる地面ごとセメントを流し込んで分厚く塗り固めていく。おそらく実際にブライスロードの戦いを単独で制した『人間』アレイスター＝クロウリーならば、それができる。

（……何が）

真っ向勝負、闇討ち、共倒れの誘発。こいつに限って言えば『暗部』の中で頂点を目指すのではなく、現実にこの街の『暗部』をデザインして丸ごと管理した存在だ。なんていうか、規模が一つ違う。そういう力を使ってアレイスターは自分にとっての邪魔者を全て殺す。

白井黒子も、花露妖宴も、楽丘豊富も、ベニゾメ＝ゼリーフィッシュも、フリルサンド＃Gも、あるいは上条がまだ目にしていない誰かだって。

話を聞いてぶつかり合う前から、一律無慈悲に埋め立てられてしまう。

（これだけの悪夢を見せられて、俺がこいつに何ができるか……だって？）

意識のピントが、瞬間的に世界の一点へ凝縮された。

血まみれの少年はゆっくりと顔を上げる。

至近から、恐るべき怪物を真っ直ぐに見据える。

朦朧としたまま、どこにでもいる普通の高校生は低い声で言った。

はっきりと。


「怒るぞ」


アレイスター＝クロウリーは笑顔だった。

笑顔のまま、今度は『人間』の方が上条を置き去りにして、何故か一歩後ろへ下がった。

「……不死とウワサされたウィリアム＝ウィン＝ウェストコットと生身で削り合いをするのは構わない。不遜にも近代魔術の祖などと勝手に名乗った道化師サミュエル＝リデル＝マグレガー＝メイザースを叩き殺すのだって、この『人間』アレイスター＝クロウリーは何ら恐れない」

言いながら、だ。

アレイスターはそっと両手を挙げた。

首を振らず、それでいてどこかよそに視線を泳がせてヤツはこう結論づける。

まるで悪さがバレた小さな子供のように。

「それでも君と口でケンカして言葉をぶつけ合うのだけは、絶対に嫌だ」

「現実は甘くない、それは分かる」

この恐ろしいくらい暗い闇の中で、上条当麻は吐き捨てた。

ヤツは一歩下がった。もう、手を伸ばしてもアレイスターの支えは期待できない。

それでも自分の足だけで立ち、挑む者特有の獣の瞳を輝かせて。

「でもだったら、だからこそ、余計に身を乗り出して手を伸ばさなくちゃ誰の指も摑めないだろうが。ふざけんなよアレイスター。救いのない悪人。誰の目にも留まらない有害な犯罪者達。だったら何だ、勝手に人様の命を諦めてんじゃあねえ。そこはだからこそって思えよ。もしもそんな人達をセオリー無視して助けられたら、世界中の誰もが匙を投げて目を覆った『ここから』ハッピーエンドにひっくり返せるとしたら。それはそれはさぞかし気分爽快ってヤツで、全知全能とやらを気取って悲劇を見過ごす天の神様を指差して腹を抱えて馬鹿笑いできるって考えるべきなんだ。違うかよ？」

「……、」

「『ハンドカフス』の生存者が全部で何人いるかなんて知らない。ひょっとしたら、みんなが忘れている誰かがまだ暗闇の奥でもがいているのかもしれない。俺達の耳には届いていないだけで、必死に叫んでいるかもしれないんだ……。たすけて、って。だったら、そんな可能性がわずかでもあるなら、このクソくだらねえ真っ黒を全部かき分けてでも捜してみるべきだろ。ハズレでも思い過ごしでも良いからとにかく片っ端からさらってみるべきだ。アリスに頼って半端な形では終わらせられない。まだ誰かが残っているかもしれないのに、そこを埋め立てて帰る訳にはいかない。だ**からこそ**、俺は痛みを承知であの救いを拒んでここまで戻ってきたんだ、それをいきなり出てきて訳知り顔で片っ端から塗り潰そうとしてんじゃあねえっ」

くわんと頭が揺れた。

血を流し過ぎている。

だけど、上条当麻は歯を食いしばって踏み留まり、ここだけは言い切った。

「……全部埋め立てて簡単に解決しようとしてんじゃねえよ。何から何まで知ってる天の神様なら正しい事だけ眺めて納得しちまうのかもしれない。だけどアンタも『人間』なら、冷たい予定調和をぶっ潰す未来ってのが見たくはないのかよ、アレイスター……？」

「……参ったね」

ゆっくりと、だった。

息を吐いたアレイスターは、何とも言えない顔で呟いていた。

「一度は自ら捨てたあばら屋の中から、わずかながらとはいえ、よもや**二一枚目のアイオーン**にも通ずるテレマの瞬きが出てくるとは。ここだけは純粋に惜しい。まったく、私はいっつもこうだ。追えば逃げられ捨てればそこから宝が見つかる……」

「……？」

こちらの話だ、とベージュ修道服の女（？）は小さくこぼしてから、

「では単純な質問だ。ここからどうひっくり返す？」

「まず約束しろ、お前みたいな極大のジョーカーは今回の事件には関わらないって。……さもないと今からその顔を思い切り拳でぶん殴って心の底からわんわん泣かせて考えを改めさせる」

「……何故こう、言っている内容はもはや刑法レベルで暴君丸出しなのに正義があっちについているんだ……？」

アレイスターはどこか呆れたように言っていた。

善や正義からさんざんそっぽを向かれてきた『人間』は、今さら多少の理不尽程度ではあまり堪えている様子もなさそうだったが。

「しかしこの私の手を借りずに独力でケリをつけると言っても、具体的にどこから手をつけるつもりかね？　君は二九日の本件どころか、ベースとなった『オペレーションネーム・ハンドカフス』の顚末すら理解できていないだろうに」

「……すでに『外』に出ていたはずのお前がそこまで事件について詳しく知っている方が、俺にとっては不自然極まりないんだけどな」

言いながら、上条は自分のこめかみを指でつついた。得体の知れない『アリス補整』とは違う。そこには確かに鈍器で殴られた青あざが強く残されている。

（……つか、アリスの変な介入があった分だけ余計に状況がややこしくなっているんだよな。

実際には、黒幕はフリルサンド#Gじゃなかった。アリスから見て、俺にとって倒しやすい

『適度な強敵』を調達してきたってだけなんだろうけど。おかげでいらない入れ知恵が全部邪魔してきやがる)

そんな訳で『アリスの時』は参考にはなるけど、あまり信用し過ぎるな。人物の数は合っていないし、それぞれの思惑や抱えた事情もてんでバラバラ。何しろ、そもそも妖宴や楽丘が本当に自分の意思で事故車両から逃げたがっているのかどうかさえはっきりしていないのだから。

適当に息を吐き、痛むこめかみを意識して、それから上条はこう答えた。

体につけられた傷だけが確かなリアルだ。

「まずは、『これ』をやったのが誰なのかってトコからだ。どれだけ不都合であっても、本当の敵が誰なのかを特定しなくちゃ解決の糸口も見つけられないからな」

「じゃあ少女もせんせいをお手伝いなのよ☆」

「ぶっ⁉」

いきなり五感が柔らかくて温かくて甘ったるい何かに奪われた。

どうやら警戒心ゼロの金髪幼女が横から上条の首っ玉目がけて飛びついてきたらしい。たっぷり助走をつけて目一杯ジャンプしてきたようで、ツンツン頭の顔が全部薄い胸で埋まる。両腕を広げて抱き着くどころか小さな足まで使ってしがみついてくるアリスの体温で意識が埋ま

る。両手は彼の肩、両足は少年の腰の辺りをホールドする女の子はやっぱり、

「あっ、アリス⁉」

「はい少女はアリスですけど？」

びっくりして両手で引き剝がすと、上条の手で左右の腋を吊られて猫みたいに抱き上げられたままアリスはキョトンと首を傾げていた。『アリスの時』かどうかに関係なく、現実離れしたこの童話みたいな空気の柔らかさは相変わらずだ。

そしてベージュの修道服とゴールデンレトリバーはどこにもいなかった。

……一瞬、まだアリスの世界をさまよっているような錯覚を感じる上条だったが、でも違う。あのアレイスターなら単独でそれくらいの奇跡は起こすだろう。

「ていうかお前、一体どこから……？」

「あそこからですっ☆」

言って、小さな指先が指し示したのは東西南北のどこでもなかった。

頭上。

ツンツン頭の少年は驚いていた。無謀にも上条と同じように高架から地上へ飛び降りてきたのか、という点がまず一つ。自由奔放を極めたアリスはもはやまともな順路など気にしないのか。そしてアリスが膨らんだスカートも気にせず飛び降りてきたという事は、急いで離れるべき理由が高架の上に存在する……？

（そうだ……。そうだよ、俺のこめかみをいきなりぶん殴った鈍器野郎は一体どうなった!? ＡＴＳのセンサーをぶっ壊した真犯人がいるんだ。俺と同じように線路の異変を調べようとするヤツがいたら、同じように衝突するのは目に見えているじゃないか!!）

ばぎんっ、という重たい金属音があった。

やはり高架の壁を飛び越えてこちらに向けて落下してくるのは、

「白井ッ!!」

5

その少し前だった。

白井黒子は『空間移動』を使ってホームの屋根から高架線路の上へ瞬間的に跳躍していた。細かく連続的に『空間移動』を使えばスポーツカー並みの速度で移動もできるのだが、何故、その時に限って徒歩で……つまり高速移動を嫌ってじわりじわりと線路の上を歩こうとしたのか、実は白井自身にも根拠がない。

ただでさえ、線路の上という徒歩の通行が原則禁じられた危険地帯。そして先の見渡せない、わだかまるような暗闇が本能的な危険を呼び起こしたのかもしれない。

とにかく、白井黒子は『オーバーハンティング』運転士の青年・祭場と保護を押しつけられた少女アリスと共に高架の上を徒歩で進んでいた。運転士を巻き込むのは心苦しいが鉄道知識ゼロの白井としては専門知識を持った人間の協力は不可欠だ。それからアリスは何故かついてきていた。理由は不明だ。

（ていうか、ホームから屋根に『空間移動』したのはわたくしと運転士だけのはずなのに……。いつの間に、どうやって、屋根の上なり高架線路なりまでついてきたんですの？？？）

白井も白井でこれから事件解決のため、つまり自分から『中心』に向かう。状況を考えれば、脱走犯の思惑はどうあれいったん逃げた囚人達がわざわざ列車に戻ってくる展開はありえない以上、アリスは事故車両から離れホーム上で待機するのが一番安全なはずなのに。

こちらを見上げてにこにこ笑っているアリスは無害そうで、でもだからこそ、得体の知れなさが強い。

それに絵本みたいなドレスも気になる。半袖。季節感を無視した服装は長期逃亡の疑いアリ、でもあるのだが……。

ややあって。三〇〇メートルも進んでいないはずだ。

「ええ、ええ」

いきなり聞こえた肉声に、白井黒子はとっさに祭場とアリスの手を掴んで『空間移動』を使う。一本道の真っ直ぐな高架線路だが、高さ一メートルほどのコンクリの壁の外側にわずかな出っ張りが存在した。下までは七メートルほどだが、壁に沿って進めばまだ肉薄できる。

白井は自分の唇に人差し指を当て、二人の同行者に沈黙を要求する。

「……、」

線路上は目立った遮蔽物がなく前後共に視界が抜けている点、壁の向こうに人が通れるスペースがある事に気づいていない点なども、向こうの盲点に入り込むのにあたってプラスに働いたのだろう。

分厚い壁を挟んで高架線路の方から聞こえてくるのは、大人の女性の声だった。

「黄泉川先輩、気づいたんです。私は気づいたんですよ。『オペレーションネーム・ハンドカフス』は明らかに失敗だった。潔癖症を気取ってこの街の『暗部』を一律まっさらに消し去ろうとしたため、反発が強く出た。それが『ハンドカフス』の顛末だったでしょう？　だから、そうならないように調整する。街の治安を守る警備員は本来、街の事情に合わせて柔軟に対応しなければならなかったんです」

（……、一体誰と話を。どこかと連絡を取り合っているんですの？）

『自分が何を言っているか分かっているのか？』

「もちろん。清濁を併せ呑む。司法取引でも証人保護プログラムでも、呼び方は何でも構いません。我々アンチスキル＝ネゴシエーターは犯罪者と積極的に取引する。その力でもって『オペレーションネーム・ハンドカフス』のテクノロジーを我が方へ吸収し、より強大な凶悪犯を撃破するのに活用する。後はその繰り返しで我々は際限なくその力を拡張していけば良い。かくして、『ハンドカフス』から散らばった力は『ハンドカフス』によって摘み取り、事態を終結させます。この二九日に、警備員がその身を削いでいく必要はありません」

『我々警備員にあるのは逮捕権だけだ。容疑者の罪を確定する権限もその罪を低減させる決定権もない。お前には自分で口にしている約束を守る力なんかないじゃんか⁉』

「ええ。だから？」

『第一、未成年の学生を含む「ハンドカフス」関係者だって無傷じゃ済まない。仮に彼らが傷つき血の海に沈んだらどうするつもりだ⁉』

「どうもこうも、消費型の凶悪犯に気を配る必要がどこにあるんですか？」

『鉄装……。鉄装綴里ィ‼』

その名前に、ぎょっとした。

知り合いだ。

(嘘でしょう？　あまりの変貌ぶりに流してしまいましたけれど……。いつもおどおどしていたあの鉄装さんが……？)

生き残った警備員、という事は彼女も『洗礼』を浴びたのかもしれない。

一二月二五日。

誰にとっても等しく悪夢と化した、血まみれの夜。むしろ生き残れる方が不自然という最悪も最悪。だとしたら、それは人の価値観を一掃するだけの衝撃にはなり得るか。

「やめてくださいよ、黄泉川先輩。あの『ハンドカフス』を生き残っておいて、地獄と化した第七学区南部方面総合詰め所から這い出ておいて、何も学べなかったんですか？」

『っ』

「毎日、悪夢を見ます。真っ当なモノサシでは測る事もできない、この世界には本当に救いようのない人間がいると。凶悪犯は使える、だけど決して野放しにはできない。この程度の解答も導き出せないようであれば、あなたは最期まで子供達を守る先生であり続けようとして、誰にも助けられる事なく無念と共に命を落としていった彼らの死を、もはや愚弄しています」

そして、と自らの口でもって何者かが一つ区切った。

（まずいっ）

白井黒子は虚空へ手をさまよわせ、運転士の青年に触れた途端地上のどこかへ飛ばした。そして金髪少女のアリスはいつの間にかどこかに消えていた。それを怪訝に思っている暇もない。

壁越しにヤツは確かに言った。

「見えてるよ？」

「くそっ‼」

ゴバッッッ‼‼‼　と高さ一メートルほどのコンクリートの壁が容赦なく吹き飛ばされた。

一瞬前に『空間移動』で跳躍していなければ、無数の散弾を浴びて高架下まで叩きつけられていただろう。

高架線路のど真ん中へ。

通話を切ってスマホを開いた胸元にしまったのは、メガネをかけた、クセの強い黒髪を夜風でばらけさせる大人の女性だった。本来の雰囲気はおどおどとした小動物系だったと思っていたのだが。

見る影もなかった。

黒いジャケットとタイトスカートの組み合わせだが、一般のオフィスには全く似合わない。腰や肩のベルトも含め、どちらかというと雰囲気は軍服の方が近い。肩のベルトにある警備員（アンチスキル）のエンブレムは何故（なぜ）か逆さに縫（ぬ）いつけられていた。そして銃器の代わりに腰の横に差してあるのは、大型の一本鞭（いっぽんむち）、警棒状のスタンガン、催涙スプレー、LEDストロボ、球体状の無線スピーカーなどなど。一見すると変態趣味から防犯グッズ、カメラ機材やオーディオグッズまでてんでバラバラだが、白井黒子（しらいくろこ）はある共通点に気づいていた。

（……自然公園やサーカスなどで、大型の猛獣を従わせるのに使う道具……？）

手にしているのは猛獣調教用の鉤（かぎ）付き棒（ぼう）。

それで地面をゴリゴリ擦（こす）りながら、アンチスキル＝ネゴシエーターはにたにたと笑う。

直接的な痛みはもちろん、激しい音や刺激臭なども人間より格段に五感の鋭い動物を怯（ひる）ませて従わせるために使用されているという話を白井（しらい）は耳にした事がある。もっとも、そうした現場では催涙スプレーではなく忌避剤と呼ぶのかもしれないが。

傍らにはもう一人、別の影があった。

内股でびくびくしながら必死に体を縮めているのは、女子大生か、いいやもっと上だろう。長い栗色の髪を簡素なヘアゴムで縛り、広がらないよう束ねている。ニットの上着の下に細めのジーンズ、それらの上からエプロンを着けているのを見ると、それだけなら家庭的な女性に見える。左手の薬指には小さな輝きがあった。もちろんそういう偽装の可能性もあるのだが、ストレートに受け取るなら結婚して家庭でも持っているのかもしれない。

だが、それにしては奇妙なモノが一つあった。

頭の上に蛍光カラーの輝き、猫の耳に似た三角形の機材が二つ。ヘッドフォンのように取り付けられたそれは、持ち主の意思に応じて細かく動き続けている。

明らかな次世代兵器。

それも、鉄装綴里と呼ばれる女の言い分が正しければ、

(……アンチスキル＝ネゴシエーターとやらと取引した凶悪犯？　いいえ、『ハンドカフス』関係であんな犯罪者なんていたかしら……？？？)

白井は不審に思いつつも、即座に否定するだけの確信もまた存在しなかった。何しろ『オペレーションネーム・ハンドカフス』は死人の数が多すぎる。

しかし眉をひそめている場合ではなかった。

相手は争いを望む人柄ではないのかもしれない。背中を丸めて必死に体を縮めて、エプロン

の女は目尻に涙さえ浮かべながら黒い軍服の方へ震える声で尋ねていく。

「あっ、あの、ああ言っていますけど、あのう」

「あれ、あれえ？　あれあれえ？？？」

対して。

楽しげであった。ガーターベルトや黒いストッキングで飾った脚を動かし、鋭いヒールで地面を鳴らして。エプロン女の耳元に口を寄せ、それでいて少し離れた白井(しらい)からでもはっきり聞き取れるほど大きな声でアンチスキル＝ネゴシエーターは心を抉(えぐ)りにかかった。

つまりは、

「凶悪犯の家族がまともな暮らしなんてできる訳ねえだろおォーが。なに、ひょっとしてご近所中にウワサでも流されて今の生活全部ぶっ壊されたいの？」

「っ⁉」

息(いき)を呑(の)んだのは、当の本人ではなく横で聞いていた『風紀委員(ジャッジメント)』の白井黒子(しらいくろこ)の方だった。

それは。

その言い草は、一般より深い個人情報を検索できる立場の人間として、もうそれだけで絶対に許されないタブーを踏み越えていると気づかないのか、この女は⁉

「あはは‼　自宅の壁にはラクガキ、窓には投石、玄関前には生ゴミの袋？　あなたの名前は検索上位に食い込むかもねぇ。とりあえず自分とは関係のない悪人の人権なんか世界の誰も気

に留めないよ？　暇人は自分の正義を満たすためなら何でもします。暗い夜道には気をつけなよ、いきなりワゴン車に横づけされてさらわれちゃうかもねえ。あなたも、あなたの家族も!!」

悪意の塊。

人間から選択肢という選択肢を取り上げて、崖に向かう道を進む以外何もできなくさせる、究極の悪趣味。人を動物のように調教するクソ野郎は、一本鞭も警棒状のスタンガンも使わずにただ耳元でこう囁いたのだ。

これみよがしに。

胸の奥にある魂へ、大きな傷を刻みつけながら。

「ねえ、楽丘のどかちゃん？」

ブチリと、だった。

たったそれだけで、白井黒子は頭の奥から変な音が聞こえるのを確かに感じた。

確かに、善人なんて呼べなかったかもしれない。『オペレーションネーム・ハンドカフス』を経て抉り出された真の姿は、嫌普性の悪党だったのかもしれない。

それでも。

「鉄装ォっっっ!!!!!!」

ゴリリ!!　という重たい金属音の炸裂が白井の叫びを押し返した。

黒い軍服の盾になるように、エプロン姿の女性が前に出る。

『それ』は、ほっそりした手の外側を保護する蛍光カラーの金属塊。楽丘のどかはそれらを左右の手で握り込み、一つ一つ指を通して、まるでメリケンサックか何かのように拳を強化すると、体の中心で擦り合わせるようにしてから左右に大きく解放したのだ。

「これで二件目か……。のどかちゃん、ほらほら早く片付けてえ？　私はこんなので手を汚したくないしい、盤面が固まるまではまだこっちの関与は広く知られたくありませんし」

（まさかコンクリの壁もあれで打ち破って……？　いいえ、いくら生身の拳を強化したってそこまではできません。見たところ年齢的に能力者ではなさそうですし）

白井黒子は太股のベルトから金属矢を複数抜き取るも、楽丘のどかが一番恐れているのは目の前の敵ではないらしい。

「ど、どうするんです？　この子は普通の風紀委員さんみたいですし。ひ、ひ。本当の本当に後ろ暗い事がない人なんて取り込めるんです、っか？」

「っ」

「のどかちゃーん、今のは失言です。わざとやってる？」

（ともあれ、相手は能力者以外の一般人。……この金属矢、威力が高過ぎるのが珠に疵なんですのよね。しかもこいつは防御には使えない!!）

相手は犯罪者、ですらない。

犯罪者の更生や社会復帰まで含めて公務であれば、被害者だけでなく、犯罪加害者の家族だって本来なら社会の手で救済されるべき対象のはずだ。それを公的機関のネットワークを駆使して壊され、生活を脅かされ、震える手で悪事に加担するよう強制されているのだ。こ、い、これを被害者と呼ばずに何とする。

痛みや苦しみでどれだけ自失状態にあるかは不明だが、下手すると罪に問えるような状況ではないかもしれない。白井としてもそちらの方がありがたいくらいだった。

叩きのめすのは、警備員の皮を被った悪党だけで十分だ。

傀儡の尻でも叩くように、凶悪な言葉が次々と吐き出される。

「ほらほら!!　さっさと結果を出さないとＳＮＳにご自宅の写真を貼り出しちゃうぞお？　あっはっはひっひ。薄汚い凶悪犯の妹がよお、マジメであったかいご家庭を土足でばらッばらにされたいんですかあ!!!?⁇」

「ううう。あああああああああああああああああああああああああああああああああ!!」

「ダメです楽丘のどかさん。くそっ!!」

ゴッ!!　と。

思ったよりも力強く、己の拳を強化した楽丘のどかがこちらに迫る。

筋力トレーニングとは無縁な女性の細腕であろうが、あんな金属塊で殴られれば場所によっては致命傷になりかねない。

「っ‼」

とにかく、拳の間合いの外へ。

思い切って攻撃のできない白井黒子は『空間移動』で逃げ回りつつ、楽丘のどかの足回りに注目した。より正確には踵の短い低負荷パンプスを。

(左右どっちでも良い。まずは靴の踵を片方折ってバランスを崩し、一瞬でも良いからダッシュの選択肢を封じる。隙は一瞬あれば構いません。その一秒間で、後ろでニヤニヤ笑っているアンチスキル＝ネゴシエーターをぶち抜いてこの戦闘を終わらせる‼)

すでに白井黒子の中で、楽丘のどかは敵対者ではなかった。元の出自はどうでも良い。第三者から明確に脅迫されている時点で保護すべき犯罪被害者であり、そして何より、かつて共に犯罪者と戦った警備員のためにも絶対に負けられない戦いに昇華していた。

絶対に、傷つけてはならない。

命を奪うなどもってのほか。

『オペレーションネーム・ハンドカフス』みたいな悪趣味は、もうたくさんだ。

……しかし、彼女は知らない、知らない。

一二月二五日。『ニコラウスの金貨』に歪められた『オペレーションネーム・ハンドカフス』を最後まで眺める事のできなかった白井黒子は、そもそもの発端を知らない。

楽丘豊富を含む一家は、遠い過去、誰も知らない殺人に手を染めていたのだという事実を。妹にまとわりつく悪質なストーカーに抵抗した結果、不可抗力から生まれてしまった死体を完全な形で処分するために楽丘豊富は道を踏み外してしまった事を。

では問題。

死体を処理したのは楽丘豊富だったとして、そもそも殺したのは『誰』？　木原平均。とある界隈では有名な一族の一員にして心理学の研究を専門とし、公私の区別が全くつかない悪癖を持った最悪のモンスターを景色の中から正確に捕捉し、襲撃して、反撃の機会も与えず完全な形で息の根を止めたのは一体誰なのだ？

ここに、答えがあった。

ゴッッッ!!!?⁇　と。

白井黒子の額に、ありえない衝撃が突き抜けた。

いかに華奢な拳を外から無理矢理に強化しようが、そもそも拳の間合いではなかったはず。にも拘らず白井の脳は確実に振動している。

空気を裂く音と、大蛇の幻影がぐらつく白井の視界に映った。

それでようやく気づいた。

気づいてしまえば、何だそんなものかと鼻で笑うかもしれない。

だけど直撃のゼロ秒まで気づかせなければ、どんなチープな手品も必殺に化ける。

大能力者(レベル4)、中でも『空間移動(テレポート)』。三次元的な制約を無視して任意の座標へ跳躍する怪物相手でも、己の機転があればエプロンの似合う家庭的な女性は高位能力者と互角以上に渡り合う。

つまりは、

(……そう、か)

(リーチのためか威力強化のためかは知らない。だけど楽丘(らくおか)のどか、この人、メ、リ、ケ、ン、サ、ッ、ク、に細い紐でも結んで振り回したんですの……ッ!?)

紐は安物。摩擦から掌を守るため、ラップの芯に紐を通してあるようだ。

長い柄の先に関節のついた可動式の穀物(からもの)をつけた西洋のフレイルやモーニングスターというよりは、長い紐(ひも)の先に人の手に似た鉤爪(かぎづめ)を結んで振り回す、中国が明(ミン)と呼ばれていた時代に開発された飛爪(フェイチャオ)の方が近いかもしれない。もちろん楽丘(らくおか)のどか側にそんな深掘りした知識があったとは思えないが。

楽丘(らくおか)のどかは、別にこれしかできない訳ではない。

現実に、最初の一手で何があったのか思い出せ。楽丘(らくおか)のどかは肉球に似たメリケンサックを装着した程度では打ち抜けないはずのコンクリの壁を難なく破壊しているではないか。

つまり、必要に迫られればいくらでも破壊力を調達できる。そういう閃き(ひらめき)で満ちている。

真に恐るべきは、不足を感じたその瞬間に機転(きてん)を利(き)かせてこれだけの創意工夫を思いついて、その場にあるものだけで形を作り、きちんと結果まで残した悪運の強さ。

　このありふれた家庭的な女性の手にかかれば、一〇〇均ショップやディスカウントストアは軍の武器庫に勝る殺傷力の山と化す。死のクラフトスキルこそが楽丘のどかの本質なのだ。

「ぶっ……？」

白井(しらい)には、悲鳴を上げる暇もなかった。

頭を激しく揺さぶられた事で、危難の接近に気づいていても『空間移動(テレポート)』もままならない。

紐(ひも)付きの鈍器を片手で引いて回収しつつ、さらに鋭く距離を詰めたエプロンの女性から逆の拳を振り抜かれる。腕や肘に太いバネでも挟んで上乗せしたのか、ロケットみたいなボディブローで下から腹の真ん中を打ち抜かれた瞬間、少女の両足が宙に浮いた。のみならず、そのまま体が空中に投げ出される。

自らの生活を守るために脅迫者に従い、いくらでも殺傷力を引き出す楽丘(らくおか)のどか。

さらには事件関係者へ取引を持ちかけては死ぬまで操るアンチスキル＝ネゴシエーター。

　この組み合わせは非常に危険だ。現状十分以上の戦力を有しているし、戦力の取り込み方次第では花露妖宴(はなつゆようえん)やベニゾメ＝ゼリーフィッシュなど、さらに凶暴な性質を持った脱走犯を従え、脅威のレベルを無尽蔵に肥大化させかねない。

鉄装綴里。

ヤツ自身の身体能力は不明だが、それ以前に人間の欲望と凶悪性を煮詰めた『オペレーションネーム・ハンドカフス』そのものを悪用しかねないほど危険な性質を有している。『媒介者』や『人工幽霊』など、人間の体を搾って異形のテクノロジーを引きずり出す格好で。

そう分かっていても、白井黒子には状況を打開できない。

いかに『空間移動』で徹底的に被弾率を下げたところで、体の耐久力自体は普通の中学一年生だ。頭を揺さぶられ、呼吸も詰まった。自分の体の異変を元に戻す事もできず、そのまま白井黒子の体は高架の外へと投げ出される。

強烈にブレる視界の中で、くしゃくしゃの笑みが見えた。

そうか、と白井黒子は納得する。

楽丘のどかは白井黒子が高架上で崩れ落ちた場合、アンチスキル＝ネゴシエーターに笑いながら靴の踵で頭を踏み潰されると考えたのだろう。脅迫が通じないなら、虚であれ実であれ、心にやましい罪悪感を持たない人間は取り込めない。つまりクソ野郎からすれば、物理的に排除して安全を確保する以外に道はない。だからそうならないように、この優しい家庭的な女性は、わざと哀れな敗北者を高架から投げ出してくれたのだ。

また、楽丘を名乗る人間から命を救われた。

眩む視界を戻す事もできないまま、白井黒子は唇を噛む。

……でも楽丘のどかの優しさや思いやりは、この二九日では致命傷になるかもしれない。

6

もう両腕を広げて待ち受けるしかなかった。

「ぐわあ!!」

自分で選んだ行動のはずなのに、上条当麻はどこに立っていて何をしているのか、いきなり全部見失いそうになる。呼吸が詰まった。ズドン!!　と直撃の瞬間、上条の上体が上から下へ大きくブレる。両足が宙に浮きそうになり、そのまま腰が九〇度以上派手に曲がる。衝撃を浴びたのは両腕のはずなのに、肩というより首や背中の骨が引っこ抜けるような強烈な痛みに襲われた。

中一女子の平均的な体重は四〇キロ？　あるいは五〇キロ？　感覚的には小さな隕石でも直撃したようなイメージだったが。オチモノ系ヒロインなんて憧れるべきじゃない、実際に喰らったら殺傷力満点の凶器そのものだ。

それでも受け止めた。

七メートル上から降ってきた少女をアスファルトに叩きつける事なく、ギリギリこの腕で。

痺れが取れてくると、遅れて少女の温もりがこちらへ伝ってきた。まだ生きてる。

「いっつ……。すげえ、俺やった。今回ばかりはマジで快挙。ちょっとくらい自分を褒めて気持ちの良い神経伝達物質とか出しとかないといい加減に血を流し過ぎて死にそう……」

「せんせいっ☆」

無邪気なアリスが両手を広げ、体温高めの体で抱き着いてきた。

少年のお腹にひっついたまま顔を左右にぐりぐり押しつけ、動物の耳みたいに尖った巻き髪を突き刺してくる。にこにこと、エンドルフィン丸出しの笑顔を見せて金髪少女は上を指差して言う。

「まだまだいっぱい降ってきますし」

「っ⁉　ひいい‼」

上条は慌ててぐったりした白井黒子を抱え直し、腰の横に笑顔のアリスをくっつけたままおんぼろ屋台置き場になっている近くのガード下へと飛び込んだ。

ガンゴンッぐしゃん‼　と重たい金属音を響かせ、次々と落下してきたのは何らかの方法で毟り取られた金属レールか、あるいは高圧電線を支える鉄柱か。単純な重さだけでなく、なんかバチバチ青白い火花まで散っている。

「何だありゃ⁉　上じゃマウンテンゴリラか恐竜でも暴れ回っているのか‼」

正体不明の化け物自身が直接降ってきたらいよいよ最悪だ。上条はツインテールの中学一年生をお姫様抱っこっぽく抱え直し、ガード下を潜って反対側から抜け出す。相手の注目を避けつつ、少しでも離れないと本気で危ない。隣を走るアリスが絵本みたいに抱っこされてる中一女子を見てリアルに指を咥えていたが、今は構っていられなかった。変に期待を持たせたら満面の笑みと共に背中へ飛び乗ってきそうだし。家で飼える見込みもない捨て犬と同じで、半端に甘い顔をするのは逆に残酷だ。

こめかみにずきりとした鈍い痛みがあった。上条自身も『上』では誰かに襲われている。

「おいおいおい。結局フリルサンド#Gはどうなったんだ……？　『アリスの時』とは明らかに死の壁の密度が違うぞ。ここまで距離を取っても普通に肌がビリビリしてるじゃんかよ……」

「うーん」

エプロンの裏からピンク色のバットやハリネズミのボールが飛び出す、に留まらなかった。みぢみぢっ、という何かが軋む音。

見ればアリスの童話みたいなドレスがひとりでに左右へ引っ張られ、今にも裂けそうになっている。元々の材質や縫製を無視して薄いストッキングか何かのように。内部に溜まっている爛れた温もりが、内から外へと出たがっているのが嫌というほど分かってしまう。

あれが破けたら、世界が壊れる。

「今からでも少女を使っちゃいい、います？」

「っ、アリスお願いだからそれだけはやめてくれッ‼」

ぶすう、と結構本気でアリスがほっぺを膨らませ、小さな唇を尖らせていた。親切で提案したのに迷惑みたいに言われるなんて、といった顔。邪気がない分だけ不意の暴発が怖い。

「そいつは隠して、簡単にポンポン表へ出さないでほしい。頼むよ!!」

「……秘密、なのですか……？　せんせいと二人だけのヒミツなのよっ！　きゃあきゃあ☆」

そして笑うのは一瞬だ。ていうか何故だか小さな両手をほっぺに当てて超照れてる。ひとまず助かるけど、これが変に蓄積してのちのち自分の首を絞めないと良いが。適当な事を言って間違った学習とかされたら目も当てられない。

その時だ。腕の中で白井黒子が呻いた。

「う……」

どれだけ弱々しくても、相手が不意に手足を振り回すとバランスを崩して取り落としそうで怖い。上条は移動を諦め、いったん無人の屋根付きバス停で立ち止まった。

高架の上で何があったのか、ちょっと事情を聴くだけでも命懸けだ。周りに注意しないと、いつ正体不明の化け物に追い着かれて体を上下真っ二つにされるか分かったものではない。

が、白井から話を聞いている内におかしな点が浮かび上がってきた。

「……でもちょっと待て。その話だと、アンチスキル＝ネゴシエーター？　そいつは『ハンドカフス』まわりの凶悪犯と戦うために、彼らを次々と自分の陣営に取り込んでパワーアップを図ろうって人間なんだよな？」

「ええ、それが……？」

「でも、あの女は『オーバーハンティング』の事故に直接関わってる。線路上にあるＡＴＳのブレーキセンサーをいじくって」

白井黒子がメチャクチャ嫌がるので上条は抱っこを解除して、慎重に女子中学生を肘掛けのないベンチに下ろしていく。

「囚人護送列車だっけか？　あそこから逃げた『ハンドカフス』の凶悪犯を捕まえるために秘密の特殊部隊が動き出した……にしては、あべこべじゃないか？　アンチスキル＝ネゴシエーター自身が事故を起こして凶悪犯を逃がした張本人じゃおかしい。あいつは一体いつ、どのタイミングで楽丘のどかとかいうのとコンタクトを取って操り人形に作り替えたんだ」

もちろん、こんな可能性だって考えられる。

鉄装綴里？　とにかくそのアンチスキル＝ネゴシエーターはあくまでも事件解決のためにやってきた追跡者でしかなく、列車事故を起こした黒幕はフリルサンド♯Ｇを始めとした他の第三者である、という可能性。

説明しておきながら、しかし上条当麻は首を横に振った。

「……ただしこれはありえない」

「どうしてですせんせいっ？」

「だったら事故の原因を調べに来た俺を襲って、真相を隠したがる理由がない。一回だけならまぐれだの勘違いだのもありえる。だけどアンチスキル＝ネゴシエーターは立て続けに俺と白井で二回繰り返してる。しかも今度はきちんとした腕章をつけた風紀委員だぞ？　立入禁止の高架線路、現場の近くをうろついているからって、一目見ただけで不審人物と勘違いしていきなり襲いかかるのは変だ。ついうっかりじゃない。……ヤツは、事故原因を調べようとする者なら誰でも無差別に攻撃してる。後ろめたい理由があるからだ」

「つまり」

「わざと凶悪犯を逃がしてから、逮捕時のゴタゴタで殺すところまで含めて計画通りなんだ……。刑務所だの少年院だのにぶち込んだっていずれ表に出てくる。凶悪犯の再犯を許さない一番の方法は何か。『ハンドカフス』関係者を命懸けで捕まえたのは自分達なんだから、自分達が納得する方法でケリをつけなきゃ気が済まないって感じかもな」

警備員にあるのは逮捕権だけで、罪を確定したり刑の重さを再調整する権利はない。同僚らしき女性から通話越しに言われた時、鉄装は凶悪犯の事情など考慮しないと答えたらしい。

そういう事なのだ。

裁判所の決定を不服として、徹底した極刑を独断で与える。そのためなら、厳重警備の囚人護送列車を潰しても構わない。

刑の重さはこちらで決める。

最低限も最低限。その生死すら警備員側の裁量によって再決定する。

（そこまで。そんなにも『ハンドカフス』を憎まないと自分を保てなくなってるのか……？）

地獄と化した二五日の夜を直接知らない上条(かみじょう)には、安易に判断のできない話だったけど。

高架上から金属レールや支柱が次々と降ってきた事からも分かる通り、上はもうメチャクチャだろう。これは、つまらない工作の証拠を物理的に消し去った、とも言える。鉄装(てっそう)達はよそから来ているので、細工が複数あっても順番に壊してきたのかもしれない。たとえ電子顕微鏡サイズの精密な科学捜査をしたところで、どうせ出てくるのは暴れる事を強要された楽丘(らくおか)のどかとかいう実行犯の痕跡だけだ。消費型と言い切った鉄装側(てっそうがわ)からすれば何ら痛まない。

全てを操る鉄装綴里(てっそうつづり)だけがのうのうと逃げ延びて、また別の事件関係者を捕まえて脅迫する。仲間意識を一ミリも持たないあの女にとって、人間なんか使い捨ての弾丸と一緒だ。ヤツは悪名高き『ハンドカフス』関係者が全滅するまでひたすらそれを繰り返す。だから事件関係者を率先してかき集め、同士討ちを狙って効率的に数を減らそうとしている。

敵味方の陣営に関係なく凶悪犯と手を結び、一つの目的のために『ハンドカフス』に出てきたテクノロジーを結集させる。

『アリスの時』に、上条(かみじょう)は自分でそんな道を選んだはずだった。小さな指先で手を摑(つか)んでもらって導かれながら。しかし、それを外から眺めるとこんなにも歪(ゆが)んで見えるものなのか……。

「……想像以上に手に負えないぞ、鉄装綴里(てっそうつづり)」

今までは、ただ凶悪犯を捕まえて大人の警備員(アンチスキル)にでも預ければ丸く収まると思っていた。でもどうやら違うようだ。大人の中に混じった黒い仕組みから囚人達を守らないといけない。

「だとすれば、今後の方針も大きく変わりますわ」

まだ鈍く痛むのか、腫れているらしい自分の額に手をやりながら白井黒子は囁く。

「『オーバーハンティング』から逃げ出した囚人達は、アンチスキル＝ネゴシエーターにとっては自身の勢力拡大を促す格好の餌でしかありません。振り回されるばかりだった楽丘のどかさんはともかくとして、鉄装綴里が最初から『ハンドカフス』の凶悪犯どもを想定しているとしたら……。果たして言葉の脅迫なんて曖昧なもの『だけ』で、本当に猛獣どもを従えられると思うかしら。悪人が本当にどこまでやるかを知っている悪人が」

「じゃあ、他にも何か仕掛けが……？」

「具体的には何とも言えませんが。ともあれより強い敵と戦うため、率先して凶悪犯を取り込んで吸収し、最大効率で消費して、そしてもっと上の獲物を仕留めて取り込んでいく。鉄装綴里の手によって彼らが捕獲され、使い捨て要員として消費される前にわたくし達の手で保護しなくては、どれだけ人的被害が広がっていくか分かったものではありません」

それを耳にして、上条はちょっとだけ笑ってしまった。

白井黒子は怪訝な顔をして、

「……何か？　笑い事ではありませんわよ」

「いや、分かってる」

保護しなくては、と白井黒子は言った。

警備員だから、風紀委員だから、右向け右で凶悪犯を憎んで全面対決する訳ではない。枠に収まった喜怒哀楽だけでなく、人間はもっと繊細で複雑にできている。時として一見すれば二律背反や支離滅裂に思えるような選択肢でも普通に選んでいく。

その予想外が、心地良かった。

正しければ何をやっても許される世界じゃない事が。

確かにここはアリスが塗り固めたご都合主義の世界ではない。この二九日では、分かりやすい勧善懲悪もきっと通用しない。囚人達は一つの駅にいつまでも固まったりしないし、頭の中のリストにない予想外の人物が容赦なく襲ってくるし、何より一度でも命を落とした死人は二度と蘇らない。理不尽だ、と嘆いて立ち止まった者から順番に容赦なく破滅していく、極めてシビアで救いのない世界としか言いようがない。

それでもやっぱり、この現実でこれを聞けたのは大きい。

過酷な道を選んで良かったと思える何かに、上条当麻はようやく一つ巡り合う事ができた。

7

ずん!!　ずずん……っ!!　という低い震動が断続的にアスファルトを揺さぶっていた。

ただし、必ずしも鉄装綴里と楽丘のどかのコンビだけとも限らない。

「うふふ。くーびくーびもぎもぎ♪」

アリスがにこにこしながら何やらおっかない歌を歌っていた。エプロン後ろの白くて丸いふわふわがリズムに合わせて揺れている。小さな子供特有のアレだろうか？　上条は屋根付きバス停から遠くの方へ目をやりながら、

「騒ぎを止めるって言ってもここからどうする？」

「今から馬鹿正直に駅まで戻っても、凶悪犯達が残っている可能性は低いでしょう。本気で逃げるつもりならいつまでも『オーバーハンティング』の傍にいたがるとは思えませんもの」

つまり、捜索エリアは学園都市全域に広がった訳だ。花露妖宴、楽丘豊富、ベニゾメ＝ゼリーフィッシュ。それから『オーバーハンティング』とは別口で存在する『人工幽霊』のフリルサンド♯G……。いかに複数人いるとはいえ、闇雲に走り回って見つかるとも思えない。

だとすると、

（……『アリスの時』とは状況が全然違うから、必ずしも当てはまるとは限らないけど）

「妖宴だ……」

「何ですって？」

怪訝な顔をする白井黒子に、上条は改めて繰り返す。

（『アリスの時』、妖宴のヤツは俺を助けてくれたけど……でも今回は違う。じゃあ本来通りだ

ったらあいつはどこへ行って何をしたがるんだ？）

「『媒介者』花露妖宴。凶悪犯はアンチスキル＝ネゴシエーターに捕まる前に全員確保しなくちゃいけないけど、取っ掛かりがいる。あいつならギリギリ行動を先読みできるかもしれない」

微生物や化学物質を指示の通り正確に送り込むため、都市型の害虫・害獣を片っ端から意のままに操るテクノロジーの持ち主。人を救う技術に転用できるけど、やらない。気紛れに一般人と手を結ぶ事も、傷を手当てする事も、冗談を言ってダウナーに微笑む事も、全部しない。

でもこれは神経衰弱と同じで、ハズレの情報だって積み重なればヒントになる。

（……花露妖宴の目的は、何だ。あの小さな悪女、そもそも大人達に追い詰められたからって、考えなしにただ逃げようなんて考える人間なのか？）

違う気がする。

そんな真っ当で共感のしやすい目的は持たない気がする。

学園都市全域で大パニックを起こして警備員側の捜索能力を奪って街の外へ逃げるにせよ、そもそも逃げずに警備員を皆殺しにして自分の安全を確保するにせよ……『媒介者』はもっと目を覆いたくなるほど破滅的な事を思いついてそのまんま実行する気がしてならないのだ。

学園都市は広い。

ただしそんな中でも、『媒介者』の性質を最大効率で利用して誰よりも大きく被害を拡散できる施設といったら、一体どこだろう？

「どうせ全員保護しなくてはならないのです、順番は誰からでも構いませんわ。花露妖宴、あなたが言うならとりあえずそこから始めましょう。囚人を回収していけば、いずれ彼らの力を欲するアンチスキル＝ネゴシエーターともぶつかるでしょうし。……楽丘のどか。真のクソ野郎に囚われた彼女だって、何としても助け出さないといけませんもの」

白井黒子がそう言ってベンチから腰を浮かそうとした。

その時だった。

『……あの――――け……いと』

かくんっ、と上条当麻の視界が垂直に落ちた。違う、全身の力が抜けて膝から地面に崩れていったのだ。

「かっ……」

悲鳴を発する暇すらなかった。

ぶしっ、と。嫌な音が体の中から聞こえた。鼻血くらいのものかと思っていたが、実際には瞼の奥から血が滲んでいるのが瞬きの粘つきで分かる。

夜風の流れを無視してふわりとなびく長い金のツインテールと、お人形みたいな青のドレス。

目の前にいるのに、蜃気楼より実感の乏しい人の影。

（フリルサンド♯G……ッ⁉　最悪だっ、ここで出てくるかよ‼）

指一本触れられていない。

おぞましい光線で胸の真ん中をぶち抜かれたのでも、巨大な爆発に巻き込まれた訳でもない。

ただ、現れた。

それだけで上条当麻の目元や耳の奥から、どろりと粘つく感触が溢れてくる。膝から地面に落ち、何もできないままゆっくりと前のめりに倒れていく。

意味不明な出血に、頭痛、そして悪寒や発熱。

死が近づいてくる。足音もなく、着実に、一歩一歩。

「なっ、……ぼ、あ……ッッッ‼⁉⁇」

（ちく、しょう。右手が持ち上がらない……。こんなっ、訳の分からない攻撃、かはっ、幻想殺しで何を殴れっていうんだ⁉）

『……ンド……、まだ――――から……いと』

ダメだ。

あの抑揚のない女の声は、絶対にダメだ。

じわりと端の方から赤く染まり始めた横倒しの視界の中で、同じように白井黒子がベンチから地面に転がっていくのが見える。めきめりめり、と脳が幻聴を発していた。まるで見えない手で頭をじんわりと握り潰されていくような、単なる痛みを超えた五感全体の惑乱に襲われる。

『人工幽霊』フリルサンド＃G。

高圧電流の放射とか、科学的なものだから幻想殺しが効かないとか。

『アリスの時』とは違う。これはそんな物理的に脅威が目に見えるなんて甘い次元の話じゃない。何が何だか意味不明だけど、同じ空間に居合わせてはいけないとか、声を掛けられてうっかりそっちを見ただけで殺されるとか、こいつはもっと致命的にヤバい存在だ……ッ⁉

そんな中、

「ふわーあ？」

おかしな声があった。

呑気で明るく、可愛らしく甘ったるい。……こっちの現実でもやっぱり夜更かしはダメな方らしい。この極限の状況で普通に眠気に襲われて小さな影はうつらうつらしている。

アリス＝アナザーバイブル。絵本の中から飛び出してきたような金髪少女は、こんな時でもたった一人でぼけーっと突っ立っていた。小さな掌で口元を覆ってあくびでもしたと思ったら、今度はほっそりした顎に人差し指の腹を当てて身近な疑問に首をひねっている。

そう。

何で、この程度で、バタバタ人が倒れているんだろう？　という根本的な疑問。

『リ……は、ま――禁……中に――ま……』

「少女には、無効なのよ？」

どこか眠たげで空気を読まない笑顔と共に、あっさりとアリスが遮った。

今度は、エプロンの裏から飛び出すクリケットのバットやハリネズミのボールでは弾けないはずだ。何しろ形のない呪いなのだから。なのに現実として、まともに見えざる攻撃を浴びたアリスはけろりとしている。

もう、体の中が根本的に違うのか？

人間の天敵である一酸化炭素は血液の組成が違う昆虫には全く通じない、とでも言うか。単純に人より体力があるとか痛みを感じないとかではなく、そもそも攻撃を受ける条件から外れてしまっているような。元から傷んだ肉を好むハゲワシに動物の死骸を与えて食中毒を起こそうとして延々空回りしている、そんな益体もない妄想さえ上条の脳裏によぎる。

この場合、指一本触れずにその場の全員へ致命傷を与えるフリルサンド＃Gと、それを浴びても本当にいつも通り笑っているアリスは、どっちが不自然なんだろう？

「少女の抱えている『不思議』は、お化けくらいのレベルじゃないですしっ☆」

『……、』

ゴンギンッ!!　という鈍い音があった。

アリスではなく、フリルサンド＃Gからだ。気がつけば彼女の首が、右に左にと不自然に折れ曲がっている。時には九〇度以上。

小さな靴底。幼いアリスの影が不自然に長く伸びていた。

滑るように動いたと思ったら、フリルサンド#Gを追い抜いたところで何かおかしな人影が屹立している。フラミンゴやハリネズミとは全く異なる、ガリガリに痩せた骨しかないような不気味な何かだ。それは白い骨ではなく、水晶のように透き通っていた。

手に持つのは片刃の斧。ただし逆側、柄の底から長い刃が伸びた鋭利な刀剣も兼ねるもの。

お菓子やぬいぐるみとは対極にある童話の一側面、つまりはおぞましきメルヘン。

（何だ、あれ……？）

事前知識や誰かが教えてくれた事など何もない。だが上条は、ボロボロの黒い衣を纏う骨だけの存在を見て、何故かこう思った。そんなイメージを外から注入された。

（処刑人……？）

むしろ、一撃で標的の首を落とせなかった事に不吉なシルエットは疑問を持ったらしい。

髑髏そのものといった首を危ういほどに傾げると同時、ぐるん!!　と手の中で柄が大きく回る。剣に役割を変えた刃が鋭く空気を切り裂く。そうしてバトンのように回転して切っ先を向けるたびに人工幽霊の首が不自然に弾き飛ばされ、真横に折れ曲がる。

はっきり言って上条には斧も剣も、刃の残像すら見えない。

というよりおそらく何か、そもそもの『切断の条件』が違うのだ。

武器を握り込む時の指の形とか、獲物側がとっさに守った急所から自動で切られるとか、あのバトン状の武器は人の運命や寿命を巻き取る死の糸巻で何回転するまでに倒さないと糸を切られて即死するとか。

相手は人工幽霊だからまだ健在なものの、これが上条だったら指一本動かす暇もなく首を落とされていただろう。右の拳を合わせるタイミングなど、予測もできていない。

「おっとと」

アリスが何かに気づき、慌てて小さな足で地面を踏んで靴底を手前に擦る仕草をした。

「うっかり死なせちゃうとせんせいに怒られるしっ。おーい戻ってください『処刑人』、どうせ虚空に消えるチェシャ猫は切れないのです」

ぼひゅっ!! と、それだけで最大威力のシルエットが崩れて空気に溶けていく。

それで上条はようやく気づく。

『アリスの時』でもこの現実でも、アリスは避けられない攻撃が来るとピンク色のバットやハリネズミのボールを呼び出して一撃を受け止める素振りくらいは一応見せていた。

だけど、それは自分の身を守るためではない。

傷がつくのが怖いのではない。

下手に攻撃を浴びたら最後、自分の動きを邪魔されたという事実に思わずイラつくとそれだけで相手を殺してしまう。だから、アリスはそうならないように攻撃を防いであげていた。

『処刑人』？ あれでさえ『アリスの力』ではない。クリケットの防御を潜り抜け、『処刑人』

の刃を免れた先に、おそらく剝き出しのアリスが待っている。

『……、』

しかし何度頸部へ致命的な斬撃を浴びても、人工幽霊の活動もまた止まらない。

体のない猫から首は切り離せない、とか古い童話の中では語られていたか。

首を不自然に折り曲げたまま、フリルサンド#Gは音もなく細い指を上に向ける。

ボバッ!! と真上から太く低い破裂音が覆い被さってきた。

今日び、さして珍しくもなくなった空撮や宅配用のドローン。おそらく大型のバッテリーに干渉でもあったのだろう、そういった機材が一斉にアリスの頭の上で爆発したのだ。高所から落下すればネジの一本でも立派な凶器になる。それが破片の雨で吊り天井でも作るように。

人工幽霊の形すらない攻撃は止まらない。

原因不明の高熱や出血に苛まれながら、上条は何とかしてごろりと地面の上で転がり、

「が、あ……ッ!?」

(あいつ、あの幽霊女。うっかり出くわした人間を苦しめるだけじゃない、機械まで誤作動させる力を持っているのか……ッ!? し、死角がないにも程がある!!)

「ふーむ……」

対してアリス側に動きがあった。

顎にやっていた人差し指を外し、その小さな掌を虚空に向けたのだ。

まるで。

学校に向かう途中、道で蹴っていた小石がどぶに落ちてしまったのを見たような顔。根拠のない自分縛りを諦めて、これから得体の知れない何かを解き放とうとしているかのような。

多分これは、電気の塊っぽい人工幽霊が近づいたからではない。もっと別の理由で、音もなくアリスの長い金髪がぶわりと左右へ広がっていく。

前提がいきなり崩れる。

クリケットの防御を潜り抜けて『処刑人』の攻撃を凌いだ。

故に、その先にある剥き出しのアリスが顔を出そうとする。音もなく。

「なら、仕方ないですよね？」

「ッ、アリス!!!!!!」

血を吐くような想いで歯を食いしばり、上条は自分の足に残っていた力を込める。

(白井はっ、ダメか。バス停の屋根が頑丈なのを祈るしかない!!)

横から突っ込んでアリスの細すぎる腰を抱き、そのまま体ごとぶつかって二人まとめて近くの路地まで転がり込む。

ざあっ!! という硬い物が数百以上一斉にぶつかる音が表の方で鳴り響いた。ほとんど不意打ちの夕立みたいな異音の塊だ。

小さな少女を地面に押し倒したまま、額と額を押しつけて上条は叫んだ。

「言ったはずだぞ。『それ』はナシで頼む……ッ!!」

「むう！　まあ、せんせいに嫌われちゃうのはヤなので」

　きめ細かい金の髪を左右に振り撒くアリスは相変わらず無垢だった。

　その笑顔を見て、見えている事に気づいて、上条は赤く歪みまくっていた視界が急速に元に戻っていくのを感じていた。

　フリルサンド♯Gとほんの数メートルでも距離を取ったから？

　あるいは、

（いいや、路地に入ったからってそんなに離れている訳じゃない。だとすると、あの『人工幽霊』を見たり聞いたりするのがまずいのか……っ？）

　それこそ写り込んだだけで撮影者や被写体に災いをもたらす心霊写真みたいな扱いだ。

　ヒュン、と風を切る音と共に、ぐったりした白井黒子が路地裏に現れた。汚い壁に横から寄りかかり、高級そうなレースのハンカチで鼻血を拭っている。

「よくあの状況で『空間移動』なんて難しそうなの使えたな……」

「……お互い様ですわ。あとそれ、一度吐いた方が楽になれますわよ」

　外から指摘された瞬間にいきなり限界が来た。

　押し倒していたアリスを白井黒子に預けて顔を背けるので精一杯だった。胃袋の奥から熱いものが逆流してきた。吐瀉物、とは違う。真っ赤な液体が路地の壁にへばりつく。一体全身の内臓では何が起きていたのか。人工幽霊。ヤツの殺傷力はケタ違いだ。

フリルサンド#G。何をされたのかやられても分析できないのも怖いが、何であのタイミングでいきなり現れて上条達へ襲いかかってきたのか一切読めない辺りも不気味だった。

そう、

（……ちょっと待て。ちくしょう、そうだよ。『オーバーハンティング』の事故の真犯人が別にいるなら、あの人工幽霊はどういう意図で現実の事件に顔を出しているんだ……？）

「攻撃条件は未知数ですが、アレが壁でもすり抜けてこの路地を覗き込んできたらそれだけでおしまいだと思いますわ。さっさと離れましょう」

「ああ……」

手の甲で口元を拭いながら上条も頷いた。

「一番動きが読みやすいのは、きっと花露妖宴だ。あの小さな悪女から始めよう」

「……ええ。他の囚人達も無事だとよろしいですけれど」

8

がんっ、がんっ、ギン!!　と。

夜の街にいくつか鈍い金属音とオレンジ色の火花が弾け飛んだ。そしてずらりと並んだ高層ビルの屋上の一つで、真っ赤なチャイナドレスにテンガロンハットの美女がうつ伏せに倒れる。利き手を取って後ろに回し、その背中に膝を片方乗せ、的確に重心を封じているのは猫の肉球みたいな分厚いメリケンサックを二つつけたエプロン姿の女性だった。

単に、距離の相性だけの問題でもないだろう。そもそもカメラマンとスナイパーを両立させるその女は、遠距離狙撃しかできない訳ではない。

栗色の長い髪を簡素なヘアゴムで縛って束ねた主婦は、もはや一個の怪物に見える。

明らかに楽丘のどかの殺傷力が甚大なのだ。これで『暗部』落ちもしないで今までのほほんと一般枠に収まっていた方が、むしろ危険に思えてくる。

「が……っ⁉」

一〇〇均の安い結束バンドで両手を縛られたパパラッチの目の前でブーツを履いた足がスナイパーライフルを横に軽く蹴り、そしてメガネを掛けた黒い軍服の女性がそっと屈み込んだ。膝を折ってなお、見下す位置関係は変わらなかったが。

鉄装綴里は親指と人差し指で何か細長いものを挟んでいた。

「はいべニゾメちゃん、お口を大きく下品に開けましょうねー？」

「むぐぐぐっ⁉」

ごりりとした金属的な異物感が舌の裏に吸いついた。サイズは大体テレビやエアコンのリモコンなんかに使う単四の電池くらいか。口の中いっぱいにゴムに似た味が広がる。

「『舌禍抜取（フイッシングタン）』。無線信号によってあなたの舌をモーターで強固に巻き取り、嘘（うそ）つきの舌を丸ごと引っこ抜くデバイスです。ほらカワイイ、のどかちゃんとおそろーい☆」

べっ、とおどおどした主婦が舌を出してゆっくりと動かすと、ベニゾメはようやく装置本体を自分の目で眺める事になった。吸盤か接着剤で何か貼りつけてある。

「……ッ!?」

「ああ、無理して取り外そうとしない方が良いですよ？　リチウムイオン電池吹っ飛ばして下顎なくなっても構わないなら止めませんけど」

それでチャイナドレスの女の動きが完全に凍りついた。時として、一瞬で死ねない方が拘束効果は強く表れる事もある。

「さ、ネゴ、い、い、しましょう、か、か？」

鉄装綴里（てつそうつづり）の方は、ここまで決めても黒いストッキングに伝線一つない。笑顔で切り出した。

「やめてよね……。私には善悪どっちに転ぶか選ぶ資格もないって訳？」

「お前は最初からそういう立ち位置だろ」

（……遠近それぞれ一人ずつ。まあスタンダードな駒はこんなトコですかね。ただ、これだとまだ盤面を支配するには弱い。完封勝利を獲るためには、もうちょっと異形のテクノロジーが欲しいですよね。あと一人加えれば、この勝負は完全に制圧できる）

そこまで冷静に考えた時だった。

何がきっかけだったのかは、アンチスキル＝ネゴシエーター自身にも分析できなかった。

ドロドロの黒い汚れとなって溶けていく警備員(アンチスキル)。

本来ならこの手で守るべき子供達に躊躇(ちゅうちょ)なく殺戮(さつりく)されていく理不尽。

自分のこめかみに拳銃を押しつけ、泣きながら引き金を引いていく先輩達。


「……っ」

毎度のフラッシュバックに、鉄装綴里(てっそうつづり)は唇(くちびる)を噛(か)む。

一二月二五日、『ハンドカフス』という悪夢そのもの。

鍼(はり)という単語の誘惑を、首を振って追い払う。緊張状態と強く結びついたアドレナリンやノルアドレナリンは副腎で生成されるため、ここの信号を遮断すれば強制的に解放される。が、今ここで己の思考を無意味な楽観で埋める訳にはいかない。

おどおどしながら、楽丘(らくおか)のどかが話しかけてきた。

「あ、あの、あのう。……つ、『次』はどうしま、しょう……？」

「そうですねえ」

アンチスキル＝ネゴシエーターの女は楽しげに思案する。

もう『次』の催促とは気が早い。楽丘(らくおか)のどか。舌の裏に殺人ローラーを噛(か)ませ、見ず知らずの人間を自分と同じ地獄に引きずり下ろすというのに真面目な事だ。人は、自分の側に被害者意識さえあればいくらでも罪悪感を相殺できてしまえる生き物なのか。

くつくつと笑って、そして鉄装綴里はあさっての方へ視線を投げた。

「……『媒介者』花露妖宴。ま、あの辺りが入手できたら盤石ですかなー？」

9

上条達は夜の街を歩き、隣の学区へ場所を移していた。

アンチスキル＝ネゴシエーター鉄装綴里より先に妖宴を助け出さないと収拾がつかなくなる。

第一〇学区。ただし目的地は『アリスの時』とは違って、廃棄レジャースパではない。

「ゴミ焼却施設？　隣の方か……。でも何で⁉」

「『媒介者』は街中から追われた程度でびくびくしながら逃げ出すようなタマじゃない。わたくしもあなたの意見に賛成ですわ。何しろ現実に、『ハンドカフス』の時も警備員の総合詰め所や科学捜査の専門施設を次々と潰してこちらの捜査能力を奪ってきましたし」

理屈ははっきりしないがとにかく『空間移動』で上条当麻は運べない。実際に試して痛感したからか、白井黒子もまた自分の足で走っていた。

「ならば逆算すれば良いのです。ゴミ焼却施設に大きな危険性はありません。ですが施設には多くの収集車が集まり、収集車は街中のゴミ捨て場と接触し、そのゴミ捨て場にはそれこそ無数にある清掃ロボットがアクセスします。つまり中央のゴミ焼却施設の一点さえ高濃度で汚染すれば、そこから微生物なり化学薬品なりは学園都市の隅々まで一気に拡散するはずですわ」

「こんな夜遅くに？　ゴミの回収って朝のイメージだけど」

「冬休みの、それも年末年始ですわよ？　飲食店を中心に消費は増大しますから、それだけゴミが溢れてしまいます。なので特別スケジュールを敷いているはずですわ」

「くそっ。何で悪党ってこういう計算はスマートでパーフェクトなんだ……」

　何より、と白井黒子はいったん区切って、

「……『媒介者』は都市型の害虫や害獣を専門に扱うスペシャリストです。花露妖宴にとって、ゴミ収集インフラ以上のホームがありまして？」

「それじゃあ妖宴の狙いはどっちだと思う？　適当に大パニックを起こして安全に逃げ出すか、あくまでも徹底的に敵対者を排除するか」

「……双子の片方を失った今の『媒介者』に、目的らしい目的なんて残っているのかしら？」

「？」

　いくつもの煙突が並ぶ、四角いコンクリートの建物が見えてきた。

目に入った瞬間、夜の街を進む上条の足が止まるかと思った。

「まずいな……」

「何がですかっ？」

分かっているのかいないのか、傍らのアリスがエプロン後ろの丸いふわふわを揺らし、無邪気に笑いながら尋ねてくる。絵本みたいに浮世離れした少女の場合、全部把握していても普通に笑っていそうだからあてにならない。

大きな施設なのか、四角い塊は一つだけではない。ゴミ処理の種類に応じてセクションが分かれているだけ……ではなさそうだ。明らかにコンクリ塀をまたいで隣の施設と連結している。

「……潰れたレジャースパ。確か、あっちは丸ごと違法ハウスの塊だって話だったよな？　思ってたよりシルエットが膨らんでる。それだけ人がいるって事だろ」

「？　こんなアングラ地区の事情まで良くご存知でしたわね、ソースは度胸試し動画かしら。ひとまず未集計の人口密集地域なのは確実ですわ」

「『媒介者』からすれば、人間なんて伝染爆弾に作り替えて利用できる害獣扱い、か……」

「水か空気か。どこからどう汚染するか読めませんが、最悪、ダクトや配水管越しにレジャー施設跡地の方にまで犠牲が広がる恐れがありますわね。今はもう潰れて放棄されているらしいですが、管の繋がり自体はそのままです。……彼女くらい体が小さければ、害虫や微生物だけでなく本人も直接行き来できるかもしれませんし」

正門は開いているが、ガードマンらしき人物はいない。

いいや違う。施設を囲むコンクリートの塀が妙に膨らんでいると思ったら、白くて細い糸みたいなものが大量にこびりついていた。それは人間の形に盛り上がっている。

「ひっ⁉」

「『媒介者』は絶好調ですわね……。初春、第一〇学区のゴミ焼却施設に応援と救急車の要請を。初春⁉」

白井黒子は何度か呼びかけて、それから自分の携帯電話に怪訝な目を向けていた。どうやらいきなり電話が不通になったらしい。これも妖宴が何かしているのか、

（あるいは、別口……？　今怖いのは妖宴だけとも限らないし）

ざわりと周囲の黒い街路樹が不自然に鳴った気がした。誰が何人いるかもはっきりしない。根拠もないのに、思わず上条はにこにこ笑っているアリスの小さな手を掴んで手前に引き寄せていた。金髪少女はされるがままどころか、自分から無邪気に腰の横へひっついてくる。

「……どうする？　俺達だけで行くか？」

「ええ」

白井黒子は不調気味で繋がらない携帯電話を軽く振りながら、

「本来なら応援を待つべきでしょうが、花露妖宴の散布計画の実行に一秒間に合わなかっただけで、大袈裟ではなく学園都市は壊滅します。あるいはアンチスキル＝ネゴシエーター、ヤツらが『媒介者』を取り込んでしまったらそれはそれで打つ手がなくなりますわ」

塀に貼りついた『白い糸の塊』は迂闊に触るのも怖いが、かと言って中に人が詰まっている

ならそのままにできない。どこまで効果があるのか何とも言えないが、上条は上着の襟で口と鼻を塞ぐと、近くに落ちていた木の棒を糸の塊に突き刺し、めくるようにべりべりと剝がしていく。感触的には、蜘蛛の巣を破るというより寝袋大のデカい繭を割る方が近いかもしれない。

　ひとまず膨らんだシルエットの顔だけでも表に出してみる。二、三人のガードマンは誰も彼もぐったりしていて身じろぎ一つしなかったが、一応何とか呼吸の音は聞こえる。

「良かった、生きてる……」

「……これは蛾の鱗粉、かしら……？」

「ドクガは少女も知っているのですっ！　実は幼虫の頃から持っているトゲトゲをずっと抱えているから触っちゃダメってみんなに言われる虫なのよ。少女は全然大丈夫なのに」

　鱗粉じゃないじゃん……という上条の視線を受けて風紀委員の少女は肩をすくめる。

「パッと見て理解できないとしたら、むしろそっちの方がヤバそうですわ。あの専門家が何を使っているかは知りませんが、病院に血清なり解毒剤なりがあれば良いですわね……」

　白井黒子はハンカチで口元を押さえ、一歩離れた場所から注意深く観察しながら、

「ただ、下手に寝かせて素手で介抱するのも危険ですわ。今のままでは何に汚染されているかも判断できません、脅威は目に見える鱗粉だけとも限りませんし。意識がないという事は、ひとまず『媒介者』の手で意識を奪うような何かを浴びせられたのは間違いありません。専門のゴミ焼却施設なら完全密閉の防護服もあるでしょう。十分な装備を固めてから改めて保護した

方がよろしいですわね」

「……マジかよ……」

「あの『媒介者』に限って言えば、邪魔な人間を殺さずに放置するという方がむしろ奇妙です。わたくしは、この方々は設置式の伝染地雷である可能性が高いと判断します」

『アリスの時』はあてにならない。実際の悪人、花露妖宴の心を開くのは容易ではない。

分かっているつもりだったけど、でも、被害を目の当たりにすると衝撃が違う。

「くそ、それじゃますますここじゃ死なないぞ……」

「……ええ。花露妖宴を止めて防護服を手に入れ、彼らを介抱するまでは。わたくし達が途中で倒れてしまえばそれらもできません」

とにかく開きっ放しの正門を潜って敷地の中へ。

かなり面積が広めなのは、やはり多くの収集車が行き来する関係だろう。四角い大きな建物の通用口に近づくと、ドアノブの辺りが不自然に溶けていた。『媒介者』花露妖宴だ。上条と白井は頷くと、溶けた部位には触らないようにそっと足でステンレスのドアを押し開けていく。

誰もいない。

だけどドアを潜って建物の中に入ると、空気が固まっているような錯覚を受けた。

何か、一線を越えた。

たった一歩で、根拠もなくそう思う。

「……ゴミ焼却施設って言っても広いぞ。妖宴のヤツはどこを目指しているのやら」

「コアもコア、焼却炉そのものではないでしょう。『媒介者』の狙いはゴミ収集の順路を逆算し、施設、収集車、ゴミ捨て場、清掃ロボットと感染を広げて学園都市全域を汚す事にあります。微生物か化学薬品か、具体的に一体何を害虫だの害獣だのに載せて運ばせるつもりかは未知数ですが、何も摂氏一三〇〇度以上の高温にわざわざ長時間さらす必要はありませんし」

「それなら？」

「多くのゴミ収集車が集まる場所。集めたゴミを車の外へ下ろす投棄所立坑を汚染すれば十分。立ち寄った収集車は全て汚染扱いに化けるはずですわ」

白井の話だとゴミの大半はリサイクルに回されるようなので、実際には言うほど『燃料』は多くないらしい。つまり、街中から集めたゴミの仕分けを行う設備の方が大多数なのだ。

不自然なくらい人がいないのは、ほとんどオートメーションで作業しているからか。あるいは表のガードマンのように『媒介者』が無力化でもしたのだろうか。

「それにしても、防護服はどこにあるのかしら。微生物か化学物質か、『媒介者』が何を使っているか目には見えない以上は一秒でも早く全身を覆ってしまいたいものではありますが……」

途中、開きっ放しのドアを見つけた上条は中を覗いて怪訝な顔をした。

妖宴はいなかった。

「なあ、白井。これって何だ？」

「？」

　怪訝な顔をするツインテールの少女に、上条は小部屋で見つけた何かを軽く放り投げる。それは板チョコの半分くらいの大きさの紙箱だ。

　白井黒子は受け取った箱を表に裏にとひっくり返し、

「エタノールアミン型の作用対抗薬品ですわね」

「……何それ？」

　こればっかりは赤点バカの努力不足ではない。高校の教科書には出てこない言葉だと思う。一瞬、能力開発にでも使う薬品かと思った上条だったが、そういうものではないらしい。

　白井はむしろ逆に驚いた様子で、

「あら、花粉症とは無縁の幸せな生活を送っているのかしら？　つまり単なるアレルギー対策の薬ですわよ。花粉以外にも一部の炎症や虫刺されにも有効ですから、ゴミ処理の現場では普通より強力な法人仕様のものが大量に備蓄されていてもおかしくありませんわ。とはいえアレルギーに関わるヒスタミン自体は人の体にあるもので、無理に抑制しすぎると強い眠気が出てしまうのが珠に疵ではありますけれど。それが？」

　上条は小部屋の一角を指差した。

　明らかな空白がある。

「……山積みの段ボールが最低でも二つか三つ分は不自然に消えてる。下手すりゃそれ以上」

「なら確定ですわね、くそ!!　市販薬くらいなら大した事ありませんが、ここにあるのは仕様が違いますわ!!」

舌打ちして再び白井黒子が通路を歩き出した。かなりの早足で。

追いかけて声を掛けないとそのまま『空間移動（テレポート）』でどこかに跳んでしまいそうだ。

「なあ！　実際の『媒介者』は手に負えないほどの悪人なんだろ。それがどうして街中の人の意識を奪うなんて半端な効果に留めようとすると思う？　峰打ちなんかと一緒で、言ってみれば安全にダウンさせる方が殺すより難しいはずなのに！」

「実際の……？　効率で考えれば、作用対抗薬品それ自体はアレルギー対策の薬に過ぎません。こちらにあるのは業者向けでかなり強めなようですが。つまりダイオキシンやＰＣＢなどと違い、清掃ロボットなどの毒物センサーに引っかからない。今このゴミ焼却施設にあるもので、単純にばら撒く上では効率の良い選択ではあるでしょう」

「……ひょっとして、それ以外の効率的じゃない理由も頭に浮かんでる？」

「そもそもイレギュラーな副作用だから百発百中とはいきませんが、一定の数が倒れるだけでも問題ですわ。あらゆる薬は用もないのに呑むべきではありません。それに、『媒介者』は都市型の害虫・害獣を専門に扱うエキスパート。自室や路上で倒れて身動きの取れない犠牲者達がどんな末路を辿るかは想像がつきそうなものですわ。彼らは、自分が普段意識もせずに踏み殺しているモノから大量に群がられても指一本動かせないんですのよ？」

「……、」

『媒介者』花露妖宴、本来はそこまでの性質なのか……？

「っと、白井！　これ!!」

「？」

　壁にプラスチックっぽいボードがあった。施設の簡単な見取り図だ。白井の言う『投棄所立坑』は建物の西側、外に面した一角らしい。壁全体にびっしり金属シャッターの表示がある。たくさんある収集車を並べて直接ゴミを落とす訳だから、まあ妥当と言えば妥当か。

「西の外壁側、次の十字路を左折すれば後は迷わないでしょうね。……つまり先を進む妖宴も迷わずゴールに辿り着く可能性が高そうですけれど」

「そんなに遠くはないけど、一応……」

　上条はポケットから取り出したおじいちゃんスマホを壁の見取り図に向け、手ブレの保険も兼ねて何枚か写真を撮っておく。放っておくと横からアリスが笑って割り込んできそうになるから大変だった。

　その時だった。

　ぼとっと、天井から何かが落ちて壁の見取り図が黒く滲んだ。一瞬、雨漏りか何かかと思った上条だが何かが違う。プラスチックのボードだ、液体が落ちても滲んだりはしないはず。

黒い染みはうぞうぞと動いていた。

そもそも液体ではなかった。

「こ」

上条は乾いて張りつく喉を無理に動かそうとして、失敗した。

代わりにアリスが明るい声を出した。

「コオロギさん！」

揃って視線を上にやる。通路の天井がぬめった光をウェーブさせた。気づいた途端、何万匹ものコオロギ達が一斉に薄い羽を振動させ、分厚い爆音を撒き散らした。

10

重たい金属音がいくつも重なり合っていた。焼却施設と言っても、あるのはベルトコンベアと焼却炉だけではない。そもそも燃えるゴミと燃えないゴミを仕分けるために、大きな塊を分解して厚紙の中から金属のピンを取り出したり、木板の表面から合成樹脂の塗料を浮かばせるための薬品や設備にも事欠かない。それらがまだ再利用可能かもう不可能かを判定する機械についても。そしてその全部が『媒介者』花露妖宴にとっては宝の山だ。

そんなけたたましい施設の中でも、その爆音は妖宴の耳までうっすらと届いてきた。

(……誰か、かかったわね。まあ聞こえたら聞こえたで私もまずいんだけど……)

某国の大使館でこんな話があった。ひどい眩暈や耳鳴りなど深刻な体調不良を訴えた職員は頭部の深刻なダメージが疑われた。おそらくは特殊な音波攻撃。大使館ではこれが作為的な攻撃だとしたら外交問題になるというウワサまで飛び交ったが……のちに、その国に棲息しているコオロギの合唱が原因という説が出てきた。

コオロギは薄羽を擦り合わせて鳴き声を発する。つまり危険な周波数さえ分かっていれば、薬品などで外から羽をわずかに歪めるだけで同じ現象は再現できる。何かと熱がこもるゴミ焼却施設は本来なら越冬できない生物の宝庫でもあった、というのも大きい。

(……隣接する不衛生なスラムの方とは太い鋼管で繋がったままだしね)

「さて」

妖宴はいくつも重ねて持ち上げていた段ボール箱を床にそっと下ろす。

(徹底抗戦は二五日に痛い目に遭ったし、かと言ってこの『媒介者』の性質は学園都市の『外』で受け入れてもらえるとも限らないのよねえ)

過愛と並んで歩いていた時は、こんな疑問は抱かなかった。世界の誰に憎まれても、二人で手を繋いでいれば何も怖くなかった。たとえ姉妹のお腹に発信機を埋めてでも。

でも、今は違う。

妖宴はちょっと拗ねたような顔で、小さな足で重ねた段ボール箱の側面を軽く蹴りつつ、

（……となると、三つ目。死んだふり作戦がベターかしら。大都市全域をパニックで包んで捜査能力が喪失している間に外壁を越えて『外』に逃げた……と思わせておいて、死体の山の中に紛れる。後は顔かIDでも書き換えて追跡を逃れれば良いわ。そうなると、死体の照合能力のキャパをパンクさせたいから、ざっと三〇万人以上の死人を出せば十分かしらね）

そこまで考えて、ふと、花露妖宴の動きが止まる。

多分これで正解だ。この方法なら妖宴一人でこの二九日を制圧できる。だけど自分は一体何がしたいんだろう？　と。

世間の動きなんてどうでも良かった。双子の片方と向き合ってタイムアタックをひたすら極めていれば満足できた。同じ服を着て同じものを食べるのも対等に条件を揃えるため。だけど双子の過愛は飽きて、自分からいなくなり、邪魔者扱いされた妖宴は一人ぼっちになった。

死ぬのは怖い、まして他人の手で理不尽に奪われるなんて真っ平だ。それは事実。だけど、では自分は生き残って何がしたいんだろう？　他者を蹴落とし命を奪ってまで、一体何が。

花露妖宴は過愛とは違う。妖宴は命と命のやり取りに遊びや気紛れは挟まない。恐怖や怒りで相手を縛るなどの目的があればパフォーマンスは繰り返すが、本質的に妖宴は機能と効率で害虫や害獣を操っている。

だけど数字の計算で正しい答えを導き出しても、万人に認めてもらえるかは話が別だ。

少女はいつでも最短の道を思いつき、最速で目的を叶える方法を考え、無駄な手順を省略するショートカットを実行して、そして一歩一歩階段を上っていく者達から眉をひそめられる。

どうして、そんな気持ち悪い事に没頭できるんだ、と。

そう言われるたびに、妖宴は激しく混乱する。気持ち良い悪いって何の話だ、そもそも険しい山を登って頂上まで到達するのが目的ではなかったのか？　揃いも揃って山の頂上に辿り着く体力も装備も計画性もないくせに、何できちんと準備を固めて誰よりも早く安全に頂上まで登り切ったこちらだけが山の下から一斉に糾弾されなくてはならない？

おかしい、変だ、嚙み合わない。

花露妖宴はただ一等賞になりたかったのに、成功したかったのに、褒めてほしかったのに、安全で便利な登山ルートはこちらにありますと教えたいだけなのに。

そのために時短と効率を極めているだけなのに。

だから、同じ条件でタイムアタックを競い合ってくれる過愛だけが己を磨いてくれたのに。

「……」

首をそっと横に振る。

そういう哲学は、生き残って安全圏まで逃げ延びた後にするべきだ。

負のギフテッドは改めて段ボール箱を開けて中にぎっしり詰まった薬の小箱に目をやる。

エタノールアミン型の作用対抗薬品。それも業務用。

アレルギー対策の薬だが、必要のない健康な人間が大量に使えば体の誤作動を促す。この世に絶対安全な薬なんて存在せず、毒と薬の境とはつまり容量と用法でしかないのだ。

（焼却施設から収集車、ゴミ捨て場、清掃ロボットまで逆流させていくんだから、コオロギとは違ってある程度寒さに強いタフな生き物に載せた方が望ましいわね。寒さへの耐久性があって、人を見ても恐れず、何より体表に薬品を載せてもダウンしない。花粉を運ぶのにも使えるものだとベスト。だとすると……）

ブン！　という低い唸（うな）りが小さな少女の耳をくすぐった。

花露妖宴（はなつゆようえん）は特に嫌悪感（けんおかん）もなく、ほっそりとした人差し指を立ててその先に銀色に鈍く輝く羽虫を留めると、片目を瞑（つむ）ってこう呟（つぶや）いた。

「……薬剤耐性のハエ、かしら」

11

ぎィィいいいいいいいいいいいいいいいいいいいいいいいいいいいいいいギギギぃぃぃぃぃイイイイイイイイイイイイイぎぎいぎぎぎいいギギぎぎぎぎぎぎいいいいいいいいいいいイイイイイイイイイイイイイイイイイイイイぃぃいィィィぎぎいいいいいいいいいいいい!!!!!!

自分で叫んだ声が聞こえないほどの高音の渦の中、上条（かみじょう）は目の前で白井黒子（しらいくろこ）がぐらりと横に傾くのを確かに見た。『空間移動（テレポート）』が使えなくなっているのだ。人工幽霊フリルサンド＃Ｇの攻撃にさらされている中でもギリギリで跳躍したはずの、あの白井黒子が。

数万匹のコオロギの合唱。単純なダメージだけなら幽霊以上の重さらしい。

「がっ……」

ずるりと上条の体が真下に崩れ落ちる。どうにもならない。ぼたぼたと天井からコオロギが降ってきたと思ったら、まるで黒い滝のように襲いかかってきた。噛むとか引っ掻くとかではなく、普段は決して感じる事のない『虫の重さ』に押し潰されていく自分を感じる。

そんな中、だ。

「よいしょ」

奇妙なくらい鮮明に、小さな少女の声を少年の鼓膜が受け取った。

絵本の少女、アリスだ。

この意識を揺さぶる爆音の中、全身を黒い虫にたかられながら、彼女は普段と全く同じ笑顔でこちらへ柔らかい両手を突っ込んできた。まるで雪崩に巻き込まれた犠牲者を助け出すようにずぼりと上条の上半身を引っこ抜くと、そのままずるずると引っ張っていく。

クリケットの防御も処刑人も出てこなかった。

アリスにとっては、万単位で群がられてもいちいち反感や嫌悪を感じない程度の話らしい。

今まではバットやボールをちゃんと使っていたのだ。毒ガスや呪いといった（鰓呼吸の魚の頭を水に押しつけて溺死させようと足掻くような場違い感で）効果が現れる気配が全くない内部ダメージと違い、マクロな外部ダメージであるコオロギそれ自体は柔らかい肌では弾き飛ばせない。腰まわりはスカートだし、両腕なんか半袖なのに。

「よいしょ、よいしょ。うーんっ、せんせい重たいですし。あははっ、やっぱり男の子は背中が大きいのですっ☆」

「……リス、ちょ……待———。白井……うなっ……ッ⁉」

「一度に二人は無理なので」

一〇メートルだろうか、二〇メートルだろうか。

アリスは黒光りする虫の大群をまるで気にせず、通路を後ろ向きに進んでかき分けていくと、別の作業部屋へ踏み込んだ。その一線を境に、ぴたりとコオロギが消失する。どう考えても自然な動きとは思えない。やっぱり目には見えない化学薬品や天敵の体液などで迷路でも作ってあるのだろう。

ギンギンと、今でも高周波は頭を揺さぶってくる。だがライブハウスの爆音を壁越しに耳にしているような、ややくぐもったものに置き換わっていた。

「かはっ！　あうあ……ッ‼」

「きゃはは。せんせいお口の中にコオロギさんが迷い込み中なのよ。ほら動いちゃダメですし、えいっ、取れたのです！」

起き上がる事もできないままのた打ち回る上条当麻の口に小さな指をねじ込み、思ったよりもデカい虫をぞるぞる引っ張り出すアリスの細い手首を、逆に掴み直す。

「たのむっ、白井のヤツも助けてやってくれ……。一刻も早く！」

「せんせいはどうするんですか？」

超人的にもほどがあるアリスから笑顔で言われて、上条は施設の奥へ視線を投げた。

「俺は、ここじゃ待っているだけで何も手伝えそうにない。だからこういうのが街中にばら撒かれるのを防ぐ方に向かう……」

「あっちの方が難易度高いですよ？」

「それでもだ。だったらなおさらお前や白井に押しつけられるか」

アリスはこくんと首を縦に振ると、頼んだ上条が心配になるくらい躊躇なく引き返す。というか、本当に小さな両手を広げて前へ倒れ込むように、笑顔で黒い虫の濁流へお腹から飛び込んでしまった。汚い、という言葉に対する反応そのものが上条達とはズレているのか。なんか泥遊びでもして思いっきり汚れる事を楽しむような、きゃっきゃはしゃぐ声が分厚い黒の向こうから聞こえてくる。どうやらアリス、本当に敵意も悪意もないらしい。

上条も上条で、施設の奥に向かって這いずる。

震える足を動かして身を起こし、ゆっくりとでも二本の足で歩き出す。

ツンツン頭の少年は目には見えないものを信じた。嫌な感じや得体の知れない圧を受け取ったら、遠回りしてでも素直にその部屋は迂回して先へ進む。実際にどれくらい意味があったかは不明だが、虫の大群に襲われる事はなかった。ひょっとしたら無色透明な化学薬品の匂いや室温・気圧の変化など、わずかな眩暈や頭痛の『原因』でも避けていたのかもしれない。

とにかく上条は、おじいちゃんスマホで撮った見取り図の最短コースからS字を描いて大幅に遠回りし、迷路を潜り抜け、そこへ辿り着いた。

施設西端、投棄所立坑。

横一列にずらりと並んだ外の収集車から集めたゴミを投げ込むための大穴だ。縦横は学校のプール以上、深さについてはここから見えるゴミ山の表面だけでも一〇メートル以上ある。

鋼鉄でできた崖の縁に、小さな影が見えた。

白衣の腰を医療用コルセットで締め上げ、頭の横にガスマスクを引っ掛けた黒髪の少女。

辺りには蓋の開いた段ボール箱がいくつもあり、身を屈めた少女は何か難しい顔をして試験管の液体を軽く振っていた。

もう準備段階に入っている。

「妖宴!!　頼む待ってくれッ!!」

「っ!?　……誰？」

屈んだままぎょっとしてこちらへ振り返る小さな悪女の声に、上条は妙な不条理を感じていた。それはまあそうか。『アリスの時』はカウントされないのだから、向こうからすればこれが初対面のはずだ。いきなり下の名前で呼ばれたらびっくりするかもしれない。

そして反則だろうが不条理だろうが、こっちはすでにヤツの情報を摑んでいる。

（……花露妖宴は『媒介者』。危険な微生物や化学薬品を都市型の害虫・害獣に載せて散布する事で狙った個人やエリアを正確に攻撃する使い手だ）

一度始まってしまえば、おそらく上条には妖宴を止められない。

『媒介者』は能力ではないのだ。つまり幻想殺しが通じないので、人工フェロモンや合成蜜に誘われて万単位で大量のグロ生物が集合したら、ツンツン頭なんぞ濁流で押し流されてしまう。

ただし、

（つまりどれだけ危険であっても、ヤツは直接毒をばら撒いたりはしない！　試験管の蜜を振り撒き、生き物を集め、毒物を載せて、標的を設定し、攻撃させるまででワンセット。意外とやる事が多い。花露妖宴はおっかないけど、でも、拳銃みたいな瞬発力はない！　ならあの子が動く前に懐へ突っ込めば十分勝てる‼）

「ッ‼」

だんっ‼　と上条当麻は正面から大きく踏み込む。

繰り返す、『媒介者』は能力ではない。つまり異形のテクノロジーを持っているだけで、妖宴自身は体重の軽い一〇歳前後の女の子でしかない。実際、両目を大きく見開いて原始的な暴力の前に足をすくませているのが分かる。上条側からすれば、無理して殴りかかる必要さえない。妖宴の攻撃手段は全部試験管に依存しているのだから、例えば体当たりで押し倒したり、両腕ごと外から胴体を強く締め上げて二つの手の動きを阻害させるだけで十分無力化できる。害虫だの有害物質だのさえなければ、妖宴自体はただの一〇歳の女の子だ。

逆に、この驚愕が解けたら上条側の勝算は消えてなくなる。

そうなったら学園都市はメチャクチャにされる。最も効率的に業務用の薬品がばら撒かれた場合、どれだけの人が倒れてネズミやゴキブリに齧られるか分かったものではない。

(だから、だからこの唯一にして絶対のチャンスをものにする……)

花露妖宴。確かに現実の彼女は規格外の悪女かもしれないけど、でも、選択肢次第では『アリスの時』みたいになるっていうのもきっと本当なのだ。彼女は最低でも最悪でもない。本人の好みの問題で自然と凶悪な方に傾きがちなだけで、何かの間違いでちょっとレールが切り替われば、それだけであんな風に笑ってくれる未来だってできるかもしれないのだ。

だったら、諦めない。

人様の人生を上条当麻は勝手に諦めない。たとえ、花露妖宴自身がそんな道がある事に全く気づいていなかったとしても!!

(俺はっ、お前の持ってるその力が人の命を救えるって事を知っているんだ……。それだけ分かれば、命の一つくらい賭けてみる理由になってくれる!!)

両手の間合いへ踏み込む。極端な身長差があると逆にこちらの腕の動きも限定されてしまうが、先読みされても構わない。ひとまず体ごとぶつかって、妖宴の両腕ごと外から細い腰を締め上げてホールド、無力化する。それだけ決めて自分の体重を一気に傾けていく。

その時だった。

びすっ!! と。

いきなり上条当麻の腹の真ん中に赤黒い穴が空いた。

12

「あら、あら、あら、あーららん☆」

(……いったん段ボールの山から遠ざけた上で確実に『媒介者』を捕獲させるつもりだったんですけど、跳弾が別の人間に当たっちゃった、か)

同じ敷地内で双眼鏡を覗き込みながら、黒い軍服の女はいちいち額に手をやったりはせず、自らの行いに客観的な判断を下す。

「……ふむ」

最優先は『媒介者』花露妖宴だ。ヤツ一人を手中に収めれば、この二九日は確実に制圧できる。逆にここでしくじれば妖宴は仕掛けを完遂させて盤面はメチャクチャになるだろう。

なので鉄装綴里は澱みなく無線機に囁いた。

逆の手で猛獣調教用の鉤付き棒を弄びながら、

「のどかちゃん、ゴー☆」

13

ごりごりと、上条の体の中で硬くて重たい異物感があった。

直前で手前にある無骨な金属の柱がオレンジ色に弾けたという事は、おそらく跳弾か。当然、花露妖宴が銃を持っている訳ではない。

（となると、別口がいる……ッ⁉）

跳弾は威力が減じる、という話はあるが、一方で潰れてギザギザになった弾丸が体にめり込んでくるので余計に危ないという説も聞いた事がある。

どうせどっちもあやふやなアクション映画知識、命を賭けたギャンブルの参考にならない。

かくんと、上条の視界全体が下に崩れそうになるが、

（跳ねて飛んだ弾がたまたま当たったんだとしたら、狙いは多分俺じゃない。このまま同じ場所に立っていたら……妖宴が銃でやられるっ！）

「んっ、ぶ、があ‼」

「きゃあ⁉」

もう血まみれの体を使うしかない。そのまま無理にでも前へ突っ込んで正面の妖宴を押し倒した。意外と悲鳴は可愛らしくて逆に上条は驚く。

ゴッ‼ と。

車両用の金属シャッターが外からぶち抜かれ、ノコギリよりも鈍くて危険なギザギザを見せる金属板が少年の頭のすぐ上を突っ切っていった。

そっちに目を向けても誰もいない。ぎっ、という軋んだ音が真上から響いてきた。

(銃じゃねえっ。あの一瞬で天井まで跳んで、学校のプールよりデカい立坑を越えてきた⁉)

確認している暇はなかった。

とてもではないが起き上がれそうにない。とにかく幼い妖宴の体を強く抱き寄せて横へゴロゴロと転がると、高い天井から何か黒い塊が流星のように落下してくる。

金属質の轟音が炸裂した。

ついさっきまで自分が転がっていた場所に、うずくまるようにして誰かが着地していた。猫の肉球みたいな形の分厚いメリケンサックで保護された拳を、よりにもよって鋼鉄の床面からゆっくりと引っこ抜いている。

見た目はエプロン姿の女子大生？　あるいはもっと上の若奥様？　長い栗色の髪を簡素なヘアゴムで縛って束ねた、年上の女の人だ。

しかし柔和で家庭的な見た目だからこそ、目の前で展開された規格外の暴力が信じられない。

ひとまず大人なので能力者ではなさそうだが、それなら学園都市の異形のテクノロジーか⁉

『アリスの時』に見た、ゴリゴリの楽丘豊富(らくおかほうふ)とは全く違う。その力の割に分厚い筋肉の鎧(よろい)で覆われている訳ではなく、あくまでも華奢(きゃしゃ)で柔らかいボディラインは保っている。

ボバッ‼　という不意打ちの爆発があった。

柔らかい女性のすぐ近く、おそらく追加で用意された作業用ライトだ。足元にあった発電機の燃料タンクに、先ほどのシャッターの金属片でも突き刺さったのかもしれない。

首を軽く振っただけだった。

ありえない事に、彼女は空気を引き裂く横殴りの破片の雨を難なくかわしていく。

ぎゅい、と小さなモーター音が響く。頭の上で蛍光カラーの三角形が二つ、こちらに向いた。

まるで猫の耳のような。

あれで爆破の前兆か、あるいは破片の雨が空気を裂く音でも正確に読み取ったのか。

(……猫？)

それで上条(かみじょう)もピンときた。

おそらく、しなやかさだ。薬品か何かで体内の腱(けん)や軟骨を変質させたのだろう、全身の関節の可動限界を人為的に作り替えているのだ。

道路脇の塀に登ったり部屋のドアノブを開けたりするところからも分かる通り、猫は身長の

四、五倍近い高さまで助走もなく垂直跳びできる。強靭な筋肉はもちろんだが、関節や軟骨などのしなやかさを武器しているところも大きい。それを人間大まで拡張できるのだとしたら、ありえる。高い天井まで一息に跳んで張りつき、学校のプールより大きな立坑を越えて再び落下してくる事くらい。

(ちょっと待て。ネコ科で一六〇センチ大って言ったら、ジャガー？　チーター？　……いいや……。冗談じゃないぞ、小ぶりなライオンレベルでヤバいんじゃないのかアレ⁉)

そしてあの速度に乗せて分厚いメリケンサックで強化した拳が振るわれたらどうなるか。はっきり言って、想像力が嫌な方向にしか働かない。いいや、彼女の上乗せはその一つに限った話なのか？

が、妖宴は妖宴で別の所で疑問が止まらないようだった。

白衣の懐から試験管を抜くのも忘れているようだ。小さな悪女は血まみれになった上条にのしかかられたまま幼げな両足をジタバタさせながら、

「ちょっと！　あなたさっきから何をしているの⁉」

「うる、せぇッ‼　かはっ、俺はとにかくお前を助けたい、い、い‼‼‼」

「？？？」

初対面の襲撃者からいきなり言われて妖宴は結構本気で目を白黒させているようだった。極限の悪女よりも一〇歳の女の子の部分が表に出てきている。

「あーっ、あっ、あーっ☆」

どこかから、さらに別の声が聞こえてきた。

三人目がいる。

「べ、ニ、ゾ、メ、ちゃ、ん。男はいらない、テキトーに撃って剝がしちゃってください」

「ッ!!」

（まずいっ、この子を巻き込む!!）

先ほどの跳弾の出処を理解した瞬間、上条はこれまで体の下で庇っていた妖宴をとっさに解放し、両手を使ってできるだけ遠くへ突き飛ばそうとした。

が、逆に小さな両腕で手前に抱き寄せられる。『媒介者』の親指が試験管のゴム栓を弾く。

ゴッ!!　と。

黒くて分厚い壁が立ち上った。それは恐るべき物量の虫が作る厚さメートル超えの壁だった。

熱くて鋭い擦過音がすぐそこを突き抜けたが、どうやら大量の障害物のおかげで弾道が歪んだらしい。感じとしては水族館にある巨大水槽越しに狙撃したようなものかもしれない。

血を流して呻きながら、まともに起き上がる事もできない上条は弱々しく尋ねていた。

「……何してる……？」

「知らないわよ!!　バカ！　変態ッッッ!!!!!!」

両目をぐるぐるさせながら花露妖宴が至近距離で嚙みついてきた。

どうやら凶暴な悪党から見ると、自分の頭では理解のできない小さな善性はヘンタイと判定されてしまうらしい。こういう所まで『アリスの時』とは微妙に違った。勇気を振り絞り、恐怖を振り切って、寿命を削ってでも小さな悪女を押し倒したのに一ミリも報われない。やっぱり現実は甘くなかった。

でも、だから楽しい。

重たく空気を引き裂く鈍い音が目の前で振り回された。

ボヒュッ!! というその一発で何万の命が散ったのだろうか。左右の手をメリケンサックで強化したエプロンの女性が己の拳だけで分厚い虫の壁を濡れた紙のように引き裂いたのだ。

これだけのテクノロジーを投入しても、視界を遮って逃げ出すだけの余裕も作れない。原始的な暴力の猛威が押し寄せてくる。

しかし、だ。

ゴッッッ!!!!!! と。

その瞬間、何が起きたのか上条には理解できなかった。

塔だ。肉の塔。

分厚い鋼鉄の床が破れ、何かが垂直に生えていた。それは筋肉の塊だった。掌を強く握り締めて拳の形を作り、上条の身長よりも巨大な腕を真っ直ぐ上に突き出していたのだ。

　めりめりめりみしみし!!　と。

　まるでアルミ箔のように鋼鉄の床をめくり上げて飛び出してきたのは、絵本の中の赤鬼みたいな化け物だった。ただし頭の所にだけ、逆に不自然なくらい貧相なバーコードメガネのおじさんヘッドがくっついている。

「何なのあれ……。ここにきて立て続けに筋力自慢とか、結局最後は筋肉と体のサイズが弱肉強食を決めるだなんて冗談じゃないわよ!!」

　虫の物量を力業のごり押しで突破できる存在は普通に怖いのか、妖宴が両手で上条の上着の胸元をちょこんと摑んでジタバタしながら叫ぶ。

「ら」

　ツンツン頭もまた、唖然としながら呟いていた。

「らくおか、ほうふ?」

　そう。

　そうだ。

　筋骨隆々とした巨大な背中を見ながらも、上条当麻には疑問があった。『アリスの時』でも解けない謎があったではないか。元アンチスキル=アグレッサー。囚人護送列車『オーバーハンティング』から逃げ出したという事は、あの男も『暗部』とかいう凶悪犯の一員なのだろう。

でも。だけど、だ。

そもそも根本的に、

（……『アリスの時』からそうだった。暴れているのは分かるけど、楽丘豊富は、何のために戦っているんだ？）

あそこでは、楽丘豊富は人工幽霊のフリルサンド#Gと取っ組み合いになっていた。きっと相性の問題から、純粋な物理攻撃の塊だった楽丘は幽霊に有効なダメージは与えられなかっただろうに、それでも構わず。

一刻も早く学園都市の外へ逃げ出そうとしていた訳ではないと思う。だったら襲われている上条達なんて放っておいて、一人でさっさと逃げ出してしまえば良かったはずだ。

かと言って、自分を捕まえた警備員や風紀委員に恨みがある訳でもなさそうだ。だとしたら楽丘豊富の最優先はフリルサンド#Gではなく、白井黒子に向かったはずではないか。

噛み合わない。そういう話じゃない。

（まさか、あいつ……）

ごくりと喉を鳴らす。放っておくと勝手に逃げ出して深い立坑に落ちていきそうな妖宴を強く抱き締めてじりじりと下がりながらも、

（今も警備員として自由に動く犯罪者を捕まえようとしているのかッッッ!!!???）

14

間違っていた。

自分のやった事は間違いなく失敗だった。

楽丘豊富(らくおかほうふ)は歯を食いしばる。

それでも、道を踏み外してでも、幸せになってほしい人がいた。だから血の海の中で呆然(ぼうぜん)と立ち尽くす妹の体を抱き締めて、家族みんなで相談して、楽丘豊富(らくおかほうふ)は悪質なストーカーの死体を潰して砕いて化学的に分解して、この世から完全に消し去ってみせると結論付けた。

本当の悲劇は、きっと才能があった事だろう。

いつでも何でも失敗してきたくせに、こんな時ばかり一発勝負で完全に成功させてしまった自分自身にあるのだろう。

でも、この思わぬ成功が巡り巡って亀裂を広げていったというのなら。再び家族の命を脅(おびや)かす巨大な大顎へと成長を遂げたというのであれば。そしてこの家族の問題が、他にも多くの学園都市の人々の命にまで関わってしまうのだとしたら。

その男は、自らの手で全てに決着をつける。

悪鬼になってでも。

この街の暗闇に君臨する悪意と直面するのはこれが初めてではない。故に、そのちっぽけな負け犬はこんな所で足をすくませる事などしない。

すでに、粘つく暗闇に対する免疫は完成していた。

「楽丘豊富。重要度は低いですね、近接は一人いれば良い」

どこかから、楽しげな声が聞こえた。

あの時と同じような、人を意のままに操って楽しもうとする悪魔の放つ、嘲りの声が。

「最優先は花露妖宴です。ベニゾメちゃん、回収に邪魔するようなら射殺して。のどかちゃんはそのままキープ☆　ただ突っ立っていればヤツは動きが固まるでしょうからね？」

灼熱の何かが音速以上の勢いで楽丘の上半身に突き刺さり、内部で炸裂した。鉛は潰れて花のように開き、強靭な筋肉のせいで貫通されなかった事がかえって災いをもたらす。

がくんと斜めに巨体が傾ぐ。

だからどうした。大切な家族がすぐそこで見ているのだ。

クラフト系で裏打ちされた打撃の暴力。殺傷力の塊。他の誰からどれだけ恐れられようが、兄から見ればいつまで経っても華奢で細い妹の体をそっと突き飛ばす。あの狙撃手は跳弾の行方まで正確に操るタイプではない。学校のプールより大きな投棄用立坑に放り込んでしまえば、角度的に外から撃ち込まれる狙撃用の弾丸を浴びる心配はなくなる。

そして自分の命より大切な家族を巻き込む心配さえなくなれば、もう遠慮はしない。

ゆっくりと体の向きを変える。

ごき、ごき、ばぎ、ごき、と楽丘豊富(らくおかほうふ)は血まみれの筋肉を一層膨らませていく。まだ肥大する。傷口から潰れた鉛弾が強引に吐き出された。

標的は一人。

黒い軍服で身を包んだメガネの女。アンチスキル＝ネゴシエーター。本来だったら凶悪犯を罰するのではなく、こんな風になる前に身近な相談者として罪の発生を止められる人物にならなければいけなかったはずの誰か。

正面から、だ。

そうなれなかった愚かな大人同士の視線がかち合う。

鉄装綴里(てつそうつづり)は右手を軽く振った。おそらく遠方からの狙撃がやってくるだろうが、気にしない。こちらの筋力は重量挙げ換算で七〇トン超。分厚い筋肉の壁が貫かれて主要な内臓が機能を停止する前に、ヤツを一発殴れば悲劇の源泉は一切の力を失う。

「お」

一歩。

踏み込んで、そこから爆発的に楽丘豊富(らくおかほうふ)は駆けた。

「おおおおおおおおおおおおおおおおおおおおおおおおおおおおおおおおおおおおおおお

おおお!!!!!!」

最低の人生だった。

何もできずに四〇の壁なんかしれっと越えてしまったし、今じゃ無職の犯罪者だし、妹に先に結婚されて家庭を持たれてしまったし、ていうか根本的に未だに童貞なんだけど。

……それでもまだ、家族が胸を張ってくれるような何かが一つくらいはあるでしょうか？

15

『ふん……』

そして敷地（しきち）全域（ぜんいき）を見渡せる鉄塔の上で、低い人工音声が響いていた。

葉巻の炎が小さく上下に揺れる。

かつて地の底でその存在を否定したはずの、ロマンを愛するゴールデンレトリバーだった。

『やればできるじゃないか、お兄ちゃん』

16

壮絶な激突音が金属シャッターをみしみしと震わせた瞬間、上条は血まみれの手で暴れる花露妖宴の小さな体を抱き抱えて近くにあった作業車、屋内用のホイールローダーの裏へと転がり込んだ。ただの高校生にはプロの狙撃手の位置なんて読み解けないし、ランダムに飛び回る跳弾の恐れもあるので安全の確認などできないが、それでも何もしないよりはマシだ。

楽丘豊富と鉄装綴里。

普通に考えれば三メートル超の筋肉塊と華奢な女性が正面衝突したらどっちが勝つかなんて分かりそうなものだが、予想に反して決着がつかない。

みしみし、みりみり、と。

受け止めた。何かが軋むような重たい音と共に、状況が拮抗してしまう。

(アンチスキル＝ネゴシエーター。ちくしょう、あの女も『何か』を使ってる。やっぱり場当たり的な乱入に喜んでるだけじゃ生き残れないか!!)

あんなのに横から遠距離狙撃まで加わったら楽丘豊富は助からない。警備員でありながら犯罪に手を染めた凶悪犯。だけど、自分達を逃がすために矢面に立ってくれたのは事実なのだ。

白井やアリスはいない。上条の右手では鉛弾を打ち消せない。そうなると今頼りになるのは一人しかいなかった。上条当麻(かみじょうとうま)は己の腕の中へ声をかける。

不測の事態がいくら起きても、決して見捨てる事のなかった小さな悪女を。

「妖宴(ようえん)っ」

「な、なによ?」

「……お前の力を借りたい。『媒介者』として使える戦力はどれだけ残っている？　通路の方を埋め尽くしていたコオロギの大群とかこっちに引っ張り出せないのか⁉　なあ、なあってば！　ねえねえ、お願いですからあ‼」

「すっ、すぐ抱き着くわいきなり下の名前で呼び捨てだわ、何でさっきから一貫して馴(な)れ馴(な)れしいのよあなた⁉　私が薬の調合に失敗して変なガスでも浴びて記憶喪失になったのでなければ、どう考えても私とあなたは初対面よね⁉」

「い・い・か・ら・は・や・く・し・ろ‼」

もうがっくんがっくん少女の襟首を両手で摑(つか)んで前後に揺さぶりながら、

「こっちはお前の腕に頼るしかないんだよッ‼　俺達のために戦ってくれたあの人を死なせたくない、お前の『媒介者』があればそれができる。だから頼むよ、お願いだ‼　この通りだからっ、アンタにしかできないその裏技で俺達を助けてくれ‼‼‼」

「……、」

ぽかんと、だった。

しばしの間、花露妖宴は瞬きも止めて頭の中でその言葉を反芻しているようだった。

何がなんだかサッパリだが、どうやらこの小さな悪女にとって、自分の力が普通の人から頼りにされる機会はよっぽどおかしな事らしい。

「ハッ」

ややあって、だ。

何かを吹っ切るように『媒介者』は笑った。懐から取り出した業者向けの薬品をまとめて掌で握り潰すと、粉末状になったそれをゴミ投棄用の立坑に向けて放り投げる。副作用で眠りを誘発する作用対抗薬品だったか。おそらくまともに浴びた楽丘のどかはあれでダウンだ。

それからギャリン!!　とガラス同士をぶつける甲高い音と共に、白衣の中からカラフルな液体の入った試験管を複数取り出す。

「……後悔するわよ、あなた？」

取り出されるのは音響兵器と化した大量のコオロギか、殺人的な毒を持つハチや蜘蛛の大群か、あるいはもっと凶悪な、高校生には想像もつかないような何かか。

ばぎ、ぼぎ、ごき、という鈍い音が連続した。

手持ちの試験管に隠し味でも加えたいのか、妖宴はいきなり近くの鋼管を破って白い蒸気を飛び出させたのだ。……それも刃物を突き立てるとかではなく、自分の歯で。

「なに？　『ハンドカフス』の時に歯は溶けちゃってね。口の中なんて全部自力で合成した非金属系のインプラントに置き換えているけれど？　飛行機のボディとかに使っているヤツ」

拘束中に何をどうしたらそんな新装備を体に仕込めるのだ。……使えるのは薬品だけ、なんてレベルじゃない。

ついうっかり上条が体当たりしてダウンさせようとしたら、そのまま胸板や肩くらい噛み千切られていたのではないか。

結局不発に終わったが、しかし上条当麻は自分で『媒介者』をこう看破していなかったか？

『媒介者』は確かに強力だ。薬品を使って都市型の害虫や害獣を自在に操り、尖り切った微生物や化学兵器をピンポイントで標的へ送り込むその力は、一度始まってしまえば誰にも手に負えない。だけど一方で、その方法だと拳銃ほどの瞬発力はない、と。

「ベニゾメちゃん」

その声の方が、一瞬だけ早かった。

筋肉塊と取っ組み合いをしたまま、鉄装綴里がこう囁いたのだ。

「最優先は花露妖宴ですけど、手に入らないならもういらない。他のプレイヤーの駒になる前にさっさと始末してください」

「ッ!?　妖宴!!」

自問する。間もなく正確に迫りくる弾丸に対して何がしたかったのだろう。ろくに起き上がる事もできず、右手の幻想殺しなんて通じるはずもないのに。

構わず、とっさに飛び出していた。

だけど時間そのものが歪んだように、体の動きは遅く、すぐそこにいるはずの妖宴までの距離が遠い。

ただ。

そういえば、上条当麻には疑問があった。

アンチスキル＝アグレッサーの楽丘豊富がこの場にやってきた理由は分かった。でも彼はどうして地下から床を突き破って現れたのだろう？

何か意味のある行動だとしたら、それは具体的に何だ？

答えがあった。

びゅるん!!　と地下から大量の液体が噴き出した。

肌と同じ色をしたシロップは花露妖宴を囲むと、分厚い液体の壁で弾丸を止めたのだ。

肌。

皮膚。

他にもイメージできるものは色々あるだろうに、その白っぽいクリーム色を見て、何故上条当麻はとっさにそんな不気味な言葉を思い浮かべたのだろう？

答えは決まっていた。

あまりに似ていたのだ。呆然としている小さな悪女、花露妖宴の肌の色と。

「……か？」

『にっひっひっひっひ』

周囲で渦巻く液体は重力を無視して盛り上がると、やがて溶けた蠟のようなシルエットを作り出す。細部が整えられていくと、それは花露妖宴そのものになった。

いいや違う。

潰れたライフル弾を小さな指で弄んでいるのは、もう一人の少女だ。

『下水に溶けて思う存分この街の汚れを浴びていたんだけど、やっぱりダメね。人間って生き物は環境に慣れる。でもって日本人の精神は三日連続カレーライスに耐えられる構造になってないもん。うーん、体を溶かす前に神秘のカレー大国インドでしっかりと修行を積んでおくべきだったかなあ？』

「過愛⁉ ……あなた、過愛なの？」

『妖宴、あなたのべったり依存には正直言ってうんざりだった。髪も服も双子は常にはワンセットであるべきーなんて考えは退屈の極みで、私はさっさと一人で自由になりたかったんだもん。でも気づいたの、本当に本当の街の汚点は一番近くにあったんだって！ ハロー、青い鳥‼ 私の穢れ‼‼‼ 超エグいのが見たいなっ、この花露過愛が裸足で逃げていくほど最低で最悪な花露妖宴を。そうしたら、あなたの敵と遊んでアゲル☆』

『媒介者』妖宴は俯いた。

そして小さく笑った。

「ふ」

悪意満点で救いようがなく、温かい家庭とは対極にあるギスギスした空気。でも、だけど、こんな関係がどこまでも自分達らしい。小さな悪女はそう思う。

決して善人にはなれないけれど。

それでも決定的な何かを補完した花露妖宴は、改めて試験管の液体を床に垂らす。

「ふん、ふん、ふん、ふふん」

『ふん、ふん、ふん、ふふん』

びゅるん!! と。水の精霊と呼ぶにはおぞましい。自在に形を崩して周囲で渦を巻く少女を従えて、再び悪を極めた双子がこの街の暗闇へ一歩踏み出していく。

「さあ、制裁はミナゴロシで良いかしら?」

『さあ、制裁はミナゴロシで良いかしら?』

やはり暗闇の方が合っている。

だから少女達は禁忌の技術を携えて、自らの足で自由を切り開く。

17

まずいな、と冷静に鉄装綴里は判断していた。

単に楽丘豊富を殴り倒せば済む話ではなくなってきた。いつの間にか知らない駒が混ざり、しかも手持ちがかなり減っている。一番まずい点は、過愛・妖宴の双子ペアが未知数過ぎる事だ。一般人の少年の意を汲んで事件解決に向かうならいっそ放置して犯罪者同士の共食いを『待つ』のもありだが、本来の凶暴性を取り戻した場合はその『待ち』が致命傷になりかねない。

アンチスキル＝ネゴシエーターの戦術は基本的に駒の取り合いだ。

自分自身も盤の上に投げ込んでいる点を除けば将棋に似ているかもしれない。

そしてどれだけ異質であっても彼女の本質は警備員。つまり個人としての圧倒的な力ではなく、集団による圧殺を重視する。鉄装自身のスペックなどどうでも良い。

「あん」

『あん』

ぼごり!!　という沼から巨大なガスの泡が浮かんで弾けるような音があった。

違う。妖宴を囲み、弓のようにしなるクリーム色の粘液から何かが膨らんで弾けたのだ。

「どぅ♪」

『どぅ♪』

そしてすでに鉄装は自分で答えを言っている。巨大なガスの泡、と。

「とろわ☆」

『とろわ☆』

「っ⁉　ちいっ‼」

静電気一つで大爆発が巻き起こる。またイカれた微生物を使ってそこらの生ゴミでも急速に石油化したのか。しかもそれはただの無秩序なガス爆発ではなく明確な指向性を持ち、いくつかの鋭い鉄片を狙撃のような勢いで正確に飛ばしてくるときた。もちろん『分解者』と『媒介者』の合作だ、鏃にどんな『矢毒』が塗ってあるかは想像もつかない。

必要な数の駒が揃わないなら、迷わず撤退の一手に尽きる。

「しっ‼」

目の前にいる楽丘豊富の膝を鋭いヒールで蹴って己の盾とし、鉄装綴里は一転して出口を目指す。二発、三発と空気を裂いて飛来する飛び道具……では終わらないだろう。

「チッ。もうちょい創意工夫で威力を底上げしたいわね」

『へい、へい、へい。キャビア缶とか面白そうなの持っているじゃない。それ貸してー☆』

ひいやめてそれはアリスが取ってくれた景品のーっ！　という場違いな叫びがあった。

っ？　と鉄装が思わず身をひねった瞬間だった。

ボバッッッ‼‼‼　と、これまでとはケタの違う衝撃が真後ろから襲いかかってきた。とっさに首を倒すが、頬に鋭い擦過が走るのを止められない。

腐ったガスで缶詰を内側から膨らませ、爆発させた。

さっきの一撃は変形した缶詰の蓋だ。それ自体はギリギリでかわしたが、散弾のように撒き散らされたキャビアの粒がまともに皮膚を突き破るのが分かる。針のない麻酔弾のように。

(まず、傷口から入ってきて魚卵の粒が弾けた⁉)

まともに動くのは狙撃手のベニゾメ＝ゼリーフィッシュのみ。楽丘のどかは副作用で強い眠気を誘発する法人仕様の作用対抗薬品で半ばリタイア、しかも楽丘豊富、過愛、妖宴と異形の『暗部』が同じ空間にひしめき始めている。

仕切り直しだ。

何かしらの微生物や化学物質が急激に体内を回っているのだろう。この世に万能薬は存在しない以上、具体的な種類が分からなければ根本的な除去はできない。メガネの女性はぐらぐらする視界を意思の力で必死に抑え、駒を動かすためのコントローラ、無線機を取り出す。

(所詮は人格破綻者の『暗部』ども。今は何かの流行みたいに一つの方向を見ているようですけど、その分冷めるのも早い。何だったら内部で混乱を起こして共食いさせれば……ッ‼)

「くそがっ⁉　のどかちゃん、それからベニゾメもお！　さっさと支援しないと『舌禍抜取』でその舌引っこ抜……ッ‼」

歯噛(はが)みして通用口から建物の外に飛び出した瞬間だった。

ザンギンっ!!　と。


垂直に、ギロチンの刃でも降ってきたのかと思った。

とっさに鉄装綴里(てっそうつづり)が横に転がっていなければ実際同じ効果を生み出していたかもしれない。鉄装(てっそう)ほどの瞬発力がなければ、気づいていても首を落とされていただろう。

それは盾だった。

警備員(アンチスキル)が暴徒鎮圧の際に構えて使う、透明な盾だ。

外したのではない、と遅れて気づく。凶悪犯どもを縛り上げる『舌禍抜取(フイッシングタン)』。単四電池くらいの小さなローラーに命令を送る無線機がバラバラに砕けて宙を舞っていた。

難敵への致命傷より先に、まず命を握られた人々を速やかに解放する。

そのためなら奇襲で倒すチャンスを自分から放り捨て、敵から一撃をもらうリスクが発生しても一向に構わない。

「な……」

知っている。

鉄装綴里(てっそうつづり)は、特に暴徒鎮圧用の盾を専門に扱う警備員(アンチスキル)を良く知っている。相手が暴走能力者であっても子供に銃を向ける事を嫌い、武器よりも防具の扱いに長けた第一線の警備員を。

「よみかわ、先輩……？　どうやって」

ごりりりり、と。

盾の下端、その角で地面を擦りながら、その女性は低い声でこう返してきた。あれだけ『オペレーションネーム・ハンドカフス』で粘つく闇を浴びておきながら、それでも決してスタンスを変えなかった警備員の声で。

「……どうして私がここに来たのか、説明しないと納得できないじゃん？」

そこではない。

どうしてなんて陳腐な話ではなく、どうやって、という具体的な話をしている。

何故、ここに彼女がいる？

そもそも第七学区で活動する警備員の黄泉川愛穂が、たまたまの偶然で第一〇学区のゴミ焼却施設まで顔を出すとは思えない。つまり誰かが足りない部分を補った。では具体的に誰が。

「べ……」

思い至って、鉄装綴里は状況を無視して歯噛みしていた。

「ベニゾメ＝ゼリーフィッシュ!!　このスクープジャンキーがあ!?」

18

前に、彼女はこう洩らしていた。

『……やめてよね。私には善悪どっちに転ぶか選ぶ資格もない訳？』

そうなのだろう。それで全然構わない。

赤いチャイナドレスにテンガロンハットの美女の判断基準は、そもそも善悪ではない。

近場で調達して床に広げている『レッドタウン』の炒飯サンドイッチやバナナ春巻きなんかを寝そべりながら適当に摘みつつ、だ。

「あは☆」

蕩けるような笑みを浮かべて彼女は得物を摑み直す。スナイパーライフルはあくまでも、状況を作るためのお膳立てでしかない。

本当の武器は一眼レフで良い。

この一枚が撮れるなら、脱走のチャンスなんかふいにしたって一向に構わない。

下顎？　決定的な瞬間を得るためなら、たとえ今ここで吹っ飛ばす事になったって。

「知らないのお？　獄中でも執筆活動ってできるのよ」

19

ヒュン、と空気を切り裂く音があった。

黒い軍服に身を包む鉄装綴里が腰の横から抜いたのは、丸めて束にした一本鞭だった。

スタンガン、催涙スプレー、LEDストロボ、球体状の無線スピーカー。これに限らず、鉄装の装備は自然公園やサーカスなど、大型の動物を従わせる道具で集中的に固めている。

全ては凶悪犯を従えて、意のままに操り、最大効率で牙を折るために。

そうやって少しでも無秩序に広がる犠牲を抑え込むために。

しかしそれを見た黄泉川愛穂は小さく息を吐いただけだった。

そして一言で看破した。

「……磁力式浸透圧細胞膜操作。イオンチャンネルやナトリウムポンプの制御までいじっているとしたら、筋肉への命令信号そのものに手を加えて過剰運動でも出力できるのか？　となるとそれも、新しい意味でのサイボーグなのかもしれないじゃん。何も金属を使って筋肉や骨格を換装するだけがサイボーグではない訳だし」

「……、」

図星だった。

どれだけ強力な武器で身を固めたところで、そもそも地力がなければ当たらない。直撃させても有効なダメージを与えられない。よって、この街の悪意と向き合うためにはまず自分の弱さそのものを否定していくしかない。

人間を辞める覚悟でもない限り、自分の意思では選択肢を選べない。

「鉄装。お前は、『暗部』が憎いか？」

「ええ」

盾の女を見据えて、鞭の女は硬質に頷いた。

躊躇なく、告げる。

「私は暗闇に落ちていく人達を何があっても絶対に助けたい。この街の子供達を預かる一人の警備員としてそこに迷いがあるとでも思っているんですか、先輩」

黄泉川愛穂と鉄装綴里。

二人の警備員の視線が正面からかち合う。

目を逸らす事なく睨みつけるだけの理由くらい、彼女も持っている。

肩のベルトにある上下逆さにしたエンブレム。だが必ずしも悪い意味とは限らない。世の中には自分が掲げるのは恐れ多いから、十字架を逆さにしてほしいと頼んだ聖者もいた。

「……人間は、壊れる。一度でも悪と呼ばれた人達はたとえ幼い子供であっても、黙っていれば勝手にぶつかり合って消耗して致命的な傷を自らに刻みつけていく。一二月二五日。あの『オペレーションネーム・ハンドカフス』を間近で見てきた者なら誰でもそう考えるはずです」

つまり、この街にはあらかじめ自浄作用が設けられている。

悪党は悪党が殺す。

まるでコップに汚水をなみなみと注いだように、そこには奇妙なバランスが存在する。善なる側が無理して飛び込まない限り、そのコップの中身が外に溢れる事もない。

だから多くの人々は、すぐそこで苦しんでいる孤立者を横目で眺めて素通りしていく。

それを外から強引に洗い流そうとした最大の衝撃が、つまり『ハンドカフス』だったのだろう。浄水器も塩素のタブレットも逆効果にしかならなかったが。

「ええ、ええ。自分から悪党なんて名乗って暴力を好み、瞬間瞬間の利益や快楽のためだけに命を投げる彼らからすれば、あるいは笑って受け入れるかもしれません。そんな破滅的な生き方を。だけど、私はどうしてもそれを右から左へ流しておく事ができなかった。子供を守る先生になりたい。そう誓いながらも、叶える事ができなかった多くの先輩達と同じくです」

「鉄装」

「だから」

アンチスキル＝ネゴシエーター。そもそも悪との対話から再出発した誰かは、たとえ自分がどんな手を使おうとも悪党どもに対してこの一言だけは決して使うまいと決めていたのだ。

理解不能、という万能にして最低を極めたカードだけは。

彼らを人間として扱うところから自分を組み立て直した。そうしていつも弱気で、屈強な先輩の背中に隠れていたまだ経験の浅い警備員（アンチスキル）は、誰かを庇（かば）うためついに矢面へ立った。

「誰かが『管理』をしないといけない。悪の上限を定め、暴力の矛先を導いて、この街のために還元する。そうやって居場所を確保する、この力は否定されないんだという実感を与える。そして同時に、度が過ぎればどうなるかをこちらから提示すれば、彼らは自分の立ち位置を見つけて己を律する事ができるようになるはずなんです。絶対に」

登下校の際に、決められた通学路を守れない子供がいる。学食で、列に並んでいられない生徒がいる。規格外の『暗部』なんて呼ばれているが、教師としての目で改めて見てみれば度合いの上下はあっても馴染（なじ）みのある人物像に過ぎない。そして事が学校外であれば、今の教育現場ではすでに捨て去られた野蛮な解決法がまかり通る。

やがて、黄泉川愛穂（よみかわあいほ）はぽつりと呟（つぶや）いた。

「……『怖い先生』か」

「はい。今は苦汁を舐（な）めるかもしれない。いくらでも私を恨めば良い。だけどいつの日か、こんな過去を笑って話せる時も来ます。そのチャンスすらなく今この瞬間に死亡させてしまうよりは、はるかにまともな道のはずです。絶対。たとえギリギリの死（し）の淵（ふち）まで追い詰めてでも、心臓なんか一分以上止めてしまってでも」

「でもそれは、楽丘のどかさんには関係のない話じゃん」

「あれ？　気づいていないんですか。彼女がずーっと昔に何をやったのか……については、まあ捜査機関の立場から語るのはアンフェアかもしれませんね。少なくとも立証不能な状況は完璧に出来上がってしまっている訳ですし」

鉄装綴里はこの程度では揺るがない。凶悪犯の極彩色を知ったくらいで彼らの存在を封殺したりはしない。蓋をして、暗闇などでは覆わない。

自ら傷だらけになり、未来すら捨てようとする人達がどうしても許せない。

それだけ考えて、己の身も心も徹底的に改造してきたのだから。

「犯罪加害者やその家族の救済も私達の仕事ですよ？　社会への貢献を促し、その功績によって不当な排斥を跳ねのけるだけの客観的根拠を構築・提供する。少なくとも、私の『脅迫』を一枚嚙ませればそれだけで憎い加害関係者から可哀想な被害者へ立場をシフトできます。さらに、自分達が関わる事件以上に凶悪な犯人を捕まえられればお茶の間やネットの暇人は完全に黙らせられる。私の件に限らず、例えば司法取引だってそういうものでしょう？」

「そうか」

黄泉川愛穂からは、それだけだった。

「なら、上条当麻は？」

「……、」

「ただの一般人だよな。あの子については、凶悪犯でもその関係者でもないはずじゃんか」

ここだけは、鉄装綴里は答えられなかった。

黄泉川はそっと首を横に振る。

しかし容赦はしなかった。

「答えられないなら、やっぱりお前は間違っているよ」

鉄装綴里がそうであるように、黄泉川もまた言葉を浴びせられたくらいでは揺るがない。

その程度の気持ちで人の命を預かろうとは思わない。

「お前がそんな道を選んだのは、きっと『暗部』を羨んだからじゃんよ。お前が地獄と化した第七学区の詰め所で学んだのはただ一つ。それは被害者を減らすための新たな戦術の構築でも、加害者を減らすための価値観の切り替えでもない。……弱肉強食への、一方的に命を刈り取って回る側への、単なる憧れじゃん」

鉄装綴里は特に頷かなかった。どうでも良い事だった。どんな手段を使ってでも、この街とそこで暮らす人達を守る。そう考えた時点で彼女もまた暗闇に囚われていたのかもしれない。

「だとしたら、何ですか？」

「……、」

「それでも私は、この学園都市を守る。彼らは若く、有能で、そして反省をしない。だからいつか檻から出てきて再び事件を起こす。そして目的さえ定めれば自己の破壊すら気に留めない。悪事を好む性質もまた一つの個性である以上そう簡単に人格を無視した善人になんかなれない、それは理系の人間を教育して文系へ作り替えるように辛く困難な道です。できないまま刑期を終えて外に叩き出されてしまう人間の方が圧倒的に多い。そんな彼らの未来の殺人と破滅を防げるのであれば、悪との付き合い方を教えていけるのであれば、私は何だってやってやります。たとえ自作自演の事件で仮初めの力を拡張したって」

「だから暗がりで怪しい人物をつけ回して、怪しいってだけで背後から忍び寄ってその辺の木の棒で頭でもぶん殴って首輪をつけるのか？　誘拐や監禁の要件は鍵のかかる部屋の中に人を放り込むだけとは限らないじゃん。自らの意思で離脱不能な環境を作り上げた時点で、お前はすでに道から外れている。ルールのない正義はただの暴力じゃんか。私には、お前の方こそ未来の殺人者とやらに見えるよ」

分かり合う必要なんかなかった。全ての人から賛同を得られるなんてそんな甘い考えを持っていたら、行動を起こす前に尊敬する先輩も誘っている。そして事前に叩き潰されていた。鉄装綴里(てっそうつづり)は、人の命や人生を救うための犯罪者にすらなれずに腐っていたはずだ。

最後は一対一。

アンチスキル＝ネゴシエーターの戦術からは大きく離れるが、ここからだ。

破綻しても良い。ここで黄泉川愛穂が獲れれば、戦況は劇的に改善する。たとえ道理から外れていようが、それはきっと多くの人を助ける力となる。

「……黄泉川先輩。あなたには、何も変えられません」

「だとしたら？　お前が眩しく見えるとは思わないじゃんよ」


合図なんかなかった。

ただ、どちらともなく一歩前に出た。

ビュバン!!　と、そこから一気に空気が引き裂かれた。

ほとんど居合抜きに近かった。

鉄装の手元から最大威力なら一撃で象を削り殺すほど凶悪な一本鞭が唸り、しかし黄泉川の盾が真下に振り下ろされて地面との間に噛まれて千切られる。

「黄泉川先輩!!」

「武器破壊くらいで終わると思っていないだろうな、これだけ派手にやらかしておいて!!」

躊躇なく鉄装綴里は鞭のグリップを放り捨て、腰から猛獣調教用の鉤付き棒を抜く。

しかしそちらに注目を寄せている間に、逆の手で取り出すＬＥＤストロボが本命だ。前にかざして激しい閃光を連射しながら一気に距離を詰めていく。

黄泉川の盾とまともに衝突する。

途端に鉄装は仰け反り、鉤付き棒は真ん中からへし折られていた。盾はスコップに似ていて、縁や角など力の集中する場所を使って的確に打撃すれば致命傷をもたらす武器に化ける。

だからこそ、鉄装は笑っていた。

(本来なら今の一撃で私くらい殺していたでしょうに‼)

やはり効果がある。

最大で一〇〇万カンデラ。スタングレネードに匹敵する閃光の連続。

黄泉川の持っている盾は、透明な樹脂製だ。本来なら盾で身を守りながら視界を広く確保するためのものだが、逆に言えば閃光から目は守れない。目潰しを避けるためには黄泉川は顔を背ける以外に手がないのだ。それは確実に自由を奪う。

(さようなら、先輩)

LEDストロボをかざしたまま、折れた鉤付き棒のグリップを横に放り捨てる。莫大な白で視覚を潰している以上、音の異変には絶対食いつく。

人を傷つけるという行為への躊躇は、悪党を理解すると努めた時にもう捨てた。

(その大きな盾は私にとっても武器になります! 片手持ちの一点保持はもちろん、両手持ちの二点保持でも軸は一本。筋肉はブースト済み。体重をかけて思い切り靴底で蹴飛ばすだけで、ドアで叩くようにしてあなたの額くらい強打できる……ッ‼)

そこで予想外の事が起きた。

黄泉川愛穂がわずかに透明な盾の角度を変えたのだ。

闇に包まれた廃屋を捜索する際、絶対にやってはいけない事がある。目潰しにも使える強力なライトの点灯は自分の居場所を敵に教えてしまうため、点けっ放しでの移動は厳禁。一瞬だけ点灯してすぐに消し、頭に焼きついた映像を基に屋内を移動していく事。またこの時、決して窓や金属パーツを正面から照らしてはならない、という事だ。何故か？

鏡のように反射した場合、自分で浴びせたライトに視力を奪われるからだ。

「があぁっ⁉」

「まあ妥当だな。お前とどれだけ組んでいたと思っている？　距離を取って鞭を振るうだけじゃ私は倒せないと思ったお前は、絶対に接近して私の地力を奪いに来る。私はただ、失敗の体験を払拭して一刻も早く緊張を解こうとするお前を罠にかければ良いじゃんよ」

その声は、氷のように冷たかった。

黄泉川愛穂は違う。悪なる心を認めて迎合するような精神は組み上げていない。にも拘らず、完全な善玉から暴力のリミッターを切る異質な何かを獲得している。それはきっと、『ハンドカフス』の悪党どもよりよっぽどいびつな『怪物』なのだ。

命を守る、生徒を守る、この街を守る。そのためならば一言の言い訳すら必要なく。

「っ‼」

背筋の悪寒に呑まれるな。

目を潰されたくらいで怯むな。反射光目がけて足を強く突き出すだけで盾を強打できるのだ。そうすれば、黄泉川は自分を守ってくれるはずの防具で打撃される。

それで始末できるとは思えない。

よって、LEDストロボとは逆の手で警棒状のスタンガンを抜く。

確実に確実を重ねる。

「おおおおぉああああああ!!」

「ちなみに」

がづんという靴底の重たい感触がそのまますっぽ抜けた。盾を手前に引いて受け流したにしても軽く過ぎる。緊張し、焦りを抑え込む鉄装綴里の耳に黄泉川の声が刺さる。

「盾は手で持って使うだけでなく、地面に刺しても保持できる。つまり手放ししても良いじゃんか」

「ッ!?」

逃げられた。だが黄泉川が盾を捨てたのなら無防備なはず。強烈な光の残像がちらつく中、とにかく鉄装綴里は警棒状のスタンガンのスイッチを親指で押し上げる。

ばぢんっ!! という鈍い音と共に、崩れ落ちていくのは鉄装綴里の方だった。

ブーストされた筋肉の不規則な動きか、高圧電流のせいか、黒いストッキングがひとりでに裂けていくのが感触で分かる。

呆れたような声が飛んでくる。

「そしてスタンガン、特に側面から放電する警棒タイプは液体と相性が悪い。スプリンクラー、霧、そして掌の汗。追い詰められればどこかのタイミングで抜くとは思っていたじゃんよ。私は適当に翻弄して、お前を焦らせるだけで良かった。鉄装、いくら悪ぶったところで気弱な性根は変わらなかったじゃん」

そうだ。

黄泉川愛穂の言う通りなのだろう。

ぐっしょりと濡れた己の掌、心の醜さに歯噛みしながら、鉄装は素直に思う。

どこまでいっても自分は経験の浅い警備員で、どれだけ考え方を変えて新しい自分を組み上げたり異質な才能を持った駒をかき集めたりしても、土台の部分で勝てない。警備員と警備員の正面衝突であれば、より強靭で豊富な経験を積み重ねた黄泉川愛穂には勝てないのだろう。

ここまでなら。

だけど鉄装綴里は、『怖い先生』になると決めたのだ。

たとえ誰に恨まれてでも、子供達が開く同窓会には絶対呼ばれないような大人になってでも、それでも必ずその全員に未来への道を残す。犯罪加害者やその家族というだけで石を投げられるような理不尽から人を救ってみせる。だって、『暗部』という地獄で散々見てきた。無実の人々が一方的に殺戮されるだけでなく、そうした技術にすがらなければ生きてはいけない子供達を。だから、善も悪もない。事件に関わってしまった全ての人々に、生きていれば良い事は必ずやってくると教える。あの救いのない『ハンドカフス』を目の当たりにした時、そんな先生になると己に誓ったのだ!!

己の命を粗末にする悪党なんか、認めてたまるか。

自分だけ斜に構えれば満足して死んでいけるようなふざけた生き様を否定する最後のチャンスだ。だから『順当なダメージ』なんかで諦めて、こんな所で倒れていられるか!!!!!!

「がっ」

べき、ぼぎ、ぱき、ごき、と。

一人の先生が歯を食いしばって真下へ落ちていく体へ無理に力を込めると、全身から何かが軋(きし)んで砕ける音がいくつも響き渡った。過剰な筋力に内部の骨格が圧迫され、粉砕骨折でも起こしたのだ。ドラム缶に詰めた死体が、コンクリートが強固に固まる際の体積の変化によって砕けていくのと同じように。だがいびつな筋肉だけで体を支えられるなら、まだ戦える。

鉄装綴里(てっそうつづり)はもう少しだけ、『怖い先生』を続けられる。

磁力式浸透圧細胞膜操作。

倒れて意識を手放さない限り、悪党と蔑まれて自ら破滅へ突っ走る人達に手を差し伸べられる。『怖い先生』になると自分で決めたのなら、膝をつく弱い所は誰にも見せられない。

どれだけ恐れられても良い。誰の思い出から弾き出されても構わない。

ここで諦めなければ。

きっと、弱くて誰も守れなかった雑魚だって、他人の命や人生を拾える先生になれるはず。

「がァァああ!!!!!!」

血を吐きながら、横へ振り回すようにして拳を振るう。

視界は戻っておらず、肝心の黄泉川がどこにいるかは把握できない。そしてそれでも構わない。声の位置から方向と距離感くらいは掴めている。空気が粘土のように硬くなり、摩擦熱で右腕の袖が焼き切れる。これだけの速度と質量が空気を裂けば、空気中の塵や埃を低威力で広範囲へばら撒く鳥類用砂状散弾のように作り替え、扇状に隙間なくばら撒くだろう。

(有効射程は四〇メートル、最大角度は前方左右一五〇度。黄泉川先輩、あなたがどう回避しようがその意識はここで削り取りますッ!!)

ぱんっ、と。

そんな鉄装綴里の決意すら断ち切られるようだった。不意打ちで鉄装綴里の殺人的な拳が食い止められたのだ。拳を振り切る事ができなければ、付随する散弾の壁も発生しない。

「っ？」

一瞬、黄泉川愛穂も同じテクノロジーを使っているのかと思った。あるいは鉄装自身も知らない未知の装備でも持ち込んできたのかと。

だが違う。直後にメキメキという肉と骨の悲鳴が鉄装綴里の拳に伝わってくる。

（まさか……）

「何も、使っていない、い？　ただ自分の腕を犠牲にして私の拳を止めたですって⁉」

「その程度の覚悟もなく人の命を預かるとでも思ったか、鉄装？」

それは、高速回転する車輪やシャフトに腕を噛ませて大型バスを止めるような所業だ。

だけどもしもそのバスに多くの子供達が乗せられたまま崖下へ向かっているとしたら、黄泉川愛穂という女は躊躇なく捨て身の選択肢を実行するはずだ。

彼女ならやる。誰でもない誰かのために鉛弾の嵐の中へ飛び込んでいける警備員なら。

そして彼女なら、腕が一本使えれば十分なはずだ。

襟を乱暴に掴まれ、足を払われたと思った。直後に鉄装綴里は上下の感覚が消失する。投げ飛ばされたと気づいた直後に背中を強打して肺の酸素を残らず搾り出す羽目になった。

痛みというより、呼吸が飛んだ。

『……お前の最初にして最大の間違いはな、鉄装(てっそう)』

だからそれが本当に存在した声なのか、鉄装綴里(てっそうつづり)には断言できなかった。

とにかく意識が闇に落ちる直前、こんな声が降ってきた気がしたのだ。

『悪党は善人にはなれない、なんて考えで子供の道を諦めてしまった事じゃんよ。……もがいてもがいて苦しみ抜いて、そういう道から自力で脱した怪物を、私は一人知っている』

20

ようやくだ。

ようやく全部終わった。

アンチスキル＝ネゴシエーターは両手を後ろに回して手錠を掛けられたまま、駆けつけた大人の警備員達(アンチスキルたち)の手で車に乗せられていた。手錠を掛けた警備員(アンチスキル)の女教師も無事ではなかったらしい。手錠を掛けるのを確認した後、ふらりと倒れていくのを上条(かみじょう)は目撃していた。

へたり込む上条当麻(かみじょうとうま)とはよそに、なんか肉と同じ色の液体をその辺に漂わせながら不満げにしているのは花露妖宴(はなつゆようえん)だ。

「不完全燃焼。……使う機会は一回限りだし、ほとんど防衛対象の筋肉おじさんに直撃してるし」

「別に良いだろ。殺し合いなんて少なければ少ないだけありがたいんだ」

「あれだけ人を焚きつけておいて！　まさかあなたノリと気分で誰にでもあんな事言うの⁉」

「くっ、苦しい‼　ていうか怖いっ、ごめんなさいその液体こっちにぞるぞる向けないで！　生きているか死んでいるかはともかくそれ素材は人間なんだろ、普通に怖いよう‼」

「何よこんなお腹の跳弾引っこ抜いてやる‼」

「ばぎょふぉるわ扱いがスーパー雑う⁉」

びくびく手足を痙攣させながら上条当麻は必死に謝罪していた。体が言う事聞かないのにあんまり痛みがないのが逆に怖い。

「せんせいっ☆」

にこにこ笑いながら走ってくるのは金髪少女のアリスだった。小さな両手を前にして、尻餅をついた上条に薄い胸の辺りから容赦なく抱き着いてくるアリスの温もりに顔が埋まってしまうと、暴力的なまでの安堵感でこっちの意識を塗り潰してくる。丸一日完徹してからのホットミルク、といったような。ついうっかりでそのまま眠ってしまいそうだ。

「ぷはっ。し、白井黒子はどうなった……？」

「救出済みなのよ。せんせいが助けてって言ったんじゃないですかっ」

ヒュン‼　と風を切るような音が聞こえた。

見れば、虚空から現れたツインテールの少女が、肩にぐったりした肉抜きチャイナドレスの美女を担いでいた。

「逃亡犯、最後の一名を確保。これで深夜残業の心配もありませんわね」

……どうしよう。扱いがすごく雑だ。ベニゾメ＝ゼリーフィッシュだって二九日に関わっていた以上は何か裏で重要な役割を担っていた気もするし、それは巡り巡って上条達の生死に直接絡んでいる可能性もあるのだが、いまいち根拠がないのでツンツン頭には反論できない。

まあアリスがきちんと白井を助け出す以前に、花露妖宴が全戦力を結集した辺りでコオロギ達も波が引くように場所を移動していたとは思うのだが。

「……逃げないよね？」

「その必要がないもの」

答えた『媒介者』は、何やらうっとりしながら虚空を漂う肉のシロップに頬ずりしていた。

「ふふふ。過愛がいれば私は何もいらないの、生活の場なんてどこでも良いの。むしろ完全密閉の独房なんて願ったり叶ったりだわ。発信機を体に埋める必要もない、これでもう、過愛はどこにも逃げられないわね。うふふふふふふふ」

『いーやーよー、妖宴マジねんちゃくだもんきゃはは世界で一番キモチワルーイ☆』

……上条当麻でも学んだ事がある。『暗部』は無理に理解しようと思ったら負けだ。これはこういう仲良しの形、で別の箱に収めておく心の強さが必要だった。

「じゃあ、これで……全部終わった。あーッ!!　とにかく早く帰ってシャワーを浴びたい。四九円しかないけど。とにかく後回しにして眠ってしまいたい!!!!!!」

「うーむ？　ほんとに全部ですかっ？？？」

と、なんか引っついたままのアリスは不満げだった。

怪訝な顔をする上条に、金髪少女はエプロンの裏から取り出したハリネズミのボールをいくつかまとめて適当な袋に詰めると、その上にぎゅむぎゅむと腰を下ろしてこう尋ねてきた。

「じゃあ、それってフリルサンド#Gが何で襲ってきたのかも入れて全部なのよ？」


…………………………………………………………………………

…………………………………………………………………………


上条は、答えられなかった。

「……、あれ？」

そう。そうだ。あの『人工幽霊』は結局何だったのだ？　そもそも『オーバーハンティング』には乗っていない、アンチスキル＝ネゴシエーターの鉄装綴里とも関係ない。にも拘らず、明確に二九日の事件に関わってきたあの女は今どこでどうしているんだ？？？

事件は。

……まだ二九日の暗雲は、完全には晴れていないのか……？

イエスともノーとも断言できない。そして中途半端に終わらせてしまっては、自分の腕を折って気絶するまで戦い抜いた女教師の努力も無駄になってしまう。

答えられずに絶句する上条当麻の耳に、何かが聞こえた。

単調な電子音の連続。

ぎぎぎと少年が首を回してみると、ゴミ焼却施設の敷地の片隅に、ぽつんとした蛍光灯の光があった。今や懐かしいものが照らされていた。それは強化ガラスで四方を覆われた公衆電話だ。そこから家電みたいなベルの音が鳴り響いている。

恐る恐るそちらに向かい、軋んだドアを開けて、電話を見る。どれだけ待ってもベルの音は止まらない。ややあって、上条は受話器を掴んでみた。

耳元に当てると、声があった。


『よォ』

「……あ、一方通行？」


意味が分からない。

目を白黒させる上条は、ようやくこれだけ搾り出した。

「おまえ……たしか、つかまっていたはずなんじゃあ……？」

『ああ。だから獄中からかけてる』

退屈そうな声だった。

『これは、本来オマエなンかが関わる必要のねェ事件の後始末だ。勝手に首突っ込みやがって、やるならハンパで終わらせてンじゃねェよ三下』

「……、」

相変わらずであった。電話越しでもギスギス感が止まらない。

『大体の流れは悪魔のヤツにモニタリングさせてた。ただし、大体だ。だからこれから細部を詰めていく。構わねェな？』

今現在何が進行しているか理解もできないまま、上条はとにかく頷いた。電話なのに首を縦に振ってから、仕草は相手に届かないと思い出して声で肯定の意思を伝えた。

受話器の向こうからはこうあった。

『「オーバーハンティング」から逃げた囚人は全部捕まえたか？』

「えっと。花露妖宴、楽丘豊富、ベニゾメ＝ゼリーフィッシュ。ちゃんと全員いる。……何故か妖宴には双子の女の子がくっついているけど」

『列車事故の首謀者、アンチスキル＝ネゴシエーターについては？』

「鉄装綴里、だっけ？　とにかく「ハンドカフス」経験者の警備員だろ。そいつも何とか捕まえたよ。だからこれで二九日の事件は終わ……」

『なら最後だ。木原端数とフリルサンド＃Gの対立はどこまで掴ンでやがる？』

「……え？」

上条は答えられなかった。

何だそれは？　フリルサンド＃Gならともかく、木原端数……？　『アリスの時』はアンドロイドの研究者として名前が挙がっていたはずだが、対立とはどういう意味なんだろう。今まで出てこなかったのなら、ドレンチャーやヴィヴァーナのように彼も二五日の夜にもう死んでいるんじゃないのか？？？

受話器の向こうから、失望のため息があった。

ただ、疑問がある。

鉄装綴里は凶悪犯と戦うため、『暗部』の悪党どもを次々と脅迫して自分の陣営に取り込んできた。だけど囚人護送列車を自分で事故を起こし犯人をまた自分で捕まえて、だけではプラマイゼロだ。何のために戦力強化を図ったのか、の部分が結構宙ぶらりんになっている。

まさか。

……『ハンドカフス』関係者で、野放しになっている者がいるのか。人工幽霊のフリルサンド＃Gか、あるいはそれ以外にもまだ。だからアンチスキル＝ネゴシエーターは戦って、二五日の夜に関わった全員を囚人としてきちんと列車へ乗せるために戦力を集めていた、とか？

しかしどれだけ考えてもフリルサンド#Gの行動理由は見当もつかないし、まして木原端数なんてこれまで一度も会っていない。ただ上条には答えを出せない情報が現れた事こそ、今日ここで起きている二九日の危難にはまだ深い深い底が存在する証なのではないか。

「そうだ。そもそもあの幽霊で言ったら……」

『アリスの時』とは違う。『オーバーハンティング』の事故に関係していないのなら、フリルサンド#Gはどうして上条達に危害を加えてくるのだろう？

どれだけ考えても答えが出ないのなら、考え方が違うのではないか。

つまり。

フリルサンド#G側に危害を加えるつもりはなくても、上条側の方に受け止めるだけの強さがなかったとしたら？　もしも悪意や害意がないとしたら、あの『人工幽霊』は上条達の前に現れて一体何を訴えようとしていたのだ。

『まだ助けてねェヤツがいる』

答えがあった。

新統括理事長・一方通行は、確かにこう言ったのだ。

『リ、リサコだ。まだ見つけてねェよォなら赤点だぜ、さっさと木原端数から助け出せ』

21

第七学区の病院だった。

通常の面会とは勝手が違う。でもこの特別待遇は嬉しくない。集中治療室の患者はいつ容態が急変して今生の別れになるかもしれないから、いつでも面会できるよう配慮されているのだ。

ちょっと席を離れていた。

わずか五分くらいの間だろう。滝壺理后は集中治療室のベッドに目をやる。

誰もいなかった。

「……、はまづら？」

行間　四

暗い暗い、地の底だった。

そこは誰にも知られていない学園都市の奥底だった。

囁く声があった。いいやそれは本当に声だったのだろうか。低い唸りのような、均一なノイズを長く聞いているとそこに意味が生まれてくるような錯覚にも似ている。

『君は弱い、だから周りに余計な負担を強いる』

ばぢっ!!　と。物理的な衝撃すら交え、幼い少女の脳裏に多くの顔が浮かんでは消える。

……下水道で出会ったわんちゃんは、その後一度も見ていない。

……筋肉だらけの大男から自分を守ってくれたはずのヴィヴァーナ＝オニグマは、のちの報道で死亡したという話を耳にした。

……目の前で銃弾に倒れたドレンチャー＝木原＝レパトリは言うに及ばず。

……暗い地下から自分とソダテちゃんを地上まで運んでくれた不良のお兄さんも、大人から鉄砲で撃たれてそれっきりだった。

『これからもこんな事は続く』

小さな両手で頭を抱えてうずくまる少女は、聞こえていない。

もう一つ。力負けはしているものの、少女に向けて放たれている女性の声が届いていない。

ガリガリという無骨な音が確かな救いを遠ざける。それは歯車と歯車を結び、鎖を回す音。

『これ以上の犠牲を許したくなければ、自分を変えるしかない。リサコ君、君が自分で自分を強くするしかないのじゃよ』

それは一見すれば心地のいい響きかもしれない。

だけど、だからこそ警戒すべきなのだ。何しろ心地のいい響きとやらは、だからこそ多少筋が通っていなくても感情的に跳ね除けるのが難しくなるのだから。

『だからわしを使え。この木原がこれより君を「暗部」でも最強の存在にしてやる』

天然か人工かはさておいて、幽霊はいる。

皮肉にも、それは幼い少女を守ろうとするフリルサンド#G自身が証明してしまっている。

つまり。

本当に本物の悪人は、たかが死んだ程度で活動を停止するとは限らない。

in Wonderland

楽丘豊富

だっそうはん。
むきむきバーコードなのよ。
ほかく。

花露妖宴

だっそうはん。
おくすり使うので。

ベニゾメ＝ゼリーフィッシュ

だっそうはん。
カメラのお姉さんですし。
ほかく。

鉄装綴里

わるい警備員(アンチスキル)なのよ。
ほかく。

楽丘のどか

ねこみみお姉さんなので。
ほかく。

フリルサンド#G

学園都市に出てくるおばけですし。

Alice's Adventures

上条当麻

少女のせんせいなので。
いろんなことを教えてくれるのです。

一方通行

学園都市の
えらいひとなのよ。

白井黒子

風紀委員のお姉さん。
空間移動できるので。

木原端数

わるいひと。それもケタちがいに。

リサコ

迷子になってるうさぎちゃんなので。

第四章　まだ救える人が残っているならば　Final_Exams_"Handcuffs".

1

敵味方の陣営などどうでも良い。とにかく『オペレーションネーム・ハンドカフス』に出てきた異形のテクノロジーを全部組み合わせて死者を復活させよう。

それが『アリスの時』に組み立てた、今にして思えば馬鹿げた作戦だった。

でももしも、挑んだのが上条一人ではないとしたら？　ただの高校生よりはるかに有能で邪悪な存在が、この現実世界でそれを大真面目にやらかそうとしているとしたら？

「……、」

上条当麻はしばし、通話の切れた受話器に目をやる。

公衆電話には普通の電話と大体同じ機能が備わっているが、困った事にリダイヤルボタンはない。そして東京年末サバイバルの真っ最中、残金四九円ではノーヒントの何となくで挑戦するだけの余裕もない。そろそろコンビニの小さなチョコをみんなで割るかサラダの別売りドレッシングを舐めてATM解放まで耐え忍ぶ雪山遭難級の年末年始が見えてきている。

しかし、その木原端数とリサコ？　そいつらは学園都市のどこにいるんだろう？　言うまでもないが、二三〇万人が暮らし、東京の三分の一を削り取る学園都市は広大だ。

（思い出せ……）

一方通行は答えを言わずに通話を切ってしまった。

この状況でわざわざなぞなぞをしたい訳ではないだろう。あいつはあれで学園都市最高の頭脳の持ち主でもあるから、三段飛ばしで答えを弾き出している可能性が高い。目の前に、もうある。分かり切っているから口に出すまでもなかった。ヤツからすれば、それだけなのだ。

（第一五学区とか第二〇学区とか、これまで二九日の事件に一度も出てこなかった場所じゃない。素直に、俺が見てきたものの中に答えがある。それに、全体を眺めていた一方通行は俺以外の動きも摑んでいたはずだ。ベニゾメ、楽丘兄妹、妖宴と過愛、それからフリルサンド＃G……。他の連中が見聞きしてきたものの中に何かヒントはないか）

ドレンチャーに、警備員の女教師に、あるいは方法は歪んでいてもアンチスキル＝ネゴシエーターの女まで。学園都市の大人達だって捨てたものじゃないと教えてもらった。

誰でもない誰かのために命を賭けて戦う。

そんな決意や覚悟もこの状況を放置したらご破算になってしまう。

そこまで考えて、ふと上条は顔を上げた。

「……ちくしょうそうだ、やっぱりフリルサンド#Gが余ってる」

「えと？」

上条に横からくっつくアリスはきめ細かい金の髪を振り撒き、エプロン後ろのふわふわを揺らして、にこにこしながら首を傾げた。相変わらず半袖でもお構いなしだ。さて、あの一方通行は今ここにいる小さな絵本の少女もきちんと把握しているのだろうか。アリス、だ、け、は例外的に抜け落ちている、とか言われてももはや驚くつもりもないが。

「本物のあいつの力はケタ外れだ、俺達が視界の隅に入れてしまうだけで普通に致命傷をぶち込んでくる。何かブツブツ言っていたけど聞き取る余裕すらなかったし」

得体の知れない幽霊のやる事だから、で流していた部分もある。

それではダメなのだ。

「でも、あいつはあの時どこから、現れたんだ？」

『アリスの時』は各種条件が都合良くブレているため必ずしも参考にならないが、そこでは駅のコンコースを歩き回ったり、壁をすり抜けて隣の部屋からいきなり出現したりしていた。つまり、物理法則には縛られない一方で、ある程度は地図や見取り図の順路を意識して移動しているのだ。白井黒子のように、空間移動でいきなり座標から座標へ飛ぶ訳ではない。

ではリアルに話を戻そう。……屋根付きバス停でいきなり襲われた時は？

遠くから近づいてくれば事前に分かったはずだ。というか、もっと早く上条達は倒れてい

たはずだ。前後左右、近くのビルの壁からぬっと出てきた訳でもない。だとすると……、

「地下だよ」

上条はそう呟いていた。

急激な接近に気づけなかったとしたら、それしかない。

「フリルサンド#Gは地下から上に向けて飛び出してきたんだ。海から浮かび上がるように。これは、楽丘豊富の時だってそう。てっきり下水にいた過愛？　を連れてくるためとも思っていたけど、それだけじゃないとしたら？」

ガシャンという硬い金属音があった。

件の楽丘豊富はすっかり萎んで小さなおじさんになっていた。駆けつけた警備員達が担架に乗せているのが見える。何しろ規格外の筋肉を力業で押し返す鉄装綴里と真っ向からぶつかった上、横からベニゾメの狙撃を数発受けているのだ。すぐに話を聞ける状態ではないだろう。

一瞬だけ、警備員達がその収容作業の手を止めた。

薬の影響でダウンした別の女性の額へ、担架から起き上がれないまま小さなおじさんの掌がわずかに触れた。交わす言葉はなかった。兄も妹も、決して手放しで褒められた人生ではないかもしれない。だけど命を賭けて、鉛弾を浴びてでも、その手で守り抜いたものの重さを改めて確かめる機会くらいはあっても良いはずだ。

やがて、警備員達は楽丘豊富を救急車に収めていった。

何を思っていたのか、遠くから見ていた白井黒子はそっと息を吐く。その吐息にどんな感情が乗っているかは、『ハンドカフス』を経験できなかった上条には想像するしかなかった。

と、

『まあ、今いる第一〇学区の地下深くには「アレ」があるからね』

呆気なく答えたのは、妖宴の周囲で重力を無視して渦を巻いているクリーム色の液体だった。

それらは（うっかり触ると毒ダメージでも喰らいそうなくらい汚い）水の精霊みたいにぞるぞる形を整えて、双子の片方へと変貌していく。

『私も妖宴も「ハンドカフス」の時は最後まで残れなかったけど……それでも、バカンス気分で下水の中を気ままに漂っていると地下の不思議な構造が手に取るように分かるもん。でもって、明らかに不自然にあらゆる地下構造体がよ、け、て、い、る場所がある。私達は興味なかったけど、でも、「ハンドカフス」に巻き込まれた多くの凶悪犯にとってはそこがゴールだったかもね』

「何だ……？　一体何の話をしている？？？」

『だから』

むしろ、液状の少女はキョトンとしていた。

もう一人の悪女はそのまま言った。

『「学、園、都、市、最、大、の、禁、忌」の話だもん』

花露過愛の言葉から出てきたのは、信じ難い説明だった。

いわく、自力で資源採掘のできない学園都市ではゴミの再利用を強く推奨しているが、それでも消費型の大都市で輸入頼みのバランスを覆せない。ただそれにしては外から持ち込まれる材料と中から吐き出されるゴミの量が噛み合わない。実際には何故かゴミの方が多いのだ。これだと質量保存の法則に反している。つまり、高い外壁で囲まれるこの街の地下深くには秘密の抜け穴があって、そこから内外で物資のやり取りをしていないと数字が合わない。

そしておそらく、こんな抜け穴伝説すらも真実を覆い隠すためのブラフでしかなく、『学園都市最大の禁忌』の本当の意味は別にある。

『オペレーションネーム・ハンドカフス』の最終到達点。

多くの悪党が悲惨な事件に巻き込まれて次々倒れていく中で、木原端数やフリルサンド#Gといった幾人かのエキスパートだけが辿り着けたであろう、本当に最後の暗闇。終わったはずのあの事件でまだ何かが取り残されているとしたら、おそらくそこだ。

妖宴はそっと息を吐いて、

「第一〇学区の外壁まわりと言うと、地下鉄にでも降りて南の端まで向かうのがベターかしら。過愛の話ではあらゆる地下インフラは『禁忌』を避けているらしいけど」

「うーん、そんなに複雑な話なのかな。フリルサンド#Gとセットなら、隣の廃棄レジャースパの駐車場に移動拠点を置いたドレンチャーも『禁忌』とかいう場所まで辿り着いていたはずなんだ。つまりここから地下に向かえば一直線で目的地まで繋がっているはずなんだけど」

「ふむ。仮にそいつが地下通路を埋めて封鎖したとしても、だったら適当な壁を壊してショートカットすれば良いわ。生物系の酸を使うにせよ、メタン系の爆発にせよ」

「妖宴？　ちょっと待った、話をどこに持っていこうとしてる」

「なに？　どうせまた囚人の再利用でもするんでしょう。なら早く済ませましょう。どうせ命を投げるなら、今のこの流れを変えたくないわ。都市型の害虫や害獣は冬眠しにくいとはいえ、言っておくけど一二月二九日のそれも夜間に薬品で誘導するのって結構大変なのよ？」

「……、いや」

　当たり前のように言う白衣の少女を見て、上条は改めて思った。

　ツンツン頭の少年は首を横に振って、

「お前達はここまでで良い。そもそも『オーバーハンティング』の事故さえなければこんな事にはならなかったんだ。戦う理由はないんだろ？　だったら命を投げる事はないよ」

「死にたいの？　私は木原端数とやらには微妙に関わりがあるだけで直接会っていないけど、『禁忌』に辿り着いて、そこで待っているって事は、確実に私より深い『暗部』よ。普通の警備員だか風紀委員だかを引き連れて向かった程度で何とかできる相手だとでも？」

「だろうな。ただそれじゃ、アンチスキル＝ネゴシエーターと何も変わらないだろ」

「でもっ」

言いかけた妖宴の細い肩を両手で摑んで、少年は腰を折る。

目の高さを合わせて上条はこう続けた。

「……頼むよ。アンタに命を助けてもらったのはこれが初めてじゃないんだ」

「？」

まあ、『アリスの時』の記憶はないか。

それでも構わない。少年の方は小さな悪女がしてくれた一つ一つを絶対に忘れない。

「これ以上借りを作ったら流石に多重債務で返せなくなる。だからアンタには、もう安全な場所にいてほしい」

白衣の小さな少女は、少しだけ黙っていた。

が、そこで空気を読めない女の子が小刻みに震え始める。

『さっ、さっきまで筋肉男を助けるために力を貸せとか堂々と言ったくせに、あの妖宴が残金四九円自己破産待ったなしダメ男の奇麗ごとに呆気なくグラついてる……。イイ、それってすっごくイイよ!!　目の前で妖宴がテキトーに言いくるめられて初恋モードで身も心もねっとねとにされるのに手も足も出ない私とか、こ、これが新たなる寝取られの世界？　そんなの今までに味わった事のない種類で強くつよーく魂が穢されそうな予感だもんごくり!!』

「うるせえわ過愛!!　だっ誰が初恋モードでテキトーに言いくるめられるですって!?」

「自己破産じゃねえし!! 世にもおっかない可能性を口走ってんじゃねえよ!!」

上条が身振りで風紀委員の白井黒子を呼ぶと、ツインテールの女子中学生はこう言った。

「黄泉川さんは添え木で腕を固めて搬送されましたし、警備員の皆さんはここに残るようですわね。現場の保存に害虫やら害獣やらの隔離と駆除、後は一度は捕まえた囚人どもから目を離す訳にも参りません。わたくしはこれから地下に潜って残業ですわ」

「了解。じゃあ今すぐ『学園都市最大の禁忌』とやらに向かうのは俺達二人か？」

「少女もですっ☆」

あっずるい!! と横から上条へ叫んだ妖宴を片手で制して、頭痛を堪えるような顔で白井は呟いていた。

「あなたもあなたでただの一般人でしょう？ 撃たれているのに！」

「でも、今行けるのは俺達しかいないだろ……？ 悪党だからで命の危険を押しつけるのは、いい加減にもううんざりだ。俺も行く。自分で納得できる二九日をこの手で創ってやろうじゃねえか」

「ええい!!」

いよいよ見ていられなくなったのか、妖宴が試験管のゴム栓を親指で弾いた。途端に、上条のお腹の真ん中で何か熱い塊が蠢く。銃創の辺りだ。

「無毒なカビの一種よ。傷口に薄い膜を張る程度だけど、そのまま放っておくよりはマシでしよ？」

「カビ……」

「いらないならエタノールで拭って取り除けば良いけど、多分あなたそのタイミングで傷が全部開いて死ぬわ」

そんなやり取りを見ている白井黒子は結構本気で呆れているようだった。妖宴本人か、あるいは本来なら手のつけられないはずの悪党と難なく会話を続けている上条に向けてか。

「……やはり四人達と一緒にここで待って、大勢の警備員に保護してもらうのが一番では？」

「何言ってんだ、俺は俺をいくら使い倒したって良いんだよ」

「……何となくですが、この言い草が全ての歪みの中心なように見えてくるのはわたくしだけですの……？？？」

心底うんざりしたように息を吐く白井黒子だが、強くは制止してこなかった。どこまでいっても中学一年生。本人にその自覚があるかどうかはさておいて、まだ見ぬ『禁忌』とやらに一人きりで潜るのはやはり抵抗があるのかもしれない。

フリルサンド♯Gに木原端数。今度の『闇』は妖宴よりも深いとお墨付きをもらった訳だし。

幸い、地下に向かう階段なんてそこらじゅうにある。

「……行きますか」

「ええ」

2

地下鉄駅の階段を下りたところで、もう戸惑う。

何か変だ、と上条はごくりと喉を鳴らしていた。

まだ『学園都市最大の禁忌』とやらには辿り着いていない。かつてドレンチャーはここから『禁忌』まで直接向かったかもしれないが、それにしたって。過愛や妖宴の話では、ある程度地下を南に進んでから壁を爆破してようやく踏み込める、というはずなのに。

生温かかった。

単に外気から遮られた地下に降りたから、だけではないだろう。どこかかび臭い饐えた匂いも手伝って、得体の知れない巨大生物の口腔にでも潜り込んだような気分にさせられる。

「なあ……」

「何ですの？」

「ここって……普通の地下鉄の駅、なんだろ？　まだ」

壁から自動改札が生えている。

潜る事もできない改札の横を不思議そうに通って奥へ進むと、そもそも床がコンクリートから大理石に変わっていた。高級デパートの地下から下水道、果ては洞窟や鉱山と思しき鉄骨で補強されたゴツゴツの岩壁まで滑らかに連結している。

さっきまでとは違う何かが起きている。上条達が変化の発端を知らない以上、それは全く別の場所で行われているのだろう。

例えばフリルサンド#Gとか、木原端数なる謎の研究者とか。

「おいおいおい……。鉱山？　学園都市の地下にこんなのあったのか？？？」

「『禁忌』は資源不足を解消するためこっそり材料を行き来させる秘密の抜け穴という話でしたが、存外、限られた地下の鉱物資源を使わずに溜め込んでいるのかもしれませんわね。あるいは急速に動物の死骸の石油化を進める藻でも散布しているのかしら」

「理屈は分かった、学園都市のどこかにはそういうのがあるのかもな。……でも『ここ』でヘンテコな抽象画みたいにそこらの通路と繋がっているのは流石に変だろ……？」

「何かの実体化、でしょうか？　幻想猛獣、とは違って生き物系ではないようですが、でも性質はかなり似ている気がしますわ」

ＡＩＭ。その響きに上条も連想するものがあった。能力者の体から漏れる微弱な力であるＡＩＭ拡散力場の集合体たる一人の少女、風斬氷華だ。

（となると……）

ごくりと喉を鳴らして、上条は改めて周囲を見回した。

（これが、全部？）

学園都市最大の禁忌。確かに、言うだけの事はありそうだ。

上条が地下のトンネル経由で第一〇学区に入ったのは『アリスの時』だ。だからあまりあてにはならない。ただし、その前提があっても上条はこう思ってしまう。

前に来た時はここまでじゃなかった。という事は、何かのきっかけがあって、この歪みは加速度的に勢いを増している？

地下は元々地図アプリのサポート外だし、あてになるとも思えない。こうなるともう、おじいちゃんスマホのデジタル方位磁石だけが頼りだった。とにかく南へ。地下空間自体は網の目のように広がっているものの、迂闊に脇道へ逸れたら二度と地上には上がれない気がする。

かつかつこん、と。

靴の踵で地面を鳴らすような、硬い音が均一に鳴り響いた。

何気なく音源へ目をやった白井黒子が、すっと、真下に崩れ落ちていくのが分かった。何かを見ただけで膝から力が抜けたらしい。そしてその現象には覚えがある。上条は意図して顔を背けたまま、両手で脱力した少女を抱えて近くの柱の陰へ身を隠す。普段は意識しないけど、人間それ自体はずしりと重たい。砂の袋でも引きずるような気分だった。

「フリルサンド♯G‼」

会話はない。そちらの方がありがたかった。あの人工幽霊に害意があるかどうかはさておいて、そもそも人間には刺激が強過ぎるのだ。相手を見てしまうかどうか、だけがトリガーとも限らない。向こうから不用意に声の一つでも飛んできたらそのまま意識が飛びかねない。

せめて、幻想殺し(イマジンブレイカー)で何を殴ればダメージが消えてくれるのか目に見えればやりようというものがあるのだが、こうまであやふやな致命傷だと殴る形に持ち込めない。

「頼むっ、もう少し抑えてくれ!!　俺達はアンタを受け入れられるほど強くない!!」

かつこつかつ、とノックじみた足音が再び響く。危機感ゼロのアリスは明らかに柱の陰からはみ出たままにこにこ笑っていた。エプロン後ろの白くて丸いふわふわを可愛(かわい)らしく揺らして。呪いだの細菌だの内側から蝕(むしば)むものは（元から地中で暮らしているモグラを生き埋めにして殺そうと四苦八苦するレベルで）被弾しても一切気にしない子は褒めて褒めて光線全開だ。半袖から覗く二の腕には汗も鳥肌もなく、いっそ光り輝いていた。

「せんせい、あのお化け離れていくようなのよ」

「……あれは『ついてこい』なのか？　それとも『危ないから下がれ』なのか？？？」

「どっちですし」

上条(かみじょう)は怪訝(けげん)に思いながらも、意味不明な高熱でぐったりした白井黒子(しらいくろこ)に肩を貸して柱の陰から身を乗り出した。すでにフリルサンド＃Gはいない。だが暗がりの奥からかつこんこんという硬い音がさらに続いた。

「やっぱりあれ、ついてこい、だと思う」

「どうしてなのでっ？」

……足止めしたいなら速攻で全員倒して気絶させてしまえば良いからだ。フリルサンド＃Gならおそらくそれができる。唯一、正々堂々と正体不明なアリス＝アナザーバイブルを除けば確実に。

足腰に力の入らない白井黒子を支えながらも、上条には疑問があった。

「それにしても、ドレンチャーとか、被験者の子供達？　と一緒に生活していたんだろ。あんな殺傷力で同居なんかできるのかよ……」

「うーん。最初はこうじゃなかったのかもしれないですし」

アリスはのんびりと自分の顎に人差し指の先をやって、

「そもそも、この空間って何なんです？」

「何って」

「だから、『学園都市最大の禁忌』は第一〇学区？　の壁際にある訳なのに。それが何であれ、こんな所まで広がっているモノじゃないですし。つまり元々あった『禁忌』ではなく、何かしら壊れてしまっているのでは？」

「……つまり今何が起きてるの？」

「さあ？　ただここが普通の場所じゃないのは確かなのよ。せんせいの読み通り案内役を買って出ているのだとしたら、あのお化けはその辺の事も深く知っているんじゃないですか」

　動物の耳に似た頭の巻き髪を指先でいじくりながらアリスも首をひねっている。この変な地下迷宮は、フリルサンド＃Ｇが『学園都市最大の禁忌』とやらに触れたからこうなってしまったのか？

　あるいは、それ以外の崩壊原因が存在するのか？

　そもそも『出会っただけで死ぬ』規格外のフリルサンド＃Ｇは、上条達(かみじょうたち)に何をさせたいのだろう。一方通行(アクセラレータ)からのニュアンス的には木原端数(きはらはすう)からリサコを救えといった話が出ていたが、あれだけの殺傷力を持ったフリルサンド＃Ｇでも倒せない敵なんているのか？

　疑問がそのまま形を得たようだった。

　かつこんかん、という硬い音に従って奥に進む。元々地下では使えない地図アプリは固まって動かない。スマホのデジタル方位磁石も確認するが、南に向かっているのは間違いない。にも拘(かかわ)らず、どれだけ一方向に歩いても終わりが見えてこなかった。案内役なんていなくても、これだけ歩いていたらとっくに学園都市の外まで突き抜けてしまいそうなのに……。

「ぐっ……。まるで一九九四年の超光速旅行ですわね」

　肩を貸している白井黒子(しらいくろこ)が、呻(うめ)きながら首を横に振っていた。

　知らない理屈が出てきた。

「二〇世紀の終わりにとある物理学者が真面目な顔して組み立てたワープ理論ですわ。一度空間を縮めてから、その歪みを一歩で飛び越え、空間を元に戻すと縮んだ絨毯を引っ張って伸ばすように光速の上限を無視した移動ができるというものですけれど……」

白井黒子がやたらと詳しいのは、自身も『空間移動』という能力を使うからだろう。自分とは違う考え方についても一通り洗っておきたいと思ったのか。

「言ってしまえば、ここはその逆。この空間は何かしらの力を浴びてくしゃ、くしゃ、くしゃに丸められたチラシのような状態になっているのでは。だから歩数を数えて一方向へ進むだけでは目的地に辿り着けない。見た目は一歩分の幅でしかなくても、くしゃ、くしゃ、くしゃに巻き込まれてしまえば東京の三分の一か、あるいはそれ以上の距離が丸ごと凝縮されているかもしれないのですから」

「おい……。俺達はフリルサンド#Gからどこかに案内されているんじゃなかったのか⁉」

「誰がそんな事言いましたの？」

いいや、フリルサンド#G自身は安全に案内しているつもりなのかもしれない。

だけど一方で、アリスはこの空間が壊れているとも言っていた。

つまり、

「今ここじゃ、俺達を守りたい意思と排除したい意思がせめぎ合っているってのか……？」

「フリルサンド#G以外の第三者が場を支配しているのか、あるいは彼女の中で心理的な対立が発生しているのかは分かりませんけれど」

でも、何から？

それはあれだけ絶大な力を持ったフリルサンド＃Gが他人の手を借りようとしている事にも関係しているように思える。

鉱山みたいにごつごつした地面に、警戒を促す電光掲示板が置いてあった。

そこにはオレンジ色でこんな文字が流れていた。


『どうして、私ばかり生き残ってしまうの……？』


上条(かみじょう)は首をひねる。幽霊は生き残るという言葉を使うだろうか？　鉱山を抜けると清潔で大きな駅のコンコースが待っていた。等間隔に並ぶ柱には湾曲した広告用の液晶ディスプレイが貼りつけられていた。

その一つ一つに誰かの笑顔が映し出されていく。声はあの幽霊のものではない。

あるいは、ゴールデンレトリバー。

『わんちゃんは、下水道で別れた後に一度も見ていない……』

あるいは、ヴィヴァーナ＝オニグマ。

『私を助けてくれたお姉ちゃんは、ニュース番組に写真が出ていた。死んじゃったって』

あるいは、ドレンチャー＝木原(きはら)＝レパトリ。

『お兄ちゃんは目の前で撃ち殺された』

あるいは、浜面仕上。

『私とソダテちゃんを地上まで連れて行ってくれた不良のお兄さんだって、最後には……』

震える声はアリスと同じか、もっと小さいくらいの少女の慟哭だった。

上条はその全員を知っている訳ではない。

知っていたとしても、『アリスの時』がどこまであてになるかもはっきりしない。例えばドレンチャー＝木原＝レパトリ。人工幽霊の雷撃絡みで時折脳裏に焼きつけられたアレは、果たして真実だったのか、アリスの気紛れだったのか。

その答えも、きっとここにある。

悪党から悪党へ繋いでいくようにして助けられた、リサコを追っていけば。

『彼ら』は決して善人ではなかったかもしれない。日陰の方が似合う者達だったのだろう。だけど『ハンドカフス』の大きな混乱の中、悪党の胸に残っていたわずかな良心が確かに疼いたのだ。最低の二五日に翻弄されるだけの幼い命を見かけた時に、自分の命も顧みずに思わず手を差し伸べてしまうくらいには。逃げろと、生きろと、そのためのチャンスを作ってやると笑ってやりたかったのだ。

それだけで自分の命を賭けられる人達だった。

生じた結果はどうあれ、そこには悪党と呼ばれてでも己を貫いた当人達が自分で選んだ意思がある。だから助けてもらったリサコが気に留める必要なんかどこにもない。

なのに。

『だから、もっ、と強く、なら、ない、と』

ばづんっ!!　と。清潔なコンコースの明かりが全て落ちる。真っ暗闇になった世界で、まるでプロジェクションマッピングのように大きな壁一面に映像が表示される。

俯いたまま唇を噛む幼い少女と、その周りを飛び回る人工幽霊。

『もう、誰も傷つけさせない。そう言える力がほしい。ソダテちゃんを、幽霊のお姉ちゃんを、みんなを私の弱さから守らないと。どんな手を使ってでも……』

そんな壁の文字列に反論する存在があった。

フリルサンド#Gは、叫んでいた。

それは違うと。暗闇に溺れてしまっては何の意味もないと。『ハンドカフス』で散っていった命は、あなたをそこから引きずり出すために笑って命を賭けていったのだと。

だけど、届かない。

あれだけ絶大な力を持っているはずのフリルサンド#Gは、それなのに小さな少女の耳元へ声を届ける事さえできない。

何故か。

悪夢の終結を望まず、安全な出口へ導く救いの声を遮断する存在がいるからだ。

『ひひっ、あはは。君の声はリサコ君には届かないよ。そもそも「ハンドカフス」の時も、人工幽霊の君はこの空間と相性が悪くわしに負けていたじゃろう？　だから、届かない。わしの声しか届かない！　あの時も愛する青年を守れなかったようになあ!!　ぎひはははははははははははははははははははははははははははははははははははははは!!!!!!』

下卑た老人の笑い声だった。

だけど言葉を吐く口はどこにもないはずだった。音源は、少女の手元。幼い両手で抱えているのは、あまりにも無骨なチェーンソーか。

がるがるがるばるばるばる!!　という鼓膜をつんざく爆音の連続が、その奥から声のような何かを滲ませているのだ。均一なノイズをずっと耳にしていると、いつしかそこに意味があるのではという妄想へ囚われていくように。

『レトロな響きじゃろう？　でも破壊に必要なものが詰まっておる』

もう一つ。

リサコとは別に、うっすらとした影が寄り添っていた。

チェーンソーを挟んで向かいに立つ影は、まるで新郎新婦がケーキでも切るように一つの刃を共有している。あるいはこの無骨なチェーンソーこそが、生者と死者を繋ぐ凶器として機能しているのか。

こんなのはもう、人間とは呼べない。

永遠に気づかないリサコを挟み、フリルサンド#Gと悪意ある言葉を撒き散らす重たい凶器は睨み合う。そう、あの人工幽霊相手に老人は真っ向からぶつかり合い、そして拮抗していた。

『届かんよ』

嘲るような言葉があった。うっすらとした老人の影から、ではない。口は動いていても音源は別にある。幼いリサコが危なっかしく両手に提げている凶暴な動力機関からだ。

ぎゃりぎゃりぎゃりぎゃりぎゃり!! と。高速回転する刃に、もっと凶悪な何かが宿る。

『君の言葉は届かない。今のリサコ君には、論理以外の言葉は通じない。それがどれだけ残酷であっても、論理的な破綻がなければそこには一定の理解が生じてしまうものじゃからのう』

『っ』

『整った論理を主観的で根拠の足りない感情だけで跳ね除けるのは、受け取る側にひどく暴力的な印象を与える。そして暴力とは「ハンドカフス」に翻弄されたリサコ君が最も嫌い、遠ざけたがっておるものではないかね?』

『木原……端数!!』

リサコが内側から心の扉を開けてくれれば一秒で丸く収まるはずなのに、そうならない。発生予測の難しい他者の感情それ自体を、扱い方次第では暴力の引き金になりかねないその力を、幼い少女自身が拒否しているから。

感情それ自体は、決して悪いものではないはずなのに。

論理は安定で感情は暴発の象徴？　そんな訳があるか。論理の暴走を食い止める要因として、誰もが持っている当たり前の優しさや温かさが大きく貢献している事は、学園都市で暮らしていればすぐ分かりそうなものだ。もしも世界が論理だけで埋め尽くされていたら、もっと冷たく残酷な日々が広がっていただろう。ドレンチャー＝木原＝レパトリはそうしたものと戦うために、利益を優先する学園都市を騙してでも被験者の子供達を拾い続けてきたのではないか。

『人工幽霊たる君を参考にして自分の意思を復元してみたが、わしは色々細部が異なる。例えば「学園都市最大の禁忌」がもたらす誤作動を御しているのもその一つ。そして、ある程度はものを掴めるのも。ただしこの方法では君とは違って自分を保ったまま「禁忌」の外へ出ると、高圧電流が暴走して街ごと焼いてしまうらしくてな。わしとしても、近づいた先から貴重な実験器具が次々と壊れていくのは哀しい。すると都合の良いカラダが必要になってくる』

『そのために、リサコを……ッ!!』

『そんな陳腐な話じゃないよ』

そもそもリサコはどうしてここまで来たのだろう。

木原端数はここから動けないとしたら、彼が無理矢理引きずり込んだとは思えない。二五日を生き残って。

それでも何かが納得できなくて。

生き残れなかった人達の残滓でも拾い集めようとして、こんな所まで下りてきて、そしてとんでもないモンスターと遭遇してしまった。そんな感じだろうか？

だとしたら、まるで故人を悼んでお墓参りに来た人へ通り魔が面白半分に武器を振り上げるくらい後味が悪い。

『まあ人から人へ次々憑依していく性質を獲得するのも面白そうじゃが、そんなもの第五位辺りが体を捨てれば実現できそうじゃろ？　こちらは死んでも腐っても「木原」の一人、もうちょっとだけ世界に夢を与えてやりたい』

ハズレだから、的外れだから、間違いだから、リサコの命は脅かされない。

いいや。

同じチェーンソーを共有するこの老人は、そんなに甘い存在ではない。

『アリスの時』にこんな人物は出てこなかった。つまりそういう事だ。常に超越していたあのアリスでも無防備極まりない上条から全力で遠ざけようとした誰か。現実にあるあらゆる人生の行き止まりが、この一点に集まっている。

ばるばるという太いエンジン音が、人の声を正確に錯覚させる。

『だからリサコ君については、作業を済ませるまでわしが自分を保つ時間稼ぎといったところかのう。どうやら今のわしは、単独では破壊力がありすぎるようなのでな。最後まで保つかどうかは分からんが、ま、元々研究のために用意された被験者じゃろう。せいぜい使い潰させてもらうよ。ぎひっ、ぎひっ、ひひひあははははははははははは!!』

フリルサンド#Gはただそこに佇んでいるだけではない。

上条は、初めて見たかもしれない。あの『人工幽霊』が右手を拳銃の形にして、明確な意思を持って何かを狙い、敵意をぶつけていく瞬間を。

それでも木原端数は涼しい顔をしていた。

『ハンドカフス』の時もフリルサンド#Gを倒したらしき事を老人は言っていた。うっすらとした影は笑いながらチェーンソーから片手を離すと、交差するように自分の右手を突き出し、そして拳銃の形を作った。

『君では、勝てない』

『がっ!?』

『だから全てわしに預けると良い。君が丸ごと呑み込んだこの「禁忌」についても、君が未だに守ろうとしている脆弱な命についても、何もかも』

光も音もなかった。だけど確かに、見えない糸のようなものが切られた。フリルサンド#Gの体が急速に『学園都市最大の禁忌』から遠ざかっていく。彼女は必死に腕を伸ばすが、一番深い暗闇の底にぽつんと残されたリサコはそれに気づかない。

すぐそこで、歯を食いしばってでも救い出そうとしているのに。

何も気づかないまま、幼い少女はこう呟いたのだ。


『今度は、私が幽霊のお姉ちゃんを守るんだ』


映像を吹き散らすような格好で、広いコンコースを白く強い照明の光が埋めていく。

やっぱりまだ終わっていない、そして今動けるのは上条達だけだ。

これから学園都市がどうなっていくかは、きっとこの事件にかかっている。


「おかしいよ……」

上条当麻はぽつりと呟いていた。

否定する声はどこからもやってこなかった。無言は全てを肯定してくれた。

暗闇に疑問を放ち、しつこく残るこの街の理不尽へ立ち向かおうとする者の声を。

「こんなのおかしいだろ、絶対に」

リサコは明らかに様子がおかしかった。外から注入されていた。

何故論理的に正しければ他は全て遮断される？　感情を根拠にする事が許されない？

超大国が核ミサイルを突きつけ合った冷戦だって、科学と魔術が正面衝突した第三次世界大戦だって、オティヌスが冗談半分にこの世界をぶっ壊した『主神の槍(グングニル)』使用時だって。ただの冷たい無機質な論理だけだったら、こんな世界とっくの昔に滅んでそのまま放り出されていた。世界が滅びるのは、怖い。大切な人を守れないのは、辛(つら)い。世界を裏側から操る大物が、憎い。いつもと同じ明日の到来を待つために、今だけは勇気を奮いたい。

精一杯そう思う感情の、何が悪い？

論理で説明するまでもない事などいくらでもあるのに。

人はどうして笑うの？　心はどうして見えないの？　お星様はどうしてたくさんあるの？

改めて論理だけで説明しようとすると雁字(がんじ)搦(がら)めになる問題だってたくさんあるのに。

「そう言いたくても、できなかった。いくら叫んでも、暗闇の底まで誘い込まれて一人ぼっちで迷い続けるリサコには届かなかった。ちくしょう、こいつが幽霊の『未練』の正体か……」

今のままでは死んでも死にきれない。そんな原動力を知った。

……人工幽霊フリルサンド＃Gの戦う理由がようやく見つかった。やはり『アリスの時』とは違う、自分が自分がで戦っている訳ではないのだ。すでに死んでいった人達の想(おも)いを尊重し、まだ生きている幼い命を守ろうとして、だけどそれができなかった。だから他の人の手を借りる必要があった。何としても。

『オペレーションネーム・ハンドカフス』。

上条(かみじょう)はその全貌を知らない。本来だったらここに立つ資格なんかなかったのかもしれない。

だけど、あの日己の全てを賭した人達の行いとギリギリで救う事のできた小さな命を、くだらない悲劇の焼き増しで全部まとめて踏み躙ろうとするクソ野郎がまだ闇の奥で嗤っている。

　本当に、ようやく見つけたのだ。粘つく闇の底でもがき続ける、最後の一人を。

　だけど未だに距離がある。

『ハンドカフス』は終わっていない。誰かが悲劇を断ち切らない限り、終結しない。

「……、」

　上条当麻は、今まで肩を貸していた白井黒子をそっと離した。

「なあ、このままじゃいつまで経っても目的地には辿り着けないって話だったよな。フリルサンド#Gの意思に関係なく、この空間が壊れているから」

「ええ」

「そしてそれは、本来の空間がくしゃくしゃに丸められた状態に近いからって話だった」

「だとしたらどうしますの？」

　上条は無言でコンコースにずらりと並んだ柱の一本へ向かい合った。

　別に、どこでも良かった。少年は強く右の拳を握り締めて、

「こうしてやる」

　思い切り、目の前の幻想に叩きつけた。

ゴッッ!!!!!! と。

3

4

一瞬の眩暈(めまい)ののち、上条当麻(かみじょうとうま)は知らない場所に立っていた。

まるで古い時代のコロシアムだ。円形の巨大な空間に、等間隔にコンクリートの柱が立っていた。そして中央には列車のターンテーブル。そこから時計の文字盤みたいに、一二の方向に線路が伸びて暗い暗いトンネルへ吸い込まれていく。

『学園都市最大の禁忌』。

『オペレーションネーム・ハンドカフス』の、果ての果て。

傍(かたわ)らには白井黒子(しらいくろこ)もアリス＝アナザーバイブルもいなかった。

くしゃくしゃに丸まっていた空間を元に戻したのだ。見た目はすぐ隣に立っていたとしても、しわを伸ばした瞬間に遠く離れた場所へ飛ばされてしまったのかもしれない。それがどこであれ、ひとまず『学園都市の地下』である事に変わりはなさそうだが。

だから。

正面に立つ小さな影は、そういった仲間達ではない。もっと危険な性質を持った何かが、歪みから解放された空間で待っていた。

白衣を着た老人だった。

おそらくは、ここにいてはいけないはずの。

その両手でぶら提げているのは、一五〇センチを超える巨大なチェーンソーだ。フリルサンド#Gの案内の中で見た映像では、幼いリサコが摑んでいたはず。

嫌な感じがした。

上条当麻は低い声で尋ねた。

「……リサコはどうした？」

『骨まで食べてしまったよ』

ぎっ!! と、上条の奥歯から異様な音が鳴り響いた。

真っ当な人間の怒りがおかしくて仕方がない。そういう風に、木原端数は肩を震わせ笑う。

『ただのジョークじゃよ。何だ、二九日をさまよい歩いている間に、「ハンドカフス」の残滓に毒されたかね？　あの連中ならそれくらいはやりかねない、と』

体を折って一通り笑い、それから木原端数は指を一本立てた。

いいや違う。

真上を指差したのだ。高い高い天井。あるいは『正規の手順』から地下へ降りてくれば、最下層へ辿り着く前にはっきりと見えていたかもしれない。

何か、ミノムシのようなものがぶら下がっていた。いいや、それは天井から吊り下げられたあまりにも小さな人影だ。

『特に意味はないよ』

シンプルを極めた最悪の悪趣味がいきなり花開いた。

これ以上の冒瀆があるものか。

あっけらかんとしすぎていて、危うく上条は右から左へ流してしまうところだった。

『高さは五五〇メートル。この地下空間は吹き抜けなので天井はもう地上部分にあるのじゃが、どこから辿っても直結した道はない。そしてわしの支配色が強い「禁忌」の中心では、幽霊といえども壁のすり抜けはできん。つまりカーナビを迷わせるようなもので、リサコ君を助けようとするフリルサンド＃G君は最短の道を探って永遠に迷走してしまう。不死と不死。わしとフリルサンド＃G君が正面から本気で衝突したら、どちらかというより先に場所の方が崩れてしまいかねんしのう。こんな不安定な「禁忌」でそういう臨界負荷はかけたくないのじゃよ。今はまだ』

「……、」

『ま、彼女は焦るじゃろうな。空回りをすればするほど、リサコ君を取り上げられていると思い込む。こんな地下などいくら掘り進めたところで目的のものは手に入らない。わしが手を伸ばしたいのは天の上だというのに、くっくっ』

本当かどうかは判断できない。

そして木原端数がこのタイミングで冗談を言って場を和ませようとするとは思えない。

つまり、

(……少なくとも、すぐさま答えたくないだけの『何か』がある)

ひとまずのあたりをつけた上で、なお上条は一歩踏み込んだ。

恐れる理由があるか。

「ここに来るまで見てきたものと違う。何でいきなり方針を切り替えた？」

『やれやれ。見せたのはフリルサンド♯G君かね？　あるいはわしの無意識から洩れたのかな。このカキキエ隧道は幽霊との相性が悪いから、まあ、元々はリサコ君の耳元で囁いて都合良く操るつもりだったのじゃが』

それができなかったから、何かがズレた。

ひょっとしたら、『禁忌』が急激に広がりつつあるのもこの方針転換が理由かもしれない。

『お恥ずかしい事に手こずってしまってな、あれでなかなかしぶとい。ソダテちゃんが、幽霊のお姉ちゃんが哀しむ事はできないーなどと繰り返すものじゃから鬱陶しくてな。面倒なので黙らせてしまったよ』

ふざけた言葉を聞ければ十分だった。

ぶちりという音は、上条が犬歯で己の唇の端を切った音か。

少年の内側から己の心臓が叫ぶ。

もはや理由などいらない。誰でもない誰かのために戦え。新しく生まれ変わった学園都市は、上条当麻が暮らす場所は、そ、う、い、う、街であるべきだ、と。


だんっ!! と。

右拳を握り締めた上条当麻が、躊躇なく前に駆ける。


ドルゥン!! という太いエンジン音が応じた。木原端数がチェーンソーの紐を強く引くと、厚く短い刃がびっしりついた自転車のチェーンに似た鎖が凶暴に高速回転を始める。

(だから何だ……)

縮もうとする己の心臓に、上条当麻は勇気を注ぐ。

さらにもう一歩、強く踏み込む。

(受け取ったぜ、リサコ。たとえアンタが一言も口には出せない状態だとしても、悪意ある別の口から勝手に暴露された真実だとしても。大切な人を哀しませたくない、その一念だけで幽霊の出来損ないを否定して退けた想いはこの俺が確かに受け取った。だからもう、後ろに下がったりなんかしない!!）

そう、相手は身の丈に匹敵する巨大なチェーンソーを持っている。確かに一撃喰らったら即死確定。しかもおそらく幻想殺しも通用しない。だけどその長さと重さは取り得る攻撃手段を限定するのも確かだ。幽霊と言ってもこいつらはきちんと二本足で歩くらしいし。

横に薙ぐか、斜めに肩から振り下ろすか。

どちらにしても、右手側で腰だめにチェーンソーを構えている以上、左手側で取り回すのが難しいのは事実。

そして、ヤツは幽霊。

その話にすがるなら、そここそ幻想殺しの付け入る余地がある!!

「テメェ!!」

上条は叫んで、行動に出る。

当然、苦手な間合いと言っても木原端数はチェーンソーを振るうだろう。この場合は横に薙ぐのが正解。だけどそう分かっているのなら、上条側から布石を打つ事もできる。

具体的には、足元に落ちていたビニール袋を蹴り上げた。

チェーンソーは確かに凶悪な武器だが、回転方向は常に一定。そしてビニール袋は薄いけど、引き裂かれたところで奇麗サッパリなくなる訳ではない。布が一枚噛んでしまえば、チェーンソーの刃は止まるはず!!

そう思っていた。

しかし、

『甘いよ』

（ちくしょ……なんかある⁉）

老人は嘲るような声と共に、上条はほとんど体を折って後ろに身を倒すようにして急ブレーキをかけた。失敗したリンボーダンスのように背中からコンクリの床に叩きつけられるが、すぐ真上をチェーンソーの刃が水平に振り抜かれた事を考えればこれでも全然マシだ。

いいや、チェーンソーだけではない。

ばぢっ‼　と。老人の肌に触れたビニールの破片が不自然な青白い火花と共に弾け飛んだ。

『ちなみに』

「っ！」

『これは純粋な忠告じゃが、その幻想殺しでわしを消滅させようとは考えない事だ。基本的な構造はフリルサンド#G君と変わらん。まあカキキエ隧道との相性問題をこちらで調整できるようにいくつか機能を切ってるから、ああいう致死性は捨て去るしかなかったが』

黙っていてもうっすらと低い帯電音を鳴らす老人は笑みを広げて、

『つまりハイボルテージ＝カッティング法は電気的に説明のできる物理現象。迂闊に触れればそっちの体が骨まで焼けて肉が裂けるぞ？　まあ稼働中の変圧器を生の拳で破壊する勇気があ

るなら試してみれｂ

ゴンッ!!　という鈍い音が炸裂した。

無視して上条当麻が拳を突き込んだ轟音だった。当然、『科学的に説明できてしまう幽霊』には幻想殺しなんか通じない。

「だから、どうした」

『……、』

上条当麻は、その辺に落ちていたダクトテープの太いロールを強く握り込んでいた。樹脂のテープは半分ぐらいが容赦なく弾け飛び、溶けている。

「……右の拳が通じない。その程度でいちいち足踏みするとでも思ってやがるのか？　ここまでやられて。今もすぐそこで、二五日の夜を生き延びたリサコが死人の手で理不尽に苦しめられているっていうのに」

いきなり使い物にならなくなったダクトテープのロールを横に放り捨て、上条は油断なく周囲へ目をやる。電車の整備に使うのだろう、様々な工具や洗浄道具などが無造作に転がるターンテーブル内には、まだまだ使えるものはいくらでも転がっている。

恐るべき一日だった。

今まで自分がいかにこの街の暗闇から守られてきたのかを痛感するほどに。

『アリスの時』はメチャクチャだった。でもそこから何も学べない訳じゃない。『媒介者』花露妖宴はこう言っていたではないか。アースは強い。脳や心臓へ電気が駆け上がらない限り、人はそうそう感電死したりしない、と。

戻ってきた現実の方だって恐怖の塊だった。だけど不謹慎であっても、そこで出くわした鉄装綴里や楽丘のどかに感心する事もあった。彼女達は、足りない自分を補うためなら何でもやった。例えば自分の拳を保護する道具を装着するとか。

上条当麻は、ただ漠然とここに立っている訳ではない。

こいつと違って、敵も味方も精一杯生き残るために戦ってきた。

最奥、『学園都市最大の禁忌』へ辿り着くまでの道のりは無駄になんかならない。

だから、締めくくれ。

ここに来るまでにあった全てを使って最後の敵を薙ぎ倒せ。

「殴れっていうならいくらでもやってやる……。難しい話は知らねえが、アンタは電気に支えられて安定を保つ存在なんだろ。樹脂が弾け飛んで蒸発した時にちょっと体がブレたな。次は鉄やアルミで試してやろうか？　あるいは液体や粉末ならどうだ？　その体には、何か支えられなくなる上限みたいなものがある！　だったらいくらでもやってやるよ。いちいち頭なんか使う必要もねえ、こんなもんトランプの神経衰弱でハズレを引きまくるようなもんだ。自分で体を張って一点の条件を突き止めるだけで、たったそれだけで‼　テメェの手から確実にリサコを助けられるんだからなあッッッ‼‼‼」

『チッ、殉死マゾがあ!!』

初めて、『人工幽霊』たる木原端数側がかわす動作をした。

絶縁やアースの他に、いわゆる小鳥と電線も使える。

電気はより抵抗の低い方へ流れていく。経路が複数あり、人の体より効率的に流れていく導線と並列の関係を作れれば、ギリギリで死は免れられる。方法を考えれば戦える。

高圧電流だけに任せておけないと思ったのだろう、今度は木原端数から明確に来る。上段に構えてからの振り下ろし。チェーンソーについては少年側が歯を食いしばって意地を貫いたところで老人にダメージは入らない、ただただ体をズタズタに引き裂かれるだけだ。そうなればリサコも助けられない。舌打ちし、上条はいったん後ろへ飛び下がる。

がづっ、がっがっががががががが!!　と。

高速回転する刃が跳ねるのさえ利用して、さらに木原端数側から追撃が来る。わずかでも触れれば服を噛まれて肉も骨もズタズタにされてしまう。

「チッ!!」

『一度は君の右手に打ち消されてしまったが、「禁忌」は常に暴走状態にある。そしてハイボルテージ＝カッティング法を支える文明電池では大都市が生み出す酸性雨を利用して電源を確保する。今は相乗りしているだけだが、「禁忌」という街の外まで繋がる抜け穴トンネルを利用して学園都市の機械や材料を送り出すだけで、全世界の技術レベルや経済状況は丸ごと掌握できる。工場や車両の稼働状態はこちらで自由に干渉・管理できるようになる訳じゃな』

「……？」

距離を取り、身を起こして、上条は怪訝な顔になった。

何故ここで追撃が来ない？

そうまでしても上条の意識を逸らしたい『何か』があるのか？

『言っただろう？　地下を掘っても何も手に入らない、わしの目的は天の上にあると。磁石と磁石は片方だけが一方的に引っ張るのではなく、互いに影響を及ぼし合う。星を覆う磁気圏と地中を流れる溶岩が生み出す地磁気の関係であってもな。地球全域の大空を精密に操る事で、間接的には地球の中心核にまで影響は与えられるようになる。この星が磁気を帯びているのは地球内部のマグマの流れや中心核の運動が巨大な発電機として機能しておるからじゃ。そこにまで、電気的エネルギーの塊、幽霊たるわしが手を伸ばす事ができたとしたら？』

『人工幽霊』とは言っても、フリルサンド#Gとは細部が違うと木原端数は言っていた。現に、こいつを直接見ても上条が血を噴いて倒れる事はない。

だから当初は、リサコを利用するつもりだった、とも。

『わしは、ダイナモ説と自分を接続する』

ここまでやっても、まだ止まらない。

この老人は目の前の興味に対して、他者を害してでも貪欲に吸収しようとする。

『地球の中心核を破壊しなければ滅ぼせない存在となる。今は精密加工するには少々速度が速過ぎるが、なあに、リサコ君の協力があれば調整して手懐けるための時間は稼げるよ。同じハイボルテージ＝カッティング法を使ったフリルサンド＃G君との、終わりのない、泥沼化した不死の戦いに陥らなければね』

（この野郎……）

本当に、なんていう気のない言葉だった。

近所のスーパーで卵のパックが安いんだって、くらいの感覚。

木原端数という研究者にとって、これは悲願なんかじゃない。『アリスの時』にはアンドロイド研究の第一人者みたいな感じで名前が出てきたから、そもそも人工幽霊は専門外のはず。

つまり。

その辺に落ちているものを適当に組み合わせたら手が届きそうだったからとりあえず拾っておこう。それくらいの感覚で人の尊厳を踏み躙り、星の中心にまで手を伸ばそうとしてくる。罪悪感なんて一切覚える事もなく、個人も世界も土足でメチャクチャにしてくる。

大それた目的もなく人が大切にしているものを踏みつけて、あらゆる感情を破壊された顔を見て、ただ嗤う。

こいつは間違いなく、そういう極悪だ。

（……今なら分かる。ドレンチャー＝木原＝レパトリ。俺はアンタとは一度も会った事はないけど、それでもはっきりとお前を理解できる！　どうしてアンタが死人の生き返らないこの世界で、一つしかない自分の命を投げ捨ててまで『暗部』に落ちてきた子供達を拾い上げる器を作ろうとしたのか!!　そうだよ。確かにこんなのは絶対に放っておけない。こいつは、この最低を極めた悪は、こっちが想像できる悲劇の限界なんか軽々と超えてきやがるッ!!)

『そこまでやってしまえば、まあ、強度的にはわし自身が破裂してこの街を焼き尽くす事なく「禁忌」の外を自由に回遊する事もできるようになるじゃろう。せっかく不死となっても実験器具に触れようとするたびに破壊してしまうのでは流石に敵わん。思わぬ形で永遠が転がり込んできたが、さて余った時間はどう使うかね。……この星の何にも罰する事のできない存在になれるのであれば、ひとまず飽きるまで自分の研究を続けてみる事にはなるとは思うが』

そしてまた悲劇と悪趣味が広がっていくのだろう。

こいつがこうして存在する限り、粘つくような暗闇はなくならないのだろう。

『オペレーションネーム・ハンドカフス』は、いつまでも永劫に続いてしまうのだろう。

告げる言葉は一つしかなかった。

高い高い天井に吊られて揺られているリサコはまだ死んでいない。彼女には可能性がある。

大切な人を傷つけたくないと言って自分から苦痛を受け止めた少女と同じ場所にいるのだ。それを強く思う事ができるなら、上条にはこれしかなかった。

つまりは、

「いいや、俺が終わらせる。今日ここで、この街の人間がお前を止める……ッ!!」

『「木原」を見れば、言葉だけなら誰でも言うよ。叶えられた者を見たためしはないが』

バルバルバルバル!!　という壮絶な音はさらに勢いを増す。

構えた右拳なんかあまりに脆弱で、目の前の老人から失笑を買うほどだった。

だからどうした。

こいつがどれだけ自分を大きく見せようとも、上条当麻は一ミリも揺るがない。幼いリサコはついさっきまでここで一人ぼっちで孤独に戦っていた。フリルサンド#Gの言葉は届かなくても、木原端数に遮断されても、それでも暗闇の底の底で『木原』の言葉を自分の力だけで跳ねのけた。他の人を傷つける事は、親しい人達を哀しませる事は、絶対にできないと言い切った。ドレンチャーやフリルサンド#Gが教え伝えようとした正しさは無事に届いていて、決して折れなかった。その快挙は誰にも否定させない。そしてこの悪の亡者を倒さない限り、天井から理不尽に吊り下げられた幼い少女は救われない。

勝敗条件なんかそれだけ分かれば十分だ。

リサコという少女を助け出せ。

一秒でも早く。

『アリスの時』とは違う。一度死んでしまった死人はどんなに手を尽くしたってもう帰ってこない。だけど、二九日にその足跡を追っていく事で見えた横顔だってあったはずだ。学園都市の暗闇に落ちていく子供達を拾い上げるため、あるいはたまたま出くわした少女を放っておけずに手を差し伸べて。冷たい世界の理では、それは非効率で不正解だったのかもしれない。だから最も合理的で安全な道を選べなかった『彼ら』は生存のレールから脱線してしまい、その結果傷つき倒れて生き残る事ができなかったのだろう。

だけど。

ヴィヴァーナにドレンチャー。悪党と蔑まれた人達が見返りを求める事もなく実行したその生き様は、外から見聞きした断片程度であっても、確かに上条当麻の胸に刻まれていた。『ハンドカフス』では敵同士だったはず。だけど、日陰の悪党達が知らずにバトンを手渡す形でせっかく助けたリサコの命が得体の知れない亡霊の暇潰しのために消費されて削り取られていくだなんて馬鹿げた話は、絶対に『彼ら』が望んでいた事ではない。そう断言できるくらいには。

放っておけるか、こんな最悪な二九日を。

もはや、救うのはリサコ一人だけじゃない。幼い彼女を助けるために手を尽くし、一度は事件の闇から引きずり上げた全員の想いが報われるか否か。今はそういう戦いをしているのだ。

だとしたら、

（あんなチェーンソーが何だ……）

一瞬で、狙いを絞った。

最も恐ろしい所から挑みかかれ。暗闇から目を逸らすのは、もうやめにしよう。

（やるべき事は変わらない、邪魔をするならこの手で奪い取ってやる。幽霊をどう倒すかって問題も残っているけど、本当にあいつが俺じゃ手も足も出ない存在なら木原端数はチェーンソーなんか振り回さない。つまり、何かあるんだ。このターンテーブルのどこかに、電気的に作られた幽霊とかいうのを倒す具体的な方法が!!）

言葉にするのは簡単だがもちろん命懸けだ。

白衣の老人が構えるチェーンソーはそれだけで殺傷力の塊。マッチ棒のように細い体は重さと振動に振り回されているが、そのせいで動きも予測がつかない。接触イコール即死の中での、おぼつかない足取り。剣道やフェンシングの達人とはまた違った怖さがあった。

今度は老人から来た。

二回、三回と危なっかしい動きで体ごとチェーンソーを振るう木原端数に、上条は後ろへ下がりながら落ちていたモップを蹴り上げて掴み取る。

（チェーンソーは強力だけど、ガソリンエンジンで動いているんだ。燃料タンクを叩いて揺さぶれば気泡ができてエンストを起こせるはず。そもそも縦に横にと振り回してちゃぷちゃぷガソリンを揺らしている時点で不安定化はしているんだし!!）

理屈は合っているかもしれないが、何しろ相手は本物のチェーンソーだ。刃物なんてただの包丁でもおっかないのに、あんな破壊力の塊を本当に抑え込めるかどうかは未知も未知。

そう思っていた時だった。

じっ、と。

白衣の老人が下に下ろしたチェーンソーの刃が、コンクリートの地面とわずかに接触した。瞳に暗い色を湛える本人に意図があったかどうかもはっきりしない。下手したら彼自身の足の外側すら巻き込みかねないくらい無防備な動作だ。

直後の出来事だった。

爆発した。

大量の火花と共にステンドグラスのようにコンクリの地面が砕け、大量の散弾と化して襲ってきたのだ。

「が……ッ!!」

とっさに両腕をクロスして顔を守る以外、上条には何もできなかった。

体のあちこちに小石大の塊が次々と突き刺さり、両足の靴底が地面から浮く。一瞬後、上条の体が真後ろに吹っ飛ばされる。

ゴロゴロと転がりながら、上条は必死で歯を食いしばる。

(何だ今の……。ただのチェーンソーじゃない⁉)

『ひひっ』

ギャリギャリと暴力的な音を鳴らす元凶を、少年は油断なく睨みつける。

『ぎひひ、いひいひひひひ‼　木原を名乗るこのわしが、「ただの」で済ませるとでも？』

あの老人が何かしている。チェーンソーの切れ味だけで説明できないならやはり学園都市の能力か。疑問も持たずにそこまで考えて、後から上条はぎょっとした。

どうして老人――つまり大人の人間――が能力なんて使えるのだ？　幽霊とはそこまでルールを無視してリミッターを切る事ができるとでも⁉

（ビビるな……）

ふっ、と短く息を吐いて、上条は無理にでも思考を切り替えた。

右の拳を構え直して、自分自身に確認を取るように短く区切って考える。

（止まるな、思考を続けろ‼　ハズレを引くのは悪い事じゃない。あんなに幼いリサコは一人きりでこいつに勝ったんだ。手を焼かせた、って最悪の『木原』に認めさせて渋々作戦を変えさせるくらいに‼　だとしたら、高校生の俺が呑まれている場合かよ。あの小さな体でこんなに頑張ったんだ、ちょっとは新しいこの街にも希望があるってトコを見せてやらなくちゃあな‼）

木原端数の能力については詳しく考えている時間はない。とにかく今は、小柄な老人と侮っていられないだけの何かがあるとだけ覚えておくしかない。こうしている今も、稼働中のチェーンソーを両手で摑んだまま体を左右に振って木原端数はこちらに近づいてくる。金属レール、コンクリの柱、束ねて置かれたビニールロープの束。様々なものへ不用意に接触するたびにオレンジ色の火花がばら撒かれ、飛び散った破片が高速で上条に向けて発射される。

まるで小さな爆弾だ。

「くそ……っ!!」

もちろん、この状況で右に左にふらふらと振り回されるチェーンソーのエンジンを素手で押さえてスイッチを切る事など至難も至難だろう。たとえ全身をくまなく鋼でできた鎧で覆っていたって両断されるのがオチだ。エンストを狙うのがベターだが、モップで何回燃料タンクを叩けば気泡が生じるのかは計算できない。そんなものに命は預けられない。

ここで負けたら、自分はもちろんリサコも助からない。

宙から吊り下げられているのも、そのおかげでコンクリ片の散弾やオレンジの火花の流れ弾を浴びる心配はないとプラスに考えろ。

腕に巻いたビニールシートを解いて捨て、上条当麻がとっさに摑んだのは洗剤のボトルだった。キャップを開けて樹脂製のボディを思い切り搾れば、水鉄砲の代わりくらいにはなるはず。

やるべき事は変わらないと、そう言った。

(ガソリンエンジンなら必ず外から空気を取り込んで燃焼させてる。泥でも雨でも洗剤でも良い、とにかく離れた場所から粘ついた液体で吸気口を塞げばエンジンは勝手に止まる！　高圧電流の塊をどうするのかはそれからで構わない!!）

「これで!!」

がくんっ、と。

その時だった。腕を前に突き出して狙いを定めようとした上条の体が不意に止まる。見れば、足首がコンクリートの地面に埋まっていた。まるで黒く変色した薄い板を踏み抜いたように。

それで気づいた。

（違う……。こいつの能力は、チェーンソーの威力を増すものじゃない。それなら鉄やコンクリならともかく、柔らかい合成繊維の束が火花を散らして切断される訳ない！）

太い振動音と共に凶器が振り上げられた。エンジンの力で高速回転するチェーンソーだ。

だが真に恐ろしいのは、

い、い、能力なんかじゃなかった、

（そもそも能力なんかじゃなかった。ここは普通の空間じゃなくて、『学園都市最大の禁忌』とかいう奇妙な場所のはずだった。誤作動だったか。つまり幽霊側だけが影響を受けるんじゃなくて、場所の方もブレるんだ。そして今は木原端数がフリルサンド#Gから奪っているんだから、双方向だとしたら風景全体の地形や材質そのものに干渉して操れる!?）

黒くてぱさつく床から無理に足を引っこ抜いたが、時間のロスは致命的だった。

ここで死んだらリサコを助けられない。

とっさにコンクリの柱の陰へ転がり込もうとした上条当麻目がけて、その太い柱ごとチェーンソーで叩き切るべく、斜めの斬撃が襲いかかる。

赤が散った。

5

ドッ!! と。不自然なくらい大量の火花が火炎放射器のように飛び散り、前方一面へ扇状に大量のコンクリ片が射出されていった。

(実は右手で破片は消せるんじゃが、ま、数が数では対応できんか。あるいは、落ちていたダクトテープやモップは普通に掴めた事が判断を誤らせたかもしれんが)

粉塵の向こうなどいちいち確かめる気も起きない。

前の統括理事長が『計画』の中心に据えていたからどれほどのものかと思っていたが、蓋を開けてみればこの程度か。

(『禁忌』は物理空間と虚数学区の混ざり合った場所とはいえ、外から持ち込まれた品はそのままじゃ。元々誰が出入りしていたかは知らんが、つまりモップや洗剤のボトルといった頻繁に補充する消耗系の備品に幻想殺しが効かないのも道理じゃろうよ)

いいや、

『……この場合は、リサコ君の特性の方が勝ったのかね』

木原端数は一人、ぽつりと呟いていた。

『オペレーションネーム・ハンドカフス』は掛け値なしの地獄だった。それは、最後の最後で命を落とした木原端数には良く分かる。あの事件に少しでも関わった者が最後まで生き延びられた事。それだけですでに十分以上に異質なのである。

中でも。

リサコは、自分では一度も戦わずに『ハンドカフス』を生き延びたという意味では、特筆すべきレコードを持っていると言っても良い。

元々はフリルサンド♯Gへの牽制として仕掛けておいただけだった。リサコ自身が協力を拒んだ以上、実は彼女を無理に組み込む理由は何もない。

にも拘らず、やはり違う。

リサコ。意識のあるなしに関係なく、同じ空間に彼女がいると何かが変わる。

『木原脳幹は下水道から出てくるところを見ていない』

囁く。

『ヴィヴァーナ＝オニグマは子供を庇って死んだ』

囁く。

『ドレンチャー＝木原＝レパトリは言うに及ばず』

囁く。

『浜面仕上もまた、最後の最後で暴発で撃たれて凶弾に倒れた』

囁く。

チェーンソーを両手で構えたまま、木原端数はにたりと笑みを広げていく。

本人の意思に関係なく、リサコの弱さがひたすら周りの足を引っ張り、『ハンドカフス』でそういう結果を招いた。それは事実だろう。だが弱さを克服するために彼女がチェーンソーという分かりやすい『力』を掴んだら、リサコ自身が死をばら撒く中心点に化けたに違いない。

自分で決めた事は自分でやらないと気が済まない行動力がある。

それでいて人の話は何でも鵜呑みにして、出会った人の忠告はストレートに従う。

自己を主張しながら積極的に他人の言葉を聞きたがる。実際、こんな両立ができる人間はかなり珍しい。人から話を聞き出して情報を集める本職の記者であっても難しいだろう。現に、例えば『暗部』で蠢いていたパパラッチは自己が強過ぎてバランスが崩壊している。

昔話で言うなら、リサコは自分の足で異界へ踏み込んだくせに一番得をする正直者か。

ただ、何事も裏の裏まで読みたがる『暗部』の中では、さぞかし奇妙な動きに見えただろう。本来なら支払う必要のないコストを差し出して、思わず首を傾げた鬼や悪魔もいたかもしれない。そう、無力な正直者は暗闇において、時として逆に最強ランクを切り崩しかねない特殊な存在となる。意地悪な隣人を知らず異界のルールの中で駆逐していく格好で。

それを、潰す。

善性をコンプレックスで煮詰めて、ようやく摑んだ細い糸の先に極大の汚濁を仕掛ける。実際、かつて『学園都市で使い潰されていく子供達の代わりに、能力使用アンドロイドたる自分がいくらでも使い回せる人体実験の素体になる』と息巻いていたレディバードが、『他者の脳を取り込まなくては自己を持続できない』と知った時の顔は、それはそれは見物だった。

この一瞬のために学んでいる。

そういう末路が楽しいはずだったのだが、土壇場でリサコは覆した。

それさえなければ、あんなミノムシみたいな醜態をさらす事もなかっただろうに。

『ひひっ。まあ、楽しめれば何でも良い。確かに、こういう種類の切り札として価値を示すとは面白い。さながら、一つ放り込むだけで鍋全体に突沸を発生させる砂粒のような最小因子か。リサコ君、「ハンドカフス」でも最大の怪物は彼女だったかもしれんなあ？』

その時だった。

カツン、という硬い足音があった。

木原端数は、だ。

その瞬間、手の中に凶悪なチェーンソーがある事すら忘れそうになっていた。

何気なく顔を上げ、そこで確実に動きが止まる。

それだけの何かがあった。

『ハンドカフス』の続きが待っていた。

死人になんか頼らない、世界なんか歪めない。本当に本当の続きがそこにあった。

ズタボロで、今にも死んでしまいそうなくらい顔色も悪く。

それでもその男は親指で自分の顔を指して、そして吐き捨てるようにこう言ったのだ。

呪縛の一切を断ち切る、シンプル極まりないロジックを。


「い、い、い、生きてますけど？」


最悪の木原。

かつてその老人にトドメを刺した天敵、浜面仕上がやってきた。

こんな地の底で、『暗部』の中でも最悪に位置する研究者に対し孤独に抗い続けた幼い少女の尊厳を守るためなら一つしかない体を投げられる。そう考えるだけの命知らずがもう一人。

格好なんて手術衣のままで、腕や腹からいくつもチューブやコードを垂らして。唇は乾いて割れ、肌から汗を流すだけの余裕すら失っている状態であっても。

構わずに。

想いを受け取り、誰でもない誰かのために立ち上がったのは上条当麻一人だけではない。

『ハンドカフス』の失敗なんか知らない。

もう今までの学園都市とは違う。ここは、そう言える街に羽化すべきなのだ。

6

実際、だ。

浜面仕上は二九日の事件をほとんど知らない。

一度は自分の足で来たはずの『ここ』に入り込むのがどれだけ困難を極めるか、それを可能とするまでにどれほどのドラマがあったか。そういった事を全く理解していない。

だけど、助けてという声を耳にした。

それはこの世のものではない、怒りに任せて科学と魔術の境すらあやふやな『学園都市最大の禁忌』を丸ごと呑み込んだ結果、声そのものにまで殺傷力を上乗せされてしまった人工幽霊の言葉だったのかもしれないけど。

それでも、あの二五日を生き残ったのは浜面仕上だ。

もしも自分の手で終わらせたはずの『オペレーションネーム・ハンドカフス』が今もしつこく続いていて、まだ苦しめられている人間が暗闇の底に取り残されているのであれば……死にかけの不良少年にとっては、それだけでベッドから起き上がる理由になり得る。

特に、少年はドレンチャー＝木原＝レパトリの生き様を、間近で見てきたのだから。

あの男が命を賭してでも守ろうとしたものを、踏み躙らせる訳にはいかない。

こればっかりは、何があっても絶対に。

『ひ、ひ』

何かが、喚いていた。

この現実世界の暗がりに何かの間違いで引っかかってこびりついているだけの、哀れな亡霊の声が。

高い高い天井から理不尽に吊り下げられたミノムシのような幼い少女の直下で。

『よりにもよって貴様が来るか？　得体の知れない金貨に振り回され、たった一回わしを貫いた程度で思い上がったか⁉　ゼロが、この無能力者‼　自分の立ち位置も忘れてもう一度暗闇の底に舞い戻るとは、よほど身の丈に合わぬ幸運を拒否して死にたいと見える！』

「……関係ねえよ」

低く、静かに浜面仕上は呟いた。

『オペレーションネーム・ハンドカフス』は最低も最低だった。だけど災厄で埋め尽くされた二五日を生きて走り抜けた事で、ほんの少しだけ見えてきたものもある。

一つくらい学べ。

ヴィヴァーナ＝オニグマ。ドレンチャー＝木原＝レパトリ。目の前で躊躇なく散っていった人達から、せめて何かを吸収して一歩でも前に進め。

もしも幼いリサコが一人きりで精一杯戦った末に得た勝利を否定され、その決意まで愚弄されているとしたら、彼らが黙って見ているとでも思うのか？

「今ここで、能力的に高いか低いかどうかなんて関係ねえんだ。この街に来た誰かはみんな、七人しかいない超能力者に、その中でもてっぺんの第一位に、いいや誰も見た事がない怪物になりたいって理由をこの世界の中から見つけ出して、そこから初めて最初の一歩を踏み出す。だから俺には資格がある。意地汚く現世にしがみついてリサコを巻き込みやがって、俺を誰にも負けない王者の道へ誘い込んだのはこのくそったれの暗闇だぜ」

『何かと思えば昔懐かしい根性論か？　そんなもので実力が覆る事がないのは、レベル分けされたこの街の能力判定制度を見れば分かるじゃろうが。ゼロはゼロ、無能力者!!　どこまで行ってもゼロに過ぎぬ!!』

「テメエにゃ何も言ってねえよ、中身のねえ亡霊野郎」

吐き捨てるように遮った。

大事な話をしているのに無遠慮なテレビの音に遮られたような、小さな苛立ちの混じった声。

そう、浜面仕上は最悪の幽霊と正面から対峙しながら、しかし全くよそへ声を放っていたのだ。

「もう一度言うぜ。今ここで、能力的に高いか低いかなんて関係ない」

それは、歌うようだった。

それは、宣戦布告でも放つようだった。

「この街に来た誰かはみんな、七人しかいない超能力者に、その中でもてっぺんの第一位に、いいや誰も見た事のない怪物になりたいって理由をこの世界の中から見つけ出して、そこから初めて最初の一歩を踏み出す」

あるいはそれは、幼いリサコだってそうだったのかもしれない。確かに、倒せなかった。抵抗も虚しく、結局は木原端数にねじ伏せられてしまった。だけど、彼女は老人の甘言には惑わされなかった。最後の最後まで。ドレンチャー＝木原＝レパトリが与えようとしたものを、しっかりと受け取っていたのだ。木原端数が苛立って表に出てきた事自体、それだけリサコの想いが強かったという証だ。ソダテを、幽霊のお姉ちゃんを傷つけたくないという気持ちは、いつか強大な力へ育つ小さな輝きを秘めていたに違いない。

ドレンチャーはもういない。死者は簡単に蘇ったりしない。だけど、そういう話とは別の次元で、きっとそんなリサコを見て彼は優しく笑っている。自分のしてきた事は決して独りよがりではなかった、と。

そう思えるくらいには、浜面仕上も彼らと関わってしまった。

「だから俺には資格がある」

よって、浜面はただの結果を糾弾しない。

そもそも彼が問いを投げかけている相手は、やはりリサコではない。

「リサコを巻き込みやがって、俺を誰にも負けない王者の道へ誘い込んだのはこのくそったれの暗闇だぜ」

そして。

そうして、ある男はもう一人の資格者へと声を放ったのだ。


「お前はどうなんだよ、ソダテ？」


ずらりと並んだコンクリートの柱、その裏側に向けて。

そう。最悪の二五日、『オペレーションネーム・ハンドカフス』を生き残った者が資格持ちだというのなら、やはり『彼』だってそうだ。どんなに失敗を繰り返し、誰にも勝つ事ができなかったとしても、それでも生き残っただけで絶対に勝ちだ。その当たり前がどれほど難しかったか、『ニコラウスの金貨』に誰も彼もが振り回された二五日を嫌というほど味わってきた浜面には良く分かる。

少なくとも。

負けて死んで資格を失って、勝てなかったからって癇癪を起こして盤をひっくり返して。それでも無様にしがみつく卑怯な反則野郎にどうこう言われる筋合いなんかない。

かたん、という小さな音があった。

柱の陰から出てきたのは、体操服を着た小さな男の子だった。本来だったら絶対にこんな所にいてはいけない人間、凶暴なチェーンソーからまず最初に遠ざけるべき要救助者。

「……たい……」

だけど、浜面は止めなかった。一人の資格を認めたからだ。

震える足に力を込め、小さな拳を必死に握って。並び立つ男は確かにこう言ったのだ。

世の理不尽に抗い、身近な誰かを助けるために。

「俺だってそんな能力者に、超能力者に、誰にも負けない学園都市第一位を超える存在になりたい!!」

7

「ハッ」

不自然に飾りつけられた独房の中で、新たなる統括理事長は小さく笑っていた。

キングサイズのベッドに腰掛ける白い怪物は缶コーヒーの飲み口から唇を離すと、誰にも聞こえない声でこう呟いていた。

「……とっくに超えてるよ、そンなモン」

8

バォン!! ドルドルドルドルドル!! というバイクにも似たエンジン音が強く炸裂した。右に左に体を振っている木原端数が抱えているチェーンソーからだ。一刻も早く黙らせたいのは浜面もソダテも一緒だが、闇雲にあのチェーンソーには飛び込めない。こんな事で自分達が致命傷を負えば、きっと哀しむのは当のリサコだ。それは絶対に許さない。

『きひっ』

チェーンソーを手にしたまま、老人が嘲笑う。

『ひひひ、あははははは!! 身の丈に合わない世迷言で論理を否定するか。感情で成否の条件は埋め合わせられんぞ。足りなければどうなるか、自分の身を切り刻まれ思い知るが良い!!』

対して、浜面は吐き捨てた。

いいや、彼だけではない。二五日を戦い抜いたあの男はもういないけど、それでも二九日にその想いを受け取った人間は他にもいる。だから浜面は悪意くらいでは折れない。

「身の丈に合わない? 当たり前だッ!! 『ハンドカフス』の中じゃ飛び抜けて超越していたあのドレンチャーだって、フリルサンド♯Gだって、最初から自分達の力だけじゃ『暗部』に呑まれていく子供達は守れないって苦しんでいた。全部そこから始まって、苦悩の中をさまよって、ついには善人でありながら学園都市の暗闇全体を騙すまでになったんだ!!」
「そして兄ちゃんは最後には死んじゃったけど、でも、最初から全てを諦めていた訳じゃないし。辛い想いや苦しい痛みは、それでも扱い方次第で前に進む力へ変えられる。折れたり歪んだりするだけじゃない、真っ直ぐに伸びるための力として自分に注ぎ込める！　その転換が、兄ちゃんの持っていた最大の『力』だった。だから絶対に、俺だってみんなで生きて帰る道なんか放り捨てないし。俺達は、どれだけ足りなくたって、打ちのめされたって、それでもみんなで幸せになる道を探すんだ!!　兄ちゃんが精一杯そう生きたように!!!!!!」

だから、いらない。

不自然に死者を蘇らせる技術なんかいらない。

ドレンチャー＝木原＝レパトリ。彼の決意は、想いは、その強き優しさは、また別の男達を支える芯として新たに機能を始めている。暗闇の底に残されたリサコを引っ張り上げるために。だから彼の命が消え去ろうとも、彼の存在まで消えてなくなる事はありえない。誰もドレンチャーにはなれない。だけど彼がやろうとした事を引き継ぐ者は現れる。自分の胸に手を当てろ、彼の鼓動が聞こえないか。浜面もソダテも、互いに言葉で確認を取るまでもない。

誰でもない誰かに己の命を賭けられるか。

あの男と同じくイエスと言えるから、迷わず二人は地の底にある異界まで来た。

木原端数。

お前が意地汚く現世にすがりつく余地は、もう殺す。

「っ！」

浜面は足元のビニールシートを蹴り上げて牽制しつつ、ソダテの小さな体を抱えて近くの柱の陰に飛び込む。ぎゃりり!! という鎖の噛み合う音と共に、何故かビニールシートがオレンジ色の火花を噴いて叩き切られた。

ソダテは親指の爪を噛んだまま、遠くを睨んでいた。

手も足も出ない。それでも小さな少年は、もう目の前の脅威から顔を背けたりはしない。

かつてある青年が、巨大な闇の奥深くへ挑みかかったのと同じように。

幸せを求めるための反撃を惜しまない。

「どうする兄ちゃん？　俺はもう、リサコの前でみっともない所を見せるのはやめるって決めたんだ！　だから何でもやるし。あのチェーンソーを今すぐ取り上げられないなら、ガソリンがなくなるまで逃げ回るとか？」

逃げる事はみっともなくなんかない。それは立派な戦術だ。

言外にそう断言しているソダテは、やはりきちんとドレンチャーの想いを受け取っている。

見かけのプライドがどうこうなんて話は誰もしていない。本当に勝ちたいなら、この真っ黒な悪夢からリサコを哀しませずに助け出したいなら、まず自分の命を守る事が最優先。科学の進歩とか学園都市の発展とか、そんなお題目で納得して子供達が自分から勇敢に死んでいく世界が許せなくてこの街の分厚い暗闇と戦ってきたあの男は、これで報われる。今度こそ。

そして逃げるのも一つの作戦だが、多分追い着かれて八つ裂きにされる方が早い。老人相手とはいえ、空間の限られた地下というのはやはりデメリットにしかならない。

（どうにかして即座に、かつ安全にチェーンソーを止める方法があれば……）

考えろ。これは門外漢なんて話じゃない、エンジンの扱いなら盗んだ車を乗り回してＡＴＭを襲撃していた不良少年の真骨頂だろうが。

「浜面(はまづら)!!」

遠くから別の少年の声が飛んできた。

血を吐いてでも届けたい何かを、そのまま口に出しているかのような。

木原端数(きはらはすう)に見つかるのも承知で何かを教えてくれようとしている。こいつもリサコのためにたった一つしかない命を張ってくれているのだ。

ここからでは見えなかった。どこかの柱やコンテナの陰にでもいるのか。

「俺もそこでしくじった!!　木原端数(きはらはすう)は追加で何か使ってくる。けほっ、効果はチェーンソーの『火花』を増幅させる何か……。おそらくこの『禁忌』とかいう場所自体を乗っ取っているからだろうけど、忘れるな、そいつの脅威はチェーンソー『だけ』じゃない!!」

なるほど、と浜面(はまづら)は思う。

「何だ、火打石じゃねえか……」

「？」

まだ小さなソダテが首をひねるのは無理もない。まあ本来は高校生の浜面がライターの仕組みにそこまで詳しいのもおかしな話であるはずなのだが。

「火打石を擦ると火花が出るってのは誰でも知ってると思うけど、実は火打石そのものはどうやったって火花を生み出さねえ。火打石をぶつける金属の方で発生している火花なんだ」

「えっ、そういうものなの？」

「厳密には金属が削れると細かい粉末の中に混ざっている炭素が摩擦でオレンジ色に輝くんだけど」

それを、増幅する。

おまけにコンクリの柱だろうが床だろうが容赦なく切り裂いていく。

だとすると、

「……物体の中に含まれる炭素を吸い寄せて火花を起こしやすくする。同時にターゲットからは炭素が抜かれてスカスカになる訳だから、強度が脆くなるって感じか？」

つまりコンクリートの柱を盾にしても意味がない。木原端数、ヤツはフリルサンド#Gと違って『学園都市最大の禁忌』とやらとの相性だの誤作動だのを乗りこなし、逆手に取って利用しているのだろう。貧相な老人のチェーンソーはこの『禁忌』内に限り、あらゆる物体を叩き切り、砕いて、しかも散弾のように弾き飛ばす。

浜面はソダテの小さな体を抱き上げると、身を翻して近くの柱の裏へと逃げ込む。

いいや、そう見せかけた。

ばぢぢ!!　という電気が弾けるような雑音が炸裂した。幽霊がこちらを追うコースを確定させた上で、浜面が近くにあった電車関係の設備の一つ、非常電源の変圧器に向けてバケツの水を思い切り被せたのだ。

何に屈するはずもなかった不死の人工幽霊が、明確にブレた。

『がびガバぎぎぎぎっ⁉』

「幽霊の姉ちゃんはどんな壁でも柱でもすり抜けるけど、何故かキッチンのコンテナの中でも電子レンジだけは避けていたようだった。何でかは知らないけど、お前が同じ性質を持っているなら同じ弱点を抱えているはずだし!!」

『ヂィ!!　じじじ、電磁波か⁉』

大気圏外で核爆弾を炸裂させる電磁パルス攻撃は対精密機械やネットワーク破壊で非常に有効だが、何分核を使うのでゴーサインを出しにくいというデメリットもある。なので廉価版として、着弾地点から全方位へ分厚いマイクロ波をばら撒くE爆弾という兵器がある。

ソダテは守られるばかりではない。自分の手札を広げ、挑みかかるように叫ぶ。

「俺には特別な力なんか何もない。だけど、幽霊と一緒に暮らしてきた時間の長さなら、新参者のお前なんかの比じゃないし!!」

幽霊、という言葉の強さはいったん忘れろ。

ヤツが莫大な電気に支えられた存在なら相応の弱点も抱えている。しかも防水加工などもない、配線剝き出しの状態だと考えれば良い。だとすれば塩水や静電気、マイクロ波に電磁パルス、今までは攻めるべき箇所を間違えていただけであって下手すれば普通の人間より多くの弱点を抱えているのではないか。

そういう活路を見出した。

甘かった。

直後に、ズズン……ッ!! という鈍い震動が地下空間全体を低く揺さぶったのだ。

「ねえ、あの。さっき、あいつはそこらじゅうから炭素を抜くって言ったよね？　だから中がスカスカになって脆くなるって」

「あ、ああ。それが？」

「じゃあ」

ごくりと喉を鳴らして、ソダテは何かを見ていた。

そう、

「今寄りかかっているこの柱は、大丈夫なの？」

ビシビシバキッ!!　と太い亀裂がいくつも走った。内部から炭素を抜かれるリスクがある以上、鉄筋入りのコンクリートの安全神話はもうない。そして柱が天井の重さに耐えられなくなれば何がどうなるか。

重たい空気の圧力が、上から下へと突き抜けた。浜面にはそれが地下鉄のホームで列車を待っている時に感じる、大質量の到来に思えた。

間違っていなかった。

直後に大型トレーラーより巨大なコンクリの塊がまとめていくつも降ってきた。

「危ねえっ!!」

とにかくソダテを抱えて地面を転がるしかない。

(まずい!!　リサコは今も天井から吊り下げられているんだぞ。あの高さから不意打ちで落ちてきたりはしないだろうな!?)

二回、三回と立て続けに割れて砕けた天井が降ってくる。足場が不安定で仕方がない。あれだけ強固に思えたターンテーブルがスプリングの甘いベッドか何かのように思えてくる。

いいや違う。

震動は落下物によるものだけではない。それとは別に、明らかに下から上へと突き上げがある。

「ま、まさか……」

「ええい!!　この地下、今は一体どこまで広がってやがるんだ!?　地盤全体から炭素を抜いてボロボロにして、地震のエネルギーでも解放しているんじゃないだろうな!!」

地中深くのプレートとプレートは、人の字を描くように互いにせめぎ合っているのだ。もしも、だ。どちらか片方だけを脆く変化させてしまったら、バネ仕掛けのように一気に力が解放される恐れがある。

（ただまあ、元々この場にあるモノ限定なのが唯一の救いか。もしも部外者アリだったら人間なんか炭素の塊だ、お好きな内臓からご自由に抜き取ってくださいなんて話になっていたかも……っ!!）

だがそれも正確な条件は不明だ。例えば『死の世界の果実を食べたら死の世界の存在にされる』なんて昔話みたいなルールがあったら下拵え次第で浜面達もやられてしまう。

ところで。

地震が起きるとつい立ち止まって天井を見上げてしまうというのは、細い紐や鎖を引いて明るさを調整する天井の蛍光灯やフロアランプが普及した日本特有の仕草らしい。海外ではコップの水の表面が不自然に揺れる、ロウソクの小さな炎が急に震える、などまた別の場所に注目が向けられる事もあるので、ひょっとするとこの辺りにも時代性やお国柄が表れるものなのかもしれない。例えば、ここ最近だったらそこらじゅうのスマホが一斉に全く同じ警報を鳴らしたら要注意、などだ。

とにかく、不安に駆られた浜面とソダテは何気なくいつもの仕草で天井を見上げてしまう。まるで意図して誰かに誘導されたように。

そして上を向いたせいで真正面が死角となったその瞬間、柱の陰から現れた木原端数がチェーンソーを横に構えた。そのまま水平に薙いでしまえば二人まとめて真っ二つにされていただろう。

だがその一瞬前に、真上から正確に老人の目を貫く凄まじい閃光が、襲撃者を怯ませた。

この場合は幽霊でも目潰しが効く事に呆れるべきか、あるいは強い光を嫌うというのもオカルト臭いと感心するべきか。

古い時代のコロシアムのような、円筒形の地下空間。その壁沿いをぐるりと回るキャットウォークに誰かいる。そいつがライトの光を投げかけている。

『これだ。早く使え』

目潰し用のライトが別の所へ向いた。

照らされたのは消火器だった。しかも化学火災に対応した泡状のモデルだ。

浜面はとっさに飛びついた。

ガソリン式のチェーンソーは構造が単純だから、水冷式のラジエーターなどはない。バイクと同じ空冷式だとしたら、エンジン本体を綿のようなふわふわしたもので覆ってしまえば勝手に熱で焼きつくはずだ。それは、多くの気泡を蓄える化学消火剤でも通じる。簡単に崩れていくらでもへばりつく化学性の泡は、木原端数側が火傷覚悟で（幽霊は火傷なんかするのか……？）ちょっと拭った程度で簡単に取り払えるものでもない。

もちろん建築物の崩落や地震の誘発など他にも脅威はあるが、それでも迂闊に近づく事すら許されないあの殺傷力の塊を老人の手から安全に奪えるのは大きいはずだ。

　エンジン音を撒き散らす亡霊は。

　束の間、至近の犠牲者達ではなく階上へ意識を向けて、ぽつりと呟いたようだった。

『貴様……。わしと同じ「木原」か？』

『悪いがそこで吊り下げられているリサコとやらには「ハンドカフス」の時の借りがあるからな。くそっ、真っ当な心の持ち主とはいえ、よもや死んだふり作戦がここまで自分を追い詰める材料に化けてしまうとはな。よって、今回は損得抜きで注力させてもらうよ。そうでなくては私は自分を許せそうにない』

　小さな、オレンジ色の火が壁際のキャットウォークで揺れていた。

　葉巻を口に咥えたゴールデンレトリバーだった。

『……それに、そもそも私は相手が「木原」かどうかで手を抜くようにはできていない。木原端数、今のお前にはロマンが欠片もない。科学のためでも学園都市のためでもなく、ただ殺す。ここで起きている事は、明らかに私が処分するべき領域だ』

『それで頼ったのがこの寄せ集めかね？　だとすれば賭ける先を間違えたな。わしも「木原」かどうかでは線引きせんよ。自分の研究を邪魔する者はその一切を殺す。互いに、ルールはそれだけあれば十分じゃろう？』

テニスの審判みたいに視線を行ったり来たりさせながら意味不明なおしゃべりに付き合っている場合ではない。

（あの会話自体、俺達が動きやすくするための囮なんだ。やるじゃねえか、デカい犬!!）

浜面は消火器の安全ピンを抜くとホースの先を木原端数に向ける。正確にはチェーンソーのエンジン部分。殺傷力ゼロの飛び道具だが、分厚い泡でバイクと同じ空冷のエンジン全体を塞いでしまえば自分で作った熱を逃がす事ができずにガソリン機関は止まるはずだ。

がぎっ!!　と。妙な違和感がそんな浜面の希望を砕いた。

くの字のレバーがいきなり折れた。

この領域を支配する木原端数は、『物体から炭素を抜き取ってスカスカにする』力を持つ。

「くそっ!!」

舌打ちして消火器そのものを投げつける。老人側が稼働中のチェーンソーで薙げば、レバーを引く引かない以前に缶が弾けて高圧不燃ガスと一緒に大量の泡が飛び出るはずだ。あいつが頭からそれを被ってしまえば結果は同じ。

しかしこの可能性も砕かれた。

刃にぶつかる前に、空中で不自然に消火器の金属缶が弾け飛んだのだ。炭素を抜かれて脆くなった消火器自体が内圧を押さえきれなくなったのだろう。

（予想以上だっ!!　こちらも消火器にこだわりすぎたか!?）

どんっ、と横から衝撃が来た。

ソダテがとっさに飛びついて浜面を突き飛ばそうとしたらしいが、それくらいでは死にかけと言っても高校生の体は動かない。そして目の前では木原端数が斜めにチェーンソーを振り上げていた。このままでは二人まとめて真っ二つだ。

考えている暇もなかった。

消火器の赤い缶がバラバラに弾け、金属の刃となってこちらへ飛び散ってくる。浜面は自分の体を使ってソダテの盾になりつつ、これでは本命のチェーンソーを防げないと痛感していた。分かっていて、しかし他の選択肢を選べない。足止め用の散弾だって、一発でもソダテに直撃すれば致命傷になるからだ。

もう目を瞑って歯を食いしばるくらいしかできなかった。チェーンソーの凶暴な音色、その音源が斜めに振り下ろされる。

そして。

ぎゃぎゃぎゃがりがり!!　という鈍い破壊音がいつまでも続いていた。

にも拘らず痛みはない。

浜面仕上がゆっくりと瞳を開けると、何かがチェーンソーへ真っ向から立ち向かっていた。

広がっているのは人間にしては不自然なオレンジの長い髪。全身にジェル状の放電機械油を注ぎ、電気の力で駆動する華奢な体を包んでいるのは競泳水着のような特殊繊維の装束。

この場にあるものであれば、木原端数は自由に炭素の分布を操作できる。

だが無機物であるはずのその少女は、関節を崩されてしまう事も構えた腕を豆腐のように削り取られる事もなかった。

明らかに、『別個の何か』として存在している。

だからその細い腕だけで、チェーンソーと真っ向から拮抗できる!!

「れ」

浜面仕上は、彼女を知っている。

学園都市の子供達を危険な実験から解放するために、能力を使えるアンドロイドたる自分の有用性を世に知らしめようとした一人の少女。なのに悪趣味な研究者の手によって定期的に人間の脳を確保しなければならなくなった、そもそもの成り立ちからして悲劇の産物。

ばちんっ、という鈍い音と共に逆にチェーンソーの刃を弾き返す。

「レディバード!?」

『木原』の手で創られたアンドロイドが、『木原』を止めるべく再び動き出したのだ。

9

実を言うと、だ。上条当麻はそこまで深く考える余裕なんかなかった。

出血に打撃。

度重なるダメージで血を流し過ぎた。まともに頭が回るような状態ではない。立っている事もできず、這いつくばって必死に意識を繋ぎ止めるので精一杯だったのだ。妖宴が施してくれた無害なカビ？　とかいう膜も破け、腹部の銃創から血が止まらない。

だけど、まだやれる事はきっとあるはず。

ビニールシートでも洗剤でも良い。とにかく木原端数のチェーンソーから逃げ回りながらあのエンジンを止められるものを探していた時に、ふとドラム缶の陰におかしなものが転がっているのを見ていたのだ。

それは、少女に見えた。

ただし配線剝き出しで、頭部は丸ごと外れ、背中が両開きのドアのように大きく開いたまま機能が停止している、重金属の骨格を人工の筋肉の束で包んだ少女だった。

使えるものなら何でも良い。

己の記憶にすがれ。

盾にした柱ごとチェーンソーで攻撃され、大量のコンクリ片の散弾を浴びて数メートルも吹き飛ばされた上条(かみじょう)は、そこで何秒か気を失っていたと思う。

そして両目を開いた途端、自分の体からじくじく血がこぼれているのに気づいて顔をしかめる。腹の銃創だけではない。最初の時点で、プラスチックのジャングルジムに突っ込んで尖(とが)った破片をいくつも刺し、全身あちこちを縫う羽目になっていたはずだ。

(ちくしょう。あそこで悲劇はおしまいなんて考えずに、ちゃんと救急箱を列車から持ち出していれば良かった。あのハンドミシンが恋しい……)

「ぐっ……」

コンクリの柱に手をつくが、起き上がろうとしても手が滑って崩れ落ちてしまう。ぬるぬるとした手が鬱陶しい。視界はうっすらと暗く濁っていき、起き上がる事もできず両足は不自然に痙攣(けいれん)を繰り返している。

血を流し過ぎた。

これでは老人の亡霊相手とはいえ、チェーンソーを避けられるとは思えない。

(でもっ、何か、できる事が……)

順当な理由が適量あれば諦められるとでも？

こんな事件で苦しめられてきた人達のためにしてやれる事はもう何もないだなんて、絶対に認めてたまるか。

『ハンドカフス』を断ち切れ。

もう悲劇と不幸の連鎖を終わらせろ。

まだ。

チャンスは消えていないはず。

数秒とはいえ気絶していたのにチェーンソーの攻撃はきていない。奇しくも木原端数側が激しい粉塵や火花によって標的を見失っている事に上条は気づいた。破壊力が大き過ぎるのも良し悪しだ。這いずる事しかできない上条は、自分がどうやっても血の跡を残してしまう事に気づいて舌打ちする。近くにあったビニールシートを巻き込む形でゴロゴロ転がり、春巻きみたいな格好になって再度汚い床を手の力だけで這って進む。

指が全部痛い。爪が割れるかと思った。

それでも千載一遇のチャンスではあった。こんな状態で老人にバレたら一発で両断されるので、あるいはこれが本当に最後の選択肢かもしれない。それを、上条当麻はドラム缶裏に賭ける事にした。ずるずると遠回りで床を進み、さっきの少女を拾い上げる。

今から傷を塞いで飛んだり跳ねたりは難しい。だけど、何もできない訳ではない。誰にとっても――そう、木原端数にとっても――予想外の戦力を場に投げ込む事ができたら、そこからリサコを助ける突破口ができるかもしれない。

競泳水着の少女は、壊れている……気がする。

少なくとも転がった少女の生首を胴体にくっつけたところで再び動き出す訳ではないだろう。

だから上条当麻は血まみれの指を動かし、センスのないおじいちゃんスマホを取り出して、素直に頼った。

(ヤベえっ。残金四九円なんだけど、やっぱりスマホ同士でも国際料金って高くつくのかなあ。世界中どこでも自由に持ち歩けるモバイルのはずなのにぃ)

トランスペンがないので英語の変換はいったん確度の怪しいサイトを噛ませるしかない。オティヌスいわく、学園都市の『外』の人間でありながら、あの『木原』でも思いつかなかったインスピレーションに形を与えた女性へ声を届けたい。

つまりこうだ。

「頼むメ、ル、ザ、ベ、ス!!　こいつの配線の繋ぎ方が知りたい。お前の力を貸してくれ!!」

10

ギャリギャリと不気味な音を鳴らして回るチェーンソーを、少女は真っ向から睨みつけた。

『あの時……』

構わなかった。

脅威のレベルを知るからこそ、レディバードは逃げるのではなく、一歩前へ強く踏み込む。怖いから、避けるのではない。怖いから、挑む。この背で人を庇う誰かになりたいと願った少女は、ついにここまで辿り着いたのだ。

『私だって思った、こんな薄汚れた私だって。ここで子供達を殺して脳を切り取るくらいなら、ドラム缶の爆発に巻き込まれてみるのも悪くないと。だから私はもう二度とあんな所業に手は染めない。私は、私だって、そんな第一位を超える何かになりたい!!』

理由を見つけた。

そんなデータを木原端数は入力した覚えはないのに。

だからきっと、この瞬間にレディバードは本当の意味で呪縛から解き放たれたのだ。

託されて、背中を押してもらった。

誰でもない誰かのために火の中に飛び込め。アンドロイドならもののたとえではなく、物理的にそれができる。だからもう、自分を卑下してコンプレックスにまみれる必要なんかない。

素直に目的を見据えるところから始まったとしても、これまで疑問すら持たず、言われるままに犯してきた罪とはてんで釣り合いが取れなかったとしても、それでも彼女はやっと自分の足でこの広い世界へ最初の一歩を踏み出したのだ。

作られた少女が、今ここに産声を上げる。

『そう』

腰の後ろへ手を伸ばす。

常人ならば摑んで構える事もできないほど超重量の山刀を、躊躇なく抜く。

今度は、今度の今度こそ。騙されて殺すためではなく、人の命を守るために。

一回で良い。たった一度で構わないから。

レディバードは真正面から自分を創った老人を睨みつけて、

『やっと、やっとだ。そうだ先生。私は今、なりたい自分を手に入れている……ッ!!』

『ぬかせえ！　薄汚れた殺人兵器が偉そうに!!』

ばぢん!!　という鈍い音があった。

交差した瞬間、あれだけ凶暴だったチェーンソーは鎖を誘導するガイドごとくの字に折れ曲がっていた。こうなってしまえばもう鎖を回す事はできない。

脅威は取り除かれた。

『ほう。組み立てた製作者の思惑を超えて動き始める人造人間か。ただの玩具と思っていたが、なかなかにロマンの溢れる存在に化けたじゃないか、レディバード君。しかもそれが怪物の暴走原因ではなく、小さな善性に転がるなら文句なしの一〇〇点だ』

階上のキャットウォークから、どこか感心するようなゴールデンレトリバーの声があった。

一般倫理とは別の次元でこの世界を眺める研究者の言葉が。

『……あれだけ死んで、誰もが過ぎたる力に振り回されたのだ。せめてそれくらいの収穫がなければ二五日に散っていった悪党どもも報われないだろうしな』

だがそんな冗談じみた同じ『木原』からの言葉に、木原端数はいちいち言葉を返せない。

それどころではない。

『何故……今になって、君がそこまで稼働できる?』

理不尽に対する怒りすら混じっていた。

人工幽霊という新しいオモチャを手に入れたはずの老人は、自分の手で捨てた何かをひどく羨むような声を放っていた。

すでに壊れてしまったチェーンソーをそれでも手放さず。バルバルという太いエンジン音を人の声のように歪ませて。

『貴様は二五日にここで完全に機能停止した!! たとえアマチュアの間に合わせで一時的に機能を取り戻したとしても、数秒動けば良い方じゃろうが……。そもそも人の脳を消費しない限りは自分を保つ事すらできないはず。それがどうして、今になってそこまで機敏に!? わしが設計した限度を超えておるぞ!!』

『そうですか?』

素っ気ない声があった。レディバードの口からだ。ただし出てきた声は、明らかに少女のそれではない。その英語は、もっと成熟した大人の女性の声色だった。

別の何かが接続されている。

　メルザベス＝グローサリーという、もう一人の天才が。

『確かにセルロースナノファイバーに軸足を置いたこの子の「脳」は放っておいても異常な成長を遂げ、やがては作り物の頭蓋骨の容積を超えて折り畳もうとしてしまうでしょう。適度に断線して許容のサイズに収めるためには、わざと拒絶を利用するための異物として人の脳が常に必要になるかもしれない。……ですがそれは、わざわざセルロースナノファイバーを使ったりしなければ済むだけの話です』

『な』

『ロジスティクスホーネット。私が設計してR&Cオカルティクスのオモチャとなり、今は世界各地の海に着水した空中発射式の輸送拠点。全幅五〇〇〇メートルの容れ物の中には、結局一度も使う事のなかった設備があります。完全自律型の光ニューロコンピュータ、通称はシークレット。つまり、初めから人の脳の構造を真似て作られた特大の演算処理装置です』

　レディバードはかつて、自分が不完全な機械である事をひたすら呪っていた。常に能力者を殺して脳を摘出しなければ自己を保てなくなる己の全てに。

　だけど、機械だからこそ開かれる救いの道もある。

『これは人の頭蓋骨に収まるサイズじゃない。学園都市だけが独占する能力とやらも使えなくなるかもしれない。……だけどここには、悪趣味なんかありません。その子の頭と大型コンピュータを無線ネットワークで結びつけるだけで、彼女は動作不良や死の恐怖、そして罪から解放されるはず。なのにあなたは、思いつけなかった。目先の利益と何より皮肉な悪趣味に飛びつこうとするあまり、自ら永遠に解けない袋小路に迷い込んだ事にも気づけなかった』

声色には、侮蔑の色が込められていた。

メルザベス＝グローサリーはとある少女の母親だ。ひょっとしたら今も一緒にいるかもしれない。だからこそ、彼女からすれば絶対に許せないのだろう。生まれた方法は違っていてもレディバードは製造者の木原端数を慕っていたはずだ。そんな娘を嘲笑い、老いた研究者が何をしでかしたのかを知ったから。

だから躊躇なく、切り捨てるようにメルザベスはこう告げた。

優れた研究者として、一番残酷に心を抉る言葉は何かを誰よりも熟知した上で。

『木原端数。あなた、言うほど大した事はありませんね』

11

それは、いかなる心理状態だっただろう。

あるいは木原一族でなければ分からなかったかもしれない。いいや、同じ木原を名乗る者にも理解のできない話だった可能性もある。

『ひ』

ぐらり、と老人の輪郭が揺らいだ。

何か、元から肉体を持たない何かの性質が、目に見えて変わった。

『否定する。同じ木原どころか、学園都市の人間ですらない木っ端の科学者気取りが偉そうに……。そうか、それならもう永遠なんていらない。地球の中心核なんて放っておいて良い。学説も、論文も、その生き様も！　とにかくキサマだけは絶対に全てを奪って叩き潰して永遠に否定してやるッッッ!!!!!!』

『あらそうですか。きひひ、じゃあ可愛いリサコちゃんはこっちで奪っちゃいますね？』

ばぢっ!!　と。

火花にも似た音と共に、木原端数は何かを取り上げられた。

あまりにもあっさりと。

『なっ……』

驚きの声を上げたのは上条当麻だったか、それとも浜面仕上だったか。

コロシアムのような広い円形空間、その高い高い天井。誰にでも見えるけど、誰にも手出しのできないそこに、ふわりと新しい影が漂っていたのだ。

繭でも引き裂くようにして取り出されたのは、意識のない小さな少女だった。ソダテとは似て非なる体操服を着た女の子だ。

そしてぐったりしたリサコを抱き抱えたのは、また別の、一人の少女だった。

だが違う。真綿か木の葉のように重力を感じさせない動きで床まで下りてくるのは、むしろ性質としては人工幽霊よりもなお曖昧な何かだ。

華奢な少女のシルエットに、海洋生物のような翼や尻尾を加えた異形の影。あらゆる神話や宗教にも記載のない秘められた存在。

気づいて、木原端数が呻いた。

『悪魔、それも本物の、じゃと⁉』

『はあん？　いくつになっても違いの分からない残念なじいさまですね、私はメイドインＵＫの作り物、クリファパズル５４５ですけど何か？？？　それからいきなり何で、だなんて世迷言は許しませんよ。そもそもここはあの人が守る平和な街で、いきなり出てきた邪魔な異物はあなたの方だ』

誰でもない誰かのために全力を尽くす。

この街の新たな頂点は、ついに科学の外にいる存在まで持ち出してきた。

だが木原端数側には冷たい床に寝かされたリサコを奪い返すだけの余裕はない。

ズン‼　と。

右と左から悪魔を追い抜くようにして。上条当麻と浜面仕上がいびつな高圧電流の塊に向けて、迷わず一歩踏み出したからだ。

己の限界など知らない。二人とも、最初からズタボロでここまで来た。

「……ハッ、何が何だか知らねえが」

「ああ。ここでテメェの動きを止めて時間を稼げば、それだけでリサコを助ける手伝いができるって訳だよなあ!!」

手の甲で頬や口元の血を拭う男達は、具体的な勝算どころか、自分自身が生き残るための計算すらしない。

何が何だか知らねえが、だけで、あるいはビニールロープの束を掴んで拳を守り、あるいは柄が木製のハンマーを両手で握り込んで、迷わずこちらへ踏み出す二人の少年にさしもの木原端数もたじろぐ。こいつらは高圧電流の塊を恐れていない。そのシルエットを崩すためなら使えるものは何でも試す。少年達の瞳には好戦的な希望すら宿っていた。

フリルサンド#Gも常に心霊写真や呪いのロジックを持ち出し、敵対する者ほど距離を取って大軍を圧倒する戦い方を好んできた。

そうしている間にも、だ。

人間の少女と海洋生物のような質感の翼や尾を足したその悪魔は、英字新聞をガムテープでツギハギしたみすぼらしいドレスを大きく誇示する。

ヴン!!　とその記事が大きく蠢く。

悪魔は両腕を広げて、パーソナライズ化された全身の文面をリサコに提示する。

未だにその両目は開かなくても、それでも隠す理由にはならないと言わんばかりに。

『そして悪魔っていうのは人の欲望には敏感にできているものです。こっちはこれでも戦争の空気を作って国家単位で人を錯乱させるクリファパズル545、人の心の暗い部分については私の庭です。狙った獲物の履歴は、ただドレスの記事を追いかけていけば良い』

もしもチェーンソーが健在であれば、こうしている今も木原端数は悪魔の少女の背中に切りかかっていただろう。特にこの老人はそういう場をひっくり返すような悪意のばら撒きが大の好物なのだから。

だがチェーンソーはすでにくの字に折れて破壊されている。バルバルとエンジンを鳴らしたところで短い刃のついた鎖は回らない。

そして武器を破壊した競泳水着の少女が立ち塞がっている。命知らずな無能力者どもの間へさらに割って入るように。

この街の悪趣味から、子供達を守る誰かになる。

おそらくレディバードにとっては、血みどろで戦う『彼ら』さえも当てはまるのだ。

悪名高き『木原』の中から生じておきながら、なりたい自分をはっきりと見据えたアンドロイドが、改めて最初の一歩を踏み出していく。

ハイボルテージ＝カッティング法だろうが電気的エネルギーの塊だろうが、レディバードだけは生の人間とは事情が違う。今や彼女は肉体をどれだけ破壊されようが、眉一つ動かす事なく自分で設定した目的を実行するだろう。アンドロイドとしての強みを理解して。

『できる、ものかっ』

奥歯を噛み締め。

呻き、そして悪意の権化が吼えた。

『ソダテちゃんを、幽霊のお姉ちゃんを、傷つけるような事はしたくない。だとしても！　じゃあどうやってこの理不尽な世界に立ち向かっていくか、リサコ君は答えを出しておらん‼　結局はただの思考の停滞。追い詰めて同じ質問を永劫に繰り返せばいずれ必ずこう言う、大切な者を守るために直接戦い、殺す力が欲しいとなあ‼』

『ほんとにそうですかね？』

ぴくん、と体操服の少女の肩が小さく動いた。

まだ目は開けていないけれど。

それでも何故かその言葉は、木原端数を否定しきれなかったリサコに届く。

クリファパズル５４５の体を包む新聞記事には、本質的に意味なんてないのかもしれない。ロールシャッハテストのように見る者によって内容を変えていくのだろう。ぞるぞると、リサコの前で記事の内容は生き物のように変化していくのだ。

『悪魔の私にはあなたの欲など見えている。だけど私は敢えて、あなたにこう質問します』

ずいっと。

顔と顔を近づけて、クリファパズル５４５は笑みを大きくしていく。

『……思考を止めての拒絶。それだけでは木原端数を退けるには足りなかったんです。だからあなたは、最後には卑怯な老人に言葉で負けてしまった。だから改めて、そこから先を進めましょう。保留にして足踏みするのではなく、確かな答えとして否定するんです。大切な者を守るためには戦う力が欲しい。それ以外にも確たる解答はあるのだと』

人の欲に直接囁きかける彼女の声は、リサコの硬化した心にも容赦なく染み込んでいく。論理的に合っている内容を感情で否定するのはひどく暴力的な印象を与え、リサコの心を固く封じる方向に向かわせるはずなのに。

『誰も、自分の弱さの犠牲にしたくない、だからどんな手を使ってでも強くなりたい。望みは結構ですが、それは心を封じて目を曇らせ、ただ言われた通りに刃を振るう事で叶えられるのですか？』

いいや、その前提が間違っているのだ。

欲、と言ってしまえば下世話な感情の塊に聞こえるかもしれない。

だけど実際には、論理的な欲だっていくらでもある。例えば金融経済の世界において数字で計算できる利害関係なんて最たるものだろう。効率的に人間を鍛えるスポーツ医学やバイオメカニクスも、白衣を着た学者達が散々数字で人体各部を語ったところで根っこにあるのは結局この一言に尽きる。一等賞になりたい。それを欲と呼ばずに何と言えば良いのだ。

そしてフリルサンド#Gが見せた幻覚の中で、リサコは確かに言っていたはずだ。

『自分の弱さを克服して、もっと強くなりたい。どんな手を使ってでも』。色々すっぽ抜けている危うい論理ではあるが、もっとそれ以前の話として、だ。

リサコは、強さを数値に置き換えて増減や順位の実感を得ようと考えた。

一見突っぱねたように見えていても、それでも完全に否定しきれずにいる。実際、もしもリサコに学園都市第一位のベクトル操作能力があれば、二五日の『ハンドカフス』は結果が変わっていた。確実に身近な人達を救えた。それは間違いないからだ。

ヴィヴァーナ＝オニグマやドレンチャー＝木原＝レパトリはそんなリサコを見たがっていない、と考えるのは自由だ。

だけど本当に目の前で死なれてしまったリサコは、どうしても心の片隅でこう思ってしまう。自分に目で見て分かるくらいもっと明確な力があれば、と。だからそんな心を堰き止めて木原端数の甘言を退けるだけで、完全に断ち切るまではできなかった。

つまり、だ。

数字で順位を測りたがるリサコの論理には、『欲』の入り込む余地がある。

本能と理性は、必ずしも対立するとは限らない。むしろ片方しか機能していない方が、心の働きとしては不自然なバランスだ。催眠状態で脳の背側前帯状皮質の活動が低下すると、疑問を持たず無抵抗に命令へ従ってしまうように。

『だけど、あなたの本当の望みは数字じゃない』

自分にとって絶対の武器、唯一の窓口を、しかしクリファパズル５４５は自ら否定した。

冷静に考えれば良い。気持ち良くなりたいと望む心も、幸せを与えたいと願う気持ちも、浅ましい欲の一つである事に変わりはない。

だとすれば、むしろ奇妙なのだ。

『木原』なんてものを頼り、重たいチェーンソーを渡されて叶えられる欲とは、何だ？

人を傷つけ殺す事しかできない力で、人間の心の一体何が満たされる？

もしも幼い少女自身に思い当たらないというのであれば、そこに重大な歪みがある。

『力が欲しいのは分かりました。でもそれは、口答えをする者を誰彼構わず傷つけて遠ざける、孤独に向かう力だったんですか？　そんな訳がないでしょう。木原脳幹を見て、ヴィヴァーナ＝オニグマを見て、ドレンチャー＝木原＝レパトリを見て、浜面仕上を見て‼　あなたはだから何を思った⁉　自分だけが生き残ってしまった世界でさらにまだ流血を望む？　そんなはずがありません。つまらない最強議論やスペック自慢なんかじゃリサコの心は安らがない。あなたにはあなたの欲が別になければ絶対におかしい‼』

額と額を合わせ。

超至近距離で悪魔の少女はこう叫んだのだ。

『言いなさいリサコ!!　最初に自分で描いた欲を思い出せぇ!!!!!!』


音もなく、だった。

ゆっくりと瞼(まぶた)を開く幼い少女がいた。

「強く、なりたい……」

震える声で、そうあった。

それは間違いなく、ここに集まった全ての人に力を与えたはずだった。

「だけどそれは、人を傷つけるような力なんかじゃない」

何の意味もないかもしれない。能力とは関係のない話かもしれない。

ただしその声には、確かな力が宿る。

曇っていた瞳を晴らし、固まっていた心を開ける。

幻想殺し(イマジンブレイカー)でも、一方通行(アクセラレータ)でもない。だけど悪魔が小さな胸に放ったその力に突き動かされて。その幼い欲は、確かに、ある悪意が付け入る隙を封殺していく!!

「……幽霊のお姉ちゃんやソダテちゃんを笑って励ませるような、どんなピンチになってもみんなの力を一二〇%引き出せるような。そんな優しい力が欲しい」

12

ヴン!!　と。

低い唸りと共に、いきなり木原端数はどこかに飛ばされた。ある世界の人間は、それを異なる位相と呼んだかもしれない。あるいは古くより学園都市の深い所に棲息している者達からは、虚数学区と呼ばれていたかもしれない場所だ。

ともあれ、同じ世界に立っていながら木原端数は切り取られていた。

彼が人間の枠の外に出たからこそこうなったのか、あるいは場の不安定な『学園都市最大の禁忌』なんてものを弄んでいたから揺らぎに呑み込まれたのか。

孤独な世界に立つのはクリファパズル545。同じく、人間ではない彼女一人だけ。

『ち』

おそらく一番面食らったのは、木原端数本人だろう。

いきなり悪魔の横槍を受け、しかも『学園都市最大の禁忌』本来の持ち主であるフリルサンド＃Gを唯一地上で迷走させるに足るリサコ自身が助け出されて地下に下りてしまっては、いよいよ老人の牙城は崩れてしまう。

論理は散り散りになり、幼い少女の感情によって木原端数は拒絶される。

木原端数はこう言っていたはずだ。フリルサンド#Gを参考にして自分の意思を復元してみたが、細部は異なる。地球中心核と接続すればシルエットが破裂して街を焼き尽くす事なく『禁忌』の外へ自由に出歩けるようになる。不死を手に入れておきながら実験器具に触れようとするたびに例外なく破壊してしまう、といった空回りは避けられる。だからそれまで邪魔されないよう、リサコにフリルサンド#Gの足止めをしてもらう、と。

聞き逃してはならない。

つまり、木原端数は自分自身を完全に制御できていないのだ。リサコという罠が消えた時点でフリルサンド#Gを呼び込む事は避けられず、彼の計画は永久に妨害される。そしてもう、縛り上げて無理矢理自分の計画に組み込むといった事も許されない。

元々、この研究者のテリトリーはこの深い地下。いいや、彼は虚数学区からの脱出法をまだ組み立てていない。今やどこにも逃げられない亡霊相手に、悪魔の少女がそっと迫り来る。

より高位に存在する心霊分野の何かが。

しかし、それ以上にだ。

『ち、違う……』

消滅に対する恐怖すら忘れて、木原端数は首を横に振っていた。

理解のできない状況に対する憤りに満ちていた。

腐っても学者だからこそ、このようなねじ曲げは何があっても許せないのか。

『わしはありもしない欲なんぞ埋め込んでいないい!! チェーンソーは、流血は、分かりやすい殺傷力は、確かにリサコ君が自分で望んだ最強の形じゃった。だから付け込む隙ができた!! それが、どうして、笑って励ます力じゃと？ そんな誤答はありえないッ!!』

『きひひ。ま、幽霊ではこの程度が限界ですか』

悪魔が笑う。

答えをねじ曲げた何かは英字新聞のスカートを軽く両手の指先で摘んで一礼しながら、

『言っておきますけど、人間の欲なんて一つきりじゃありませんよ？ ブドウの房みたいに大小様々な欲が一つの心に同居していて、それぞれがせめぎ合って、結果的に単一の行動が肉体から出力されているだけです。リサコには、不条理に襲いかかる悪人を切って捨ててでも大切な人を守りたい心はあった。だから？ それとは別に、争いを望まない心があってもおかしくないでしょう。ズボンは良いけどスカートも捨て難い、といったように』

『……お前、この悪魔、リサコ君を騙したのか……？』

『一つの答えが出ないと納得できない理系の学者さんには難しかったかもしれませんねえ。でも、私は「戦争の空気」すら自在に操るクリファパズル545。悪魔っていうのはそういう風に望みを歪めて幸せを錯覚させるモノでしょう？』

だから神は、悪魔がどれだけの笑顔を作ったところで決して許さない。

木の葉のお金を抱き締めて幸せに笑い合う人々を見て、どうしても我慢ならない。

『それから』

『っ？』

『あなたはリサコから拒絶され、中心核への干渉も思ったようには進まず、黙っていても転落コース一直線って感じではありません。ただ、そんな半端な終わりをあの人が許すかなー？　この不安定な「学園都市最大の禁忌」の制御が本来の持ち主に戻った場合、こわーいお姉さんがやってきそうではありますけど？』

ばっ!!　と。

とっさに木原端数は周囲に目をやった。この場合、想定される敵は一人しかいなかった。フリルサンド#G。彼女は誰よりもリサコの生還を望み、あらゆる手を尽くして『禁忌』の外側からアタックを続けていたのだから。

守りが失われて城壁を破られた場合、何が殺到してくるか。想像できなければおかしい。

（……問題ない）

一度死んだ男は、消滅の恐怖を知っている。

単なる度を越した痛みとは違う喪失感を刻みつけられている。それは血を流すのが怖いとか、苦しみを押しつけられるのが耐えられないとか、命が消えてなくなるのは嫌だとか、そんな低次で動物的な本能に根差した話ではない。

研究を続けられない、ない。

今胸に抱えているものを形にできないまま、ただ霧散するしかない。

これほどの恐怖が他にあるか。一番の楽しみを楽しめないほどの喪失感があってたまるか。

行動基準の源泉にある恐怖が、再び彼の心を締め上げてきた。

そしてある意味において、恐怖は闘争心という火に注ぐ油として機能する。

だからとことんまで本気になる。

（わしもフリルサンド♯Ｇ君も同じ人工幽霊、だから即座に決着がつく事はない！　それに条件さえ満たせばリサコ君でなくても足止めの迷走はできる。例えば、そう、例えば同じ境遇にあるソダテ君を追い込んで吹き抜けの天井からぶら下げるとか……ッ‼）

確かに、フリルサンド♯Ｇへの対策は万全だったかもしれない。

今までは回避してきたが、わざとフリルサンド♯Ｇを内部に呼び込み、人工幽霊同士の正面衝突にクリファパズル５４５を巻き込んでしまえば、そのどさくさに紛れて時間を稼げる。

『禁忌』の外に出ればシルエットが弾け飛んで街や世界を焼き尽くす？　そんなもの、この街の地下一面へ無尽蔵に広がりつつある『禁忌』をすぐさま一〇〇％フリルサンド♯Ｇが取り戻せるとは限らない。時間を稼いでいる間に上層大気、磁気圏を利用して木原端数が惑星中心の巨大なダイナモに己自身の存在を刻みつけて私物化する。そうすれば『禁忌』の外に出て、世界のどこにだって旅立てる。

そう思っていた。

直後の出来事だった。

ゾン!!　と。

背中側から胸の真ん中へ、光り輝く何かが木原端数を完全に貫通させていた。

鉛筆のように先を削った丸太が何本も。縄で縛って交差させ、本来は凶悪な柵として扱う道具だ。それらは幽霊の体を貫き、手にしていたチェーンソーの残骸までぐしゃぐしゃに潰して砕いていく。傷から七色の炎が揺らぐのは、丸太が焼けて出た煤が干渉してくるからか。

矢来。

主に戦闘用というよりは、拷問や処刑の専門家が刑場を囲むために扱う道具。

そして二五日にはいたはずだ。死の運命に翻弄されながらも、見知らぬ子供や行きずりの仲間を助けるために己の命を使い尽くした、長くてクセの強い銀髪に袴の少女が。

愕然と、木原端数は言った。

『て』

痛みは、無視した。

驚きが勝っていた。自分の首を動かして後ろを振り返るのがこんなに困難を極めるだなんて思ってもいなかった。

誰でもない誰かのために戦う。その想いは、ついにこんな存在を呼び寄せる。

すでに、そこまで死は迫っていた。

『てん、し……？』

それは、どこかの学校のブレザー制服を着た少女だった。

それは、頭の横から細く一房分けた長い髪の少女だった。

それは、弱々しいメガネと大きな胸が特徴の少女だった。

風斬氷華。

矢来の持ち主、ヴィヴァーナ＝オニグマ本人……ではない。

何故ならどれだけ祈ったところで死者は二度と蘇らないから。

そんなご都合主義は許されないから。

だけど二五日の裏側を眺め、想いを汲み取り、ここまで辿り着けなかった誰かの形見を手に取って最後の一撃を加えるべく立ち上がった者は確かにいてくれた。

知らないとすれば、木原端数はそれだけレベルの低い『木原』だったのだろう。

悪魔が笑う。

『フリルサンド＃Gは「学園都市最大の禁忌」を取り戻すかもしれない。だ、けどこ、わーい、いお姉さんが彼女だなんて言った覚えはありませんよ？　そもそもフリルサンド＃Gは「ハンドカフス」の時にはあなたに出し抜かれて無力化されてしまった、って話を忘れたんですか。いひ、

制御を取り戻そうが取り戻すまいが、フリルサンド#Gでは木原端数には勝てませんってば』

だから、誰よりも『学園都市最大の禁忌』に詳しく虚数学区を己のホームとする少女とかち合った。

あるいは、悪意と悪意の衝突であれば、木原端数はしのいだかもしれない。

これはもう理屈とか実力とかに関係なく、もっと本能的だったり観念的なレベルで『木原』はその悪性でもって悪魔や幽霊の追撃を凌いだかもしれない。

だけど、これは違う。

この街で暮らす人々が洩らす微弱な力、ＡＩＭ拡散力場の集合体。風斬氷華。言ってしまえば学園都市の総意が一つの悪にこう突きつけたのだ。

ノー、と。

お前のような悪趣味の塊は、もういらない、と。

『……人工の、天使。まったくとんでもない反則だと思います。公になりましたし、やっぱり直で「妹達」に負担をお願いできると強いなー。うーん。孤独に悩む子らしいですし、あなたが幽霊になんかならなければ、この恐怖とは出会う事もなかったかもしれません。とはいえ何でいきなりそんなものが、なんて言わせませんよ？』

消滅していく歪な幽霊を見て、悪魔がそっと笑いかけた。

どこまでも酷薄で、悪人が最期に見るに相応しい、救いを与える事のない笑みを浮かべて。

『彼女は最初の最初から学園都市にいた。そもそもここはあの人が守る平和な街で、いきなり出てきた邪魔な異物はあなたの方です☆』

終　章　たとえその手は離れても　Not_Enemy.

上条当麻はどうにかして地下深くから表の世界に帰ってきたのだ。

這い出た。

「はっ」

地上の空気を肌に浴びた途端、ちょっと笑って、結構本気でへたり込んでしまう。正直に言って、今回ばかりは生きて外に出られる気がしなかった。いいや実際、上条一人だったら暗闇の底から抜け出せなかっただろう。

腹の真ん中が赤黒く汚れている。

もう無理だ。流石にこれ以上は戦えない。自分の危険な状況が分かっていても、それでも上条は力なく座り込んだまま遠くを見て思わず小さく笑ってしまった。

ちょっと離れた場所では人が塊になっていた。

超重量の山刀を腰の後ろの鞘に納め、作り物の肌が削げた片腕から人工の筋肉や導線を飛び出させたレディバードに、浜面の背中から表に出たリサコが恐る恐る近づいていくのが分かる。

ソダテがやや及び腰なのは、かつて自分を害しようとしたアンドロイドが怖いというよりは単純に肌を大きく見せる競泳水着の少女に気後れしているのかもしれない。小さな事だけど、ここには確実な克服があった。

じわりと上条の視界が赤く歪む。人工幽霊のフリルサンド＃Gは、元々一緒に暮らしていた子供達をも苦しめるほどの毒性を帯びてしまったのだろうか。上条には声をかける余裕はなかった。そして彼女も遠巻きにそれを眺めて、しかし一言も交わさずに、やがて虚空へと消えていった。

彼女の手に戻ったというのなら、そして黙って消えたのであれば、『学園都市最大の禁忌』が無秩序に広がっていく事も、磁気圏を利用して惑星そのものへ改変が加わる事も、多分もうない。何となくだけど、そういう意味でフリルサンド＃Gがドレンチャーの想いを裏切る事は絶対ないだろうなと上条は思っていた。

『オペレーションネーム・ハンドカフス』は最悪の事件だったかもしれない。だけど事件に巻き込まれた人達には何の可能性もなかった訳ではないのだ。

今度こそ、完全にこの手で終わらせた。

上条当麻はそれを強く思う。

「せんせい」

ぱたたたた、とアリスが笑顔で走ってきた。エプロン後ろの白くて丸いふわふわを左右に振り、半袖から覗く両手を前に突き出したまま、全身で上条に引っついてくる。

「ふふ、よくできました」

「そうなの？」

「やっぱりせんせいはすごいのですっ。まあボロボロで見ていられないですけど、少なくとも、少女の術式をぶっちぎってわざわざ自分からもがき苦しむくらいの価値は」

……かもしれない。

アリスは相変わらず空気が柔らかい。高校生の少年が尻餅をついてもお構いなしに飛び込んでくるので、アリスと思いっきり頬ずりする羽目になってしまった。抵抗感の全くない滑らかな肌と高めの体温が疲れた脳に突き刺さる。アリスについては、今さらどこからどうやってやってきた、とは考えなかった。絵本の少女は無害だけど謎な所が多すぎる。

全身はボロボロだけど、残金は四九円だけど、東京年末サバイバルとか超ピンチだけど、巻き込まれるばかりで得られるものなんかなかったかもしれないけど、それでも上条当麻は『オペレーションネーム・ハンドカフス』を終わらせた。こんな事は二度と起こらない、というのが分かっただけでも十分か。

そう思って息を吐いた時だった。

「アリス。楽しかった？」

びくんっ!!　と。

上条の肩が震えたが、それだけだった。首が動かない。

アリスとは少年を挟んで反対側から退屈そうな少女の声が飛んできたのに。ひどく寝違えたように、関節の動きが阻害されてそちらを視界に入れる事がどうしてもできない。

そっと、頭の上に何か乗せられているのは分かる。近くにある水たまりに映る自分の頭には、薔薇で作った棘だらけの冠があった。とっさに思ったのはこれだけだった。

(毒か何かか……ッ!?)

サンジェルマンもそうだが、『ヤツら』の薬や毒には苦い思い出がある。

これが魔術関係の霊装であったとしても、右手が動かないのでは触れる事もできない。

耳から滑り込んだ声色には覚えがあった。

薔薇の甘い香りをふわりと漂わせ、ソレはゆっくりと息を吐いたようだった。

「……それにしてもあなた、そういう保護欲全開なのがお好みだったの？　それならわらわも涙目上目使いで布団の中にでも潜り込んでやれば良かったかしら」

「ア、ンナ＝シュプレンゲル……っ？」

「アリス」

相手は気に留めなかった。

ろくに身動きもとれない上条をよそに、アンナと呼ばれた悪女はもう一人の謎めいた影に声を投げる。なんて事のない世間話のように。

「目一杯暴れて眠たくなっていない？　そろそろ帰りましょうか」

「んむ。でも命令はダメなのよ、話には感謝しますけど」

アリスもまた、気軽な調子で上条から離れた。だけどその意味まで理解しているのか。

「ま、て……」

上条は思わず呼び止めていた。

アリス＝アナザーバイブル。確かに長い金髪に動物の耳みたいに尖った巻き髪の少女は最初の最初から謎めいた存在ではあった。『人工幽霊』フリルサンド＃Gに『媒介者』花露妖宴、誰に何をされても涼しい顔をしていたし、ライブ何とかっていう極大の魔術については直撃した上、アリス自身に説明してもらっても何をされたか正確に理解はできていない。

正直、本当に魔術師なのかという所から疑いたくなるくらいの異質な存在。

だけど、

「……お前は、違うはずだ」

「ええと？　何がですかっ？」

「アンナ＝シュプレンゲルとは違うはずだ!!　確かに理解のできない力は使うし、存在そのものだって謎めいているけど、でも、お前は俺を助けてくれたじゃないか。『ハンドカフス』に翻弄されて苦しめられているみんなを見て、思わずその力を使ってくれたじゃないか！」

「アリス」

楽しげな、それでいて呆れたような声があった。

より上位の何かが。

「なに、今度はそういう欲にでも潜り込んだの？」

「いいえ。せんせいは少女のせんせいなんだけど、でも、ここに少女が冒険できる『隙間』はありませんでした」

とんっ、と。

アリスの小さな手の甲が、上条の胸の真ん中を小さくノックした。

「ライブアドベンチャーズインワンダーランドを突っぱねられた時点で、まあ、分かっていた事なのよ。あはは、ほんとのほんとにイイ人ほど少女は必要とされないものですから」

「あらまあ。『彼女達』にも誘惑を振り払えなかったというのに」

「でしょ？　せんせいはすごいのですっ☆」

寂しげに、でもどこか誇らしげにアリスはそんな風に笑った。

視界の外で、衣擦れの音があった。おそらくアンナ＝シュプレンゲルがゆっくりと立ち上がったのだ。

ここから去るために。

善や悪とは別の次元にいる少女、あるいはまだそれを知らない幼い誰かの手を引いて、『ハンドカフス』とは異なる暗闇へと連れていくために。

「やめろ……アンナ……」

「何故？　ロスで『人間』からメッセージは受け取ったし、遊びの準備が必要だわ。それにアリスを拒絶したのはあなたなのに。絵本の世界に逃げる事を拒み、アリスの冒険を堰き止めたのはあなた自身でしょう？」

「その子は恩人だ。俺一人だけじゃない、『ハンドカフス』に関わった全員の……っ。アリスがいたからややこしくなったけど、でもアリスがいないと二九日はここに着かなかった！」

指一本動かせない上条に、しかし、アンナ＝シュプレンゲルの声色がわずかに変わった。

ほんの少しだけ、何かを悔いるように。

「……本当に、わらわも最初からそうしていれば良かったかしら」

「？」

一転して、アンナの声は新しい悪戯を企む少女のそれに切り替わった。

何かを振り切るようにして。

「それと言っておくけど、今回についてはあなたのためにもなると思うわよ？」

意味が分からない。

ここに追い着けない限りは、少女達の背中に伸ばした手は届かないのか。

最後に、アリスは立ったまま腰を折った。

いつまでも座り込んでいる上条と目と目の高さを合わせて、彼女はそっと笑った。動物の耳みたいな巻き髪や絵本のドレスには似合わない、奇妙に大人びた笑みだった。

「さよならなのよ、せんせい。あなたはもう、ここで立ち止まった方が良いです」

頬に。

当たった唇の感触は、おそらく別れの挨拶なのだろう。

どこか紅茶に似た香りだけがふわりと残った。

アリスが跳ねるように離れる。もう一人の少女が視界の外から映り込んでくる。ぶかぶかのドレスを無理に着たシュプレンゲル嬢とアリスは二人で手を繋ぎ、暗闇の奥へ歩いていく。

「……終わって、ない」

動けないまま、上条当麻はそう呟いていた。

それはすぐに叫び声に変わった。

「俺は立ち止まらない!!　いいか、アリス。お前が『ハンドカフス』の連中みたいに自分から暗闇の中に飛び込んでいくっていうなら、俺が必ず引きずり上げる。お前がそれを望んでいなくたって必ずやってやる!!　誰が何と言おうが、お前が自分をどんな風に思っていたって、アリス＝アナザーバイブルが俺達みんなを助けてくれたのは事実なんだから!!」

声に、力はなかった。

それでも何もできない少年はこう叫んだ。己の胸に刻みつけるように。

「自分は特別な魔術を使うからとか、人とは違う存在だからとか、そんなのは全部どうでも良い！　お前は俺と知り合った、くそったれの暗闇から引きずり上げる理由なんかそれだけで十分だ!!　だから、いいか、アリス。お前の居場所がそこしかないなんて言うなら、そんな幻想は俺が必ずぶっ殺してやるからなあ!!!!!!」


どこともしれない、時代や文明から丸ごと切り取られたような深い深い熱帯雨林のど真ん中。

水没したスタジアムの中央に浮かぶ豪華客船だった。膨大な水を溜め込むその水面には、何かの冗談のように巨大な黄色いアヒルが浮かんでいる。

しゃりん、と純金の擦れる音と共に、あらゆる魔女達の女神アラディアはにこやかに笑って絵本の少女を迎え入れた。

「お帰りなさい、アリス」

「ただいまっ☆」

ぴょこんと、エプロン後ろの丸いふわふわを揺らすようにして、水面を蹴って磨き上げられた甲板に足を乗せる少女。ジャングルの中だと半袖がマッチすると言うべきか、逆に危険な大自然で肌をさらすのはミスマッチと見るべきか。

「お留守番は寂しくありませんでした？」

「はいはい」

自分から勝手に消えておいて何を、などと魔女達の女神はいちいち突っかかったりしない。毎度の話なのだ。アンナと目が合うと、アラディアは何も言わずに肩をすくめた。

勝手知ったる調子でアリスは不気味な豪華客船の中を歩いて通り抜け、円形のコロシアムに向かう。そのまた中央部分。アリスはそこに置かれた巨大な玉座に腰掛ける。サイズが全く合っていないため、アリスは背もたれに体を預けると自分の膝を折る事もできなくなるらしい。両足をピンと前に伸ばしたまま、スカートも気にせずパタパタ振っている。

金の髪や白い肌が弾く光の乱舞に高めの体温、総じて言えば空気が変わる。

いつもの光景だった。

アリスの帰還を察知したのか、階段状の観覧席にいくつもの影が浮かび上がる。旧き善きマリアに、H・T・トリスメギストス。他にも色々。物理的な位置関係だけなら上から見下ろしているが、実際の関係は真逆だ。主の帰還に馳せ参じなかった事が、ほんのわずかでもアリスの心に棘を刺したら何が起きるか。想像力の働く者は皆、各人の自由が保障されているこの船の上であっても決して無視できなかったのだ。

　同じコロシアム中央にいるのはアリスと最も近しいアラディアと、新入りであるが故にその危険性を正しく認識できていないであろうアンナ＝シュプレンゲル。

　マントのように足首まで届くウィンプルと変則ビキニに似た踊り子衣装。紫の布に身を包むアラディアは柔らかい口調で、玉座の上の主に声を掛けた。

「楽しかった？」

「はい！」

「じゃあリフレッシュが終わったのなら、そろそろ本題に入りましょう、アリス」

「むむ？」

　人差し指を己の顎にやり、アリスが明後日の方へ目をやった。

　アラディアの笑顔は崩れなかった。絵本の少女の気紛れは許容の範囲だ。だから何も言わずにいきなり消えた時も、アンナに手を引かれてここまで帰ってきた時も、アラディアは特にアリスの行動に言及をしなかった。

　オモチャが欲しいと言われればそうするし、暇を潰したいと不貞腐れたらそうする。

　たとえそれが生きた人間であっても構わない。

　それだけで、あちこちに冒険へ出かけてはあらゆる法則や定義を繋ぎ合わせて意味を与え、しかも全世界へ波及させるライブアドベンチャーズインワンダーランドを無邪気に掌の上で転がすアリスを自分達の計画に組み込めるなら安いものだ。

が、

「やっぱやめたっ。そういうぐっちゃぐちゃはせんせいが喜ばないですし」

それは、あっけらかんとしていて。

だけど彼女達には致命的となる一言だった。特に、(魔術らしからぬ事に) アリスだけが使える特殊な術式を注視して『何か』を成し遂げようとしていた極大の魔術師達にとっては。

アリスはぶにぶにと小さなお尻で玉座のクッションを何度も押し潰しながらも、

「……むー、物足りないですし。やっぱりせんせいの膝の上が一番なのよ」

「わらわの趣味には合わないけれど。でも、それを手に入れるのは容易じゃないわよ？」

「だから面白い」

「いいい」

「それは分かる」

皆が絶句する中、アリスと共に笑う楽しげな声は一つだけ。

アンナ＝シュプレンゲルがアリス＝アナザーバイブルの顔を覗き込んで、こう尋ねた。

「それじゃあ今度はどんな冒険をしましょうか、アリス」

「まだ決めてないのです」

「じゃあ、こう考えてみましょう。『彼』なら世界をどうするかしら？」

「うふふ、アンナ＝シュプレンゲルも分かってないくせに」

しばし、アラディアは時間の流れから置いていかれた。

血液は数秒遅れて沸騰した彼女の頭へ殺到していく。

「あ」

だが何かを言おうとした時、空気を裂く音がアラディアの耳に届いた。

いつの間にか、絵本の少女、そのエプロンの裏からフラミンゴのバットとハリネズミのボールが顔を出していた。つまり、心理的な守りの姿勢を見せている。

今はまだ、アリス自身の『ついうっかり』から守ってやる。

ただししつこく言うなら保護対象から外し、処刑人でもその奥でも取り出す、と。

瞬(まばた)きを止めて注意深く観察すれば分かるはずだ。退屈そうに腰掛けるアリスだが、空気の方は静電気よりも不穏にぴりつき始めている事に。これは言うまでもないが、一番おぞましいのはバットでもボールでも処刑人でもなく、幼げなアリスそのものである。

「っ」

よって、アラディアはすでに作ってしまった『あ』の口から、矛先を変えるしかなかった。

無理にねじ曲げてでも。

数ある資格者の一人に過ぎないと思っていた。仮に、だ。この新入りが使える駒ならそれでよし。一方でたとえどんな形で謀反を起こそうとも、存在自体が伝説と化したアラディア達が集団で確実に封殺するか、あるいは気紛れなアリスの不興を買って一瞬で消滅するものだと計算していた。

しかし、こう来たか。

確かにアリスがいつどのタイミングで学園都市に興味を示したかは不明だったけど!!

「アンナ＝シュプレンゲル!!　貴女、わたくし達が迎え入れるよりもっと早くこの最奥まで忍び込んでいたの!?」

くつくつと、赤い少女は笑いを堪えていた。

いいや、抑え切れていなかった。何やら震えていると思ったら、シュプレンゲル嬢は体をくの字に折って腹を抱えている。

「ははっ、あはは!!　『前』に言ったでしょ、アリス辺りに聞いたら？　って。あらあらまあまあ。確かに奥の奥で退屈していたアリスへ絵本のようにとある男のお話をしてあげたのは事実だけど、こんなのでわらわを恨むのは筋違いじゃない？　それに、わらわを殺したところで今さらアリスの性質は変わらないわよ。この子はもう、あなた達とは違うオモチャに夢中みたいだし、ぷははっ!!」

「そういう風に仕向けておいて偉そうに……ッ!!　自分が何をしたか分かっているの!?」

アラディアの理性的な怒りに、もうアンナは自分の体を抱いてぞくぞくと震えてすらいた。

エリート気取りのそういう顔が見たくてわざわざ頭を垂れたのだと言わんばかりに。

気分で動いて全てを破壊していくのは、何もアリスだけとは限らない。

R&Cオカルティクスすら難なく使い捨てたもう一つの無垢が、自らの笑みを裂く。

「どれだけ喚いたところで確定してしまった結果は覆らないわ。ふふっ。アリスの先生は、わらわじゃない。今やこの子のお気に入りはもっと他にいるでしょう？」

当のアリスは口元に小さな手を当ててあくびしていた。

右に左に自分を巡る言葉が行き交っていても、まるで興味がなさそうな感じで。

サイズの合わない巨大な玉座に腰掛けて小さな足をパタパタ振るアリスは、それだけなら可愛げの権化だろう。だが彼女を外から力で従わせる事は誰にもできない。この場にいる何者にも。アラディア自身がアンナにこう説明したはずではないか。ここでは何をしても構わないが、アリスの機嫌だけは損ねるな、と。

たった一つの絶対なるルールが、今度はアラディア達を縛り上げる事になった。

かと言って、すでに多くを払って走り出している以上はアラディア達もこのまま黙っていられない。

「……上条当麻」

歯噛みして。

夜と月を支配する魔女達の女神は急速に計画を修正していく。

ここでアリスの興味を失ってしまう事は、完全なる致命傷に化けかねない。

そのためならば、

「上条当麻……ッッッ!!」

あとがき

一冊ずつのあなたはお久しぶり、まとめ買いのあなたは……ええと、厳密にはこれでシリーズ通算何冊目になるんでしょう？？？？

鎌池和馬です。

今回は『オペレーションネーム・ハンドカフス』救済リベンジをベースに敷いた上で、謎めいた絵本の少女、アリス＝アナザーバイブルをゲストヒロインとして目一杯暴れさせています。明るい笑顔の似合う愛くるしい女の子なんだけど、でもどこかそれだけじゃないじんわりした怖さを感じていただけたらと思うのですが、いかがでしたでしょうか。

アリスもアンナも自分最優先のわがまま娘なのですが、アンナや『ハンドカフス』の悪党達が頻繁に爆発を起こす沸点低めの危険人物なのに比べて、アリスはいつでも笑顔で極めて安定しているんだけど、もしもそんな彼女が本当の本当に怒りを爆発させたら何が起こるか誰にも予測できない、という温度感にしています。これはおそらく誤用だとは思いますが、仏の顔も三度までテイストとでも言いますか。……あるいは年齢不詳なおっとりお母さんとか……？

上条当麻と浜面仕上では何が違ったのか。創約3や4でもやや言及があった問いかけだと思いますが、その答えを今回の創約5で提示しました。つまり、何故そうなったのかという原因の究明や、悪性の力を工夫して善性の行為に置き換えられないかといった結果を改変する努力を怠ったまま戦闘に突入してしまったため、浜面は相手のフィールドに乗せられてしまい、悲劇の発生を止められなかったという訳ですね。ただこれは『ニコラウスの金貨』に邪魔されず、浜面が一人きりで巻き込まれていればまた違ったはずです。守るべきものを庇う事は必ずしもプラスにだけ働くとは限らない訳ですね。哀しい事に、善性の立場だけ高めていけば選択肢が増える訳でもないのです。

ビフォア（創約3）とアフター（創約5）の変化については、今回で言うと花露妖宴が特に顕著だったと思います。より凶暴で自己破滅的な言動を極めて好む過愛と切り離され、比較的冷静で次の行動が読みやすかったとはいえ、それでも上条側からの歩み寄りが半端ではない。創約3の過愛にせよ創約5の上条にせよ、ぐいぐい押しの一手で来られるとつい流されてしまうところに小さな悪女・妖宴の可愛らしさを感じていただければと願っております。

どんな人間にも善性と悪性は存在する。なので今回は警備員のカラーもちょっと変えてみました。あの『ハンドカフス』で本拠地を壊滅させられた警備員が、さて悪党とどう向き合っていくのかなと。これまでは極端な善性によって暴走していく格好の部隊が多かったので、今度は逆振り、清濁を併せ呑んで悪党を徹底的に使い倒す警備員を専門に用意してみました。柔軟な対応によって人と人との衝突を避けて選択肢を増やす。文面だけなら奇麗ごと満載なのに、中身はどこまでも禍々しい辺りに大人の組織を感じていただければ。上条と鉄装はどこがどう違ったのかを考えてみるのも楽しい頭の運動になるかもしれません。

そして善性にせよ悪性にせよ、決してブレなかったのは幽霊どもでしょう。悪性の塊だった木原端数については創約3では科学者でありながら科学サイドの範囲で死ねなかった人物ですが、今回、幽霊としてカムバックした挙げ句、どこぞの天使にトドメを刺されたのは皮肉も皮肉だったと思います。他の悪人どもと違って、こいつに限って言えば善性の救済なんて逆効果でしかなく、毒を抜いたらそれこそその瞬間に存在の全てが死んでしまいそうな気がします。

一方で善性の幽霊フリルサンド#Gは創約3のラストで相当不穏な事になっていましたが、でも、もしもドレンチャーが命を賭してまで守ろうとした子供達が再び命の危機にさらされたとしたら、彼女が優先するべきは己の復讐か、我を曲げても子供達を守る事か、それを考えれば当然の選択だったと思います。ここで重要なのは、フリルサンド#Gの本質は『まず身近な子供を守る子育て幽霊であって、そのためならば外敵と戦う事も辞さない』恐るべき存在だった点ですね。作中ではバックボーンを詳しく明かしてはいませんが、『ハンドカフス』関係者への復讐の道具を揃えた上で、でも、自分の意思でそれら全てをなげうってでもやっぱり小さな命を守るために強大な悪意へと立ち向かう道を選べた心優しい幽霊についても、どうか想いを馳せていただければと願っております。ドレンチャー＝木原＝レパトリ。その心を引き継いで救済したのは、何も浜面やソダテだけじゃなかったよね、と。

イラストのはいむらさんと伊藤タテキさん、担当の三木さん、阿南さん、中島さん、浜村さんには感謝を。今回は創約3のリベンジマッチですが、だからこそ新しい敵が彼らに負けないようデザインを際立たせるのは大変だったと思います。今回も諸々無茶を聞いていただきありがとうございました。

そして読者の皆様にも感謝を。『ハンドカフス』の悪党どもとアリス＝アナザーバイブル、皆様はどちらがおっかないと思いました？　R&Cオカルティクス壊滅、一方通行の刑務所新生活スタートなど何気に細々した情勢変化もあれこれ考えていただければ、これ以上の事はございません。

それでは今回はこの辺りで本を閉じていただいて。
次回もページをめくっていただける事を願いつつ。
この辺りで筆を置かせていただきます。

寂しそうに唇尖らせる悪女って最高に萌えると思うの

鎌池和馬

夜の学園都市だった。

勝手知ったるホームだが、とある少年が言った通り、すでにここは『人間』の王国ではない。

金髪を肩の所でざっくり切り、ベージュ色の修道服に身を包んだ女。……正確には大悪魔と呼ばれる存在の体を奪い取ったアレイスター＝クロウリーは第七学区の片隅に佇んでいた。

高層ビルだらけの過密地域にしては不自然なくらい四角く開けたその場所に、彼女（？）は静かに屈み込んでいる。

そのまま、新たに現れたゴールデンレトリバーに向けて、視線も投げずにこう言った。

「もう終わったのかね？」

『恩着せがましいな。そっちもそっちで自分の目的があったのだろう。二九日のトラブルについては、そのための隠れ蓑としてちょうど良かったくせに』

「まあね」

確かに、騒ぎの中心を第七学区から隣の第一〇学区に移した方が都合は良かった。そうしなければ作業の途中で誰か一人くらいは異変を察知していたかもしれない。

夜の街を走り回っていた囚人達にせよ、誰にも見つからずに飛び回る人造の悪魔にせよ、あるいはそれら全体を遠くから眺めているこの街の新たな支配者にせよ。

空気に溶け込む『滞空回線』対策も用意していたのだが、新たな主はどうやら機能を切っているらしい。

『しかし、あれはすれすれだったな』

「何がかね？」

『上条当麻にバトンタッチを提案した時だよ。アレイスター、あれだけは損得抜きだっただろう？　君が第一〇学区に向かって事件を解決していたら陽動の意味がなくなる。そこで全て失敗していたかもしれないのに』

「……、」

アレイスターは屈んだまま少し黙って。

そして、ぽつりと尋ねた。

「……たとえ失敗や敗北を免れなくても、それでも良いようにあしらわれる者を見て思わず手を差し伸べてしまう行為は、やはり間違っていると思うかね？」

『正誤で言えばどう考えたって間違っているだろう。ただしそういう一手を打てるから、私は君に手を貸したくなるのだがね』

アレイスター＝クロウリーの人生は失敗と過ちの連続だ。

どれだけ綿密に作戦や計画を練ったところで些細な一点から呆気なく瓦解していく。かかった時間も投入した労力も関係なく。そんな場面なんていくらでもあった。

だから、だ。

はっきり言おう。かつて大悪魔コロンゾンとの戦いで『窓のないビル』を失ったのも、その後に続くロンドンでの戦いでウェストコットやメイザースなど『黄金』の旧メンバー達と衝突する羽目になったのも、完全に想定外だった。だからその対策なんてほとんど何もなかった。

ただし、頭にはいくつか当てがあったのだ。

条件が合わないため結局捨て置かれていた切り札は、今ここで、別の形で役に立ちそうだが。

ベージュ色の修道服の女はタブレット端末に繋いだケーブルを他の機材へと接続していく。

『窓のないビル』はすでに消えているが、その基部は学園都市の大地に残されたままだ。基部にある電源や通信関係も潰されているものの、それだって破壊・隠蔽された部位を特定して修理してしまえば、元のネットワーク窓口は復活する。

必要なのは検索だった。

学園都市だけに留まらない。この街を中心として、科学サイドという広い世界全体を覆い尽くすほど膨大な情報の海をまさぐる。

『それ』の価値をより重く理解しているのは、当然ながら魔術サイドだ。

だから、そこから隠す意図で敢えて逆側の世界に隠してあるのは容易に想像がついた。

アレイスターはニヤリと笑った。

「見つけた」

『やれやれ。あらゆる魔術の撃滅を望む私としては、必ずしも諸手を挙げて歓迎もしていられないのだがね』

「君が前脚を両方挙げて喜んでいる画は想像するにかなりハッピーだな。まあ、この国の言葉ではチ○チ○と呼ぶのかもしれないが」

『……嚙むぞ？』

「何を言う、英語の中でも一〇〇を超える隠語で記述される物体などなかなかないぞ。下手すると地球を表す言葉より多い。お上品な顔して知識人ぶるなよ学者さん、なんだかんだでみんなチ○コが好きなくせに。チ○コはロマンの塊だ」

　歴史年表に名前が残ってしまうレベルのド変態が真顔で頭の悪い断言をした直後、本当にゴールデンレトリバーが修道女に飛びかかった。どうしても看過のできない一言だったらしい。

「痛い痛い痛い!!　と、友にしてジジィにして犬に襲われて敗北する女魔王とかなかなか面白い。ふっ、これが新たなノーマルの到来か。ありとあらゆる道を極めたこの私にそれでも未知の領域を提示するとはやるな木原脳幹よ」

『がるぐる！　……遊んでいる場合か。今の私達は学園都市の異物だ、いつまでもこうしてはいられないぞ』

「分かっているよ。コレさえ手に入れば、もう学園都市に用はない」

　大型犬に腕を嚙まれて地面を引きずり回され、割とズタボロにされたアレイスター＝クロウリーは仰向けに転がったまま夜空を見上げていた。それから自分の視界にタブレット端末の薄い画面を重ねる。

その動きに引きずられ、ギリギリと張っていた通信ケーブルが外れていく。

画面には新たな表示があった。

地図の上にピンが打ってある。修道服の女はその一点に軽く口づけした。

一〇〇年以上前の遺体が今も清潔に保存されている施設の場所だった。

「……ハロー、アンナ＝キングスフォード。ウェストコットやメイザースの恩師にして、あの女の原型の一つとウワサされる魔術師よ。それじゃあ、そろそろ反撃開始と洒落込(しゃれこ)もうか」

●鎌池和馬著作リスト

「とある魔術の禁書目録(インデックス)①〜㉒」（電撃文庫）
「とある魔術の禁書目録(インデックス)ＳＳ①②」（同）
「新約　とある魔術の禁書目録(インデックス)①〜㉒　㉒リバース」（同）
「創約　とある魔術の禁書目録(インデックス)①〜⑤」（同）

「とある魔術の禁書目録(インデックス) 外典書庫①②」(同)
「ヘヴィーオブジェクト」シリーズ計20冊(同)
「インテリビレッジの座敷童①〜⑨」(同)
「簡単なアンケートです」(同)
「簡単なモニターです」(同)
「ヴァルトラウテさんの婚活事情」(同)
「未踏召喚://ブラッドサイン①〜⑩」(同)
「とある魔術のヘヴィーな座敷童が簡単な殺人妃の婚活事情」(同)
「最強をこじらせたレベルカンスト剣聖女ベアトリーチェの弱点①〜⑦
その名は『ぶーぶー』」(同)
「とある魔術の禁書目録×電脳戦機バーチャロン とある魔術の電脳戦機(バーチャロン)」(同)
「アポカリプス・ウィッチ①〜④ 飽食時代の【最強】たちへ」(同)
「神角技巧と11人の破壊者 上 破壊の章」(同)
「神角技巧と11人の破壊者 中 創造の章」(同)
「神角技巧と11人の破壊者 下 想いの章」(同)
「使える魔法は一つしかないけれど、これでクール可愛いダークエルフと
イチャイチャできるならどう考えても勝ち組だと思う」(同)
「マギステルス・バッドトリップ」シリーズ計3冊(単行本 電撃の新文芸)

本書に対するご意見、ご感想をお寄せください。

ファンレターあて先
〒102-8177　東京都千代田区富士見2-13-3
電撃文庫編集部
「鎌池和馬先生」係
「はいむらきよたか先生」係

本書は書き下ろしです。

電撃文庫

創約（そうやく） とある魔術の禁書目録（インデックス）⑤

鎌池和馬（かまちかずま）

◆◇◇

2021年12月10日　初版発行
2024年10月10日　6版発行

発行者　山下直久
発行　株式会社KADOKAWA
〒102-8177　東京都千代田区富士見2-13-3
0570-002-301（ナビダイヤル）
装丁者　荻窪裕司（META＋MANIERA）
印刷　株式会社 KADOKAWA
製本　株式会社 KADOKAWA

●お問い合わせ
https://www.kadokawa.co.jp/（「お問い合わせ」へお進みください）
※内容によっては、お答えできない場合があります。
※サポートは日本国内のみとさせていただきます。
※ Japanese text only

※定価はカバーに表示してあります。

ISBN978-4-04-914135-1　C0193　Printed in Japan

電撃文庫　https://dengekibunko.jp/

電撃文庫創刊に際して

文庫は、我が国にとどまらず、世界の書籍の流れのなかで〝小さな巨人〟としての地位を築いてきた。古今東西の名著を、廉価で手に入りやすい形で提供してきたからこそ、人は文庫を自分の師として、また青春の想い出として、語りついできたのである。

その源を、文化的にはドイツのレクラム文庫に求めるにせよ、規模の上でイギリスのペンギンブックスに求めるにせよ、いま文庫は知識人の層の多様化に従って、ますますその意義を大きくしていると言ってよい。

文庫出版の意味するものは、激動の現代のみならず将来にわたって、大きくなることはあっても、小さくなることはないだろう。

「電撃文庫」は、そのように多様化した対象に応え、歴史に耐えうる作品を収録するのはもちろん、新しい世紀を迎えるにあたって、既成の枠をこえる新鮮で強烈なアイ・オープナーたりたい。

その特異さ故に、この存在は、かつて文庫がはじめて出版世界に登場したときと、同じ戸惑いを読書人に与えるかもしれない。

しかし、〈Changing Times,Changing Publishing〉時代は変わって、出版も変わる。時を重ねるなかで、精神の糧として、心の一隅を占めるものとして、次なる文化の担い手の若者たちに確かな評価を得られると信じて、ここに「電撃文庫」を出版する。

1993年6月10日
角川歴彦

電撃文庫DIGEST　12月の新刊

発売日2021年12月10日

創約　とある魔術の禁書目録（インデックス）⑤

【著】鎌池和馬　【イラスト】はいむらきよたか

冬休み。上条当麻が目を覚ますと、何故か同じ毛布の中には金髪少女が!?　ええーっと、アリスー？　迷子とか言わないよね。今、学園都市の闇が動いてるみたいだけど、パートナーは本当にこの子で大丈夫なのか!?

新説 狼と香辛料　狼と羊皮紙Ⅶ

【著】支倉凍砂　【イラスト】文倉 十

聖書の俗語翻訳版を世に広めるため、教会が禁じた印刷術の技師を探すコルとミューリ。だが、教会から追われる身の技師は協力する代わりに胸躍らせる物語を要求してきて!?

男女の友情は成立する？（いや、しないっ!!）Flag 4. でも、わたしたち親友だよね？〈上〉

【著】七菜なな　【イラスト】Parum

ついに進展した悠宇と日葵の仲。夏祭りデートを彩る打ち上げ花火に、兄姉総出の海遊び。ちょっとだけ変わった二人の日常を、穏やかな時間が流れていく。激動の夏休みも無事終わるかに思われた、そんなある日――。

声優ラジオのウラオモテ　#06 夕陽とやすみは大きくなりたい？

【著】二月 公　【イラスト】さばみぞれ

アイドル声優プロジェクト「ティアラ☆スターズ」が始動！　企画の幕開けは、二組に分かれての対抗ライブ。先輩も参加する中、リーダーは何と夕陽とやすみ!?　問題児揃いの後輩を前に、二人はちゃんと先輩できる？

虚ろなるレガリア2　龍と蒼く深い海の間で

【著】三雲岳斗　【イラスト】深遊

民間軍事会社が支配する街、横浜要塞を訪れたヤヒロと彩葉。そこで彼らが出会ったのは、新たな龍の巫女と不死者たち。それぞれの復讐の正しさをかけて、龍の巫女の加護を受けた不死者同士の戦いが始まる。

嘘と詐欺（ペテン）と異能学園2

【著】野宮 有　【イラスト】kakao

ベネットとの決闘から数日後、ニーナに二人の天才能力者がそれぞれ別に同盟を持ち掛けてくる。ジンとニーナは同時に同盟を組み、情報を引き出す計画を始動。嘘がバレたら即終了となる、究極の知略ゲームが始まる。

キミの青春、私のキスはいらないの？2

【著】うさぎやすぽん　【イラスト】あまな

日野とのこと、キスのこと。悶々と悩む日々、文化祭が迫るなか突然、軽音部の阿部と「一緒に日野を文化祭のステージに引っ張り出そう」なんて話になって……拗らせ者たちは想いを歌詞に託し――今叫び声を上げる！

無自覚チートの箱入りお嬢様、青春ラブコメで全力の忖度をされる②

【著】紺野天龍　【イラスト】塩かずのこ

当面の危機は去り、これからも全力で青春を楽しもうとする琥太郎と天津風。天津風は初めてのクラス旅行に張り切るが、そこには新たなトラブルの種＝世界崩壊の危機が待ち構えていた。今度は加賀美が消滅のピンチ？

インフルエンス・インシデント　Case:03 粛清者・茜谷深紅の場合

【著】駿馬 京　【イラスト】竹花ノート

夏から立て続けに発生したSNSトラブルを解決する中で、ひまりたちはトラブルの発端・RootSpeakの発案者、茜谷深紅と遭遇する。そこにはひまりの友人であった早蕨冬美の姿もあり――急展開の第３巻。

新作 **魔法少女ダービー**

【著】土橋真二郎　【イラスト】加川壱互

俺の娘は魔法少女らしい。ある日、未来からやってきた娘たちは、自分の生まれる未来のため、俺とそれぞれのママを付き合わせようとしてきて……？　頼むから部屋で喧嘩しないでくれよ、魔法で壊れるから！

新作 **恋は夜空をわたって**

【著】岬 鷺宮　【イラスト】しゅがお

小柄なのに大人びた、お洒落な美人。つれない態度のクールな後輩、御簾納咲。だがある日、聞いていたラジオから御簾納の声が。あいつが恋バナ配信？　……ってか話に出てくる〝好きな先輩〟が明らかに俺なんだけど!?

新作 **可愛い可愛い彼女（わたし）がいるから、お姉ちゃんは諦めましょう？**

【著】上月 司　【イラスト】ろうか

大好きな先輩への愛の告白。だけど相手は、彼女の〝妹〟だった。誤爆に気づいたが時すでに遅し、腕に抱きついてきた先輩の妹は「お姉ちゃん、わたしこの人とお付き合いすることになりました！」と言い出して――!?

SWORD ART ONLINE

ソードアートオンライン

川原 礫

イラスト/abec

「これは、ゲームであっても遊びではない」

《黒の剣士》キリトの活躍を描く

究極のヒロイック・サーガ!

電撃文庫

アクセル・ワールド

川原 礫
イラスト／HIMA

accel World

もっと早く……

《加速》したくはないか、少年。

第15回電撃小説大賞《大賞》受賞作！

最強のカタルシスで贈る
近未来青春エンタテイメント！

電撃文庫